영
생

영생

SF 좀비소설

윤철희 지음

연암서가

윤철희

연세대학교 경영학과와 동 대학원을 졸업하고, 영화 전문지에 기사 번역과 칼럼을 기고하고 있다. 저서로는 소설집 『패관 송아영의 잡기』가 있고, 옮긴 책으로는 『알코올의 역사』, 『로저 에버트: 어둠 속에서 빛을 보다』, 『위대한 영화』, 『스탠리 큐브릭: 장르의 재발명』, 『클린트 이스트우드』, 『히치콕: 서스펜스의 거장』, 『제임스 딘: 불멸의 자이언트』, 『런던의 역사』, 『도시, 역사를 바꾸다』, 『지식인의 두 얼굴』, 『샤먼의 코트』 등이 있다.

영생

2022년 3월 20일 초판 1쇄 인쇄
2022년 3월 25일 초판 1쇄 발행

지은이 ㅣ 윤철희
펴낸이 ㅣ 권오상
펴낸곳 ㅣ 연암서가

등 록 ㅣ 2007년 10월 8일(제396-2007-00107호)
주 소 ㅣ 경기도 고양시 일산서구 호수로 896, 402-1101
전 화 ㅣ 031-907-3010
팩 스 ㅣ 031-912-3012
이메일 ㅣ yeonamseoga@naver.com
ISBN 979-11-6087-093-0 03810

값 15,000원

차례

1

MEMENTO MORI (메멘토 모리)

네가 죽는다는 것을 기억하라

유리창 너머에는 구름 한 점 없는 하늘이 아득히 멀리까지 펼쳐져 있었고 그 아래에는 눈이 시리도록 푸르른 물결이 일렁이고 있었다. 손바닥만 한 나뭇잎들이 일으킨 물결이 캠퍼스를 겹겹으로 에워싼 산들을 훑으며 몰려오고 또 몰려왔다. 나무에 앉아 있던 새 몇 마리가 물결을 피하려는 듯 푸드득 날아올랐다. 하지만 쉬지도 않고 끈질기게 몰려오는 물결도 캠퍼스의 콘크리트와 아스팔트에 다다르면 무력하기만 한 모습으로 감쪽같이 자취를 감췄다.

지혜는 짙푸른 색깔로 물든 5월의 풍경을 보며 생각했다. 어지러운 시절과 어울리지 않는 풍경이라고. 이런 시절에는 낙엽이 찬바람에 밀려 싸늘한 땅바닥을 뒹구는 풍경이 어울린다고. 지혜는 양옆에 걸려 있는 연구동들과 바닥에 깔린 아스팔트를 잘라내면 뛰어난 화질을 자랑하는 디스플레이나 모니터의 광고에 그대로 등장시켜도 아무 문제가 없을 것 같은, 몽롱할 정도로 선명한 풍경을 보며 생각했다. 지금 서 있는 구름다리의 통유리가 커다란 모니터이고 통유리 너머의 바깥 세상 전체가 연출해서 만든 동영상이라면 얼마나 좋을까? 층층이 쌓인 녹음(綠陰)의 물결 안팎에 펼쳐진 아수라장이 눈을 뜨고 조금 있으면 기억조차 가물가물해질 꿈이라면 얼마나 좋을까?

보름 가까이 직접 목격하거나 모니터를 통해 본 믿기 힘든 광경들이, 현실에서 벌어질 거라고는 상상도 못했던 처참한 일들이 떠올랐다. 몸에 다시금 소름이 돋았다. 온몸이, 그리고 'SUM'이 위쪽에, 'TECH'이 아래쪽에 배치된 타원형 형태로 'SUM TECH'이라는 학교 이름이 등에 새겨진 진청색 후드점퍼의 주머니에 찔러 넣은 두 손이 또다시 식은땀에 젖었다. 그러나 학교를 둘러싼 산들을 뒤덮은 싱그러운 나뭇잎들은 지혜가 느끼는 섬뜩함 따위는 아랑곳하지 않는 기색이었다.

지혜는 주머니에서 손을 빼 점퍼의 배 부위에 대고 쓱쓱 땀을 닦았다. 평소라면 사람들 눈을 의식하느라 절대로 하지 않을 행동이었지만, 이제 옷이 더럽다거나 불쾌한 냄새가 난다고 타박할 사람은 아무도 없었다. 보는 눈이 두려워서 못할 일 따위란 없을 터였다. 게다가 온갖 스타일과 사이즈의 후드점퍼가 매장에 넉넉하게 보관돼 있기 때문에 한동안은 마음먹은 대로 새 옷을 갈아입을 수 있었다.

손을 주머니에 다시 넣고는 기다렸다. 조금 있으면 상민의 모습이 보일 것이다. 상민의 마지막 가는 길을 정중한 차림새로 배웅해야 옳은 게 아닌가 하는 생각도 잠깐 했었지만, 이런 상황에서 장례에 어울릴 만한 옷을 찾아 입는 것은 쉬운 일이 아니었다. 그래서 지혜는 지금의 차림새를 선택했다. 자유분방하기 그지없던 생전의 상민이라면 지혜가 지금 모습으로 자신의 마지막 가는 길을 배웅하는 걸 조금도 개의치 않아 할 거라는 생각에서였다. 짝과 홀에게 장례식의 격식에 맞는 옷을 찾아 입으라고 지시하는 대신 평소 입는 학교 이름이 새겨진 회색 유니폼 차림으로 장례를 거행하라 지시한 것도 그런 이유에서였다.

"비관적으로만 보지는 말아요. 긍정적으로 생각해봐요, 나박. 나박은 횡재한 거예요. 이 캠퍼스 전체가 하루아침에 나박 차지가 된 거잖아요." 창살 너머에서 들려오던 상민의 목소리가, 자신이 던진 농담에 스스로 즐거워하며 키득거리는 소리가 떠올랐다. 상민은 그렇게 말하면서 짓궂은 느낌이 살짝 가미된 특유의 웃음을 지었었다. 상민은 지혜를 항상 '나 박사'를 줄인 '나박'이라고 불렀었다. 지혜는 그를 항상 '현 박사님'이라고 불렀는데도. "어쩌면 온 세상이 나박 차지가 된 건지도 몰라요."

세상이 이 지경이 되기 전에, 그러니까 산송장이 나타나기 전인 보름쯤 전에 이 정도 너비의 땅과 건물이 내 것이 됐다면 어떤 기분이었을까? 상민 말마따나 저 너머의 온 세상도 내 것일지 모른다는 걸 알게 됐다면 어떤 기분이었을까? 순진했을 때, 때 묻지 않았을 때, 세상을 몰랐을 때, 그러니까 춤이 인생의 전부였던 어릴 때였다면 내 춤을 세상에 보여줄 수 있는 무대만 있으면 족하다고 생각했을 것이다. 지혜는 무대에 오르지 못하게 된 후로는 실오라기만 한 삶의 의욕을 간당간당 붙들고 억지로 하루하루를 살아왔다. 우울함이 마음을 짓누른다는 것을 누구에게도 내색하지 않으려 애쓰면서. 그런 판에 땅이니 재산이니 하는 게 중요할 리 없었다. 그런 기분으로 몇 년의 세월을 보낸 지금, 온 세상에 멀쩡한 사람이 나 하나밖에 남지 않는 바람에 세상 전체가 내 차지가 됐다 한들 그게 뭐 그리 기쁜 일이겠는가?

긍정적으로 생각해봐요. 그렇게 말하는 상민의 표정과 목소리를 떠올리기 무섭게 상민의 시신이 구름다리 저 아래 아스팔트에서 천천히 나타나기 시작했다. 시신을 둘둘 싸맨 하얀 침대 시트가 이룬 실루엣이 안에 사람이 들어 있다는 사실을 드러내고 있었다. 머리인 게 분명한 둥그런 부분이 나타나고 가슴과 배로 보이는 부분이 나타나고 양옆에서 침대를 밀고 가는 짝의 노란머리와 홀의 검은머리가 나타나더니 다리로 생각되는 부분이 나타났다.

시신이 살짝살짝 흔들리는 게 보였다. 시신을 실은 운반대의 바퀴가 울퉁불퉁한 아스팔트를 지나며 덜커덩거리는 소리가 들리는 것 같았다. 저기 누운 상민은 무슨 생각을 하고 있을까? "덜컹덜컹 재미있네요." 생전의 성격대로라면 이렇게 말할 것이다. "긍정적으로 생각해봐요. 이제는 내가 지금보다 더 최악의 일을 겪을 리는 없잖아요."

긍정적으로 생각해봐요. 어떤 게 그런 생각일까? 무덤덤한 표정으로 시신이 실린 운반대를 밀고 가는 짝과 홀의 모습이 대견하기 그지없다는 생각? 앞서 급하게 묻느라 얕게 묻은 사람들처럼 산짐승들이 노리는 먹잇감이 되는 대신에 땅 깊이 매장되는 특혜를 누리게 되면서 최소한의 품위를 지킬 수 있게 돼 다행이라는 생각?

제법 거친 바람이 나뭇잎의 물결을 거세게 일으켰다. 운반대를 밀고 가는 짝과 홀의 머리카락도 어지럽게 흩날렸다. 그리 길지 않은 홀의 머리는 별로 흐트러지지 않았지만 짝의 기다란 금발은 치어리더가 흔드는 응원용 술처럼 한바탕 어지럽게 공중을 휘저었다.

바람이 잦아들었다. 짝은 걸음을 계속 내딛으며 지극히 여성스러운 손놀림으로, 지혜가 평생 거울에서 봐온 손놀림으로 산발이 된 머리를 가다듬었다. 이런 와중에도 지혜의 눈에는 짝의 걸음걸이가 여전히 자랑스러워 보였다. 조금 전의 손놀림을 볼 때 그랬던 것처럼, 짝의 걸음걸이에서는 무용연습실 벽면의 거울에서 봐온 지혜 자신의 걸음걸이가 보였다. 짝과 홀은 균형이 잘 잡힌 안정적인 자세로 뚜벅뚜벅 걸음을 내딛으며 A연구동과 B연구동 사이에 난 널따란 통로를 따라가다 정문 앞 광장으로 접어들었다.

"멈춰." 짝과 홀이 B연구동이 있는 왼쪽으로 방향을 트는 모습을 본 지혜는 뒤집어쓴 후드에 손을 집어넣어 헤드셋 마이크를 입 앞으로 살짝 당기고 지시했다. 짝과 홀이 걸음을 멈추자 상민이 누워 있는 운반대도 정지했다. 이제 그들은 B연구동 정면의 잔디밭에 세워진 커다란 바위 앞에 있었다. 이 학교의 교훈이기도 한 요한복음 8장 32절의 "진리가 너희를 자유롭게 하리라"라는 글귀가 새겨진 바위였다.

홀의 동양인 외모와 짝의 백인 외모, 즉 코카시안(Caucasian)으로 분류되는 외모는 멀리서 봐도 확연히 대비됐다. 짝의 바닷물처럼 파란 눈동자와 높이 솟은 코가 멀리 떨어져 있는 지혜의 눈에 더욱 뚜렷하게 들어오는 것은 지혜가 짝을 오랫동안 접해왔기 때문일 것이다. 지혜는 짝의 모습을 보면서 상민은 정말로 괴팍한 사람이었다는 생각을 다시금 하게 됐다. 자신의 장례식을 치를 때 그 바위 앞에서 묵념을 해달라는 당부도 그런 괴팍한 성격에서 비롯된 거였다. 그는 "진리가 너희를 자유롭게 하리라"를 좋은 문장이자 인상적인 글귀로 여겼지만, 그가 이 바위 앞에서 묵념을 해달라고 요청한 것은 그런 순수한 의도에서 비롯된 것만은 아니었다.

짝과 홀은 지혜의 지시에 따라 상민의 시신이 바위를 내려다보는 방향으로 놓이도록 운반대를 돌렸다. 지혜는 둘에게 경건한 자세를 취하라고 명령했다. 짝과 홀이 "경건하다"는 말이 무슨 뜻인지 알아듣지 못하는 건 아닐까 하는 걱정은 괜한 기우일 뿐이었다. "묵념." 묵념을 지시하는 지혜의 목소리가 자기도 모르게 떨렸다. 지혜가 고개를 숙이기 무섭게 두 줄기 눈물이 뺨을 흘러내렸다.

"울면 안 돼요." 상민은 자기 장례식에 대해 이렇게 말할 때 가물가물한 의식을 잃지 않으려고 악착같이 버티면서 거친 숨을 몰아쉬고 있었다. "우는 건 모든 일이 계획대로 이뤄지고 난 다음에, 나박이 안전해지고 난 다음에 해도 충분해요." 상민은 자신이 죽었다는 이유로 우는 일은 절대 없을 거라는 다짐을 지혜로부터 받으려 들었고, 그때도 지금처럼 후드에 손을 넣은 자세로 앉아 있던 지혜는 한참을 머뭇거리다 철창 너머 상민에게 그러마고 다짐했었다. 앞날이 얼마 남지 않은 상민이 안쓰러워 그러겠다고 다짐하기는 했지만, 두 사람이 예상하던 상황이 실제로 닥친 지금, 지혜는 그 다짐을 지키지 못했다. 세상에 그런 다짐을 지킬 수 있는 사람이, 자기감정을 완전히 통제할 수 있는 사람이 있을까 싶었다. 세상에 그런 사람이 있을 리가 없었다. 이런 상황에서는 더더욱 없을 것이다.

지혜는 복받치는 감정을 추스르려 애쓰며 주머니에서 손을 빼 눈에 고인 눈물을 훔치고 뺨에 난 눈물자국을 닦고는 고개를 들었다. 고개를 숙인 짝과 홀의 모습이 보였다. 짝의 금발이 고개와 직각을 이루며 치렁치렁 늘어져 있었다. 짝과 홀의 얼굴은 무표정일 터였다. "바로." 지혜의 지시에 고개를 든 짝과 홀의 표정은 예상대로였다.

지혜는 방향을 돌리라고 지시했다. 짝과 홀이 몸을 돌리는 것과 동시에 방향을 돌린 운반대도 상민의 시신을 캠퍼스 안쪽에 있는 감송대(感松臺)로 옮길 준비를 마쳤다. 다른 건물들과 동떨어진, '소나무를 느끼는 땅'이라는 뜻의 감송대는 아름드리 소나무들이 서로서로 적당한 거리를 두고 서 있는 널찍하고 아늑한 숲이었다. 시험을 마치거나 중요한 행사를 치른 학생들이 밤중에 술판을 벌이는 곳이자 마시다 남은 술을 더 숙성된 후에 먹겠다며 땅을 파고 묻어두는 곳이기도 했다. 남들이 묻어놓은 술을 찾아 먹겠다며 다짜고짜 땅을 파는 괴짜 학생들도 간간이 있었다. 그러던 감송대는 지금은 술병이 아닌 200구 가까운 시신이 묻힌 대형 공동묘지가 돼 있었다.

지혜가 음악을 틀라고 지시하자 캠퍼스의 실내와 실외에 설치된 스피커를 통해 노래 "You'll Never Walk Alone"이 흘러나왔다. 실험실에 갇힌 뒤로 조금씩 흐릿해져가는 정신을 가다듬으며 대책 수립에 분주하던 상민은 나중에 자신의 장례를 치른다면 이 노래를 틀어달라고 당부했었다.

"김민기의 노래가 아니고요?" 전혀 예상하지 못한 노래의 제목을 들은 지혜가 반문했다. "당연히 그 노래를 틀어달라고 할 줄 알았는데… 지금 말한 그건 무슨 노래인데요?"

지혜의 물음에 창살 너머 상민은 고개를 슬그머니 뒤에 있는 창문으로 돌렸다. 멀찍감치 떨어져 있는 실험실 창문에는 문제의 그 머플러가, 보기만 해도 끔찍한 광경이 떠오르는 머플러가 걸려 있었다. 축구 팬들이 응원팀 경기를 볼 때 목에 두르는 기다란 빨간 머플러에 묻은 핏자국은 처음에는 머플러의 색깔과 구분이 잘 되지 않았지만 시간이 흐르는 동안 까매지면서 지금은 머플러를 얼룩덜룩하게 만들어놓았다. 머플러는 가운데의 일부분이 뜯겨 동강나 있었는데, 상민은 두 조각을 나란히 이어 벽에 걸어놓고 있었다. 지혜는 그 머플러를 떠올리기만 해도 소름이 돋고 머리카락이 쭈뼛 섰다. 그런데 상민은 그걸 버리기는커녕 실험실 창문에 걸어두고 있었다. 무슨 생각으로 그 흉한 것을 거기에 걸어두는 건지 궁금했다. 가운데 부분이 뜯겨나가기 전까지만 해도 그 머플러에는 상민이 부탁한 노래의 제목이 새겨져 있었다.

지혜는 애써 태연한 척하며 상민에게로 눈길을 돌렸다. 상민은 그런 끔찍한 기억을 떠올리게 만든 것을 미안해하는 기색으로 입을 열었다. "축구팀 응원가로 유명한 노래예요. 이 노래를 응원가로 쓰는 팀이 많죠. 폭풍이 몰아치더라도 희망을 잃지 않고 당당히 계속 걸어가면 결코 혼자 걷지 않게 될 거라는 내용의 곡이에요. 축구선수들이 그라운드에서 걸어 다니는 것도 아닌데 '당신들은 혼자 걷지 않을 거야'라는 노래를 팬들이 목이 터져라 불러주는 게 이상하기는 하지만, 아무튼 열심히들 불러줘요. 당신들과 함께 할 거라고."

"축구 좋아하는 줄 몰랐네요."

"좋아하지도 않지만, 딱히 싫어하는 것도 아니에요. 그것보다는….." 상민은 말을 끊었다. 지혜가 그날 일을 떠올리게 만드는 게 옳은 건가 고민하는 눈치였는데, 그러다 결국 말을 이었다. "세상이 이렇게 되고 나니까 그 제목이 많은 생각을 하게 만드네요. 저 찢긴 머플러에 남은 문장의 뜻도 많은 생각을 하게 하고요. 그래서 걸어놓은 거예요. 그 두 문장을 얼마 남지 않은 내 인생의 마지막 화두로 삼을까 해서요."

저 노래에서 'You'가 가리키는 대상은 누구일까? 다음 세상을 걷게 된 상민일까? 아니면 이 세상에서 계속 걸어가려 분투할 지혜일까? 지혜는 이제부터 자신도 상민처럼 그 노래의 제목과 벽에 걸린 머플러에 남은 문장을 놓고 고민하게 될 거라고 생각했다.

상민이 부탁한 노래가 흐르는 가운데 짝과 홀은 전동 킥보드가 곳곳에 널브러져 있는 캠퍼스를 가로질러, 건물들이 드리운 그림자들만이 조금씩 자리를 옮기고 가끔씩 나타난 고라니와 길고양이만 무심히 뛰어다니는 캠퍼스를 가로질러 상민의 시신을 운반했다.

대단히 똑똑하면서도 한없이 멍청한 남자였던 상민은, 얄궂은 구석이 있었지만 순수하고 착했던 상민은 틀어달라고 요청한 노래의 가사처럼 혼자 걷고 있지는 않았다. 생전에 그는 짝과 홀이 옆에 있어주는 이런 광경을 예상하는 것만으로도 기쁘다고 했었다. 그렇게 그는 얼마 전까지도 많은 학생들이 북적거렸지만 이제는 묵는 사람이 아무도 없는 학생용 기숙사 앞을, 그리고 그 옆의 높은 곳에 있는 얼마 전까지도 지혜의 숙소였던 교수용 사택의 앞을 지나 감송대로 향했다. 산비탈에 늘어선 풍력발전기들이 기다란 프로펠러를 돌리며 지금껏 자신들이 생산한 전기를 애용했지만 더 이상은 그러지 못하게 된 상민을 배웅했다.

지혜는 자신과 상민 두 사람이 서로에게 해야 마땅했으나 하지 못한 말이 많다는 사실을 떠올렸다. 때를 놓쳤다는 후회와 아쉬움이 가슴 속에서 용암처럼 울컥 솟구쳤다. 지금 지혜에게는 촉촉한 눈빛으로 상민의 마지막 가는 길을 배웅하는 것 말고는 상민에게 해줄 수 있는 것이 아무것도 없었다.

상민과 짝과 홀이 지혜의 젖은 시선을 조금씩 뿌리치며 시야에서 사라지자, 캠퍼스가 새삼스레 넓게만 느껴졌다. 보름 전까지만 해도 학생들이, 간간이 철없는 교수들도 킥보드를 타고 질주하다 아무 데나 킥보드를 팽개치는 문제로 툭하면 언쟁이 벌어지던 캠퍼스였다. 길고양이들이 사람들이 챙겨주는 물과 사료를 먹고는 활개를 치고 다니다 마음에 드는 사람의 다리에 태평하게 몸을 비비던 캠퍼스였다. 그렇게 활기차던 캠퍼스가 지금은 제철을 맞은 훈훈한 봄바람도 스산한 느낌을 밀어내지 못하는 황량한 곳이 돼버렸다. 사료를 먹으러 왔다 빈 그릇을 본 고양이들은 실망한 모습으로 터벅터벅 제 영역으로 돌아갔다.

"나박, 꼭 살아남아야 해요." 툭하면 삶의 의욕을 잃고는 하는 지혜의 우울함을 눈치채기라도 한 듯 상민은 확고한 명령조로 말했었다. 그것도 두 번이나. "반드시 살아남아야 해요." 그러고는 선뜻 대답을 못하는 지혜에게 더 큰 짐을 짊어지웠다. "언니네 가족을 만나야 하잖아요. 그러려면 나박이 살아남아야 해요. 나박이 살아남으면 세상을 구할 수 있는 가능성도 있어요. 나박은 세상을 예전으로 돌려놓을 수 있는 희망이에요." 상민은 편의점에 들어가 물건을 사는 것처럼 별일도 아니라는 듯한 투로 캠퍼스만이 아니라 인류의 미래를 구하는 일까지 지혜에게 떠맡겼다.

상민은 자신이 짠 계획을 지혜가 실행에 옮겨 성공을 거두더라도 그렇게 이뤄낸 세상을 자신이 직접 살아보지는 못할 거라는 걸 잘 알았다. 그럼에도 그는 그런 영웅이 되는 걸 어릴 때부터 꿈꿔왔는데 살아서 영웅이 되지는 못할지라도 "세상을 구하는 계획을 짰고" 지혜가 그 계획을 실행해 성공을 거둔다는 생각을 하는 것만으로도 충분히 흡족하다고, "다시 멀쩡해진 세상을 살아가는 나박의 모습을 상상하는 것" 만으로도 기분이 좋다고 씽긋 웃으며 말했었다.

"도착했습니다. 지시대로 땅을 파겠습니다." 짝의 보고가 이어폰을 뚫고 나와 귀를 날카롭게 파고들었다. 그러고는 굴착기 소리가 들렸다. 정신이 번쩍 든 지혜의 눈앞에는 뼈저린 현실이 펼쳐져 있었다. 이제 상민조차 묻히면 진짜로 혼자 남는 거라는 생각이 들자 갑자기 5층 아래에 있는 땅바닥이 한없이 아득해지더니 아찔한 현기증이 엄습했다. 그러고는 지금껏 의식하지 못했던 냄새가 코를 파고들기 시작했다. 건물에 잔뜩 배어버린 탓에 아무리 열심히 청소를 해도 지워지지 않을 듯한 피비린내가.

"그들이 올 겁니다. 곧 들이닥칠 거예요." 상민이 긴박한 목소리로 말한 그 상황에 대비하려고 지금껏 많은 일을 해왔고 앞으로도 많은 할 일이 남아 있었다. 한가하게 상념에 젖어 있을 때가 아니었다. 그래서 상민이 기나긴 안식을 취할 곳까지 따라가야 마땅한데도 여기에서 이렇게 바라보기만 한 것 아니겠는가.

지혜는 상민에게 약속한 대로 얼른 중앙조정실로 돌아가 CCTV 카메라가 포착해서 전송하는 교내 곳곳의 모습을 둘러봤다. 신경 써야 할 일은 많고도 많았지만 이것부터 마무리해야 다른 일이 손에 잡힐 것 같았다. 감송대를 제외한 캠퍼스의 다른 곳들은 평소처럼 아무런 움직임이 없었다. 모니터 여러 개에 뜬, 감송대 방향으로 설치된 CCTV들이 전송한 화면은 굴착기를 운전해 땅을 파는 짝과 옆에서 대기하는 홀과 그들이 작업을 마칠 때까지 시트에 감긴 채로 얌전히 기다리는 상민을 보여줬다. 그런데 화면에 뜬 것은 그게 전부가 아니었다. 화면은 짝과 홀이 얼마 전에 마친 작업의 흔적도 보여줬다. 며칠 전에 짝과 홀은 지독히도 사무적인 목소리로 산에서 내려온 멧돼지 떼가 감송대를 파헤쳤다고 보고했었다.

"그게 무슨 말이야? 멧돼지들이 감송대를 파헤친 게 어떻다는 거야?" 지혜는 짝과 홀의 보고가 무슨 의미인지 처음에는 알아차리지 못했다. 눈코 뜰 새 없는 상황에서 멧돼지들이 땅을 판 게 뭐 대수로운 일이란 말인가. 그러다 번득 그게 무슨 뜻인지를 깨달은 지혜의 얼굴에서 핏기가 싹 가셨다. 짝이 지혜를 달래는 듯한 표정과 어조로, 학생을 가르치는 선생님 같은 느낌으로 말했다. "멧돼지의 후각은 무척 뛰어납니다. 게다가 멧돼짓과에 속한 동물은 강한 근육이 모여 있는 코를 굉장히 잘 놀리기 때문에 저희가 현 박사님과 나 박사님 지시에 따라 판 깊이의 땅에 묻힌 시신의 썩는 냄새를 맡고 코로 땅을 파헤쳐 시신을 뜯어먹는 일을 무척 쉽게 할 수 있습니다."

짝과 홀의 시선이 중앙조정실 벽을 가득 채운 모니터들 쪽으로 향했다. 지혜는 보고 싶은 마음이 눈곱만치도 없었지만 하는 수 없이 모니터를 쳐다봐야 했다. 짝과 홀이 조종하는 모니터들이 감송대를 보여주고 있었다. 땅에 파묻혀 있다 멧돼지들에 의해 파헤쳐진 우중충한 색깔의 팔다리가 곳곳에 삐쭉삐쭉 튀어나와 있었다. 멧돼지들이 살점을 다 발라먹고 남은 뼈의 흰색이 유난히 환하게 도드라졌다. 시신을 묻느라 갈아엎은 까닭에 주변하고 색깔이 확연히 다른 넓은 땅, 멧돼지에게 먹히는 걸 모면하고는 너덜너덜하게 뼈에 붙어 있는 살점과 힘줄, 모든 게 다 뜯겨나간 뒤에 남은 하얗게 빛나는 뼈, 군데군데 찢긴 지저분한 옷가지, 시신을 덮는 데 쓴 파란 방수비닐이 바람에 나풀거리는 모습 등을 보여주는 화면은 눈뜨고 보기 힘든 처참한 광경이었다.

"너무 괴로워하지 마십시오." 홀이 굵직한 저음의 목소리로 지혜를 달랬다. "나 박사님을 비롯해서 학교에 남았던 분들이 처한 상황에서는 어쩔 수 없는 선택이었습니다. 저희 둘이 시신 173구를 저기까지 옮기고 묻는 것은 정상적인 상황에서도 무척이나 힘든 일이었을 겁니다. 멧돼지가 건드리지 못할 깊이로 묻는 것은 더욱 어려운 일이었을 겁니다."

틀린 말은 아니었다. 열흘쯤 전에 벌어진 처참한 사건 탓에 생긴 많은 시신을 감송대로 옮겨 묻은 1차 매장작업부터 이후로 틈틈이 발생한 사망자들을 묻은 추가 매장작업에 이르기까지 시신을 수습하고 매장하는 것은 품이 보통 많이 드는 일이 아니었다. 그렇다고 시신들을 그대로 방치할 수도 없었다.

"이 건물들은 지금 당장은 우리의 본거지이고, 우리 계획이 성공하면 나박의 본거지가 될 거예요. 시신 썩는 냄새와 시신이 나뒹구는 모습이 신체건강과 정신건강에 좋을 리가 없죠. 거기에 드는 많은 품과 시간이 아깝기는 하지만 옮겨서 매장하는 게 옳아요. 그게 돌아가신 분들에 대한 예의이기도 하고요. 성대한 장례는 못 치러주더라도 매장은 해줘야 마땅해요." 상민이 A연구동과 B연구동에 있는 시신들을 치워달라고 생존자들에게 부탁한 다음에 나박에게만 따로 속삭였던 얘기였다. 그렇지만 신경 써야 할 일이 많은 탓에 굴착기로 작업을 했음에도 시신들을 충분히 깊게 묻지를 못했고, 그래서 시신 썩는 냄새에 사족을 못 쓰는 멧돼지들이 몰려오는 바람에 땅이 파헤쳐지고 시신이 먹히는 참사가 벌어진 거였다.

당장의 연명과 미래의 싸움을 위해서는 할 일이 많고도 많았지만, 지혜는 어렵사리 묻은 시신을 파헤쳐진 대로 방치하는 것은 인간된 도리가 아니라는 생각에 짝과 홀을 보내 시신을 다시 잘 정리해 묻어주라고 지시했었다. 그게 1주일 전이었다. 그런데 그렇게 작업을 했는데도 멧돼지들의 뛰어난 후각과 지독한 허기는 당해낼 도리가 없었다. 배가 꺼진 놈들은 다시 감송대를 찾아와 시신을 파냈다. 그렇게 이틀이나 사흘에 한 번씩 짝과 홀이 흙을 덮고 멧돼지들이 파헤치는 챗바퀴돌기가 시작됐다. 다행히 지금 화면에 잡힌 매장지는 상대적으로 온전한 모습이었다.

짝과 홀은 바로 옆에 있는 매장지의 살풍경은 눈에 들어오지도 않는다는 듯 묵묵히 땅을 팠다. 땅이 깊이는 1.8미터였다. 6피트. 세상이 바뀌기 전에 시신을 매장하던 깊이. 멧돼지들이 냄새를 맡기도 파헤치기도 쉽지 않은 깊이. 상민을 그 깊이에 눕히겠다는 것은 지혜의 생각이었다. 다른 사람들을 얕은 곳에 묻은 것에 비하면 특혜를 베푼 거라 할 수 있는데, 이것이 지혜가 마지막까지 곁에 있던 사람이자 자신에게 특별한 감정을 품었던 사람에게 베풀 수 있는 최소한의 배려였다.

그를 깊은 곳에 묻고 혼자가 된 지금, 여명과 햇빛과 노을과 달빛이 교대로 들락거리는 캠퍼스를 짓누르는 정적과 몸 밖에서 부는 것인지 마음 안에서 부는 것인지 갈피가 잡히지 않는 가운데 무심하게 지나가는 바람이 일으키는 동요는 오로지 지혜 홀로 감당해야 할 몫이 돼버렸다.

세상이 느닷없이 아수라장으로 변한 것은 20일 전쯤 대낮에 순환선인 서울 지하철 2호선에서 기이한 사건이 일어나면서부터였다. 사건이 일어난 외선 순환차량은 환승역에 도착해 많은 사람을 내려놓고 태우고는 다음 역들로 향하고 있었다. 대낮이라 출퇴근 시간만큼 객차 안이 북적거리는 것은 아니었으나 그래도 환승역을 지난 터라 빈자리는 보이지 않았고 서 있는 사람도 제법 있었다.

(이것은 차량 내에 설치된 CCTV 카메라에 잡힌 모습으로, 이 CCTV가 지하철공사 외부에 공개되는 것은 원칙적으로 있어서는 안 되는 일이었다. 그러나 세상일이 다 그렇듯 지하철공사 내부에도 이런 화면을 누출시켜 관심을 받고 싶어 하는 사람이 있었고, 그렇게 누출된 화면은 삽시간에 인터넷에 퍼지면서 온 세상이 보게 됐다. 그런데 그렇게 많은 사람이 보게 된 덕에 많은 네티즌이 사건에 달려들어 조사하고 분석하면서 사건의 최초 발단과 경과과정이

어느 정도 밝혀지게 됐다.)

문제의 객차 중간에 빈자리가 두 개 있었다. 중년의 남성 승객이 앉은 자리의 양 옆자리였다. (네티즌들은 이 승객을 '1번 승객'으로 명명했다.) 추레한 차림새의 1번 승객은 깊은 잠에 빠진 것처럼 고개를 푹 숙이고 있었는데, 환승역에서 열차에 탔다 빈자리를 보고 서둘러 다가가던 승객들이 코를 막으며 재빨리 그에게서 멀어지는 것을 보면 1번 승객에게서는 심한 악취가 나는 게 분명했다. 지하철 역사 곳곳에서 촬영된 CCTV 화면을 분석해본 결과, 1번 승객은 이미 두 시간 반쯤 전에 다른 환승역에서 탑승했는데 그때도 주위에 있는 승객들이 슬슬 자리를 피하는 모습이 카메라에 포착됐다. 승객이 많이 내린 어느 역에서 피곤한 기색으로 자리에 앉은 1번 승객은 얼마 지나지 않아 고개를 숙이고는 그 자세로 순환선을 두 바퀴 돌았다는 게 밝혀졌다.

1번 승객이 천천히 고개를 든 것은 꽤 많은 사람이 내린 역을 막 출발했을 때였다. 환승역을 지났을 때에 비하면 차량이 많이 한산해졌을 때 고개를 든 1번 승객의 안색은 유달리 어두웠고 입에서는 침이 줄줄 흐르고 있었다. 1번 승객이 앉은 좌석 오른쪽의 출입문에는 젊은 여성 승객이 서 있었는데, 휴대폰에 몰두해 있던 여성이 이상한 낌새에 고개를 든 순간 여성과 1번 승객의 눈이 마주쳤다. 그러자 화면 속의 여성이 비명을 지르는 모습에서 짐작되듯 1번 승객의 눈빛은 평범한 사람의 그것이 아닌 먹잇감을 노리는 짐승의 그것이었다. 겁에 질려 비명을 지른 여성은 사색이 돼서는 바들바들 떨며 풀썩 주저앉았다. 그러자 엉거주춤 일어난 1번 승객은 조금도 망설이지 않고, 그런데 긴박해 보이는 상황하고는 영 어울리지 않는 엉거주춤한 동작으로 이제는 비명도 제대로 못 지르는 여성에게 덤벼들었다. 화면으로 보기에도 1번 승객은 여성의 목을 제대로 물어뜯은 게 분명했다. 여성의 목에서 분수처럼 쏟아져 나온 핏줄기가 차량 내부와 주위에 있는 사람들을 적셨기 때문이다. 1번 승객은 여성의 경동맥을 정확하게 물어뜯은 듯했다.

객차 안은 순식간에 아비규환으로 변했다. 승객 대부분은 비명을 지르며 1번 승객과 여성 승객에게서 황급히 멀어졌다. 그 와중에도 여성을 구하러 나선 남성이 몇 명 있었지만 시뻘건 이빨을 드러내며 피가 뚝뚝 떨어지는 얼굴로 노려보는 1번 승객의 서슬에 기가 죽어 얼떨결에 뒷걸음질을 치고야 말았다. 1번 승객은 부들부들 경련만 일으킬 뿐 축 늘어진 여성을 내려놓고는 코를 쿵쿵거리기 시작했다.

같은 차량에 있던 승객들 중 일부는 이미 이웃 객차로 건너가 있었다. 이 차량은 객차들 사이에 출입문이 있지만 평소에는 열어놓고 운행하는 개방형 차량으로, 객차들하고 칸막이로 분리된 차량 맨 앞의 기관차 운전석을 제외한 나머지 객차들은 사실상 문이 없는 채로 1자로 연결돼 있었다. 다른 객차로 도망치던 중에 벽에 설치된 비상수화기를 보고 용기를 낸 승객이 수화기를 들고 기관사와 통화를 시도했다. 방금 전에 일어난 참혹한 사건을 알려 사태 확산을 막으려는 의도에서였다. 그런데 안타깝게도 1번 승객의 다음 희생자가 바로 그 승객이었다. 어느 틈엔가 그 승객에게 다가온 1번 승객은 수화기를 든 승객의 팔목을 물어뜯었다. 팔목의 살점이 같이 물린 옷감과 함께 뜯어져 나오는 게 화면으로도 뚜렷이 보였다.

그래도 비상통화를 시도했다 불운을 당한 그 승객 덕에 기관사는 객차에서 끔찍한 일이 벌어지고 있다는 걸 인지할 수 있었다. 수화기를 통해 승객이 지르는 비명소리를 들은 기관사는 운전석에 설치된 모니터에 해당 객차의 CCTV 화면을 띄웠다. 여러 개로 분할된 화면은 객차 곳곳에 튄 핏자국과 고여 있는 핏물, 피가 뚝뚝 떨어지는 얼굴과 기묘한 움직임으로 사냥감을 찾듯 객차를 돌아다니는 1번 승객과 그 승객을 피해 도망 다니는 사람들과 오금이 저려 주저앉은 채로 벌벌 떠는 승객들의 모습을 보여줬다.

기겁을 한 기관사는 관제센터에 비상상황이 발생했다고 보고했다. 아울러 잠시 후에 도착하는 지하철역을 정차하지 않고 통과하겠다고 알리고는 열차를 세우지 않고 속도만 줄인 채로 계속 달려 역을 통과했다. 해당 객차의 CCTV를 확인한 관제센터 역시 사태의 심각성을 인지하고는 이후에 도착할 역들에 경비요원을 배치할 테니 상황에 대처할 준비를 마친 역에 열차를 세우고는 해당 객차의 앞뒤 객차들의 문을 열어 요원들을 태우라고 지시했다.

그러나 상황은 그렇게 전개되지 않았다. 문제의 객차와 멀리 떨어진 차량들에 탑승해 있는 승객들은 구체적으로 무슨 일이 생겼는지는 몰라도 저쪽 차량에서 들려오는 소란스러운 소리에 급박한 상황이 벌어졌다는 낌새를 눈치 채고 심하게 동요하고 있었다. 그런데 기관사가 동요하는 승객들을 진정시키려는 내용의 안내방송을 하고 관제센터와 긴박하게 연락을 주고받는 사이, 생각지도 못한 일이 일어났다. 처음에 공격을 받고 축 늘어졌던, 당연히 죽었을 거라고 생각했던 여성 승객이 슬그머니 일어난 것이다.

신기한 것은 체내에 있는 피가 다 뿜어져 나왔을 거라고 생각될 정도로 심한 부상을 당한 목에서 피가 거의 흘러나오지 않고 있다는 것, 출혈이 무척 심했을 텐데도 과다출혈에 따른 증상을 전혀 보이지 않는다는 것, 그리고 이후로 '2번 승객'으로 불린 이 여성이 1번 승객과 똑같은 행동을 하기 시작했다는 거였다. 1번 승객이 그러는 것처럼 두 리번거리며 쿵쿵거리던 2번 승객은 차에서 내리지도 못하고 꼼짝없 이 무슨 일이 벌어지는지를 구경하거나 직접 그런 일을 당해야 하는 처지가 된 옆 차량의 손님들에게로 향했다. 조금 뒤에는 비상통화를 하려다 공격을 받고 쓰러졌던 '3번 승객'도 일어나 2번 승객과 함께 옆 차량으로 건너가 승객들에게 달려들었다. 반대쪽에서는 옆 차량으 로 도망가려던 남성이 1번 승객에게 덜미가 잡혔다. 이런 식으로 사건 이 시작된 첫 객차의 양쪽 방향으로 참사가 퍼지면서 차량 전체가 피 와 비명소리로 물들고 있었다. 그리고 그렇게 무자비한 공격을 받고 는 피를 쏟으며 쓰러졌던 승객들은 2번과 3번 승객이 그랬던 것처럼 쓰러지고 몇 분이 지나면 슬며시 일어나 자신들이 공격을 받은 방식 그대로 다른 승객들을 공격하기 시작했다.

CCTV로 상황을 목격하고 패닉에 빠진 관제센터는 해당 열차에 탄 승객들의 안전은 포기하기로 결정했다. 차량을 역에 세워 승객이 내 릴 수 있게 했다가는 상황 통제는 고사하고 사태가 역사 안팎으로 퍼 지면서 걷잡을 수 없이 확산될 거라는 우려 때문이었다. 관제센터는 문제의 차량을 세우지 않고 역들을 서행으로 통과시킨 후 차량기지로 이동시키고는 치안당국이 조치를 취할 때까지 기다리기로 결정했다.

그런데 관제센터의 결정과 달리 사태는 악화되기만 했다. 잠시 후에 다른 열차에서도 똑같은 상황이 벌어지기 시작했기 때문이다. 이번에 는 내선 순환열차에서 비슷한 일이 벌어졌다. 그 열차에서도 상황은 첫 열차와 비슷하게 전개됐다. 몇 대 뒤에 있는 차량에서도, 그 옆을 스쳐가던 외선 순환열차에서도 똑같은 상황이 벌어졌다.

운행 중인 지하철 한 대도 아니고 다섯 대에서 이런 일이 벌어지자 청와대와 국가정보원, 군, 검찰, 경찰 등 치안을 담당하는 기관들이 모여 대책을 논의하는 관계기관 대책회의가 긴급 소집됐다. 사태가 너무 급하게 전개되다 보니 대면회의를 가질 여유가 없어 화상회의로 진행된 대책회의에서는 수도권 전역의 지하철 운행을 전면 중단하기로 결정했다.

대책회의 입장에서는 다행스럽게도 문제가 발생한 차량 다섯 대는 모두 순환노선인 2호선의 차량들이었다. 대책회의는 사건이 일어난 다섯 대를 제외한 나머지 차량은 승객 대피에 용이한 역에 도착하는 즉시 승객을 전원 하차시킨 다음 차량기지로 이동하라고 지시했고, 문제가 생긴 차량들은 정차하는 일 없이 서행으로 역들을 통과하는 식으로 2호선을 계속 순환하라고 지시했다.

가로막는 문이나 창문만 없다면 플랫폼에 있는 사람들을 금방이라도 덮칠 것 같은 무시무시한 기운을 뿜어내며 피칠갑이 된 얼굴과 섬뜩한 눈빛으로 피로 얼룩진 창밖을 노려보는 승객들을 태우고 천천히 역을 통과하는 지하철을 찍은 동영상이 빛의 속도로 온 세상에 퍼졌고, 영상을 본 사람들은 하나같이 몸서리를 치면서도 묘한 호기심 때문에 영상에서 눈을 떼지 못했다.

관계기관 대책회의는 논의 끝에 문제의 다섯 대를 한강다리 위에 세우기로 결정했다. 사방의 시야가 확 트인 덕에 상황을 파악하고 대처하기 쉽다는 점, 한강이 바리케이드 역할을 하기 때문에 다리 양끝만 봉쇄하면 문제 차량에 탄 승객들의 출입을 통제하기 쉽다는 점 때문이었다. 그 결과 잠실나루역과 강변역 사이에 두 대가, 당산역과 합정역 사이에 세 대가 정차하게 됐다. 다리 위에 차량을 세운 문제 차량의 기관사들은 그제야 공포의 차량을 떠나 경찰 특수부대 요원의 도움을 받으며 뭍에 있는 역으로 피신할 수 있었다.

차량들이 정차하고 기관사들이 피신한 것을 확인한 대책회의는 사태 진압은 식은 죽 먹기라며 안도했다. 주변 시야가 트여있고 객차 안이 훤히 들여다보이는 이점이 있으므로 다리 양쪽에서 특수부대 요원들을 투입하면 일사천리로 상황을 마무리 지을 수 있다는 판단에 서였다.

그런데 CCTV로 차량들 내부를 살펴보던 일부 관계자가 내놓은 의견은 대책회의를 고민에 빠뜨렸다. 한강 위에 서있는 모든 객차의 내부를 아무리 살펴봐도 이게 세상이 다 지켜보는 가운데 특수부대 요원을 투입해서 처리해야 할 정도로 중차대한 상황이라는 생각이 들지 않는다는 얘기였다. 그들의 주장에 따르면 차량 내부에 있는 사람들은 하나같이 다른 사람에게 물리고는 피에 젖은 채로 창밖을 보고 서성거리고 있을 뿐이었다. 차량 내부에 죽어서 쓰러져있는 사람은 아무도 없었다. 공격을 당한 후에 쓰러졌다 일어난 사람이 다시 공격을 당하는 일이 없다는 것도, 즉 피해를 입은 사람들끼리는 서로를 공격하는 일이 없다는 것도 주목할 점이었다. 그런 식으로 가해와 피해가 이어지다보니 1번 승객을 제외한 나머지 승객 전원이 모두 피해자였는데 피해를 당한 승객 중에 신고를 하거나 다른 식으로 피해를 호소하는 사람도 아무도 없었다.

그러면서 법적으로 이 상황을 어떻게 정의해야 옳고 어떻게 대처하는 것이 적법한 것인지를 놓고 논란이 벌어졌다. 1번 승객의 법적인 신분이 가해자인 것은 확실했다. 그런데 1번 승객이 무고한 시민을 공격해 치명적인 상해를 입히기는 했지만 피해자는 목숨을 잃은 게 아니라 아무렇지도 않다는 듯이 객차 안을 서성거리고 있었고, 따라서 이상한 구석이 많은 상황이기는 해도 법적으로 따지면 이것은 중범죄인 살인사건이 아니라 상대적으로 가벼운 상해사건들이 연달아 일어난 사건이었다. 피해를 신고해야 할 피해자는 다른 사람을 공격해 가해자가 됐고, 그렇게 피해를 입은 사람은 잠시 후에 다른 사람의 가해자가 되는 순환 고리가 계속 생겨나면서 멀쩡한 사람이 바닥나 피해자가 더 이상 나올 수 없을 때까지 이어진 것이 이 사건의 전모였다.

더군다나 그들은 객차를 벗어나 삼엄한 경계망을 뚫고 탈출하겠다는 의도를 전혀 내비치지 않고 있었다. 비상시에는 객차에 설치된 망치로 창문을 깨라는 등 수동으로 문을 여는 방법은 이렇다는 등을 알려주는 대피요령이 객차 벽에 떡하니 붙어 있는데도 말이다. 그들은 방송사 헬리콥터가 내는 소음이나 객차 내부를 비치는 불빛에만 흥분해 날뛸 뿐 객차에서 내릴 의도가 없는 듯, 또는 객차를 벗어날 능력이 없는 듯 보였다.

그렇게 다발적으로 발생한 상해사건의 범인들을 체포하자고, 그것도 비무장상태인데다 도주 의도를 전혀 내비치지 않는 대규모의 피해자 겸 가해자를 검거하자고 중무장한 특수요원을 투입하는 것은 너무 무리한 대처방안이 아니냐는 주장이 대책회의 내부에서 서서히 힘을 얻기 시작했다. 어떤 진압방식을 택해야 할지도 의문이었다. 기이한 사건을 취재하려고 언론사란 언론사는 다 출동한 까닭에 온 세상의 이목이 쏠려 있는 가운데 상해사건의 범인들이 얌전히 돌아다니고만 있는 객차에 총기를 든 요원들을 투입하는 것은 부담스러운 일이었다. 그렇다고 기괴한 행동을 하는 범인들을 경찰봉만으로 상대하게 만드는 것도 모양새가 우스울 성싶었다. 그래서 객차 내부에 마취가스를 주입해 모두를 쓰러뜨리자는 제안도 나왔다.

사건을 찍은 객차 내부 동영상과 역을 통과하는 객차를 찍은 동영상이 지구 곳곳으로 퍼졌고 방송과 동영상 사이트를 통해 온 세상이 한강다리 위의 차량들을 지켜보고 있었다. 그러니 여론의 질타를 받을지도 모르는 섣부른 조치를 취할 수는 없는 노릇이기에 대책회의 내부에서 진압방식을 놓고 벌이는 갑론을박의 결론은 쉬이 나지 않았다.

그 와중에 황혼이 내리고 해가 졌다. 핏빛 노을과 시커먼 어둠의 공격을 받았지만 낮부터 내내 불이 켜져 있어 빛이 모자라지는 않은 객차 안의 상황은 달라진 게 없었다. 피해자가 아니고 가해자이기만 한 1번 승객을 비롯한 모든 가해자 겸 피해자들은 잠시도 쉬지 않고 객차 안을 서성거렸다. 대책회의는 차량에서 도주하는 자나 차량에 접근하는 이들을 막기 위해 다리 양쪽에 서치라이트를 설치해 열차들을 환하게 비췄다. 날카로운 서치라이트 불빛 여러 개가 한밤중의 어둠을 힘껏 꿰뚫었고, 그러면서 강물 위에도 똑같은 개수의 서치라이트 다발이 일렁거리면서 먹물 같은 강물이 환해졌다.

대책회의가 대처방안을 모색하고 방송에 출연한 의료전문가들이 승객들에게 일어난 알쏭달쏭한 일에 대한 의학적 설명을 시도하는 가운데 바빠진 사람들은 또 있었다. 객차 내부를 가까이서 찍어 조회수를 늘리려는 유튜버들이었다. 정부에서 허가한 헬리콥터와 드론을 제외한 민간 드론을 열차 주위에 날리는 것은 불법이었지만, 유튜버들이 날린 드론들은 피를 빨 수만 있다면 물불 안 가리고 덤벼대는 모기처럼 객차 주위를 끈질기게 날아다녔다. 군경은 방해전파를 쏘고 드물게는 사격을 해서 불법 드론들을 하나둘씩 격추시켰다. 그렇지만 어둠 속에서 객차에 접근한 드론들이 추락 직전까지 찍어 전송한, 드론의 불빛과 소음에 흥분해 날뛰는 기괴한 모습과 행동거지의 승객들을 찍어 전송한 화면은 바이러스처럼 증식하며 전 세계로 퍼져나갔다.

사람들은 당연히 죽었을 거라 생각했는데 잠시 뒤에 살아나서는 나사가 몇 개 빠진 로봇처럼 돌아다니는 승객들을 언제부턴가 "살아서 돌아다니는 송장"이라는 뜻의 "산송장"이라고 부르고 있었다. 그런데 온 세상의 시선이 한강다리에 정차한 지하철 객차들에 쏠려 있는 사이, 산송장들이 서울 곳곳에 출현하고 있었다. 식당에, 버스에, 대학교 도서관에, 백화점에, 관공서와 교회와 군부대에 멀쩡한 모습으로 들어갔다가 어느 틈엔가 산송장으로 변해 버린 사람들이 같은 공간에 있다는 것 말고는 아무런 관련도 없는 사람들에게 달려들어 인정사정 봐주지 않고 물어뜯고는 그러고도 여전히 허기지다는 듯 다른 사람들을 쫓아다니기 시작했다. 그리고 지하철에서 그랬던 것처럼, 그런 곳에서도 산송장에게 당한 사람이 1, 2분만 지나면 산송장이 돼서는 희생자들을 찾아 나섰다.

전국 도처에서 무서운 속도로 업로드되는, 곳곳에서 벌어진 사건들을 촬영한 영상들을 본 사람들은 사태의 심각성에 경악했다. 이제 사람들은 자신의 주위에도 어느 순간 산송장으로 돌변하는 사람이 있는 것은 아닌지 불안해하며 두리번거리게 됐다. 그런데 그 와중에도 느릿하게 걸어 다니는 산송장에게서 도망치지 못하는 사람들이 이해가 안 된다는 댓글을 다는 사람들이 있었다. 방에 틀어박혀 키보드만 두들겨대는 그 사람들이 알지 못하는 것은 막상 산송장을 대면한 사람은 그들이 뿜어내는 살기에 압도돼 팔다리를 제대로 놀리지 못하고는 그들의 이빨에 몸을 내주기 일쑤라는 거였다.

산송장을 제압할 방법을 아는 사람이 없는 것도 상황이 악화 일로로만 치달은 이유 중 하나였다. 산송장은 몽둥이로 두들겨 패고 팔다리를 부러뜨려도 아픔 같은 것은 모른다는 듯한 모습으로 상대에게 덤벼들었다. 그러니 용감하게 산송장과 맞서 싸운 사람도 시간이 지나 힘이 빠지면 어느 순간 산송장들에 에워싸여 무릎을 꿇고는 잠시 후 산송장의 대열에 합류하는 신세가 됐다.

신고를 받고 출동한 경찰도 뾰족한 수가 없는 건 마찬가지였다. 도저히 방법이 없어 최후의 수단으로 권총을 뽑아들고 총기사용수칙에 따라 겁을 주려고 공포탄을 쏴도 산송장들은 겁을 먹기는커녕 들은 척도 하지 않았다. 그래서 경찰은 총기사용수칙의 다음 단계인 산송장들의 다리를 겨냥해 실탄 사격을 했지만, 다리를 맞은 산송장들이 보이는 반응은 모기에 물린 사람이 보이는 반응과 다르지 않았다. 결국 산송장을 제압하러 출동한 경찰들도 하나둘씩 산송장이 돼버리고 말았다.

산송장 앞에서는 무기고 뭐고 아무 소용이 없다는 것을 보여주는 이런 사례들은 가뜩이나 상황에 압도돼 기가 꺾인 사람들에게 그나마 남아 있던 기를 철저히 짓밟았다. 산송장의 수가 기하급수적으로 늘어나면서, 그리고 옆에 있는 사람이, 심지어는 자기 자신도 어느 순간 산송장으로 변할지도 모른다는 공포가 확산되면서 한국 사회의 치안은, 나아가 한국 사회는 무서운 속도로 붕괴됐다.

뉴스를 통해 한국에서 벌어지는 참상을 강 건너 불구경하듯 바라보며 자신들은 안전하다고 안심하고 있던 세계 각국이 이것은 한국에만 국한된 상황이 아니라는 것을 깨닫는 데는 오랜 시간이 걸리지 않았다. 세계 각국의 주요 공항에서 산송장이 난동을 부리는 사례들이 속출하기 시작한 것이다. 각국 정부는 이런 사건이 서울에서 처음 벌어졌다는 사실을 바탕으로 동양인의 입국을 철저히 감시하고 통제했지만 코카시안도 흑인도 라틴계도 산송장으로 변해버리는 일이 빈발하면서 동양인만이 문제인 것은 아니라는 게 밝혀졌다.

난동이 벌어진 곳은 도심에서 멀리 떨어진 공항만이 아니었다. 공항에서 택시나 대중교통을 이용해 도심에 도착한 승객들이 산송장으로 변해 시내를 아수라장으로 만들기 시작했다. 숱하게 많은 사람이 오가는 도심에서 산송장에게 물려 산송장이 된, 그리고는 다른 사람을 산송장으로 만들려고 나선 사람들의 규모는 시간이 갈수록 어마어마한 규모로 커졌다.

사태의 정점을 찍은 것은 시카고 오헤어공항에 착륙해야 할 민항기가 시카고 도심에 추락해 빌딩 몇 채를 무너뜨리고 도심을 불바다로 만든 거였다. 항공기가 시카고에 접근했을 때 조종사가 산송장으로 변한 탓에 일어난 일이었다. 이탈리아에서는 항구에 접근하는 유람선과 교신이 이뤄지지 않아 항만 당국자들이 유람선에 접근해보니 탑승자 전원이 산송장으로 변해 있는 사건도 일어났다.

상황이 이렇게 급박하게 전개되다 보니 산송장의 법적인 신분이나 사건의 법적인 해석 같은 건 따질 계제가 아니었고 그럴 여유도 없었다. 상대할 적이 어떤 존재인지를 파악할 겨를도 없이 현장에 투입된 군경조차 산송장에게 속수무책으로 당하면서 산송장으로 변해버리는 지경이었다. 그렇게 세계 각국의 치안과 사회시스템은 눈 깜짝할 사이에 차례차례 붕괴되기 시작했다.

5층의 정문 쪽 구름다리는 지혜가 며칠 전까지만 해도 코를 간지럽히는 향긋한 커피와 짙은 색이 살짝 들어간 통유리 너머의 아름다운 풍광을 즐기던 곳이었다. 숨텍에 재직하는 교수들의 교수실과 실험실

이 모여 있는 A연구동과 이름은 연구동이지만 강의실과 회의실, 세미
나실, 행정 관련 사무실, 동아리방 같은 학생들의 자치공간이 모여 있
는 B연구동의 5층을 잇는 앞뒤 두 개의 구름다리 중 정문 쪽 구름다리
는 프로젝트를 수행하다 지칠 때면 틈틈이 찾아와 머리를 식히고 재
충전을 하기에 안성맞춤인 곳이었다. 그런데 지금 지혜는 휴스턴에
사는 언니네 가족과 통화가 되지 않아 애태우며 초조한 심정으로 구
름다리를 서성이고 있었다.

사흘 전에 서울의 지하철에서 처음으로 사건이 발생한 이후로 나라
곳곳에서 벌어진 끔찍한 일들이 뉴스와 동영상으로 세계 전역에 퍼질
때만 해도 안부전화를 먼저 건 쪽은 언니였다. 지혜는 서울에서 멀리
떨어진 외진 곳에 있는 까닭에 학생들이 농담 삼아 "유배지"라고 부르
는 숨텍의 캠퍼스는 아무 일도 없는 안전한 곳이라는 말로 언니를 안
심시켰다. 지혜가 한 말은 참말이었지만, 캠퍼스에 서서히 피어오르다
급격히 팽배해진 불안감을 감안하면 거짓이 약간 섞였다고 할 수도
있었다. 아무튼 구불구불한 가느다란 왕복 2차선 도로를 한참을 달려
야 도착할 수 있는 이곳 캠퍼스에서 볼 때 전국 곳곳에서 벌어지는 일
들은 전파와 인터넷을 통해서만 접할 수 있는 딴 세상에서 전해지는
뉴스나 다름없었다.

그런데 한국만이 아니라 세계 곳곳에서도 비슷한 일이 벌어지고 있
다는 소식이 전해지기 시작하면서 안부전화를 거는 쪽은 언니네 가족
이 걱정된 지혜가 됐다. 아시아와 미국, 유럽을 망라한 세계 주요 도시
의 상황이 인터넷에 폭발적으로 업로드되면서 언니 가족의 안부를 걱
정하게 된 지혜는 틈날 때마다 전화를 걸었는데, 처음 몇 시간 동안은
가족 모두 집에 있고 문을 꼭꼭 잠그고 있어서 안전한 상태라며 지혜

를 안심시키던 언니가 몇 시간 전부터 전화를 받지 않고 있었다. 전화는 걸 때마다 번번이 전화를 받을 수 없는 상태라며 음성사서함으로 넘어가고는 했다.

통유리에 설치된 허리 높이의 철제난간에 손을 얹고 멍하니 바깥을 쳐다보던 지혜는 머리 위에서 나는 톡톡 소리에 무심결에 위를 올려다봤다. 빗방울이 구름다리 천장의 통유리에 떨어지면서 생긴 자국이 군데군데 보였다. 봄바람이 드물게 인심을 써서 그 높은 곳까지 실어와 살짝 내려놓고 간 꽃잎들을 보여주는 것으로 봄날이 간다는 것을 실감시켜 주고는 하는 그곳에 후두둑 소리와 함께 비슷한 자국들이 연달아 생겨나고 있었다. 그런데도 하늘은 청명하기만 했다. 어디선가 호랑이가 장가를 가는 듯했다.

지혜가 서 있는 5층 정문 쪽 구름다리에서 뒤를 돌아보면 다른 층들을 잇는 구름다리들과 5층의 뒤쪽 구름다리가 있었는데 그 구름다리들의 천장에도 빗물자국이 생기는 게 보였다. 그리고 그 빗물자국들 아래로는 짐이 잔뜩 들어가 배가 빵빵한 캐리어를 끌거나 배낭을 메고 분주히 다리를 건너는 사람들의 모습이 보였다.

바닥을 제외한 3면이 통유리로 돼 있고 층마다 정문 쪽과 뒤쪽에 두 개씩 설치된 이 구름다리들은 개교한 지 10년도 되지 않은 숨텍을 며칠 만에 세계적으로 유명한 곳으로 만든 명물이었다. 부정적인 시각으로 보면, 숨텍의 이미지를 한국의 공학을 선도하겠다는 야심을 품고 여러 분야의 첨단 프로젝트에 주력하는 공과대학이 아니라 구름다리로 유명한 학교로 고착시킨 구조물이었다.

숨텍의 구름다리를 유명하게 만든 것은 개교를 한 달쯤 앞뒀을 때 파쿠르(Parkour) 동호회 게시판에 업로드된 동영상이었다. 파쿠르 실력이 한국 최고이고 세계적으로도 몇 손가락 안에 들어가는 것으로 유명한 회원이 올린 동영상은 동이 튼 직후에 그 회원이 동료 회원들과 함께 숨텍의 옥상에 잠입하는 것으로 시작됐다. 부드러운 아침햇살이 새벽이 미처 다 못 챙기고 남겨놓은 약간의 어둠을 깔끔히 몰아내는 동안, 동료 회원들은 드론을 날려 영상을 촬영하기 시작했다.

옥상에 선 유명회원 앞에는 층마다 각기 다른 위치에 배치된 구름다리들이 비디오게임에 나오는 발판들처럼 놓여 있었다. A연구동과 B연구동의 2층부터 7층까지 각 층에 앞과 뒤 두 개씩 지어진 구름다리들은 똑같은 위치에 있지 않고 서로서로 엇갈린 위치에 있었다. 그래서 드론을 높이 날려 부감으로 찍은 화면에서는 12개의 구름다리가 또렷하게 보였다.

옥상에서 7층의 정문 쪽 구름다리로 뛰어내린 유명회원은 들쑥날쑥한 위치로 배치된 구름다리들을 향해 몸을 날리기 시작했다. 그가 두려운 기색이라고는 조금도 찾아볼 길이 없는 경쾌한 몸놀림으로 구름다리들을 뛰어다닌 끝에 지상에 발을 디딜 때까지 드론은 그의 위와 옆을 따라가며 역동적인 화면을 포착했다. 하마터면 6층의 정문 쪽 구름다리에서 떨어질 위험에 처하기도 하고 4층의 뒤쪽 구름다리에서는 실제로 구름다리 밖으로 하체가 벗어나는 위험천만한 상황에 처하기도 했던 그가 도전을 성공적으로 마치는 것을 보여주는 동영상은 업로드되기 무섭게 세계적인 화제 동영상이 되면서 어마어마한 조회수를 기록했고, 그 덕에 숨텍은 아직 개교도 하지 않았는데도 세계적으로 유명해졌다. 무용을 포기하고 은둔생활에 들어간 탓에 개교도 하지 않은 공과대학에 관심이 있을 리가 없는 지혜가 숨텍의 존재를 처음으로 알게 된 것도 그 동영상 때문이었다.

동영상이 히트한 후, 학교 측은 이후로 무모한 도전에 나서는 사람들이 계속 등장할 거라며 그런 사태를 미연에 방지하라는 관계당국의 조언에 따라 구름다리 천장의 양쪽 모서리에 무릎 높이의 철제 난간을 설치했고 그 난간은 지금도 구름다리에 그대로 남았다. 난간을 설치한 이후로 파쿠르 동호인의 도전이나 도발은 없었는데, 아무튼 그 동영상 덕에 숨택의 구름다리는 학교의 랜드마크가 됐고 숨택은 개교하기도 전에 인지도가 드높아지는 성과를 얻었다.

다른 구름다리들에서 눈길을 돌린 지혜는 언니에게 다시 전화를 걸었다. 번호가 눌리는 소리가 이어폰을 통해 귀에 들어왔다. 통유리 너머로 보이는 정문 앞 광장에는 사람들이 잔뜩 모여 있었다. 서울에서 사건이 벌어진 이후로 학기가 한창인데도 학교를 떠나는 학생과 교직원이 많았다. 아니, 대부분의 사람이 학교를 떠났다. 가족을 걱정하며 안위를 확인하러 가는 사람도 많았지만, 이곳에서도 언제 어떤 일이 벌어질지 모른다는 두려움을 이기지 못해 떠나는 사람도 많았다. 캠퍼스 안에서도 언제든 산송장이 생길 수 있다는 두려움이 바깥세상에 대한 두려움 못지않게 커지면서 가운데에 발라진 잼을 눌러 밀어내는 샌드위치의 빵처럼 캠퍼스를 한껏 짓눌러 안에 있는 사람들을 울타리 밖으로 밀어냈다.

그렇게 많은 사람이 캠퍼스를 떠났는데도 교내에는 아직도 사람이 꽤 많이 남아 있었다. 학교를 떠나는 자가용과 서울을 오가는 통학용 셔틀버스를 타려는 사람들이 광장과 거기에서 이어지는 정문 근처에 여전히 많이 보이는 것을 보면 말이다. 광장 한편에는 스쿠터를 타고 학교를 떠나면서 친구들과 작별의 포옹을 하고 정문을 나서는 헬멧 차림의 학생들도 있었다.

약삭빠르게 잇속을 챙기는 솜씨로는 따라갈 사람이 없다는 소리를 듣지만 상황 판단 능력이 뛰어난 사람이라는 평가도 받는 서지환 총장은 학기 중이기는 해도 가족의 안위가 걱정돼 캠퍼스를 떠나고 싶은 사람은 주저하지 말고 떠나도 좋다는 방침을 밝혔다. 그러면서 학교는 사실상 강의가 정상적으로 이뤄지지 않는 휴교 상황에 돌입했다. 많은 학생과 교수, 교직원이 주저 없이 캠퍼스를 떠나 연락이 잘 안 되는 가족의 안부를 확인하러 간 데에는 서 총장의 발표가 큰 역할을 했다. 그런데 서 총장은 사람들이 떠나는 것은 막지 않는 동시에 캠퍼스 외부에서 캠퍼스로 사람이 들어오는 것은 철저히 막았다. 혹시나 모를 산송장의 진입을 막겠다는 의도에서였다.

그래서 많을 때는 5천 명 정도가 북적거리는 캠퍼스에 지금 남은 인원은 기껏해야 300명이 채 되지 않았다. 그 인원은 대부분 지혜처럼 캠퍼스를 나가봐야 만날 가족이 없는 사람이거나 상민처럼 프로젝트에 미친 사람, 혹은 조금 전에 지혜의 눈에 띈 명인환처럼 연례행사로 예정돼 있던 입학예정자 환영행사를 열심히 준비했다가 갑작스러운 사태 전개에 어찌할 바를 몰라 갈팡질팡하는 학생들이었다.

지혜가 음성사서함으로 연결된다는 안내만 몇 번이나 들으며 초조하게 구름다리를 서성거리던 조금 전, 낯익은 남학생 둘이 B연구동에서 나타나 짜증이 잔뜩 묻은 대화를 하며 A연구동으로 향했다. 드론동호회 소속인 두 사람은 커피를 들고 있었다.

"안녕하세요, 나 박사님." 지혜와 안면이 있는 재료공학과 박사과정 대학원생 인환은 이 판국에도 평소와 다름없는 얄궂은 표정과 말투로 인사를 건넸는데, 워낙 사근사근하고 밝은 성격인지라 그렇게 개구진 행동을 해도 그를 미워하는 사람은 볼 수가 없었다. 상민과 학부시절부터 가까운 사이로 친형제처럼 허물없이 지내온 인환은 지혜를 향한 상민의 마음을 누구보다도 잘 알기에 지혜를 '나 박사님'이라고 부르는 대신 '형수님'이라고 부르고 싶었지만 여자 문제에 있어서만큼은 숫기라고는 찾아볼 길이 없는 상민의 입장을, 나아가 그런 상황을 은근히 즐기는 지혜의 입장을 고려해 속으로만 그렇게 불렀다. 지혜에게서 멀찌감치 떨어진 곳의 난간에 몸을 기댄 인환은 투덜거리는 말투로 학부생 후배와 하던 대화를 이어갔다. "이런 판국에 환영행사를 그대로 진행한다면 그것도 말도 안 되는 짓인데… 그렇다고 행사를 취소하면 그것도 영 기분이 나쁠 것 같고… 아무튼 총장 아저씨도 결정을 할거면 빨리 결정을 할 것이지 왜 그렇게 미적대냐, 미적대기를?"

서 총장은 "떠나는 건 자유, 들어오는 건 금지" 방침은 확고히 밀어붙이면서도 환영행사 개최 여부는 아직도 결정을 내리지 않고 있었다. 많은 사람이 캠퍼스를 떠난 지금 상황에서 행사를 정상적으로 개최할 수 있을 거라 생각하는 사람은 아무도 없는데도 말이다. 이 연례행사는 학내의 모든 동아리가 지난 1년간의 활동성과를 입학예정자를 비롯한 교내외 관계자들에게 선보이며 신입회원을 모집하려고 벌이는, 길지 않은 숨텍의 역사에서도 교외에 대놓고 자랑하기에 모자람이 없는 행사였다. 상용화 가능성이 높은 빼어난 연구 성과가 많이 소개되는 까닭에 국내와 국외의 벤처투자자들이 반드시 참석해야 할 행사로 꼽는 행사이기도 했다.

"학교에 남은 사람들의 사기를 진작하려는 차원에서 그러는 거겠죠." 상민은 왜 행사를 취소하지 않는지 모르겠다는 지혜에게 말했었다. 자기 잇속만 챙기는 사람들을 경멸하는 상민의 평소 성격을 감안해보면 행사 개최 여부를 결정하지 못하는 서 총장을 향해 쓴소리를 잔뜩 퍼부어야 마땅한데도 상민의 말투에서 그런 흔적은 조금도 찾아볼 길이 없었다. 상민과 서 총장의 사적인 관계도 의아하기는 마찬가지였다. 평소 성향만 놓고 보면 두 사람은 견원지간이어야 마땅한데, 뜻밖에도 상민과 서 총장의 관계는 그리 나쁜 편이 아니었다. 서 총장과 만날 때마다 상민의 얼굴에 그늘이 드리워지기는 했지만 말이다.

상민은 외부인의 출입이 차단되고 가끔씩만 연결되는 통화와 동영상을 통해서만 외부소식을 확인하며 스트레스를 받고 있는 학생들의 처지를 감안한 서 총장이 행사 개최 여부를 고민하는 중일 거라고 설명했는데, 어딘지 모르게 서 총장을 두둔하는 것 같았다. "이런 상황에서 행사를 열자고 하는 것은 부담스럽겠지만 교내 분위기가 이렇게 가라앉은 상태로 있는 것도 여러 모로 문제라고 생각하겠죠. 다들 행사 준비하느라 고생이 많았을 텐데 단출하게라도 행사를 열어 분위기를 조금이나마 띄워보려는 속셈일 거예요." 상민은 잠깐 생각에 잠겼다가 말을 이었다. "물론 결정적인 요인은 들인 돈이 아까워서겠죠. 행사를 준비하느라 예산을 꽤 많이 집행했는데, 행사를 취소하면서 그 예산을 공중에 다 날리는 것은 마음에 영 들지 않을 테니까요."

"그런데 행사를 열어도 그렇지, 입학예정자들하고 외부인은 얼씬도 못하게 막는 행사가 무슨 의미가 있냐? 말이 안 되잖아. 망할 놈의 썸텍." 인환이 투덜거리면서 입에 올린 썸텍은 학생들이 학교 이름 숨텍을 자조적으로 부르는 명칭이었다. 초대 총장으로 지금까지 재직 중인 서 총장이 지은 교명 숨텍의, 정확히는 '숨'의 유래에 대해서는 의견이 분분했는데, 영어 'Sum'을 그대로 가져온 것으로 학교로 들어오는 자금을 모두 합쳐 한몫에 챙겨 튀겠다는 의도로 붙인 거라는 우스갯소리도 있었고, 학생들끼리 썸(Some)을 타라는 뜻에서 붙인 이름인데 안타깝게도 철자를 착각하는 바람에 그렇게 지었다는 설도 있었다. 숨텍의 자조적인 이름으로는 한숨텍도 있었다.

그런데 제일 신빙성이 높다고 인정받는 유래는 독실한 기독교 신자인 서지환이 하나님이 숨결을 불어넣어 아담을 창조한 것처럼 과학에 숨결을 불어넣는다는 뜻으로 숨(Soom)텍이라고 지었는데, 기도를 드리던 중에 하나님께서 철자를 'SUM'으로 하라는 계시를 내렸기 때문이라는 설이었다. 그러나 설립자로서 총장에 오른 서 총장이 교명에 대한 얘기는 일절 하지 않는 까닭에 확인된 설은 아니었다.

"그건 그렇고, 형. 옥상에 있는 드론은 어떻게 할까요? 로비로 옮길까요?"

"얘가 지금 무슨 소리를 하는 거야? 중요한 사람들이 하나도 못 오는데 괜히 옮기다 망가지기라도 하면 어쩌려고? 옥상에 그대로 둬. 행사가 개최되더라도 드론 쇼나 하면 충분할 거야."

지혜는 세상이 난장판이 된 이 판국에 저런 내용의 대화를 하며 짜증을 내는 두 사람을 세상물정 모르는 철없는 학생들로만 여겼지만, 드론연구회의 속사정은 당연히 알지 못했다. 드론연구회는 사건이 일어나기 1주일 전부터 LED 조명을 장착한 드론을 밤하늘에 날려 아름다운 야경을 연출해서는 교내의 관심을 독차지하며 다른 동호회의 부러움을 샀다. 그렇지만 드론연구회가 가진 비장의 카드는 그게 아니었다. 드론연구회가 행사에서 선보일 예정이던 회심의 카드는 태양광 패널이 잔뜩 설치된 A연구동 옥상의 구석에 숨겨놓듯 보관해둔 2인승 드론이었다.

드론연구회 입장에서 이번 행사는 최첨단 기술을 구현한, 상용화 가능성이 무척 큰 2인승 드론의 개발을 알리는 쇼케이스였다. 주요 벤처투자자들의 참석도 예정돼 있었기에 승용드론을 제조해 판매하는 벤처기업을 창업해 대박을 치겠다는 꿈에 젖은 회원들은 이미 벤처회사 지분의 배분 비율까지 결정을 마치고는 몇 달 전부터 들뜬 마음으로 심혈을 다해 이 행사를 준비해온 터였다.

"그건 그렇고 집하고 연락은 됐어?" 화려한 미래에 대한 꿈에서 벗어나 구차하게만 느껴지는 현실로 돌아온 인환이 후배에게 물었다.

"아침에 잠깐 통화에 성공했어요. 할아버지 댁이 충청도잖아요. 식구들 모두 거기로 피신했대요. 한시름 놨죠, 뭐. 형네 집은 별문제 없으시죠?"

"어제 저녁에 잠깐 통화가 연결됐다 끊겼는데, 그때까지만 해도 별문제는 없었어. 하아. 말세다, 말세. 왜 하필이면 이런 타이밍에 이런 일이 벌어지는 거야? 내 팔자가 드센가?"

두 사람이 더 이상 푸념하기도 지쳤다는 듯 구름다리를 건너 각자의 연구실로 향하는 순간, B연구동 엘리베이터에서 내린 교수가 화난 목소리로 통화하며 구름다리에 들어섰다. 많은 시간을 5층에서 보내는 지혜의 눈에는 낯선 교수였지만 다혈질인데다 조교와 학생들을, 심지어는 동료 교수들을 험하게 대하는 것으로 악명이 자자한 화학공학과 이명주 교수였다. "아직도 잔다고? 그 녀석 서울 갔다 온 지가 언제인데 아직까지도 몸살이 안 나았다는 거야? 야, 그놈이 그놈의 몸살 때문에 연구실을 며칠을 비웠냐? 몸살이고 지랄이고 어서 와서 데이터 정리하라고 해. 빨리." 성질을 부리며 전화를 끊은 명주는 뭔가 이상한 것을 느낀 듯 주위를 돌아보다 짜증을 냈다. "뭐야, 여기는 5층이잖아." 6층에서 내릴 걸 5층에서 잘못 내린 거였다. 구름다리를 그대로 건너가 A연구동 가운데에 있는 중앙계단을 통해 6층으로 올라가는 경로가 있었지만 다른 교수들을 만나는 게 싫었던 명주는 몸을 돌려 B연구동으로 돌아갔다. 그러고는 그 사이에 아래층으로 내려간 엘리베이터 대신 구름다리에서 나가면 바로 옆에 있는 계단을 통해 발소리를 쩌렁쩌렁 내며 6층으로 올라갔다.

지혜는 하늘이 어떤지 확인하려고 고개를 들었다. 빗방울은 더 이상 떨어지지 않았고 구름다리 너머의 세상은 여전히 화창했다. 언니에게 다시 전화를 걸었다. 통화를 연결하고 있다는 신호를 한창 듣고 있을 때였다. "나 박사님." A연구동 구름다리 입구에서 상민이 부르는 소리였다. 전화가 펑펑 터지는 평소라면 메시지를 보냈을 텐데 지금은 그런 상황이 아니라서 직접 지혜를 부르러 온 거였다. 지혜는 한숨을 쉬며 전화를 끊고는 A연구동 5층에 있는 상민의 휴머노이드 실험실로 향했다.

"아직도 연락 안 되나요?" 실험실에 먼저 들어가 헤드셋을 착용한 상민이 걱정하는 표정으로 물었다. 널따란 테이블 너머에 설치해놓은 카메라가 화이트보드 앞에 선 상민을 노려보고 있었다. 상민의 윗도리는 숨텍의 상징색인 진청색 계열 재킷이었지만 아랫도리는 평소 즐겨 입는 카키색 반바지 차림이었다. 지혜의 어두운 안색을 본 상민은 "괜찮으실 거예요. 너무 걱정하지 마요"라고 위로했다.

"고마워요."

"걱정이 많겠지만, 일단 닥친 일은 해야 하잖아요? PT 연습 좀 봐줬으면 해요."

"그런데 서울 컨퍼런스는 취소될 게 확실하고 입학예정자 환영행사가 열리더라도 외부인은 참석하지 않을 게 확실하잖아요."

"그래도 넋 놓고 마냥 걱정만 하는 것보다는 이런 연습이라도 하고 있는 편이 낫잖아요. 그러면서 걱정도 잠깐 잊고요."

맞는 말이라는 생각이 들었다. 그렇게라도 해서 언니와 세상에 대한 걱정을 잠시 잊는 것도 나쁘지 않을 듯했다. "시작하세요. 봐드릴게요." 지혜는 상민이 뭐라고 대답하기도 전에 카메라 옆에 놓인 의자에 가서 앉았다. 그렇지만 착잡한 기분은 아무리 해도 풀리지가 않았다.

두 사람이 있는 농구 코트 크기의 휴머노이드 실험실 저 안쪽에는 짝과 홀이 눈을 크게 뜨고 가만히 앉아 있었다. 휴머노이드 공개를 앞두고 혹시나 있을지 모를 실험실 공개에 대비해 실험실을 정리하면서 휴머노이드를 만드는 데 사용하는 각종 장비와 재료를 정리한다고 정리해놓았지만 그렇게 만들어낸 질서들은 하나로 모아놓자 묘한 무질서를 연출해냈다. 짝과 홀은 그런 무질서의 건너편에서 지혜를 보고서도 눈썹 한 올도 까딱이지 않았다. 둘의 옆에 설치된 대형 모니터에는 각종 이미지들이 인간의 능력으로는 파악할 길이 없는 무섭도록 빠른 속도로 떠올랐다가 다음 이미지에 밀려 사라지고 있어서 무슨 이미지가 나타났다 사라졌는지는 도저히 가늠할 수가 없었다. 그 이미지들은 전용 프로그램을 써서 재생한 유튜브 동영상이었는데, 몇 배속인지 가늠하기도 쉽지 않은 무시무시한 속도로 재생되는 동영상들은 재생과 동시에 짝과 홀의 데이터 저장공간에 차곡차곡 쌓여 머신러닝의 자료가 될 터였다.

눈에 띄게 잘생긴 외모는 아니어도 처음 만난 사람에게도 호감을 주는 매력적인 인상인 상민은 카메라를 원격으로 작동시키고는 프레젠테이션 연습을 시작했다. "안녕하십니까? 여러 모로 바쁘실 텐데 귀한 시간을 내 자리를 빛내주신 여러분께 감사드립니다. 저는 숨텍 로봇공학과 교수이자 휴머노이드 개발팀 팀장 현상민입니다. 오늘 저는 저희 휴머노이드 개발팀이 개발한 휴머노이드인 짝과 홀을 선보이기 위해 이 자리에 섰습니다. 인간의 모습을 한 로봇인 휴머노이드의 개발 타당성에 대해 회의적인 분들이 있다는 걸 잘 압니다만, 그런 분들도 저희가 개발한 짝과 홀을 보시면 생각이 달라질 것입니다." 상민은 특유의 장난기가 싹 사라진 근엄한 표정과 목소리로 인사말을 하고 본론으로 접어들면서 프레젠테이션을 계속 진행해 나갔다. 그렇게 프레젠테이션이 진행되면서 짝과 홀이 현재 하고 있는 작업에 대한 소개가 등장했다. "여러분이 주목해 주셨으면 하는 점은 홀과 짝의 실제 인간과 구별이 되지 않는 감쪽같은 외모, 그리고 인간이 실제로 하는 동작과 똑같은 자연스러운 동작이 아닙니다. 그런 것들도 짝과 홀의 특징이자 장점이지만, 여러분이 더 특별히 주목해주셨으면 하는 것은 홀과 짝의 탁월한 학습 능력입니다. 홀과 짝은 유튜브를 비롯한 다양한 동영상 플랫폼에 올려진 동영상을 데이터로 삼아 머닝러신을 통해 인간이 하는 행동을 학습합니다. 재생한 동영상은 홀과 짝의 저장장치에 단순히 데이터로 저장되는 데에서 그치지 않습니다. 홀과 짝은 지난 12개월 동안 이 동영상들을 교재로 삼아 인간의 행동을 학습해 왔습니다."

숨텍이 개발한 휴머노이드인 짝과 홀은, 상민의 설명대로, 온갖 동영상 플랫폼에 올라온 어마어마한 분량의 동영상을 초고속으로 시청하면서 인간이 상상할 수 있는, 때로는 상상의 영역을 넘어서는 갖가지 상황에서 천차만별의 사람들이 보여주는 표정과 제스처, 취하는 행동과 구사하는 언어를 학습해왔다. 지혜는 머신러닝을 통한 홀과 짝의 학습 속도가 감탄할 만한 수준이라는 것을 직접 체험했다. 처음에 작동시켰을 때만 해도 어른의 덩치를 하고는 눈뜨고 보기 힘들 정도의 행동과 말만 해대서 우스꽝스러워 보이기도 하고 섬뜩해 보이기도 하던 홀과 짝의 행동과 말은 시간이 지날수록 인간의 그것들에 가까워졌다. 처음 하루가 지났을 때는 시간 단위로 달라지던 둘의 말과 행동은 사흘쯤 지났을 때는 둘이 휴머노이드라는 것을 모르고 만났다면 평범한 인간이라고 착각할 수도 있는 수준이 돼 있었다.

짝과 홀은 사람이 하는 것처럼 숨을 들이마시고 내쉬는 모습도 보여 줬다. 그렇다고 실제 공기를 들이마시고 내쉬는 것은 아니었다. 짝과 홀이 휴머노이드의 작동하고는 아무런 관련도 없는 호흡을 하게 만든 것은 실제 인간과 구별할 수 없는 모습을 구현하기 위함이었다. 인간과 생긴 것도 똑같고 말과 행동도 똑같지만 호흡은 하지 않는 휴머노이드를 접한 사람들은 묘하게도 동질감과 이질감을 동시에 느꼈다. 짝과 홀이 아무런 의미도 없고 기능도 없는 호흡을 하도록 만든 것은 그런 느낌을 사전에 차단하기 위한 설정이었다.

"그렇지만 이 점은 유념해야 해요." 개발 초기에 지혜가 짝과 홀의 학습 속도에 감탄하자 상민이 진지한 표정으로 말했다. "짝과 홀은 겉으로 드러난 인간의 행동과 말만을 학습하는 거예요. 그런 행동과 말을 하는 사람들의 머릿속에서 이뤄지는 진정한 사고와 감정을 학습하는 게 아니라요."

"그게 무슨 뜻이죠?" 상민의 말을 제대로 이해하지 못한 지혜가 물었다.

"홀과 짝이 하는 머신러닝의 바탕에는 어떤 상황에 처한 인간이 취하는 행동을 보고 여러 데이터를 종합한 후 그 행동을 하게 한 원인을 추론하게 하는 알고리즘이 깔려 있어요. 장례식장을 예로 들어보죠. 나나 나박이 조문을 갔다면 가까운 사람을 잃은 유족의 심정에 공감하면서 그 감정에서 우러나온 슬픔을 표정이나 행동, 말을 통해 보여줄 거예요. 그런데 홀과 짝이 교재로 삼는 동영상에서 데이터로 변환하는 게 가능한 것은 표정, 행동, 말뿐이에요. 공감과 감정은 데이터화할 수도 없고 그래서 학습용 자료가 되지도 못한다는 거죠. 조문을 간 짝과 홀이 슬픈 표정을 짓고 유족을 위로하는 것은 조문 장면을 담은 동영상들에 찍힌 사람들이 대부분 그런 모습을 보여준다는 점에서 비롯된 행위이지 공감과 거기에서 비롯된 감정에서 우러난 행동이 아닌 거예요."

"아직도 이해가 안 돼요. 그게 무슨 차이가 있는 건가요?"

"짝과 홀은 진짜 인간이 되지 못한다는 말을 하는 거예요. 짝과 홀이 하는 모든 행동은 정확히 말하면 사람이 하는 짓을 모방하는 거예요. 사람들은 짝과 홀이 모방한 겉모습과 행동거지를 보고는 인간과 다르지 않다고 믿기 일쑤일 테지만요. 홀과 짝의 한계는 분명해요. 어디까지나 겉모습만 흉내 내는 거니까요. 어떤 행동을 하거나 말을 하는 사람의 진짜 속내를 어떻게 파악하고 공감할 수 있겠어요? 그건 진짜 인간도 제대로 못하는 거잖아요. 그런데 인공지능은 많은 경우의 수를 놓고 학습을 하기 때문에 대부분의 경우에는 적절한 반응을, 정확히 말하면 적절해 보이는 반응을 보여줄 거예요. 사람들은 겉모습에 속아 넘어가는 경우가 많기 때문에 홀과 짝이 학습해서 보여주는 반응도 어느 정도는 먹혀 들 거고요. 그렇지만 생각해봐요. 우리 인간을 인간답게 만드는 것이 무엇인지를. 어떤 상황을 맞았을 때 그 상황에 적절한 행동을 취하는 것도 우리를 인간으로 만드는 요소인 건 분명하지만, 우리를 진정으로 인간으로 만드는 것은 다른 사람들의 심정을 헤아리고 그 심정에 느끼는 공감일 거예요. 조문을 간 우리가 슬퍼하는 이유는 유족을 만나서가 아니라 그 유족의 상심을 공감해서예요. 휴머노이드를 일반에 보급하기 전에 사람들이 그 차이점을 이해하지 못하면 해결하기 어렵고 복잡한 상황이 많이 생길 거예요."

상민과 지혜는 상민의 프레젠테이션 광경을 모니터에 재생해 검토하며 고쳐야 할 점을 찾아내고 개선할 방법을 의논했다. 지혜는 상민의 시선 처리가 부자연스러운 부분을 지적하고 손놀림도 지나치게 딱딱하다는 의견을 내놓으며 개선안을 제시했고 상민은 고개를 끄덕이며 지혜의 제안대로 말하고 움직이는 연습을 했다.

원래대로라면 1주일 뒤에는 서울에서 전 세계 관계자들이 모이는 글로벌 로봇 컨퍼런스가 열릴 예정이었다. 홀과 짝은 그 전에 열리는 숨텍 내부의 입학예정자 환영행사에서 외부인에게 공개가 되겠지만, 홀과 짝이 세상에 대대적으로 선을 보이는 공식적인 자리는 서울에서 열리는 그 컨퍼런스가 될 예정이었다. 그런데 지금 서울에서 컨퍼런스를 연다는 것은 말도 안 되는 얘기였고 교내 행사의 개최 여부조차 불투명했다.

카메라와 모니터를 끈 상민이 재킷을 벗더니 카디건으로 갈아입었다.

"어디 가려고요?"

"서 총장이 전화를 했어요. 로비에서 짝과 홀을 봤으면 한다고요. 서 총장을 만나고 싶지는 않지만 행사 준비가 어떻게 됐나 확인할 겸 내려가 보는 것도 나쁘지는 않을 것 같네요."

평소에 휴머노이드 개발팀의 작업에 각별히 신경을 쓰던 서 총장이 짝과 홀을 로비로 데려오라고 지시한 것을 보니 총장의 생각은 행사 개최 쪽으로 기운 듯했다. 상민은 짝과 홀에게 엘리베이터를 타지 말고 구름다리를 건너가 B연구동 계단을 이용해 로비로 내려가라고 지시했다. 짝과 홀은 지시에 따라 학습을 중단하고 자리에서 일어나 꼭 사람이 그러는 것처럼 옷매무새를 다듬었다. 그러고는 B연구동 1층으로 내려가기 위해 구름다리를 건너 비상계단으로 향했다. 그러는 내내 지혜는 휴머노이드들을 눈여겨봤지만 짝과 홀이 취한 동작에서 부자연스러운 느낌은 전혀 감지할 수가 없었다.

지혜와 상민은 휴머노이드들이 물 흐르는 것처럼 매끄러운 동작을 취하게끔 만들려고 상민이 온갖 노력을 기울이던 와중에 처음 만났다. 2년 반 전, 휴머노이드 개발 프로젝트에 합류해 인간과 똑같은 동작을 구현하게 만드는 작업을 담당할 운동해부생리학 전공자를 찾던 상민은 지방에서 열린 학회에서 박사학위 논문을 발표하는 지혜를 보고는 지혜에게 다가가 휴머노이드 개발 프로젝트에 합류할 의향이 없느냐고 물었다. 그건 물음이라기보다는 좋은 조건을 함께 제시한 제안이었다. 잠시 고민해본 끝에 제안을 수락한 지혜는 숨텍 로봇공학과에 객원교수로 영입되면서 프로젝트에 합류했다.

어느 로봇이 그렇지 않으랴마는, 휴머노이드에게는 균형 잡히고 매끄러운 동작이 특히 더 필요하다. 걸음걸이가 미세하게라도 균형이 잡히지 않아 기우뚱하게 걸을 경우 관절의 마모 속도가 빨라질뿐더러 하중이 덜 쏠리는 부분은 덜 마모되고 더 쏠리는 부분은 많이 마모되면서 휴머노이드의 수명이 영향을 받기 때문이다. 그리고 균형이 잡히지 않는 바람에 불필요한 동작을 수행하게 될 경우에는 투입하지 않아도 될 에너지까지 투입하게 되면서 에너지를 허비하게 되기 때문이다. 그러니 휴머노이드 골격의 내구성을 위해서도, 배터리를 동력원으로 활용하는 휴머노이드의 에너지 효율성을 높이기 위해서도 균형 잡히고 매끄러운 동작은 중요한데, 지혜가 이 프로젝트에서 책임진

게 바로 그 부분이었다.

짝과 홀이 나가고 잠시 후, 상민과 지혜도 실험실을 나서 로비로 향했다. 구름다리를 건너는 두 사람의 눈에 측면이 통유리로 마감된 비상계단을 내려가는 짝과 홀의 모습이 보였다. 흠잡을 데 없는 동작이었다. 상민도 지혜만큼이나 짝과 홀에게서 눈을 떼지 못했다. 상민은 자신의 주도로 첨단공학을 집대성해 만든 휴머노이드들을 보면서 잘 자란 자식을 보는 부모의 심정이 이런 것이겠거니 하는 생각에 뿌듯했다. 한편으로는 처음으로 둘이서만 계단을 내려가다 혹시라도 잘못되면 어쩌나 하는 걱정도 들었고 휴머노이드들의 자연스러운 움직임을 알아본 사람들이 감탄해주기를 바라는 기대도 했다.

짝의 걸음걸이를 비롯한 모든 몸놀림은 지혜의 그것을, 홀의 그것은 지혜와 절친한 사이인 유명 무용가의 그것을 쏙 뺀 거였다. 원래는 남성형 휴머노이드인 홀에게도 지혜의 움직임을 그대로 반영하려고 했으나, 여성과 남성은 몸의 중심의 위치나 골격에 차이가 있어 똑같은 행동을 하더라도 뼈와 근육의 움직임이 다르므로 그 차이점을 반영해야 한다는 지혜의 주장이 받아들여지면서 남성 무용가를 별도로 추빙한 거였다. 두 사람의 몸놀림을 데이터로 변환하기 위해 두 사람은 컴퓨터그래픽으로 구현한 영화의 제작과정을 소개할 때 자주 나오는 것처럼 온몸에 모션캡처용 센서를 붙이고는 걸음걸이를 비롯한 갖가지 동작을 다 취하며 며칠을 보내야 했다.

지혜와 무용가의 신체와 동작에 대한 모든 데이터는 디지털화돼 컴퓨터에 입력된 후 짝과 홀의 움직임에 반영됐다. 이후로 짝과 홀의 동작을 점검하고 데이터를 수정하는 등의 과정이 거듭 진행됐고, 그 작업의 결과가 바로 지금 짝과 홀이 보여주는 자연스럽고 안정적인 몸놀림이었다. 세계무대를 누비는 발레리나가 되겠다는 꿈을 접고 무용과 관련이 있는 운동해부생리학을 전공으로 택해 학계로 진출한 지혜는 저 둘의 동작이 어쩌면 자기 인생 최고의 업적이 될지도 모른다고 생각했다. 상민의 제안을 받아들여 이 학교에 왔을 때만 해도 불과 2년 반 후에 이런 광경을 보게 되리라고는 상상도 못했었다.

B연구동에 접어든 상민과 지혜는 구름다리 근처에 있는 엘리베이터를 기다렸다. 숨텍 캠퍼스의 특징은 투명함이었다. 바닥을 제외한 모든 부분이 통유리로 돼 있는 구름다리처럼 A연구동을 바라보는 B연구동의 측면 양끝에 두 대씩 설치된 엘리베이터도 바닥을 제외한 모든 부분이 투명했다. 그래서 엘리베이터를 타면 벽면을 통해 건물 내부의 트인 공간과 로비를 훤히 볼 수 있었고, 고개를 들면 엘리베이터를 작동시키는 기계장치와 케이블을 볼 수 있었다.

엘리베이터가 도착했다. 지혜는 엘리베이터를 아래로 내려갈 때만 이용하고 아래에서 위로 이동할 때는 계단으로 다녔다. 운동을 하는 한편으로 계단을 내려갈 때 관절이 받는 하중을 줄여 관절을 보호하기 위해서였다. 엘리베이터에 탑승해 벽에 몸을 기댄 지혜는 문이 닫히는 걸 보고 고개를 돌렸다가 목에 빨간 머플러를 두른 대학원생이 탄 옆 엘리베이터가 위로 올라가는 것을 봤다.

외국의 무슨 축구팀에 열광하는 것으로 유명한 대학원생이었다. 그 학생이 저 머플러를 목에 두르고 있다는 것은 며칠 내에 그 팀의 경기가 있다는 뜻이었다. 학생은 응원하는 팀이 이기면 다음 경기까지 며칠간은 생글생글 웃으며 머플러를 걸고 다녔고, 경기에 지거나 비기면 머플러 없이 시무룩한 표정으로 다녔다. 그래서 교내에 있는 모든 사람이 머플러가 있는지를 보는 것만으로도 그 팀의 승패를 아는 지경이었다. 지혜는 그 사실을 알게 된 후, 경기 결과가 나쁘면 응원하는 차원에서 더욱 더 머플러를 열심히 걸고 다녀야 하는 것 아니냐고 생각했지만, 그랬다가 그 팀이 부진에 빠지기라도 하면 매일같이 머플러를 걸고 다녀야 할 거라서 그런 식으로 머플러를 착용하는 걸 거라는 상민의 짐작에 고개를 끄덕였었다.

"이 와중에도 축구를 하는 건가요?" 지혜는 고갯짓으로 축구광을 가리키며 말했다.

"경기 취소됐을 걸요?" 상민은 위로 올라가는 엘리베이터와 함께 천천히 모습을 감추는 축구광을 보고는 대수롭지 않은 듯이 말하고는 몸을 돌려 트인 공간과 로비를 내려다봤다. 상민의 말처럼 축구광이 응원하는 팀이 속한 리그는 전면 중단된 상태였다. 축구광이 병색이 완연한 얼굴로 힘없이 돌아다니게 된 것은 오늘로 예정돼 있던 응원팀 경기가 취소된 탓도 있었지만, 1주일 전부터 걸린 몸살이 점점 심해지고 있는 탓이 제일 컸다. 그는 학기 중에는 두 사람이 함께 쓰는 셰어하우스 스타일의 기숙사에 살았다. 집을 같이 쓰는 하우스메이트가 보름쯤 전에 서울에 다녀온 이후로 실험실에 나가지도 못할 정도로 심한 몸살에 시달렸고 며칠 뒤부터는 같은 집에 거주하는 그도 하우스메이트와 똑같은 증상에 시달리고 있었다.

엘리베이터 너머의 공간을 딱 한 단어로 정의하라면 제일 잘 어울리는 단어는 "시원함"이었다. B연구동은 6층과 7층을 제외한 1층부터 5층까지 가운데가 뻥 뚫려 있었다. 1층부터 5층까지 비어 있는 공간 주위의, A연구동 쪽을 제외한 나머지 삼면의 공간에 학교 행정을 위한 공간과 학생자치공간이 배치돼 있었다. 2층에서 엘리베이터를 내리면 B연구동 전체 바닥 공간의 절반쯤을 차지하는 넓은 로비에,

이른바 위쪽 로비에 발을 디딜 수 있었다. 군데군데에 소파와 테이블이 놓여있는 로비는 학생들이 즐겨 찾는 휴식공간이었다. 2층의 위쪽 로비와 1층의 아래쪽 로비를 이어주는 것은 커다란 나무계단으로, 한 단이 무릎높이인 그 계단은 걸터앉아 쉬거나 공부할 수 있는 공간이자 위아래로 이동하는 통로였다. 계단 양옆에는 에스컬레이터가 있어서 계단을 통하지 않고도 편하게 로비를 오르내릴 수 있게 해줬다. 그래서 위쪽과 아래쪽을 오갈 때는 엘리베이터와 에스컬레이터를 이용하거나 나무계단을 통하면 됐다.

위쪽 로비에 올라온 사람을 맞는 것은 5층까지 벽 전체를 차지하는 거대한 유리벽과 그 유리벽 너머를 병풍처럼 둘러싼 산봉우리들이었다. 로비를 찾은 사람은 봄에는 꽃을, 여름에는 신록을, 가을과 겨울에는 단풍과 설산을 질리도록 감상할 수 있었다. 간혹은 산에서 내려온 고라니나 산양이 그곳을 통해 사람들을 구경하기도 했고, 음식물 쓰레기에 맛을 들이면서 허기질 때마다 캠퍼스를 찾았다가 사람들에게 쫓기면서 흥분한 멧돼지가 질주해서는 강화유리의 강도를 시험해보는 것으로 사람들을 혼비백산하게 만들기도 했다.

엘리베이터와 마주보는 방향에는 맞은편 공간과 로비를 잇는 계단이 있었다. 백팩을 맨 학생 하나가 그 계단으로 급하게 내려가는 게 보였다. 나무계단과 A연구동 쪽으로 가는 통로 사이에 있는 공간인 아래쪽 로비에 한창 만들어지고 있는 행사장으로 향하는 듯했다. 행사장 공사는 어느 정도 마무리된 상태였는데, 아래쪽 로비와 바로 연결된 나무계단에는 온갖 장비가 나뒹굴고 있었다. 철제 프레임과 쇠파이프들은 구석에 잘 정리돼 있었지만, 쓰고 남은 합판과 갖가지 목공장비들은 나무계단 여기저기에 널브러져 있었다.

상민과 지혜가 에스컬레이터를 타고 아래쪽 로비에 내려와 주위를 둘러보는 사이, 계단을 통해 로비로 내려온 짝과 홀은 두 사람이 있는 쪽으로 방향을 틀어 거침없이 로비를 가로질렀다. 짝과 홀은 두 사람이 있는 위치를 굳이 눈으로 확인할 필요가 없었다. 두 휴머노이드는 캠퍼스 곳곳의 CCTV 카메라가 중앙조정실로 보내오는 모든 화면을 무선으로 접속해 확인할 수 있었기 때문이다.

짝과 홀은 로비에 있는 사람들의 시선을 끌었다. 그렇지만 짝과 홀이 휴머노이드라는 것을 아는 사람은 많지 않았다. 사람들이 둘에게 관심을 갖게 된 것은 캠퍼스에서는 보기 드문 회색 유니폼 차림이어서 그러기도 했지만, 제일 큰 이유는 캠퍼스에서는 보기 힘든 짝의 코카시안 외모 때문이었다.

사람들의 부담스러운 시선을 애써 견뎌내며 휴머노이드 개발팀을 위해 마련된, 짝과 홀을 세상에 처음으로 선보이게 될 행사장 부스를 둘러본 상민은 부스 상태가 흡족하다는 결론을 내렸다. 짝과 홀을 데리고 다른 행사장 구경을 마친 상민은 나무계단 건너편에 있는 대회의실에 다다랐다. 대회의실 안에는 행사를 치른 이후에 교내 주요 인사들과 교외에서 오신 귀빈들을 모셔 진행할 계획이던 연회 준비가 한창이었다. 맛 좋기로 정평이 난 교수식당의 조리를 책임진 수석 셰프가 참석자 명단을 들고 아랫사람들에게 테이블 놓을 위치를 지시하고 있었다.

그리고 그 옆에는 덩치도 좋고 풍채도 좋은 서 총장이 있었다. 잘 어울리는 깔끔한 정장 차림의 서 총장은 누가 보더라도 총장다운 분위기로 똘똘 뭉친 사람이었다. 셰프와 연회에 대해 상의하다 짝과 홀 쪽으로 고개를 돌린 서 총장의 안경에 조명이 반사돼 반짝거렸지만 어지러운 세상과 그 영향을 받은 학교 분위기 탓인지 안색은 평소의 환한 표정에 비해 많이 어두웠다. 그래도 애써 밝은 표정을 지으며 반가워하는 기색으로 상민과 지혜에게 아는 체를 한 서 총장은 셰프를 남겨두고는 두 사람에게로 왔다. 서 총장은 누구를 만나건 저렇게 반가워하는 사람이라는 것을, 그리고 지금 서 총장이 반기는 것은 두 사람보다는 두 대의 휴머노이드라는 것을 잘 아는 상민과 지혜는 서 총장에게 고개 숙여 인사했다.

"실험실이 아니라 여기에서 보니 또 다른 모습이군요." 서 총장은 짝과 홀을 처음 보는 것도 아니면서 가만히 서 있는 짝과 홀의 여기저기를 살폈다. 평소 서 총장이 보여준 것과 다르지 않은 모습이었다. "엘리베이터로? 아니면 계단으로?"

"계단으로 내려왔습니다." 상민이 대답했다.

"엘리베이터가 무게를 감당 못할까봐서요?" 홀과 짝의 무게가 덩치가 비슷한 성인 남녀의 평균 체중 수준이라는 것을 잘 아는 서 총장이 던진 농담에 상민은 빙긋 웃기만 했다. 이리저리 몸을 옮기며 살피던 서 총장은 지혜를 힐끔 보고는 말했다. "얘기하느라 걸어오는 걸 못 봤네요. 어디 한 번 볼까요?" 그러고는 짝과 홀에게 명령을 내렸다. "홀, 짝, 저기 있는 테이블까지 걸어봐."

그런데 서 총장이 개교 이래 쭉 총장으로 재직하며 자연스레 밴 권위가 듬뿍 담긴 목소리로 명령을 했는데도 홀과 짝은 아무 소리도 듣지 못한 양 손가락 하나 까딱하지 않았다. 서 총장은 당연히 따를 거라 생각하고 내린 명령이 철저히 무시당하는 흔치 않은 상황에 적지 않게 당황한 표정으로 상민을 쳐다봤다.

"제가 설정해둔 명령 권한 때문에 그렇습니다. 홀하고 짝한테는 제가 내리는 명령이 최우선이고 2순위가 나박, 개발팀의 다른 팀원들이 그 다음 순서입니다." 상민은 개발하느라 바빠 명령 권한까지는 생각해볼 겨를이 없었다. 서 총장이 내색은 안 해도 적잖게 심기가 상했을 거라고 짐작한 상민은 총장을 달래려 시도했다. "오늘은 행사장을 둘러보려고 내려온 거라서 총장님을 명령권자로 설정하는 것까지는 신경을 못 썼습니다. 내일 행사 때는 둘 다 총장님 명령을 잘 따를 테니까 걱정하지 마십시오."

"몇 순위인가요?"

자신의 권위가 어느 정도냐고 묻는 서 총장의 물음에 상민은 잠시 고민하다 대답했다. "2순위입니다." 아무리 총장이라고 해도 최우선 권자 자리를 내주는 것은 개발팀 팀장으로서는 도저히 할 수 없는 일이었다. 나박과 팀원들을 한 순위씩 밀어내고 2순위를 내주는 것이 상민이 내놓을 수 있는 최상의 타협안이었다.

"이런, 나 박사님이 심혈을 기울인 동작이 얼마나 완벽하게 구현됐는지 확인해보려고 했던 건데, 뜻하지 않게 나 박사님을 밀어낸 꼴이 됐군요." 서 총장은 지혜에게 웃음으로 사과하는 모양새를 취했다. "너무 기분 나쁘게 받아들이지 마세요. 홀하고 짝이 내 명령에 따르는 걸 보고 싶어서 그런 게 아니라 행사에 참석한 분들에게 숨텍 총장의 말이 둘에게 먹힌다는 걸 보여주는 게 중요해서 이런 거니까요. 행사가 끝나고 나면 우선순위를 다시 원래대로 돌려놓도록 하세요."

서 총장은 수완 좋게 모두가 기분 좋은 결론을 제시하면서 딱딱해질 수도 있는 분위기를 부드럽게 만들었다. 그러더니 지혜를 힐끗거리며 눈치를 본 서 총장은 상민을 향해 "그리고 그것 말인데…"라며 낮고 조심스러운 말을 건넸다. 그러자 상민은 서 총장이 무슨 말을 하려는지 안다는 것처럼 고개를 끄덕이며 서 총장만큼이나 낮은 목소리로 "준비는 다 해놓았다"는 알쏭달쏭한 말을 했다. 지혜는 자신은 모르는 비밀을 공유하는 것처럼 보이는 두 사람 옆에서 따돌림을 당하는 기분이었다.

"그렇군요." 서 총장이 다시 지혜의 눈치를 보며 고개를 끄덕일 때 서 총장의 비서가 들어와 서 총장에게 인사를 했다. 비서의 얼굴을 확인한 서 총장은 비서가 이곳까지 찾아온 걸 보면 급한 용무가 있을 거라는 짐작에 상민과 지혜에게 양해를 구했다. 입구로 가서 비서와 나지막한 목소리로 말을 주고받은 서 총장은 상민 일행에게 "내일 보자"는 뜻의 몸짓으로 인사를 하고 서둘러 회의실을 빠져나갔다.

상민 일행도 연구실로 돌아가기로 했다. 로비 안쪽 계단을 이용해 5층으로 돌아가겠다며 그쪽으로 향하는 지혜와 헤어진 상민은 아래쪽 로비의 행사장으로 향했다. 재학생들이 각자의 잡다한 취향을 공대생 특유의 솜씨를 발휘해 구현한 결과물들을 전시해놓은 행사장을 제대로 둘러보기 위해서였다.

상민이 행사장 입구에 들어섰을 때였다. 상민은 파리들이 내는 것처럼 시끄러운 소리를 내며 날아오는 물체 때문에 깜짝 놀라 손으로 얼굴을 가리고는 몸을 수그렸다. 상민은 날아온 물체가 인환이 조종하는 초소형 드론이라는 것을 곧바로 알아차렸다. 인환의 의도는 상민을 놀래는 게 아니라 휴머노이드라는 것을 잘 아는 홀과 짝이 드론의 접근에 어떤 반응을 보일까 알아보는 거였다. 그런데 홀과 짝이 보인 반응은 인간이 갑작스럽게 날아오는 물체에 보이는 본능적인 반응이 아니라, 다가오는 물체의 크기와 속도를 이성적으로 계산해 그 물체를 피하는 데 필요한 최소한의 움직임만 취하는 거였다. 홀과 짝은 몸을 살짝 돌려 드론을 피하는 동안 단 한 순간도 드론에서 시선을 떼지 않았다. 한숨을 내쉰 상민은 드론을 조종하는 인환의 뒤통수를 손바닥으로 툭툭 치며 "다시 그러면 나한테 죽는다"고 으름장을 놓았다.

인환은 상민의 으름장은 아랑곳하지 않으면서 짝에게 성큼성큼 다가가 이리저리 위치를 옮겨가며 짝을 자세히 관찰했다. "가까이서 보니까 내 사랑 아라미 자체네. 내 사랑 아라미가 3D로 탄생하다니… 감개무량합니다, 현 교수님." 상민은 너스레를 떠는 인환의 뒤통수를 다시 툭 치고는 짝과 홀과 함께 엘리베이터에 올랐다.

그러는 사이 평소처럼 계단을 올라가던 지혜는 어느 순간 로비에서 나는 음악소리에 로비로 고개를 돌렸다. 누군가가 로비에 있는 그랜드피아노로 모차르트를 연주하고 있었다. 걸음을 멈춘 지혜는 연주자가 누구인지 확인하려고 난간 밖으로 고개를 살짝 내밀었다. 교수 임용 관련 서류를 제출하는 과정에서 몇 번 만난 적이 있는, 행정실에 근무하는 교직원이었다. 서글서글한 얼굴에 사람도 싹싹해서 호감이 가는 여자였는데 피아노를 저렇게 잘 칠 것이라고는 생각도 못했었다. 서 총장의 지시에 가까운 당부를 받아 내일 행사에서 치게 될 곡을 연습하고 있는 듯했다.

그 교직원의 손이 빚어낸 모차르트는 B연구동의 휑한 공간의 분위기를 순식간에 고급 호텔의 그것으로 탈바꿈시켰고, 4층 높이의 통유리를 통해 보이는 푸른 물감을 뒤집어쓴 것 같은 감송대의 풍경과 어우러지면서 저 멀리 있는 도시에서 벌어지는 끔찍한 일들에 대한 기억을 잠시나마 잊게 해줬다. 음악과 풍경에 심취한 지혜는 한동안 그 자리를 떠나지 않았다.

사람은 세상이 두 쪽이 나는 상황에서도 잠을 자야 하고 식사를 해야 한다. 그리고 세상이 두 쪽이 나는 것을 내 눈으로 직접 보지 않으면 그 사건을 나하고는 아무런 관련도 없는, 강 건너에서 활활 타오르는 불처럼 보게 되는 게 인지상정이다. 그래서 캠퍼스에 남기로 결정한 사람들은 캠퍼스에서 멀리 떨어진 어수선한 세상을 걱정하면서도 끼니를 챙겨 먹고 잠자리에 들고 새날을 맞았다. 그러면서 학교는 동영상으로 전해지는 먼 세상과는 달리 안전하다고 생각했다. 각종 매체를 통해 전해지는 바깥세상의 일들은 전쟁이나 자연재해, 기근에 시달리거나 고통받는 먼 나라 사람들을 보여주는 뉴스만큼이나 딴 세상에서 벌어지는 일과 비슷한 일로 여겼다.

5월의 푸른 새날이 밝았다고 해도 달라진 것은 없었다. 전화와 인터넷을 통한 외부와 연결은 가뭄에 콩 나듯 어쩌다 한 번씩 성공했고 그나마 연결이 되더라도 연결 상태가 썩 좋지 않은데다 느닷없이 끊어지기 일쑤였다. 사람들은 그런 상황에서도 평소처럼 샤워를 하고 식당에 갔다. 순전히 그런 시각에서만 보면, 사람은 눈에는 보이지 않는 '평상시 생활'이라는 장치에 들어 있는 태엽과 톱니바퀴의 움직임에 따라 기계적으로 활동하는 인형이나 다름없는 존재였다.

지혜도 눈을 뜨자마자 스트레칭을 하고 샤워를 한 후 가벼운 식사를 하는 것으로 하루를 시작했다. 평소와 다른 게 있다면 틈틈이 언니에게 전화를 걸고 매번 연결이 안 된다는 안내를 들으며 수심에 잠겼다가 억지로 긍정적인 생각을 끌어내고는 하는 거였다. 숙소에서 나온 지혜는 늘 그렇듯 가까운 B연구동으로 들어갔다. 교수용 숙소 건너편에 있는 B연구동 출입구를 통해 식당과 매장을 지나 계단을 통해 5층으로 올라가서는 구름다리를 건너 실험실로 가는 것이 지혜의 출근

경로였다.

아래쪽 로비는 행사를 준비하는 사람들 때문에 며칠 만에 처음으로 활기에 차 있었다. 참석자 수는 애초 예상했던 것에 비하면 처참할 정도로 적을 테지만 그래도 1년간 벌인 활동의 결과를 선보이는 행사인지라 행사에 참석하기로 마음먹은 사람들은 다들 준비에 열심이었다. 조리한 음식의 온기를 유지하는 데 필요한 장비를 회의실로 옮기는 사람들이 우르르 지혜 앞을 지나갔다. 계단을 오르던 지혜는 위에서 내려오는 서 총장을 보고 인사를 했다. 서 총장은 무엇이 그리 급한지 인사를 받는 둥 마는 둥 잰걸음으로 계단을 내려갔다.

상민은 특유의 밝은 표정으로 지혜를 맞으며 "잘 잤느냐, 밥은 먹었느냐?"며 다정하게 안부를 물었다. 세상이야 어찌 됐건 당장은 일단 행복하게 살자는 게 상민의 철학이었다. 지혜의 안부를 확인하고 코앞에 닥친 행사부터 잘해보자고 말하는 것도 상민다웠다. 상민은 캐주얼 차림이었다. 정장은 컨퍼런스 발표용이고, 지금은 규모도 대폭 줄어든 교내 행사이니 캐주얼 차림으로 참석해도 별문제가 안 될 거라고 했다. 지혜는 혼자 엘리베이터를 탔다. 같이 실험실을 나서려던 상민이 짝과 홀에게 프레젠테이션에 쓸 자료를 전송한 후 그 자료를 블루투스로 연동되는 모니터에 띄우는 과정이 제대로 이뤄지는지 마지막으로 한 번 더 점검하고 싶다고 했기 때문이다.

예정된 행사 시작 시간을 30분쯤 앞둔 행사장은 그럴 듯해 보였다. 뜻밖의 상황이 발생하지 않았다면 틀림없이 많은 사람이 참가해 북적거리는 행사가 됐을 것이다. 서 총장이 행사장을 바삐 돌아다니며 분위기를 띄우려 애쓰는 모습도 보였다. 서 총장은 학교에 남기로 결정한 사람들 대부분을 이 행사에 참여시키려 안간힘을 썼다. 행사에 별

관심을 보이지 않고 숙소에 처박혀 시간을 보내려는 사람들을 끌어내려고 행사 개막 이후에 연회를 개최해 고급 식사를 제공하겠다는 미끼를 던지기까지 했다. 참석자 수가 많을 거라 예상하고 미리 확보해 놓은 많은 식자재와 접객 인력을 허비하는 것보다는 그렇게라도 해서 사람들을 끌어 모으는 편이 낫다고 판단했기 때문이다. 염불보다는 잿밥에 관심이 있는 사람들이 하나둘 행사장으로 모여들었고, 임시 연회장으로 변모한 회의실 앞은 식사를 준비하는 사람들과 회의실 안을 힐끔거리고 지나가는 사람들로 꽤나 번잡했다.

지혜가 탄 엘리베이터가 4층을 지날 무렵에 맞은편 계단 너머에서 들려오기 시작한 비명소리는 처음에는 로비에 있는 사람들이 내는 소음에 묻힐 정도로 약했었다. 게다가 지혜는 엘리베이터 안에 있던 터라 로비 건너편에서 나는 그 소리는 들을 수가 없었다. 그런데 비명소리와 아우성이 점점 더 커지며 사방의 벽들을 때려대더니 어느 순간부터는 로비의 소음을 이겨내고 로비 전체를 가득 채웠다. 사람들의 시선이 일제히 소리가 나는 계단 위쪽으로 향했다. 중앙조정실과 행정실에서 일하는 교직원 10여 명이 비명을 지르며 계단을 구르다시피 뛰어내려오는 게 보였다.

엘리베이터에서 로비를 바라보고 있던 지혜는 계단에서 나는 소리는 들을 수 없었지만 사람들 시선이 일제히 계단으로 쏠리는 걸 보고는 자연스럽게 시선을 그쪽으로 돌렸다. 사람들이 맞은편 계단을 허둥지둥 내려오고 있었다. 연신 뒤를 돌아보는 걸 보면 어디를 급하게 가려는 게 아니라 무엇인가를 피해 도망치는 거였다. 그 무엇의 정체는 잠시 후에 밝혀졌다. 5층 계단에 동영상으로만 봤던 산송장이 나타났다.

산송장을 피해 도망치는 사람들의 몸과 마음은 따로 놀았다. 사람들은 헛발을 딛고 쓰러지면서 한 덩어리가 되어 계단을 굴렀다. 그러고서도 기다시피하며 달아나는 사람도 있었지만 뼈가 부러지는 바람에 꼼짝도 못하는 사람도 있었다. 그런 사람들은 당연히 뒤를 쫓아온 산송장들의 희생자가 됐다.

지혜는 산송장에게 물리는 사람들이 짓는 절규하는 표정을 보는 것으로도 그들이 지르는 비명소리를 들을 수 있었다. 피투성이인 얼굴로 자신을 피해 달아나는 사람들을 보며 입맛을 다시는 산송장을 투명한 벽 너머로 보는 것은 동영상으로 그런 광경을 보는 것과 비슷한 경험이었지만, 이제 그 경험은 더 이상은 먼 곳에서 벌어지는 일을 구경하는 차원의 것이 아니었다. 이건 자신이 있는 공간에서 실제로 일어나고 있는 사건이라고 생각하자 소름이 돋고 눈앞이 깜깜해졌다. 계단 위에서 처음 모습을 나타낸 산송장 뒤로 몇 명의 산송장이 둔한 몸놀림으로 모습을 나타내는 게 보였다.

그런데 산송장은 거기에만 있는 게 아니었다. 회의실에서도 산송장 한 명이 튀어나와 근처에 몰려 있던 사람들을 덮쳤다. 나무계단 근처에 있으면서 계단 위쪽에만 신경을 쓰는 바람에 산송장이 다가온다는 것을 의식도 못하던 몇 명이 산송장에게 물려 쓰러졌고, 모니터로만 보던 산송장이 바로 옆에 나타났다는 것을 깨달은 사람들은 잘 떨어지지 않는 발걸음으로 도망치기 시작했다.

그러는 사이 1층에 도착한 엘리베이터는 도착 사실을 안내하며 문을 활짝 여는 것으로 지혜에게 내릴 것을 종용했다. 지혜는 엉겁결에 '닫힘' 버튼을 누르고 아무 층이나 위층 버튼을 눌렀다. 다급해진 지혜를 약 올리는 듯 느릿느릿 서로에게 다가가던 문이 닫히려는 순간이었다. 손 하나가 쑥 들어와 문이 닫히는 것을 막았다. 그러자 타려는 승객이 있다는 것을 인지한 문이 다시 열렸고 산송장을 피해 도망치는 사람들이 엘리베이터로 들이닥치기 시작했다.

지혜만 있던 엘리베이터는 눈 깜짝할 사이에 더 태우기 힘들 정도로 많은 사람을 태운 만원 엘리베이터가 됐다. 지혜는 체중을 실어 밀어대는 사람들의 장벽과 투명한 벽 사이에 갇혀 꼼짝도 못하는 신세였다. 사람들의 압박에 눌려 고개까지 옆으로 돌아간 지혜의 눈에 들어온 모습은 그로테스크 그 자체였다. 계단 난간에서 떨어졌던 사람이 목이 꺾인 자세로 일어나 계단을 통해 위쪽 로비로 황급히 내려오는 사람들을 덮치려고 엉금엉금 이동하고 있었다. 지혜는 아래층에서 무슨 일이 일어나는지를 상상도 못하고는 태평한 얼굴로 옆 엘리베이터에 올라 아래로 내려가는 상민과 휴머노이드들의 모습도 봤다.

그러는 사이, 사람들이 내지르는 비명으로도 모자랐는지 이제는 엘리베이터도 비명을 지르기 시작했다. 적정 중량을 초과하는 승객이 탑승했다는 것을 알리는 비명이었다. 너무 많은 승객을 태운 엘리베이터는 '닫힘' 버튼을 연신 누르는데도 문을 닫는 것을 거부했다. 중간쯤에 있는 누군가가 외쳤다. "내려, 내려." 그러자 엘리베이터 입구에 있는 서너 명이 엘리베이터 밖으로 나동그라졌다. 누가 밀어낸 것인지 엘리베이터에 타려고 기를 쓰다 제풀에 밀려난 것인지는 분명치 않았다. 분명한 것은 그렇게 나동그라진 사람들이 불과 몇 초 뒤에 산송장에게 희생되며 처절한 비명을 질렀다는 거였다.

엘리베이터는 그제야 흡족했는지 문을 닫으라는 명령을 이행했다. 그런데 비극은 거기에서 끝나지 않았다. 어느 틈엔가 탑승한 산송장이 주위에 있는 승객들을 물어뜯기 시작한 것이다. 그런 와중에 문이 닫히면서 엘리베이터는 산송장과 멀쩡한 사람들이 공존하는 폐쇄공간이 돼버렸다. 벽에 밀려 있는 신세인 지혜로서는 앞쪽에서 무슨 일이 벌어지고 있는지를 보지는 못하는 채로 고통스러운 비명소리와 몸부림치는 소리를 통해 짐작만 할 수 있었다. 앞에 있는 사람이 치는 몸부림은 장벽의 일부가 된 다른 사람들에게도 물결치듯 퍼지면서 지혜에게도 전해졌다.

엘리베이터가 7층에 도착했음을 알리며 문을 열자 문 쪽에 있던 산송장과 사람들이 우르르 밖으로 밀려나갔다. 지혜 앞에 있는 사람들이 앞에 있는 그들을 밀어낸 것이다. 밀려난 사람들 중에는 산송장에게 물린 사람도 있었지만 아직까지는 멀쩡한 사람도 있었다. 그러나 엘리베이터에 있는 승객들에게 밖에 있는 승객들의 안전을 확인할 여유 같은 건 없었다. 사람들은 미친 듯이 닫힘 버튼과 아래층 버튼을 눌렀다.

사람들이 내리면서 공간이 생긴 덕에 지혜는 그제야 몸을 추스르고 숨을 제대로 쉴 수 있었다. 엘리베이터는 6층을 지나며 탑승자들에게 산송장들이 사무실에서 나온 사람들을 덮치면서 벌어지는 아비규환을 생생하게 구경시켜줬다. 6층에서 위기에 처한 사람들을 못 본 척지나친 엘리베이터는 뜬금없이 5층에 멈춰서는 문을 열었다. 마음이 급해 닥치는 대로 버튼을 눌러댄 탓에 5층에 멈춘 것인데, 다급했던 사람들은 눌린 버튼을 다시 누르면 명령을 취소할 수 있다는 생각을 떠올리지 못했다.

떠올렸다고 해도 별 소용은 없었을 것이다. 산송장에게 물려 버튼 아래 쓰러져 있던 사람이 그 사이 산송장으로 변해서는 승객들을 덮쳤기 때문이다. 승객 하나가 산송장의 목을 잡고 드잡이를 시작했다.

두 사람은 서로를 붙잡고 엘리베이터 안을 빙빙 돌았다. 산송장은 상대를 향해 온힘을 다해 목을 빼며 이빨을 내밀었고 상대는 물리지 않으려고 죽을힘을 다해 몸을 멀리 빼는 모습은 기괴한 춤을 추는 것처럼 보였다. 다른 승객들이 춤을 출 공간을 마련해주느라 벽 쪽으로 밀리는 바람에 지혜는 다시금 벽에 밀리는 신세가 됐다.

승객들을 공포로 몰아넣은 것은 엘리베이터 안의 산송장만이 아니었다. 아수라장이 펼쳐졌지만 엘리베이터가 무사통과했던 6층에서는 산송장들을 피해 도망갈 곳이 없어진 사람들이 엘리베이터 문 앞에서 산송장들과 드잡이를 하던 중에 엘리베이터 문이 밀려 열리면서 산송장들과 함께 엘리베이터 통로로 추락했다. 내려가던 엘리베이터는 위에서 떨어진 사람들의 무게에 충격을 받아 잠시 덜컹거렸지만 금세 균형을 되찾고는 갈 길을 계속 갔다.

추락한 산송장 중에는 지혜와 안면이 있는 교수가 있었는데, 그 교수는 추락한 충격으로 목이 꺾여 돌아가 있었다. 그런데 그는 그런 상태에서도 추락의 충격에 몸을 제대로 가누지 못하는, 조교로 데리고 있던 대학원생의 몸을 무자비하게 물어뜯고 있었다. 대학원생의 몸에서 흘러나온 피가 천장에 번지면서 천장을 시뻘겋게 물들였다. 그러다가 대학원생의 몸이 축 늘어지자, 목이 돌아간 교수는 핏발선 눈으로 뻘겋게 물든 엘리베이터 천장 아래에 있는 지혜를 노려봤다. 지혜를 탐스럽게 바라보는 교수가 드러낸 이빨에서는 천장을 새로 칠한 피와 똑같은 색깔의 피가 뚝뚝 떨어지고 있었다.

엘리베이터가 4층에 멈추고 문이 열렸다. 그러자 앞쪽에 있는 승객들은 서로를 붙들고 춤을 추는 승객과 산송장 콤비를 잽싸게 밖으로 밀어냈다. 바닥에 나뒹구는 충격으로 파트너와 떨어지게 된 승객은 엘리베이터 안으로 원망스러운 눈빛을 던지고는 어느 틈에 일어나 달려드는 산송장을 피해 목숨을 건 도망길에 올랐다.

그러는 동안 옆 엘리베이터가 4층에 도착했다. 상민 일행을 내려놓은 직후에 몰려든 사람들을 태운 옆 엘리베이터에서는 이쪽 엘리베이터보다 더 심한 아비규환이 펼쳐지고 있었다. 산송장과 멀쩡한 사람들이 비슷한 비율로 섞여 들어갔기 때문이다. 지혜는 옆 엘리베이터 사방으로 피가 물감처럼 흩뿌려지고 살점이 날아다니는 광경을 목격해야 했다. 투명한 유리를 통해 보이는 광경이 얼마나 참혹한지 소리가 차단된 이쪽 엘리베이터 내부에서도 옆 엘리베이터 내부에 울려 퍼지는 비명소리가 벽을 뚫고 날아와 귀에 꽂히는 것만 같았다.

두 대의 엘리베이터는 잠시 후에 서로에게 작별을 고하며 각자 가던 길을 계속 갔다. 그런데 엘리베이터가 밑으로 내려간다는 사실 자체가 또 다른 공포의 원천이었다. 짧은 시간 안에 우후죽순처럼 생겨난 1층의 산송장들은 투명한 엘리베이터를 타고 내려오는 멀쩡한 사람들의 모습을 보고는 입맛을 다시며 모여들었다. 위쪽 로비와 아래쪽 로비, 나무계단에서 몸을 숙이고 열심히 무슨 짓인가를 하는 산송장들의 모습이 사방에 보였다.

산송장에게 물려 나무계단을 굴러떨어졌다가 산송장으로 변한 사람들은 무릎 높이의 계단을 오르지 못하고 양쪽 에스컬레이터 옆에 있는 작은 보행용 계단을 엉거주춤한 자세로 올라가고 있었다. 학생들이 앉아서 노트북으로 작업을 하던 공간인 나무계단은 피가 흥건하고 살점이 덕지덕지 묻은 도살장으로 바뀌어 있었다.

아래쪽 로비에서 산송장을 피해 도망치다 하행 에스컬레이터에 잘못 들어선 사람이 있었다. 그는 위로 올라가려고 발버둥치는 자신을 에스컬레이터가 자꾸만 아래로 내려다놓는 바람에 쳇바퀴 도는 다람쥐나 다름없는 신세였다. 그러던 중에 위에서 내려오는 산송장과 밑에서 손을 뻗은 산송장 사이에서 올가미가 자신의 목으로 서서히 조여드는 것을 꼼짝없이 구경하는 처지가 된 그의 얼굴에 떠오르는 공포는 차마 눈 뜨고 보기 힘든 수준이었다.

한편, 반대편의 상행 에스컬레이터는 쓰러진 사람들을 위쪽 로비까지 계속 실어 날랐다. 그런데 에스켈레이터의 구조상 위에 도착한 시신들은 쉽게 에스켈레이터 밖으로 밀려나가지 않았다. 그러다보니 계속 돌아가며 애를 썼으나 시신들을 밀어내지 못한 에스컬레이터가 힘겨워하며 비명을 지르는 동안, 위치를 고수하는 데 성공한 시신들은 에스컬레이터 꼭대기에 한 구씩 적체되기에 이르렀다. 그러다 어느 순간 적체된 시신들 중에서 아래에 깔린 일부가 산송장으로 변해서는 시신 더미에서 벗어나려고 몸부림을 쳤다. 위에 쌓인 시체의 무게를 이기지 못하고 몸부림만 치던 그 산송장은 위에 있는 시신들이 산송장으로 변해 에스컬레이터의 도움을 받아가며 위쪽 로비로 이동하기 시작한 뒤에야 뜻을 이룰 수 있었다.

먹잇감을 찾아 돌아다니는 산송장들이 사방에 보이는 가운데 엘리베이터는 천천히 1층으로 내려갔다. 아수라장이 서서히 다가오고 있었다. 1층에서 문이 열리면 산송장들이 몰려들 게 뻔했다. 1층에 다다르기까지 그리 길지 않은 시간이 치즈처럼 쭈욱 늘어나면서 영겁에 가깝게 느껴졌는데, 그 영겁처럼 느껴지는 시간 뒤에 벌어질 일에 대한 두려움은 승객들의 넋을 빼놓기에 모자람이 없었다.

1층에 도착한 엘리베이터를 제일 처음 맞이한 것은 뜻밖에도 피아노 소리였다. 그러나 지혜가 전날 들었던 아름다운 모차르트가 아니라 귀에 몹시도 거슬리는 소음이었다. 위쪽 로비의 그랜드피아노는 행사에 연주할 음악의 리허설을 위해 뚜껑을 열어놓았는데, 소란이 한창일 때 산송장에 쫓기다가 몸싸움을 벌이게 된 사람이 열려 있던 뚜껑 안으로 상체가 들어가자 거기에서 벗어나려고 버둥거리면서 피아노 줄을 마구 건드리는 바람에 굉음에 가까운 소리들이 로비를 가득 채웠다. 설상가상으로 그 사람이 뚜껑을 괴고 있던 버팀봉을 건드리면서 뚜껑이 닫히고 말았다. 뚜껑에 깔린 사람은 산송장에게 물어뜯기고는 산송장으로 변했는데, 뚜껑을 밀어내려고 발버둥치는 와중에 난 소리가 엘리베이터에 제일 먼저 도착한 거였다.

1층에 도착한 엘리베이터의 문이 열리는 것과 동시에 새로운 사투의 장도 열렸다. 문이 열리자 새 먹잇감을 찾아내려 혈안이 돼서는 로비를 뒤지던 산송장 수십 명이 동시에 하던 일을 멈추고 그리로 모여들기 시작했다. 게다가 산송장의 습격을 받아 쓰러졌다가 산송장이 된 수십 명도 하나둘씩 일어나서는 산송장으로서 첫걸음을 엘리베이터 쪽으로 뗐다.

문에서 산송장들을 상대로 목숨을 건 사투를 벌이던 사람들이 새로 등장한 산송장들에게 하나둘씩 무릎을 꿇자 지혜는 더 이상 떨어질 곳이 없는 바닥에 도달했다고 생각했다. 산송장들이 몰려들면서 나는 기묘한 소리가 엘리베이터 안으로 스멀스멀 파고들어왔다. 뚜벅뚜벅 걷는 걸음에서 나는 발소리가 아니었다. 그 사이 익숙해진 산송장 특유의 다리를 질질 끄는 걸음걸이에서 나는 소리였다.

이제는 끝이라는 절망적인 생각에 빠져있을 때였다. 마지막으로 도박이나 한번 해보자는 오기가 생겼다. 엘리베이터 안에 얌전히 있는 것은 저들에게 목숨을 갖다 바치는 거나 마찬가지이니 다음 일은 어찌 됐든 일단 밖으로 나가보자는 생각을 떠올리기 무섭게, 아니 어쩌면 그보다 먼저 지혜의 몸이 등 뒤의 벽을 박차고 나갔다. 앞에서 산송장들과 씨름하는 사람들을 절묘하게 피한 지혜는 로비에 발을 디디면서 몇 시간처럼 느껴지는 악몽 같은 엘리베이터 탑승을 끝냈다.

그러나 도망갈 곳을 찾는 지혜 앞에는 늑대 무리처럼 군침을 흘리며 몰려드는 산송장들이 장벽을 이루고 있었다. 눈을 어디로 돌리건 천천히 거리를 좁혀오는 산송장들만 보였다. 목에 싸늘한 냉기가 느껴졌다. 엘리베이터에서 나온 산송장의 손가락이 닿은 것임을 짐작한 지혜는 잽싸게 몸을 돌려 자신을 향해 뻗은 산송장의 팔을 잡고 세게 당겼다. 그러자 지혜를 붙잡으려던 산송장은 자신의 동족인 일당들에게 날아갔다.

지혜는 옆에 쓰러진 사람에게 발이 걸리면서 쓰러진 사람들 위로 넘어졌다. 시신을 짚은 손에서 뜨끈하고 끈적거리는 감각이 느껴졌다. 흥건한 피를 짚은 것이다. 서둘러 몸을 일으키려는 순간 쓰러져 있던 시신이 눈을 떴다. 그렇게 새로 태어난 산송장과 지혜의 눈길이 마주쳤다. 지혜는 비명을 지르며 몸을 뒤로 빼려 했지만 슬그머니 몸을 일으키는 다른 산송장들과 발이 엉켜 있는 바람에 그렇게 할 수가 없었다. 지혜의 몸은 누운 채로 팔을 써서 산송장들에게 멀어지려 애쓰고 있었지만 머릿속에는 절망만이 가득했다.

손끝에 차가운 금속의 기운이 느껴지는 순간이었다. 딱딱한 무엇인가를 때릴 때 나는 둔탁한 퍽퍽거리는 소리가 연달아 들리면서 앞을 가로막고 있던 장벽의 일부가 허물어지는 게 보였다. 산송장들이 퍽퍽 쓰러지며 생긴 공간으로 눈부시게 환한 빛이 쏟아져 들어오는 것이, 그리고 빛으로 채워진 공간을 통해 성큼성큼 다가오는 짝과 홀이 보였다.

성인 남성의 3배에 해당하는 힘을 발휘할 수 있는 짝과 홀은 무너진 행사용 세트에서 주워 든 쇠파이프로 주위에 있는 산송장들의 머리를 군더더기 없는 동작으로 정확하게 찍고 있었다. 짝과 홀이 팔을 올렸다 내릴 때마다 머리를 관통당한 산송장은 맥없이 쓰러지면서 죽음의 영역으로 완전히 넘어간 송장이 돼버렸다. 산송장을 해치울 때마다 튀는 피와 살점을 뒤집어쓴 채로 조금의 망설임도 없이 냉정하게 앞에 있는 산송장을 찍어대는 짝과 홀은 옛날이야기에 나오는 야차(夜叉)나 마귀 같은 몰골이었다. 그리고 짝과 홀의 뒤에 바짝 붙어 따라오는 사람이 있었다. 역시 쇠파이프로 산송장을 공격하고 있지만 힘에 부친 기색이 역력한 상민이었다.

앞서 별생각 없이 엘리베이터를 내렸다가 시끌벅적한 소리를 들은 상민은 짝과 홀을 데리고 서둘러 소리 나는 쪽으로 달려갔다가 자신들을 향해 몰려오는 산송장들과 맞닥뜨렸다. 산송장들은 지체없이 상민에게로 덤벼들었다. 상민의 안전을 무엇보다 우선시하도록 프로그래밍된 짝과 홀은 상민에게 덤벼드는 산송장들을 옆으로 밀쳐냈지만 그렇게 해봐야 헛수고라는 것을 깨닫는 데에는 오랜 시간이 필요하지 않았다. 눈 한번 깜빡거릴 짧은 사이에 온갖 데이터를 취합하고 분석해 이 상황에 적절한 대처법을 도출해낸 짝과 홀은 상민을 보호하면서 바닥에 나뒹구는 쇠파이프로 산송장들을 처치하기 시작했다.

휴머노이드들 덕에 상대적으로 안전하게 몸을 지키게 된 상민은 난리를 피해 실험실로 돌아가려다 엘리베이터에 갇혀 위태로운 지경에 처해 있는 지혜를 보게 됐다. 상민은 무엇보다도 지혜를 구하는 게 급선무라는 생각에 짝과 홀에게 앞에 있는 산송장들의 장벽을 돌파하라고 명령했고, 결국 휴머노이드 개발자와 휴머노이드 두 대는 산송장들이 이룬 두툼한 장벽을 돌파하는 데 성공했다. 이상한 것은 산송장들이 바로 눈앞에 있는 짝과 홀에게는 전혀 신경을 쓰지 않는다는 거였다. 그들에게 짝과 홀은 투명인간, 아니 조각상이나 길에 놓인 돌멩이 같은 존재인 듯했다. 반면에 상민의 경우에는 어느 정도 거리가 떨어져 있더라도 어떻게든 붙잡아 물어뜯으려고 기를 썼다.

지혜가 아주 잠깐 상민 일행에게 신경을 쓴 게 실수였다. 옆에 쓰러져 있던 사람들이 산송장으로 깨어나 지혜를 덮치기 시작한 것이다. 정신이 번쩍 든 지혜는 엉겁결에 손에 닿은 금속성 물건을 잡아 가슴 앞으로 가져왔다. 공사장에서 쓰는, 흔히들 '빠루'라고 부르는 쇠지렛대였다. 지혜는 자신을 덮치려는 산송장들을 상대로 그것을 휘둘렀다. 산송장들을 뿌리치려 죽을힘을 다했다. 그러나 앞뒤 가리지 않고 덤벼드는 산송장들을 상대하기에는 역부족이었다. 상민이 몰려오는 산송장들을 상대하라고 홀에게 명령하고는 짝을 데리고 지혜를 구하러 오지 않았다면 큰일이 났을 터였다.

지혜에게 닥친 최후의 위기는 축구광에게서 비롯됐다. 목숨을 구하려고 몸부림을 치다보니 어느 순간 지혜의 등이 벽에 닿았다. 엘리베이터 문 바로 옆의 벽이었다. 엘리베이터 내부로 들어가면 안전할까 싶어 잠깐 눈을 돌린 사이 축구광이 지혜를 노리며 달려들었다. 축구광의 이빨이 지혜의 뺨을 살짝 건드리고 지나갔고 축구광이 내뿜는 격한 호흡에 살갗에 파동이 생겼다. 첫 시도에 실패한 축구광은 괴성을 내지르고는 지혜에게 다시 달려들었다. 지혜가 이번만큼은 축구광의 이빨을 피할 수 없을 거라고 체념할 때였다. 축구광의 몸이 갑자기 뒤로 휙 빠졌다.

몇 걸음 떨어진 곳에서 지혜가 위기에 처한 것을 본 상민은 몸을 날려 축구광의 머리에 파이프를 박고 싶었다. 그런데 그렇게 했다가는 축구광뿐 아니라 지혜까지도 부상을 당할 가능성이 너무 커보였다. 상민은 순간적으로 파이프를 던지고는 몸을 날려 축구광의 두 다리를 잡고 뒤로 당겼다. 상민이 몸을 일으키려고 다리에서 손을 떼자 축구광은 다시금 지혜에게 덤벼들었다. 축구광의 이빨이 지혜의 얼굴에 닿기 직전에 축구광의 얼굴을 뒤로 홱 당기는 게 있었다.

축구광이 지혜를 덮치려고 몸을 일으켰을 때 상민은 축구광의 몸 아래에 깔린 머플러를 봤다. 축구광이 지혜를 물면 모든 게 끝장이라고 판단한 상민은 번개처럼 몸을 일으켜 머플러를 양손으로 잡은 다음, 축구광의 벌린 입으로 머플러를 가져가 재갈처럼 물렸다. 그러고는 힘껏 당겼다. 다 잡은 먹이를 눈앞에 두고 씹지 못하게 된 축구광은 이를 악물며 몸부림을 쳤고, 상민은 축구광을 지혜에게서 떼어놓으려 젖 먹던 힘을 다해 양손에 쥔 머플러를 한껏 당겼다. 그렇게 몇 초간 계속되던 축구광과 상민의 힘겨루기는 무엇인가가 찢어지는 소리로 이어졌다.

지혜는 자신을 노려보는 축구광의 핏발 선 눈에서 먹잇감을 향한 탐욕 말고는 아무것에도 신경을 쓰지 않는 맹수의 야성을 느꼈다. 지혜는 결국 축구광의 이글거리는 눈빛을 이기지 못해 시선을 떨어뜨렸다. 그런 지혜의 눈에 부득부득 갈아대는 축구광의 이빨에 머플러 양쪽이 툭 소리와 함께 찢어지면서 서서히 벌어지는 광경이 들어왔다. 곧바로 머플러의 찢어진 틈이 벌어지면서 머플러는 동강났고 힘껏 머플러를 당기던 상민은 뒤로 나동그라졌다. 그렇게 상민에게서 해방된 축구광은 드디어 그토록 탐내던 지혜에게로 달려들었다.

행사 후에 열 예정이던 연회를 위해 원탁들을 배치해둔 회의실은 끔찍한 참사를 겪으면서도 목숨을 부지하는 데 성공한 사람들이 충격을 이겨내고 심신을 추스르기에 딱 알맞은 공간이라고는 할 수 없었다. 그렇지만 이곳은 이 상황에 어울리는 장소가 아니라고, 적당한 다른 곳으로 옮겨야 한다고 목소리를 높이는 사람은 아무도 없었다. 이런 상황에 어울리는 장소가 어떤 곳인지도 모르거니와 안다 하더라도 교내에 그런 곳이 있는지도 의문이었기 때문이다.

침묵은 홍수처럼 밀려와 회의실을 가득 채웠다. 모두들 해저 수백 미터의 심해에 가해지는 엄청난 수압에 찌부러지는 듯한 기분이었다. 죽음의 문턱까지 갔다 되돌아온 사람들은 삶을 살아가는 데 필요한 넋과 혼이 돌아오기 전까지는 손가락 하나 까딱거리는 것조차 쉽지 않았다. 아무리 애를 써도 손이 부들부들 떨리는 것을 막을 수가 없어서 다른 손으로 그 손을 힘껏 움켜쥐고 진정하려 애쓰는 사람이 있는가 하면 얼이 빠진 표정과 멍한 눈으로 허공만 쳐다보는 사람도 있었다.

상민은 회의실 맨 안쪽에 있는 원탁의 출입문을 바라보는 자리에 앉았다. 머리부터 발끝까지 온몸이 피로 물든 짝이 군왕께서 지엄하신 명령을 내리시기를 기다리는 근위대장처럼 충직한 모습으로 그 옆을 지켰다. 회의실에 있는 그 외의 사람들은 1층 로비의 구석진 곳으로 피신한 덕에 목숨을 건졌거나 편의점 뒤쪽 창고에 몸을 숨긴 덕에 살아남은 사람들, 엘리베이터에 갇혔지만 운 좋게 살아남은 사람, 교수실 문을 잠가놓고 조교에게 성질을 부린 덕에 무사히 위기를 넘긴 이명주 교수와 그에게 혼난 덕에 목숨을 건진 조교인 박사과정 대학원생 차성현 등이었다. 어찌어찌 살아남은 인환의 모습도 보였다. 상황이 상황이니만큼 인환은 개구진 분위기를 풍기지는 않았다. 그렇게 회의실에 모인 사람들이 침묵에 짓눌리며 20분 가까운 시간이 흘렀을 때 회의실 문이 열렸다.

산송장이 들이닥칠지 모른다는 불안감에 휩싸인 사람들은 벌떡 일어나 문으로 시선을 돌렸다. 산송장을 피해 도망치다 오른쪽 발목을 접질린 서 총장이 홀의 부축을 받으며 회의실에 들어오고 있었다. 사람들은 회의실에 들어온 게 서 총장이라는 것을 확인한 뒤에도 불안감을 떨치지 못했다. 언제라도 산송장이 덮칠 수 있다는 불안감도 컸지만, 여기 모인 사람들 중에 불현듯 산송장으로 변하는 사람이 있을지 모른다는 불안감도 못지않게 컸기 때문이다. 회의실에 들어온 장본인인 서 총장의 "떠나는 건 자유, 들어오는 건 금지" 방침을 타당하게 여기며 캠퍼스는 안전하다고 안도하고 있다 느닷없이 뉴스에서 본 일을 실제로 겪고는 큰 충격을 받은 사람들은 서로서로 적당한 거리를 두고 앉아 있었다. 눈치 좋은 서 총장도 금세 분위기를 파악하고는 절뚝거리며 알맞은 자리에 앉은 다음에야 안도의 한숨을 쉬었다.

사람들은 짝과 홀이 아래쪽 로비와 나무계단, 위쪽 로비에 있는 산송장을 모조리 해치우고 나서야 이곳 회의실에 자리를 잡을 수 있었다. 짝과 홀은 휴머노이드답게 기계적으로 산송장들을 해치웠다. 산송장들은 짝과 홀이 자신들을 죽이려고 다가가는 것을 의식조차 하지 않았다. 그래서 짝과 홀은 무방비 상태인 산송장들을 상대로 무척이나 효율적인 동작으로 머리를 찍어댔고, 공격을 받은 산송장들은 풀썩풀썩 쓰러져서는 영원한 죽음의 세계로 건너갔다.

짝과 홀의 효율성은 그들이 감정을 느끼지 않는 휴머노이드라는 점에서 비롯된 거였다. 감정을 느끼는 인간이라면 사제지간이라든지 같은 수업을 듣거나 기숙사 같은 층에 사는 동료 학생이었던 산송장을 상대할 때면 자기도 모르게 머뭇거리고 주저했겠지만, 그런 감정을 느낄 리가 없는 짝과 홀은 서슴없이 산송장들을 해치웠다. 그렇게 1층을 정리한 짝과 홀은 상민의 명령에 따라 1층 주변의 생존자들을 찾아 냈다. 그러고는 회의실에 들어가 그곳에 있는 산송장들을 해치운 뒤 시신을 밖으로 끌어내 회의실을 상대적으로 안전하고 덜 심난한 공간 으로 만든 다음에 생존자들을 그리로 피신시켰다.

제일 먼저 회의실에 들어와 지금의 자리에 앉은 상민은 겁에 질린 얼굴로 불안하게 두리번거리며 엉거주춤 회의실에 들어오는 사람들을 봤다. 방금 전까지 강 건너에서 활활 타오르는 불을 구경하면서 간간이 그 불에 시달리는 사람들을 떠올리며 '안타깝다' 같은 말을 내뱉는 것으로 인간적인 모습을 보여주려 애쓰다가 느닷없이 등 뒤에서 불길이 타오르는 것을 발견하고는 정신없이 불을 끄느라 파김치가 된 사람들을 보는 것 같았다. 문제는 등 뒤에서 난 불이 완전히 진화됐노 라고 장담할 수 있는 사람이 아무도 없다는 거였다. 애초에 강 건너 불 구경을 하던 사람들의 마음속에 불씨가 강 건너 이쪽으로 날아올 거 라는 걱정은 조금도 없었다. 그런데 난데없이 생겨난 불씨가 피워낸 불길 때문에 사경을 헤매다 돌아온 지금은 1분 뒤에, 1초 뒤에 아무 일 도 일어나지 않을 거라는 장담을 그 누구도 할 수 없었다.

상민은 언제 다시 피어오를지 모를 불꽃에 대비하려면 한시라도 빨리 정신을 차리고 냉정하고 이성적인 판단을 한 후 그 판단을 실행에 옮겨야 한다고 자신을 재촉했다. 그에게는 그래야만 하는 이유가 있 었다. 방금 전에 생긴, 반드시 달성해야 하는 목표가 있었다. 상민은 자신의 지시대로 문간에 서서 생존자들이 들어와 자리를 잡는 것을 도와주는 짝과 홀을 봤다. 그가 이끄는 개발팀이 만든 휴머노이드들은 천리안을 가진 초능력자처럼 캠퍼스 전체를 꿰뚫어보면서 이곳에 있는 사람들을 위협할 산송장이 남아 있는지, 있다면 어디에 있는지를 확인하고 있을 터였다.

상민은 많은 사람을 구했고 앞으로도 많은 사람을 구할 짝과 홀의 모습이 자랑스럽기 그지없었다. 짝과 홀을 세상에 처음으로 선보이기로 한 날에 짝과 홀의 우수함을 이상한 방식으로 세상에 알렸다는 생각이 들었다. 자신이 지휘하는 팀이 만든 짝과 홀이 기대했던 것 이상의 활약을 하는 모습은, 참혹한 상황이었지만, 뿌듯한 일이었다.

상민은 휴머노이드들 덕에 자긍심을 느끼는 한편으로 지금 자신이 어딘지 모르게 익숙한 상황에 처해 있다는 것을 깨달았다. 지금 상황은 어렸을 때부터 즐기던 만화와 영화, 게임에 자주 등장하는 상황이었다. 멸망의 위기에 몰린 세상, 그리고 그가 선망하며 그렇게 되기를 꿈꿔 왔던 영웅이 출현하기를 갈망하는 세상. 그가 팀원들과 함께 휴머노이드를 개발하면서 은근히 닥치기를 바란 적도 있는 상황이었다. 그의 팀이 개발한 휴머노이드가 위기에 빠진 세상을 구해내면서 온 세상으로부터 영웅으로 추앙을 받는 상황 말이다.

그런데 허구의 세계가 보여준 위기상황은 지금처럼 처참하게 느껴지지는 않았었다. 반면에 직접 겪은 위기상황은 그런 위기가 닥치기를 은근히 기대한 적도 있는 자신이 한심하게 여겨질 정도로 처참했다. 그런 일은 생기면 절대로 안 되는 일이었다. 그런데 지금은 그런 일이 생긴 뒤였고 앞으로도 계속 그런 일을 겪어야 할 터였다.

그는 옆 테이블에 앉아 실성한 사람처럼 멍하니 허공을 보고 있는 여성의 상태를 틈틈이 살폈다. 그는 생각했다. 이제는 저 여성을 위해서라도 무슨 수를 써서든 이 상황을 타개해야 한다고. 저 여성을 안전하게 구해낸 후 고백을 하겠다고. 그것이 컨퍼런스가 끝난 후에 고백을 하겠다는 목표를 수정해서 새로 정한 그의 목표였다.

상민은 우선순위를 떠올렸다. 짝과 홀에게 명령을 내릴 수 있는 우선순위 명단에 올라 있는 사람들 중에서 회의실에 있는 사람은 자신과 지혜밖에 없었다. 짝과 홀에게 입력된 프로그램에 따르면 명령의 우선순위는 짝과 홀이 보호해야 하는 대상의 우선순위이기도 했다. 따라서 위급한 상황이 다시 닥치면 짝과 홀은 상민을 제일 먼저 구하고 그 다음에 지혜를 구할 것이다. 우선순위에 들어 있지 않은 사람들의 경우는 가까이에 있는 사람들부터 차례차례 구할 것이다. 상민은 상황이 진정되면 목표 달성을 위해서라도 자신과 지혜의 우선순위를 바꿔야겠다고 생각했다.

상민은 생존자들이 자리를 잡는 것을 보고는 짝과 홀에게 CCTV 시스템에 접속해 생존자와 산송장의 현 위치를 일일이 찾아내라고 지시했다. 짝과 홀은 무선으로 CCTV 시스템에 접속해 교내 상황을 보고했다. 기숙사에 산송장 여섯 명이 돌아다니고 있고 교수식당에서 연회를 준비하던 조리부서 인원 14명도 산송장으로 변해 돌아다니고 있었다. 짝과 홀은 이외에도 캠퍼스 곳곳에 산송장이 몇 명씩 돌아다니고 있다고 보고했다.

상민은 홀은 회의실에 남으라고, 짝은 나가서 교내에 있는 생존자를 모두 구하고 산송장을 모두 해치우라고 지시했다. 상민이 내리는 지시를 들은 생존자들 중 일부는 그런 지시를 내리면 안 된다고 격하게 반대했다. 자신들을 지켜줄 휴머노이드 두 대 중 한 대가 자리를 비우는 것에서 비롯된 걱정 때문이었다. 상민은 조금 전 로비에서 휴머노이드가 얼마나 위력적인 존재인지를 모두가 확인하지 않았느냐고 반문한 후 둘 중 한 대만 있어도 몇백 명의 산송장은 너끈히 대적할 수 있는데다 둘은 24시간 내내 무선으로 데이터를 주고받을 수 있기 때문에 만일의 상황이 벌어지더라도 언제든 짝을 소환할 수 있다며 사람들을 안심시켰다.

짝이 시스템에 접속해 상황이 발생하기 30분 전을 기점으로 교내에 있던 모든 사람의 동선을 일일이 확인하기 시작했다. 짝은 산송장에게 피해를 입고 사망하거나 산송장으로 변해버린 사람을 명단에서 삭제하는 식으로 작업을 진행했다. 남은 생존자들의 위치를 확인하고 교내에 존재하는 산송장들의 위치와 움직임도 파악하고는 목표 달성을 위한 최적 경로를 산출하는 프로그램을 작동시켰다. 그 프로그램은 짝이 회의실을 채 나서기도 전에 임무를 수행하고 복귀하기에 가장 효율적인 경로를 결정해 제시했다. 물론 이 경로는 현장에서 맞닥뜨린 생존자와 산송장이 보여주는 반응을 반영한 연산을 통해 다시금 새로운 최적경로를 산출해내는 과정을 꾸준히 거치게 될 터였다.

짝은 교내를 수색했다. 산송장에게 쫓기는 다급한 상황에서 학생식당의 식자재 보관용 냉동 창고로 피신했다가 추위에 떨면서도 산송장이 무서워 밖으로 나오지 못하던 생존자들을 구출했다. 캠퍼스 바로 옆 마을에 살면서 교내식당에서 조리를 담당하는 중년 여성들이었다. 매점 앞 로비를 맴도는 산송장들을 어렵지 않게 해치웠다.

짝은 교내 곳곳을 돌아다니며 생존자를 구출하고 산송장을 해치운 끝에 생존자들을 데리고 돌아왔다. 짝이 구출해서 데려온 사람들 중에는 이명주 교수와 조교 성현도 있었는데, 평소에도 주눅이 잔뜩 들어 있어 딱하게만 보이던 성현은 죽음의 위기를 겪으면서 더 이상은 위축되려야 위축될 수가 없는 측은한 모습이었다.

상민은 짝과 홀에게 교내 상황을 다시 확인해보라고 지시했고, 짝과 홀은 다시 확인해봤지만 교내에 더 이상의 생존자와 산송장은 존재하지 않는다고 보고했다. 상민은 회의실 안을 둘러봤다. 교수와 대학원생, 학부생이 대부분이었고, 안면이 있는 교직원도 서너 명 보였다. 많은 사람이 떠난 뒤에도 200명 좀 넘게 남아 있던 교내에서 최종적으로 살아남은 생존자는 지금 여기 회의실에 있는 36명이 전부였다.

부상자가 많다는 것을 확인한 상민은 홀에게 의무실에 가서 응급용 키트를 가져오라고 지시했다. 사람들은 불안에 떠는 와중에도 "산송장에게 물려 상처를 입은 사람은 모두 물린 지 1, 2분 이내에 산송장이 된다"는 명제는 진실이라는 데 뜻을 모았다. 그래서 회의실에 1시간 가까이 모여 있는 지금, 몸에 상처가 난 사람은 산송장에게 부상을 당한 것이 아니라 찰과상 같은 평범한 부상을 당한 사람이라는 데에도, 그래서 그런 부상을 치료하는 것은 아무 문제가 없는 일이라는 데에도 뜻을 모았다. 짝과 홀은 기억장치에 저장된 천문학적 수치에 해당하는 용량의 텍스트와 이미지, 동영상 자료에서 가져온 의료 관련 동영상과 데이터를 순식간에 학습해 배운 치료법으로 회의실에 있는 환자들의 상처를 소독하고 붕대를 감아주는 등 적절한 의료행위를 했다.

안전한 곳에서 치료까지 마쳤건만 큰 충격에 망연자실했던 사람들이 제정신을 찾기까지는 한참의 시간이 걸렸다. 대부분의 사람이 충격에서 벗어난 뒤에도 여전히 넋이 나간 상태인 사람들도 있었다. 게다가 사람들은 바짝 긴장해 있었다. 조그마한 바스락거리는 소리에도 화들짝 놀라며 몸을 피하기 일쑤였다.

상민은 금방이라도 바닥을 뚫고 내려갈 것처럼 무겁고 날이 바짝 선 회의실 분위기를 부드럽게 풀어주는 것이 무엇보다도 급선무라고 생각했다. 앞으로 무슨 상황이 닥칠지는 모르지만, 살아남은 사람들의 이런 분위기로는 별것 아닌 상황에도 제대로 대처하지 못할 게 뻔했다.

분위기를 풀 방안을 고민하는 상민의 눈에 들어오는 것이 있었다. 상민은 분위기를 바꾸는 첫 단계로 치열한 백병전을 치른 끝에 살아남은 사람처럼 보이는 짝과 홀을 번갈아 실험실로 보내 몸에 묻은 피를 닦아내고 깨끗한 유니폼으로 갈아입고 오게 했다. 모두가 앉아 있는 동안 상민의 옆에 떡하니 버티고선 두 대의 휴머노이드부터 깔끔한 모습으로 만들 필요가 있다는 판단에서였다.

말끔한 모습으로 회의실에 돌아온 짝과 홀은 사람들을 한 명씩 찾아다니며 각자의 옷 치수를 물었다. 그러고는 매점에 가서 후드점퍼와 티셔츠, 운동복 바지, 양말 등을 갖고 돌아왔다. 모두 상민의 지시에 따른 거였는데, 상민은 훗날 정산을 위해 매점에서 가져온 옷의 품목과 벌수를 하나도 빠짐없이 기록해두라고 지시했다.

짝은 회의실의 여성들을 호위해 여자화장실로 데려갔다. 사람들은 거기에서 범죄의 증거처럼 몸에 묻어 있는 피를 닦아냈다. 처음에는 멍한 표정이었지만, 복받치는 슬픔을 주체 못하고 흐느끼는 사람이 생기자 도화선에 불이 붙은 듯 사람들의 눈물샘이 폭파됐다. 울음은 전염병처럼 퍼졌다. 사람들은 통곡했고 그와 함께 쏟아져 나온 눈물과 섞인 누구누구의 것이었는지 알지 못할 핏물이 하수구로 흘러들어갔다. 사람들은 더 이상은 쏟아낼 눈물이 없을 정도로 눈물샘이 마른 후에야 얼굴을 닦고 몸을 씻고는 옷을 갈아입었다. 짝 일행이 돌아오자 이번에는 남자들이 홀과 함께 남자화장실로 떠났다. 그렇게 남자들까지 돌아오자 회의실에 모인 모든 사람은 유니폼을 입은 것처럼 학교 이름이 새겨진 옷을 입고 있었다. 식당에서 오래 일한 아주머니들이 학교 이름이 새겨진 옷을 입은 것은 이번이 처음이었다.

남자들이 돌아왔을 때는 맛있는 음식 냄새가 회의실에 진동하고 있었다. 상민의 지시를 받은 짝이 남자들이 돌아올 때에 맞춰 회의실 한쪽에 놓인 음식 그릇의 뚜껑을 열어 피운 냄새였다. 분위기를 풀 방안을 고심하던 상민은 행사에 뒤이어 연회를 거행하려고 마련한 뷔페 음식을 담은 그릇을 본 순간 몸을 씻고 식사를 하면 사람들 기분이 한결 나아질 것이라고 판단했다.

상민이 자리에서 일어났다. 한 사람의 조심스러운 움직임만으로도 모두가 경계심을 바짝 세우게 만들기에 충분할 정도로 사람들은 긴장해 있었다. "여러분, 저를 아시는 분도 계시지만 처음 보는 분도 계신 것 같아 제 소개부터 드리겠습니다. 저는 로봇공학과 현상민 교수입니다. 며칠 사이 뉴스로만 접하던 끔찍한 일을 직접 겪으면서 힘들어하시는 여러분께 제안을 하나 할까 해서 일어났습니다." 상민이 잠시 입을 닫자 회의실에 침묵이 다시 해일처럼 몰아닥쳤다. "여러분, 생뚱맞은 얘기로 들리시겠지만, 우선 식사부터 하시는 게 어떨까요? 일단 먹어야 힘을 낼 수 있으니까요. 힘을 내야 이제부터 앞으로 어떻게 할 것인지, 어떻게 살아갈 것인지를 생각할 수 있으니까요. 끔찍한 일을 겪은 지 얼마 되지 않아 식욕이 생길 리 없겠지만 때마침 여기에 뷔페 음식이 마련돼 있으니 억지로라도 배를 채운 다음, 지금까지 상황을 정리하고 앞으로 대책을 궁리하는 시간을 가졌으면 합니다. 어떻습니까, 여러분?"

말을 마친 상민은 잠시 그 자리에 서서 사람들을 돌아보는 것으로 모두에게 생각할 시간을 줬다. 그러고는 음식 그릇이 늘어선 벽으로 걸어가 접시와 식기를 챙긴 다음 접시를 채우기 시작했다. 사람들은 상민이 접시를 들 때까지도 멍하니 쳐다보기만 할 뿐 움직이는 사람은 아무도 없었다. 그러던 중에 한 사람이 벌떡 일어나 상민의 뒤를 따랐다.

금속공학과 한상진 교수였다. LP레코드에서 흘러나오는 잔잔한 음악이 깔린 6층 교수실을 걸어 잠그고는 오랜만에 지필묵(紙筆墨)을 꺼내 붓글씨에 몰두하느라 밖에서 난리가 벌어졌다는 사실을 알아차리지 못한 덕에 아무런 피해도 입지 않은 한 교수는 상민이 학부생일 때부터 상민을 아들처럼 아껴준 사람이었다. 한 교수가 접시를 들자 뒤를 따르는 사람이 한두 명씩 생겨나면서 남아 있던 사람들도 천천히 일어나 식사에 참여하기 시작했다.

조리를 마친 직후의 온기를 유지하려는 조치를 다 취해놓기는 했어도 음식은 약간 식어 있었다. 지나치게 식은 음식은 짝과 홀이 편의점에 가져가 전자레인지에 데워왔고, 그래서 충분히 먹을 만했다. 그러나 끼니를 놓치고 힘든 일을 겪은 뒤라고 해서 음식이 앞에 있다고 모두가 허겁지겁 배를 채운 것은 아니었다. 분위기를 띄우려고 의도적으로 열심히 수저를 놀린 상민이나 한상진 교수 같은 사람두 있었지만, 많은 사람이 배를 채우려고 마지못해 식사를 하고 있었다. 고기를 씹다 조금 전의 참상을 떠올리는 바람에 구역질을 하는 사람이 있었는데, 모두에게 다행스럽게도 헛구역질에 그치면서 식사하는 사람들에게 토사물을 보여주는 참사로 이어지지는 않았다. 수저를 들기는 했지만 사람들의 비명소리가 떠올라 차마 음식을 삼키지 못하고 수저만 멍하니 바라보는 사람들도 있었는데, 지혜가 그중 하나였다.

지혜는 놀란 자신을 안정시키며 부축해준 상민 덕에 엘리베이터에서 회의실까지 이동해 상민의 옆 테이블에 앉을 수 있었다. 이후에도 상민은 틈틈이 지혜의 상태를 살폈고, 가끔씩 눈이 마주치면 따스한 시선을 보내며 힘을 북돋아주려 노력했다. 지혜는 그렇게 상민의 응원을 받으면서도 흉한 꿈을 꾸는 것 같은 기분을 떨치지 못했다. 억지로라도 식사를 하려고 수저를 들었을 때 기분은 최악이었다. 지혜의 손에는 무심결에 내민 쇠지렛대를 통해 전해져온 감촉이 여전히 생생했다. 쇠지렛대가 덤벼드는 축구광의 눈을 뚫고 들어갈 때 손과 몸에 전달된 묘한 느낌이 수저를 통해 다시 전달되는 것만 같았다. 머리카락이 쭈뼛쭈뼛 서게 만드는 이 느낌은 아무리 애를 써도 떨칠 수가 없을 듯했다.

짝과 홀은 사람들이 식사를 마칠 무렵에는 서빙 인력 노릇을 하고 있었다. 마음에도 없는 식사를 하다 수저를 떨어뜨린 사람에게는 수저를 갖다 주고 음식을 흘린 사람에게는 냅킨과 물수건을 갖다 줬다. 식사를 마친 사람들에게는 수레를 끌고 돌아다니며 커피와 차를 대접했다. 짝과 홀이 잔을 채워주려 다가가자 흠칫 놀라는 사람들이 아직도 있었다. 짝과 홀이 산송장을 해치우며 보여준 냉혹한 모습을 두 눈으로 똑똑히 본 사람들이었다. 사람들이 그러거나 말거나 태연한 표정과 깔끔한 동작으로 생존자들의 시중을 드는 그들의 모습을 보고 조금 전까지만 해도 엄청난 살육을 저지른 존재였다는 사실을 짐작할 수 있는 사람은 아무도 없을 터였다. 홀은 사람들이 반납한 식기와 남은 음식을 교수식당의 싱크대로 옮겼다.

식욕이 있었건 없었건 음식이 입에 맞았건 그렇지 않건, 배를 채우고 나자 사람들의 불안감은 많이 누그러지고 회의실 분위기도 많이 풀어져 있었다. 심지어 담배를 피우고 싶다는 사람들까지 있었는데, 상민은 짝과 홀이 회의실에서 CCTV로 주변을 감시하다 위험한 일이 생기겠다 싶으면 재빨리 나가 구해줄 테니 연구동 밖 흡연구역에서 안전하게 담배를 피우고 오라고 말하며 흡연자들을 내보냈다.

절뚝거리면서도 담배를 피우고 온 서 총장을 비롯한 흡연자들이 복귀한 후 회의실 분위기는 조금 과장하자면 학회 분위기 같았다. 자기들끼리 모여 초조한 눈빛을 주고받는 식당 조리인력 아주머니들은 예외였지만 말이다. 낯선 외국에 뚝 떨어진 사람들처럼 어리둥절해하고 겸연쩍어하는 아주머니들을 비롯한 몇몇 교직원을 제외하면, 나머지 사람들은 모두 현상을 데이터로 변환한 후 그 데이터를 분석하고 논리적 추론을 통해 결론을 도출하는 일에 숙달된 전문 과학자들이었다. 그래서 실내가 정돈되기 무섭게 학회 진행자 역할을 수행하게 된 상민이 지금까지 상황을 체계적으로 정리하는 작업을 시작했을 때에는 남모르게 희열을 느낀 사람조차 있었다. 사람들은 상민이 분위기를 주도하는 걸 두고 뭐라고 하기는커녕 오히려 그렇게 해주는 것을 좋아라 하는 눈치였다.

상민은 이전에 아는 사이인 사람들도 많지만 처음 보는 사람들도 있으니, 그리고 이전에 아는 사이일지라도 죽을 고비를 넘기고 새 인생을 살게 된 셈이니 돌아가며 자기소개를 하는 게 어떠냐고 제안했고, 사람들은 시계방향으로 한 명씩 일어나 자기소개를 했다. 다들 힘없는 목소리로 간단히 이름과 직함을 밝히는 식으로 짧게 소개를 했는데도 인원수가 많다보니 전원이 소개를 마치기까지 걸린 시간은 짧지 않았다.

그래도 자기소개가 끝나자 회의실 분위기는 많이 밝아져 있었다. 그러자 상민은 실내에 있는 모든 사람이 궁금해 하고 있는 질문을 던졌다. "도대체 학교 안에서 이 사태는 어떻게 시작됐고 어떻게 전개된 걸까요?" 상민은 질문에 대한 답을 알아내야 하는 이유를 설명했다. "앞으로 벌어질 상황에 제대로 대처하려면 반드시 알아내야 합니다."

이 질문에 대한 대답을 찾는 과정은 휴머노이드의 뛰어난 성능을 자랑하는 기회이기도 했다. 블루투스로 시스템에 접속해 시스템을 원격 조종할 수 있는 짝과 홀은 회의실 정면의 패널을 열고 패널 뒤에 설치된 모니터를 켰다. 캠퍼스에 설치된 많은 CCTV 카메라가 포착한 장면들이 분할된 화면으로 모니터에 떴다.

"이 사태가 언제 어디에서 시작됐는지 아시는 분, 계십니까?"

상민의 질문에 많은 사람이 기억을 더듬으며 들릴락 말락 한 크기로 목소리를 내기 시작했다. 그런 사람들과 달리 인환은 제일 큰 목소리로 자신에 찬 얘기를 했다. "제가 로비에 있을 때 시작됐습니다. 11시에 있을 개회식을 앞두고 드론동호회 부스에서 마무리 작업을 한창 하고 있었으니까 10시 반쯤이었을 겁니다. 나무계단 쪽에서 웅성거리는 소리를 듣고 무슨 일인지 보러 갔더니 6층인가 5층 계단에서 사람들이 산송장들한테 쫓겨 내려오고 있었습니다." 당시에 로비 주위에 있던 생존자들은 인환의 얘기에 고개를 끄덕였다.

짝과 홀이 저장된 영상을 고속으로 되감는 동안 회의실 대형 모니터에 뜬 화면들에 등장한 사람들이 부리나케 뒷걸음을 쳤다. 이제 모니터는 10시 20분 시점의 캠퍼스 곳곳을 보여주고 있었다. 빠르게 재생되는 화면에 등장한 사람들의 동작은 기계처럼 딱딱했다. 짝과 홀은 산송장을 처음으로 포착한 화면을 찾아 모니터에 띄웠다. 인환의 말대로 10시 32분 때 화면이었는데, 산송장이 처음으로 생겨난 곳은 B연구동 5층에 있는 행정실이었다. 처음으로 산송장이 된 사람은 출근할 때부터 안색이 좋지 않던 과장급 직원이었다. 출근해서 사람들과 인사를 하는 둥 마는 둥 하고는 책상에 엎드려 있던 그가 그 시점에 몸을 일으켰을 때는 이미 산송장의 몰골을 하고 있었다.

행정실에서 과장급 직원이 사람들을 덮치면서 난장판을 벌이는 동안, 이번에는 바로 옆에 있는 중앙조정실에서 말단직원이 산송장으로 변해 동료들에게 덤벼들기 시작했다. 그 결과 양쪽 사무실에서 도망쳐 나온 사람들이 계단으로 몰리면서 B연구동 5층은 순식간에 아수라장으로 변했다. 처음에 생겨난 산송장 둘이 사람들을 쫓는 동안, 그들에게 당해 쓰러졌던 사람들이 차례차례 산송장으로 변해 그들의 뒤를 따르는 모습이 보였다.

상민은 행정실과 중앙조정실을 보여주는 화면만 남기라고 지시했다. 2분할된 모니터는 두 곳만 보여줬다. 그러자 상민은 하루 전부터 산송장 발생시점까지 사이에 두 곳을 들락거린 사람들 중에 수상한 사람이 있는지 확인하라고 명령했다. 짝과 홀이 작업에 착수하고 불과 몇 초 사이, 모니터는 행정실과 중앙조정실을 배경으로 순식간에 나타났다 순식간에 사라지는 가느다란 선으로 빠르게 등장했다 사라지는 사람들을 보여줬다. 검토를 마친 짝과 홀은 수상쩍은 사람은 하나도 없었다고 보고했다.

짝과 홀은 보셔야 할 게 있다면서 동영상을 추가로 검토해 찾아낸 곳을 보여줬다. B연구동 5층에서 일이 벌어진 직후에 A연구동 6층에 있는 실험실의 모습이 모니터에 떴다. 이명주 교수가 담당하는 화학공학과 실험실이었다. 잠시 후 실험실 학생들이 네 발로 기다시피해서 복도로 빠져나오는 게 보였고 입에서 피를 뚝뚝 흘리며 그 뒤를 쫓아 나오는 산송장이 보였다. 그 학생은 몸살이 나서 연구실에 나오지 못하는 문제로 명주의 질책을 받고는 아픈 몸을 이끌고 실험실에 온 대학원생이었다. 그가 축 늘어진 몸으로 실험실에 온 지 얼마 되지 않아 산송장이 돼서는 실험실을 뒤집어 놓은 거였다. 이번에도 6층 실험실을 들락거리는 사람들 중에 수상한 사람을 찾는 작업이 진행됐다. 실험실을 배경으로 번개가 치는 듯한 이미지로 사람들이 등장하고 퇴장했는데, 거기에도 역시 수상쩍은 사람은 없다는 보고가 이어졌다. 축구광과 같이 쓰는 기숙사에서 나올 때부터 실험실에 도착할 때까지 학생의 동선을 추적해봤지만 이 학생도 산송장에게 물린 탓에 산송장이 된 게 아니었다.

사람들은 여기까지 화면을 보고는 당황하기도 하고 충격을 받기도 했다. 그렇다면 산송장이 된 직원들과 학생은 어떻게 산송장이 됐다는 말인가? 회의실에 있는 사람들은 서울에서 사태가 처음 시작돼 전 세계로 퍼져나간 날부터 이틀 뒤에 시행된 "떠나는 건 자유, 들어오는 건 금지" 방침에 따라 교내를 떠난 사람은 많았지만 교내로 들어온 외부인은 한 명도 없었다고, 그래서 교내는 산송장이 생겨날 수 없는 안전한 곳이라고 철석같이 믿고 있었다. 그렇게 안전한 곳에서 어떻게 산송장이 생겨날 수 있단 말인가?

그렇다면 정말로 외부에서 교내로 들어온 사람은 없었던 걸까? 상민의 지시에 따라 짝과 홀은 캠퍼스를 에워싼 울타리를 포착한 CCTV 화면을 모니터에 띄웠다. 1주일 전부터 저장된 화면을 수십 배속으로 재생하는 동안 외부인이 들어오는 화면이 있으면 정지시키라는 명령을 수행한 짝과 홀은 지난 1주일 사이에 울타리를 넘어 캠퍼스에 침입한 사람은 아무도 없다고 보고했다. "떠나는 건 자유, 들어오는 건 금지" 방침은 실제로 철저하게 지켜지고 있었던 것이다. 그렇다면 교내에 있는 사람이 나가기만 했지 외부에서 들어온 사람은 아무도 없는 상황에서 어떻게 이런 사건이 벌어지게 된 걸까?

상민은 이번에는 처음에 산송장으로 변한 사람들, 즉 교직원 두 명과 대학원생의 동선을 거슬러 올라가며 특이한 점이 있는지 확인해보라고 지시했다. 사람들은 수십 배속으로 역재생되는 화면을 다시 봐야 했다. 잠시 후 화면 재생이 멈췄다. 화면 하단에 있는 타임코드의 날짜는 12일 전인 일요일 저녁이었다. 사람들의 시선이 일제히 고정된 화면이 보여준 것은 행정실 직원이 운전석에 앉은 차가 정문을 통과해 들어와 A연구동과 B연구동 사이에 정차하는 모습이었다. 잠시 후 중앙조정실 직원과 대학원생이 차에서 내려 운전자에게 인사하는 모습이 보였다. 짝과 홀은 사람들이 잘 알아볼 수 있도록 운전석에 있는 사람과 차에서 내린 사람들의 얼굴을 확대해 보여줬다. 4K 화질의 카메라로 찍은 화면의 화질이 선명한데다가 확대한 부분의 왜곡된 이미지를 보정해 원래 이미지로 추정되는 이미지를 재현하는 프로그램을 돌린 덕에 사람들이 세 사람의 얼굴을 알아보는 데에는 전혀 무리가 없었다. 무심한 얼굴로 화면을 보는 사람들 중에서 서 총장의 안색이 차츰 어두워지고 있었다.

짝과 홀에게 세 사람이 이때 이후로 학교 밖으로 나가거나 외부에서 온 사람과 접촉한 적이 있는지 확인해보라고 시켰지만, 휴머노이드들은 이 시점 이후로 세 사람의 동선에 수상한 점은 전혀 없다고 보고했다. 상민은 혹시나 싶어 세 사람이 같이 학교를 떠나기 이전의 2주일간 동선을 확인해보라고 지시했지만, 휴머노이드들은 특이해 보이는 상황은 전혀 보이지 않는다고 보고했다.

외부에 나갔다 학교로 돌아오는 것을 "두메산골로 다시 유배 온다"는 표현을 쓸 정도로 학교가 외진 곳에 있기 때문에 학생들이 외지로 나가는 교직원의 차를 얻어 타는 것은 심심치 않게 있는 일이었다. 근처에 있는 작은 도시의 터미널에서 셔틀버스를 타려고 대기하는 학생을 학교로 돌아오는 교직원이 태워주는 일도 역시 특이한 일은 아니었다. 그래서 사람들은 세 사람이 같은 차를 타고 온 것을 이상하게 여기지 않았지만, 세 사람이 어떤 사람들인지 잘 알면서도 그렇다는 사실을 입 밖에 내지 않은 서 총장은 세 사람을 보는 것만으로 교내에서 벌어진 참사의 발단이 무엇인지를 알아차릴 수 있었다. 그러나 회의실에 있는 사람들 중에서 서 총장의 안색이 어두워졌다는 것을 눈치챈 사람은 혹시나 하는 생각에 서 총장을 힐끔거리던 상민뿐이었다.

아무튼 2주일쯤 전에 같은 차를 타고 학교로 돌아온 세 사람이 특이한 일을 겪지 않고도 거의 비슷한 때에 산송장으로 변했다는 얘기였는데, 이 결론은 사람들을 또 다른 충격으로 몰아넣었다. 사람들은 지금까지 뉴스와 동영상으로 본 사태 전개를 통해 산송장에게 물리는 것을 통해서만 멀쩡한 사람이 산송장으로 변한다는 믿음을 암묵적으로 갖고 있었는데 지금의 결론은 그것이 틀린 믿음일 수도 있다는 걸 시사했기 때문이다. 산송장에게 물린 이후에 산송장이 되기까지 걸리는 기간이 지금껏 보아온 것처럼 단 1, 2분밖에 안 걸리는 게 아니라 길면 2주일까지 걸린다고 가정하면 그 믿음을 지탱할 수 있었지만 그건 왠지 신빙성이 떨어지는 가정이었다. 믿음을 허물어버리는 객관적 사실에 맞닥뜨린 사람들은 다시금 무거운 침묵에 빠져들었다. 그래서인지 추론의 다음 단계에서 마땅히 제기해야 할 "그렇다면 산송장에게 물리는 것 외에 사람을 산송장으로 만드는 다른 원인은 무엇인가?"라는 질문을 던지는 사람이 없었다.

서 총장은 머릿속에서 도달한 결론이 마음에 들지 않았다. 서울에서 사태가 발생한 초기에 '설마'하는 심정으로 애써 부인하려 했던 짐작이 교내에서 직접 사태에 휘말린 직후 '역시'인 것으로 판명되면서 받은 충격은 접질린 발목에서 느껴지는 충격보다 훨씬 커서 아찔할 지경이었다. 그래서 서 총장은 다른 의문을 제기해 사람들의 관심을 다른 쪽으로 틀기로 마음먹었다.

"현 박사, 궁금한 게 있는데…" 사람들 시선이 일제히 서 총장에게로 쏠렸다. 서 총장은 목을 가다듬고는 말을 이었다. "저 휴머노이드들, 그러니까 홀하고 짝은 어떻게 산송장들을 죽이는 건가요? 내가 알기로 저 휴머노이드들은 '아시모프의 로봇 3원칙'을 준수하도록 설정돼 있는 것으로 아는데, 그렇지 않은 건가요?"

서 총장이 언급한 '아시모프의 로봇 3원칙'은 로봇이 인간과 상호작용하는 과정에서 인간을 최우선적으로 보호하기 위해 준수해야 하는 세 가지 원칙으로, SF작가 아이작 아시모프(Isaac Asimov)가 단편소설에서 제안한 거였다. 제1원칙은 '로봇은 인간에게 해를 입혀서는 안 되고 위험에 처한 인간을 모른 척해서도 안 된다'이고, 제2원칙은 '제1원칙에 위배되지 않는 한 로봇은 인간의 명령에 복종해야 한다'이며 제3원칙은 '제1원칙과 제2원칙에 위배되지 않는 한 로봇은 로봇 자신을 지켜야 한다'이다.

상민은 인간세상이라는 곳이 워낙에 복잡하고 생각지도 못했던 일이 비일비재하게 일어나는 곳이기에 '로봇 3원칙'이 인간세계에서 벌어질 수 있는 무궁무진한 상황을 모두 포괄하지는 못하지만 대부분의 상황에 적용할 수 있는 일반적인 원칙이라는 점은 인정했다. 그렇기에 휴머노이드를 개발하는 과정에서도 그 원칙을 바탕으로 로봇에게 입력할 행동 프로그램을 짰었다.

서 총장이 던진 질문은 인간을 최우선적으로 보호하라는 프로그램에 따라 작동하는 짝과 홀이 조금 전까지만 해도 평범한 사람이던 산송장을 처치한 건 어떻게 된 연유인지를 묻는 거였다. 사람들은 기억을 더듬어봤다. 오전에 벌어진 끔찍했던 일을 떠올리는 것은 조금도 내키지 않는 일이었지만, 짝과 홀이 어떻게 행동했는지를 알아보려면 어쩔 도리 없이 해야 하는 일이었다.

상민도 그제야 짝과 홀 덕에 많은 사람이 목숨을 구한 것을 자랑스러워하면서도 짝과 홀이 보여준 영웅적 행동의 밑바탕에 깔린 원칙에 대한 고민은 전혀 해보지 않았다는 걸 깨달았다. 상민은 짝과 홀의 시점에서 촬영돼 기억장치에 저장된 화면을 모니터에 재생해보라고 명령할까 고려해봤지만 너무 끔찍한 광경을 보여주는 것은 생존자들을 괴롭히는 일이 될 거라는 생각에 단념했다.

머릿속으로 짝과 홀이 했던 행동을 재생해본 사람들의 한결같은 생각은 짝과 홀이 산송장을 해치우는 작업을 조금도 망설이지 않고 단호하게 수행했다는 것, 짝과 홀이 보여준 행동은 자동화된 공장의 생산라인에 투입된 로봇처럼 효율적이기까지 했다는 것이었다. 그렇지만 짝과 홀이 산송장이 아닌 멀쩡한 사람에게 해를 끼치는 것을 본 사람은 없었다. 따지고 보면 회의실에 있는 사람들은 모두 짝과 홀 덕에 이 자리에 있는 거였다.

그래서 또 다른 의문이 제기됐다. "휴머노이드들은 어떤 기준에 따라 멀쩡한 사람과 산송장을 구별한 것일까?" 이 의문에 대한 답을 얻는 것이 무엇보다도 시급한 일인 것은 짝과 홀이 회의실에 있는 생존자들을 공격할 가능성이 만에 하나라도 있지 않을까 하는 불안감 때문이었다.

"이봐, 짝, 아니 홀한테 물어야 하나? 너희들 왜 그랬어? 왜 산송장은 공격하고 우리는 공격하지 않은 거냐고?" 이명주 교수가 앙칼진 목소리로 말했다. 툭하면 금방이라도 폭발할 것처럼 성질을 부리는 다혈질에 폭언을 일삼는 사람인데다 심한 주사를 부리는 것으로 악명 높은 술꾼인 명주는 홀과 짝에게 질문을 던지기 무섭게 "무슨 놈의 로봇 이름을 저 따위로 지었어?"라고 투덜거렸다. 그런데 명주의 질문을 받은 짝과 홀은 명주가 원하는 대답을 내놓으려는 생각은 전혀 없다는 듯한 무표정으로 상민에게로 고개를 돌렸다. "뭐야? 나 무시하는 거야?" 짝과 홀의 태도에 격분한 명주는 금방이라도 원탁을 뒤집어엎을 기세였다. 옆에 앉은 조교 성현은 명주가 날뛸 때마다 겁에 질린 개처럼 고개를 숙이고는 어깨를 움츠렸다.

"이 박사님, 그런 게 아니니까 진정하세요." 상민은 명주를 달랬다. "짝과 홀이 이 박사님 질문에 대답하지 않은 것은 이 박사님이 우선순위 명단에 포함돼 있지 않아서입니다. 휴머노이드들은 긴급한 상황이 아닐 경우에는 제 허락 없이 우선순위 프로그램에 들어 있지 않은 사람의 질문에 대답하지 않게끔 설정돼 있습니다. 그러니 진정하세요, 제가 물어보겠습니다. 저도 그게 궁금했거든요."

"여기 계신 분들은 저희가 보호해야 하는 인간이지만 여러분께서 산송장이라고 부르는 생명체는 인간이 아니기 때문입니다. 로봇 3원칙의 제1원칙의 일부인 '위험에 처한 인간을 모른 척해서도 안 된다'는 원칙에 따라 저희에게는 인간이 아닌 존재로부터 안전을 위협받는 인간을 보호해야 할 의무가 있습니다." 짝과 홀은 상민이 던진 똑같은 질문에 동시에 사무적인 말투로 대답했다.

상민은 무선으로 데이터를 공유하기 때문에 모든 행동을 동시에 수행할 수 있는 짝과 홀에게 앞으로는 둘 중 한 쪽만 대답을 하라고 지시했다. 그러고는 휴머노이드들의 대답을 들은 모두가 궁금해하는 질문을 던졌다. "왜 산송장은 인간이 아니라고 보는 거지?"

짝은 조금도 난해한 질문이 아니라는 듯 곧바로 또랑또랑한 목소리로 대답했다. "산송장은 저희에게 입력된 '인간' 범주의 기준에서 벗어난 존재이기 때문입니다. 더 자세히 듣기를 원하시나요?"

"그래, 더 자세히 대답해줘. 여기 계신 모든 분들의 궁금증이 다 풀릴 정도로 자세하게."

"알겠습니다. 저희는 개발자분들이 입력해준 데이터, 그리고 저희가 웹에서 검색을 통해 획득한 데이터를 종합해 설정한 기준을 바탕으로 무엇이 인간이고 무엇이 인간이 아닌지를 구별합니다. 인간과 산송장은 해부학적인 측면에서는 다른 점을 찾을 수 없는 동일한 존재들이지만, 생리적인 측면에서는 동일한 부류로 분류할 수가 없는 다른 존재들입니다." 짝은 그러고는 뜻밖의 대답을 내놨다. "인간과 산송장의 차이가 제일 확연하게 드러나는 부분은 '체온'입니다."

"체온?" 짝의 설명을 듣던 많은 사람이 한목소리로 외쳤다.

"체온이 뭐 어쨌다는 거야?" 명주가 다그치듯 물었다.

이번에는 홀이 설명에 나섰다. 홀은 내장된 프로그램을 이용해 그린 그래프와 설명이 담긴 프레젠테이션 자료를 모니터에 띄우고는 생존자들을 보며 입을 열었다. 학회 발표자로 변신한 것 같은 모양새였다. "인간의 체온은 성별, 연령, 하루 중 측정시간, 건강상태에 따라 다양하지만, 성인의 정상체온은 대체로 36.5도에서 37도 사이입니다. 인간은 심부체온이라고도 부르는 중심체온이 35도 이하로 떨어지면 저체온증에 걸립니다. 이때는 혈액순환과 호흡, 신경계의 기능이 느려지고 떨림과 근육 긴장 증세가 나타납니다. 심부체온이 28도 이하로 떨어지면 심정지가 일어납니다. 이것보다 낮은 체온에서 목숨을 건진 사례가 있기는 하지만 극히 예외적인 경우일 뿐입니다."

여기까지 설명을 마친 홀은 사람들이 잘 따라왔는지 확인하려는 듯 말을 멈추고는 주위를 둘러봤다. 저장된 동영상들 중에서 대중 앞에서 무엇인가를 발표하는 내용의 동영상을 모두 검색한 후 강연자들이 보인 행동 중에서 이 상황에 제일 적합도가 높은 행동으로 결정된 행동을 그대로 따라한 거였다.

홀이 회의실을 둘러본 직후 모니터에 뜬 이미지가 바뀌었다. 그래프와 텍스트 대신 울긋불긋한 이미지가 사람들 눈을 사로잡았는데, 그 이미지는 파란색과 노란색과 빨간색이 나름의 공간을 차지하며 형성한 여러 사람의 형체였다. 사람들은 그 이미지가 세계적인 전염병이 만연할 때 공항에 입국하는 사람들이 거쳐 가는 검색대에 설치된 열화상카메라로 찍은 이미지와 비슷하다는 것을 깨달았다. "지금부터 보실 영상은 저희가 로비에서 엘리베이터로 가는 동안 저희에게 내장된 열화상카메라로 찍은 것입니다."

"열화상카메라? 저 로봇들한테 그런 기능이 있었어?" 명주가 큰 소리로 끼어들었다.

상민은 짝과 홀의 설명을 끊는 게 달갑지 않았지만 명주의 짜증 섞인 목소리를 듣고 싶지 않다는 생각에 휴머노이드들에 탑재한 시각 기능에 대해 설명했다. "저희가 개발한 휴머노이드들은 우리 인간의 시각과 똑같은 시각으로 세상을 보는 기능도 있지만 열화상카메라로 세상을 보는 기능도 있습니다. 검역이나 소방, 방재 등의 분야에서 쓸모가 있는 기능이죠. 짝과 홀에게는 동시에 여러 기능의 카메라로 세상을 보고 기록하는 능력이 있습니다."

명주가 별다른 소리를 내지 않는 것을 확인한 상민은 짝에게 설명을 계속하라고 고갯짓을 했다. "이 열화상이미지에 해당하는 일반 이미지는 이렇습니다." 짝이 설명을 마친 순간 등장한 이미지는 엘리베이터로 몰려가는 산송장들의 장벽을 보여줬다. 장벽이 이동하는 동안 지혜의 모습이 잠깐 포착됐다. 지혜는 위기에 처한 자신의 얼굴이 나타난 것을 보자 숨이 턱 막혔다. 상민은 낌새를 눈치채고는 설명을 끊고자 했지만, 이 이미지가 지혜에게 얼마나 충격적인 것인지를 가늠하는 능력과 지혜를 배려하는 차원에서 그런 이미지를 보여주는 것은 피해야 옳다는 판단력 같은 것이 홀과 짝에게 있을 리 없었다. 지혜의 반응이야 어떻건, 지혜가 등장하면서 정지된 화면이 그에 해당하는 열화상이미지로 바뀌었다. 사람들은 그 이미지를 보는 것만으로도 멀쩡한 사람과 산송장의 체온이 어떻게 다른지를 확실히 알게 됐다. 지혜의 형체에는 밝은 색이 모여 있는 반면, 산송장이 있는 자리에는 어두운 색들만 뭉쳐 있었다.

"산송장의 체온은 몇 도지?" 식당에서 아침 겸 점심을 먹다 아주머니들과 함께 창고에 갇혔다가 구출된 생명공학과 박사과정 대학원생 채송화가 물었다. 짝과 홀이 반응을 보이지 않는 것을 본 채송화는 상민에게 몇 도인지 물어봐달라고 요청했다.

"대부분이 23도 안팎입니다."

"말도 안 돼." 채송화는 지금까지 배워온 모든 지식에 반하는 얘기를 듣고는 자기도 모르게 큰소리로 외쳤다. 인간의 생리작용에 대해 조금이라도 아는 사람들의 생각도 다르지 않았다. 그러나 그런 생각을 하는 사람들도 인간의 정상적인 체온을 한참 밑도는, 심정지를 일으키는 것이 당연한 체온으로도 사방을 돌아다니며 인간을 사냥하는 산송장을 직접 겪어봤기에 현실에서 벌어지는 일을 말도 안 된다는 이유로 무시하지는 못한다는 걸 잘 알고 있었다.

사람들은 다시 침묵에 빠졌다. 예외라면 짝과 홀이 인간의 모습을 쏙 뺀 휴머노이드라는 건 상상도 못하는 아주머니들이었다. 아주머니들은 한국어를 대단히 유창하게 구사하는 금발의 백인 여성을 비롯한 왠지 이상한 느낌을 풍기는 사람들이 하는 말이 무슨 말인지 알아들을 수가 없었다. 옆 테이블에 앉은, 도인(道人)이라는 별명처럼 득도한 사람 같은 풍채인 한상진 교수가 푸근한 인상에 딱 어울리는 중후한 목소리로 알아듣기 쉽게 설명해주려고 애썼고, 그 덕에 아주머니들은 산송장을 "손발이 말도 안 되게 차가운 사람" 정도로 인식하게 됐다. 한편, 차분하고 분석적인 사람인 채송화는 현실을 무시하는 대신에 현실을 합리적으로 설명하는 이론을 세우려는 작업에 곧바로 착수했다. 얼굴도 눈도 둥글둥글해서 귀여운 인상인 채송화의 미간에 주름이 잡혔다.

휴머노이드의 "로봇 3원칙" 준수에 대한 서 총장의 궁금증이 해소된 후, 사람들은 앞서 묻다가 다른 질문으로 빠져나갔던 질문으로 되돌아갔다. 교내의 산송장은 어떻게 생겨난 것인가? 상민은 큰 기대는 하지 않으면서 휴머노이드들에게 물었다. "짐작 가는 게 있니?"

상민의 질문을 받고는 몇 초간 데이터를 취합하고 분석한 짝이 입을 열었다. "있습니다." 사람들의 시선을 확 잡아끄는 대답이었다. 짝이 사람들의 반응 같은 것은 아랑곳하지 않으면서 설명을 시작했다. "어제 저희는 현 박사님과 나 박사님과 함께 실험실을 나와서 로비로 내려와 회의실을 들른 후 다시 실험실로 돌아갔었습니다. 그런데 교내

CCTV 시스템에 저장된 동영상을 검색해 산송장에게 물리지 않고도 산송장으로 변한 사람들의 동선을 추적하던 중에 저희의 동선과 다음 두 사람의 동선이 일부 겹친다는 것을 알게 됐습니다."

짝이 고개를 돌려 모니터를 바라보자 행정실 직원과 화학공학과 대학원생의 이미지가 떴다. 둘 다 병색이 완연했는데, 행정실 직원은 계단을 통해 로비로 내려오고 있었고 대학원생은 로비를 가로질러 엘리베이터로 향하고 있었다. "교내 CCTV에는 열화상카메라 기능이 없습니다. 그래서 CCTV에 잡힌 이 두 사람의 모습만으로는 이들의 체온을 확인하지 못합니다. 하지만 저희와 겹친 동선에서는 이 두 사람의 체온을 확인할 수 있습니다." 휴머노이드의 시점에서 포착해 저장해 둔 화면을 재생한 이미지가 모니터에 떴는데, 이미지는 재생이 시작된 직후에 열화상이미지로 바뀌었다. 사람들 사이에서 언뜻언뜻 포착된 두 사람의 체온을 나타내는 색깔은 주위에 있는 다른 사람들의 체온을 나타내는 색깔에 비해 두드러지게 어두웠다.

"몇 도인지 물어봐주세요." 간신히 목숨을 건지면서 두려움에 떨다 체온 얘기를 들은 이후로는 언제 그랬냐는 듯 지금의 상황을 학문적인 관점에서 분석하는 작업에 몰두한 채송화가 상민에게 요청했다.

"두 사람 다 32도 안팎입니다." 홀이 대답했다.

"말도 안 돼." 채송화는 앞서 한 번 내뱉었던 말을 이번에도 무심결에 내뱉었다. 그러나 말도 안 되는 일이 실제로 일어날 수 있음을 보여준 엄연한 현실은 채송화로 하여금 기존에 갖고 있던 생각을 고쳐먹게 만들었다. 그래도 우선은 자신을 쳐다보는 사람들에게 이게 왜 말이 안 되는 얘기인지부터 설명해야 했다. "32도는 정상적인 활동이 불가능한 체온이에요. 체온이 32도로 떨어지면 환각에 시달리거나 경련을 일으키게 돼요. 이건 응급상황이에요. 이런 상태인데도 서둘러 적절한 의학적 조치를 취하지 않으면 목숨을 잃거나 장기적인 건강에 유해한 결과를 맞게 될 거예요."

이즈음 사람들은 정보량과 정보취합 능력, 분석력 면에서 짝과 홀의 입에서 나온 얘기를 무척 신뢰하고 있었고, 그래서 이 설명이 짝과 홀의 입에서 나왔다면 사람들은 조금의 의심도 없이 이 설명을 받아들였을 것이다. 그러나 채송화를 처음 보는 사람들은 채송화가 방금 전에 한 설명이 맞는 것인지 의구심이 담긴 시선으로 채송화를 쳐다봤다.

분위기를 알아차린 서 총장이 안경을 고쳐 쓰고는 사람들의 의구심을 씻어냈다. "채송화 씨는 의대를 졸업하고 의사로 근무하다 생명공학으로 전공을 바꾸고 우리 학교에 입학한 재원(才媛)입니다. 의학적인 지식이 여기 있는 누구보다 풍부할 겁니다. 저 휴머노이드들은 제외해야 하겠지만요."

그 얘기에 채송화의 설명을 수긍한 사람들이 비정상적으로 낮은 체온에 대한 생각에 잠겼을 때였다. 누군가가 다급한 목소리로 외쳤다. "저기, 저 소리 뭐죠? 지금 무슨 소리가 나는 거 맞죠?" 모두들 귀를 쫑긋 세웠다. 뭔가가 부딪히고 깨지는 소리가 희미하게 들리는 것 같았다. 그 소리는 한 번에 끝나지 않고 계속 이어졌다.

"소리가 들리니? 무슨 소리지?" 상민이 물었다.

"수십 개의 금속성 물체가 바닥에 떨어지면서 나는 소리입니다." 휴머노이드들이 그렇게 대답하는 동안 소리는 점점 더 가까워지면서 요란해졌다. 겁에 질린 사람들은 바들바들 떨었다. 회의실이 그나마 안전한 곳이라고 여기던 사람들도 여차하면 다른 곳으로 도망가려는 듯 엉거주춤 일어나 두리번거리며 탈출구를 찾았다.

CCTV 시스템에 접속해 있는 휴머노이드들이 모두를 안심시키는 말을 했다. "멧돼지 네 마리가 들어와 돌아다니고 있습니다. 열려 있는 식당 뒷문으로 새끼 세 마리가 먼저 들어왔고 그 뒤를 어미가 따라 들어왔습니다. 좌충우돌하면서 이쪽으로 오고 있는데, 로비에서 나는 피 냄새에 홀린 것 같습니다."

사람들은 일단은 안도의 한숨을 내쉬었지만 시끄러운 소리가 점점 커지자 멧돼지들이 회의실로 들어올지 모른다고 걱정하기 시작했다. 상민은 짝에게 나가서 멧돼지들을 처리하라고 명령했다. 날뛰는 멧돼지들을 연구동 밖으로 점잖게 안내해 내보내는 것은 불가능한 일이라는 결론을 내린 짝은 한쪽 벽에 놔뒀던 쇠파이프를 들고 회의실 밖으로 나갔다.

사람들은 경계심을 늦추지 않고 밖에서 나는 소리에 귀를 기울였다. "상황 종료됐습니다." 홀이 사람들을 안심시키려고 큰소리로 말했고, 얼마 지나지 않아 짝이 돌아왔다. 잠시 마실을 나가 동네를 둘러보고 오는 중이라는 듯 태연한 표정이었는데, 손에는 시뻘건 피와 하얀 물질이 덕지덕지 묻은 쇠파이프가 들려 있었다. 짝은 사람들의 시선이 쇠파이프로 쏠리는 것을 보고는 사람들의 걱정을 덜어주려고 쇠파이프를 눈에 띄지 않는 구석진 곳에 놓은 다음에 상민의 곁으로 이동했다.

쇠파이프에 묻은 하얀 물질이 멧돼지의 뇌수(腦髓)라는 것을 알아차린 사람이 많았는데, 그 사람들은 짝의 쇠파이프가 멧돼지의 대가리를 뚫고 들어가는 광경을 머릿속에 그렸다. 채송화도 그런 사람 중 하나였는데, 그때 갑자기 채송화의 머리에 떠오르는 생각이 있었다.

"현 박사님, 저를 우선순위에 넣어주시면 안 될까요? 휴머노이드들한테 물어볼 게 많아요. 일일이 현 박사님을 통하는 것보다는 제가 직접 물어보고 대답을 듣는 편이 좋을 것 같아요."

송화의 요청에 상민은 잠깐 고민했다. 요청을 들어줬다가 회의실에 있는 모든 사람을 우선순위에 넣어줘야 하는 상황이 벌어질 것 같아서였다. 짝과 홀에게 명령을 내릴 수 있는 사람이 많아질 경우 생길 적잖은 부작용이 걱정스러웠다. 그렇지만 현재 상황을 의학적으로 분석하는 송화의 작업을 도와주는 것이 시급하다는 결론을 내린 상민은 "예외적인 경우"라는 것을 강조하며 송화에게 우선순위를 부여했고, 송화는 곧바로 궁금한 질문을 휴머노이드들에게 직접 던졌다.

"내가 기억하기에 너희는 처음부터 줄곧 산송장들의 머리만 공격했어. 다른 부위를 공격할 수도 있었는데 굳이 머리를 겨냥한 이유는 뭐지?"

송화의 질문을 받은 휴머노이드들은 고민하는 틈을 조금도 갖지 않고 곧장 대답을 내놓았다. "산송장은 머리를 공격해야 제압할 수 있기 때문입니다."

"어떻게 그런 결론을 내린 건지 설명해줄래?"

"산송장이 처음 나타난 이후로 유튜브를 비롯한 동영상 사이트들에 세계 곳곳에서 산송장을 찍은 동영상과 CCTV 영상이 올라왔습니다. 동영상들 중 일부는 산송장에 맞서 싸우는 사람들의 모습을 찍은 거였습니다. 그런 내용의 동영상들을 분석하고 추론해보니 머리가 아닌 다른 부위를 공격해봐야 아무 소용이 없다는 결론이 나왔습니다. 산송장은 칼에 베이고 신체 일부가 잘리더라도 전혀 개의치 않고 인간을 계속 공격합니다. 어떤 사람이 창으로 산송장의 심장을 꿰뚫은 동영상도 있는데 산송장은 그런 일을 당하고서도 끄떡없이 상대방을 덮쳐 상대를 산송장으로 만들어버렸습니다. 그런데 머리를 관통당한 산송장이 움직임을 멈춘 것을 보여주는 동영상이 수천 건 있었습니다. 그걸 바탕으로 산송장의 급소는 머리라고 짐작하게 됐습니다. 산송장은 다른 곳은 아무리 심한 공격을 당해도 아무렇지도 않은 듯이 행동하지만 머리에 큰 충격을 받으면 그 즉시 무력화됐습니다. 그걸 보고는 머리를 공격하는 게 알맞은 해결책이라는 결론을 내리게 됐고, 그 결론은 이후의 공격을 통해 거듭해서 진실이라는 게 입증됐습니다."

"그렇다면 산송장의 다른 부위를 공격해도 큰 충격을 주지 못하는 이유는 뭐라고 생각하니?"

"산송장의 신진대사 속도가 대단히 느리기 때문일 거라고 봅니다. 공격받은 산송장을 찍은 영상들을 보면 손상된 부위에서 나는 출혈량이 인간의 그것에 비해 무척이나 적고, 피도 인간이 흘린 피에 비하면 죽처럼 걸쭉합니다. 체온이 낮은 것도 신진대사 속도가 느리다는 것을 보여주는 증거입니다." 휴머노이드들은 학생들이 선생의 강의를 잘 알아들었는지 확인하는 것처럼 말을 멈추고는 회의실을 둘러봤다. 그러고는 말을 이었다. "짚고 넘어가야 할 점이 하나 더 있습니다."

"뭐지?"

"산송장은 정신적인 충격을 전혀 받지 않는 듯하다는 겁니다. 인간이 싸우는 과정에서 받는 충격에는 육체적인 충격도 있지만 정신적인 충격도 있습니다. 인간과 산송장이 대결할 때 정신적인 측면은 여기 계신 여러분이 생각하는 것보다 인간이 취하는 행동에 훨씬 더 큰 영향을 끼칩니다."

"예를 들면?" 이번에는 송화보다 먼저 명주가 물었다. 그러나 짝과 홀이 대답을 않는 것을 본 송화가 다시 물었다.

"인간이 느끼는 두려움이라는 감정은 싸움에 뛰어든 인간이 역량을 한껏 발휘하지 못하게 막기 일쑤입니다. 자신에게 부상을 입힐 가능성이 있는 듯 보이는 상대를 만난 인간은 몸이 굳어지고 도망가는 게 나을지도 모른다는 생각을 은연중에 합니다. 반면, 저희가 분석해본 바에 따르면 산송장은 두려움이라는 감정을 느끼지 않는 것 같습니다. 그들은 부상을 당하거나 목숨을 잃는 것에 대한 두려움을 조금도 느끼지 않기에 앞에 있는 인간이 치명적인 무기를 들고 있더라도 그 인간에게 서슴없이 달려듭니다. 그럴 경우, 전투력 면에서 우위에 있는 인간이 산송장의 기세에 질려 전투력을 제대로 발휘하지도 못하고 산송장에게 당하고는 합니다."

산송장의 기세가 어떤지를 직접 겪은 사람들로서는 수긍할 수밖에 없는 설명이었다. 그 설명을 납득한 송화는 한 가지를 더 물었다. "감정 얘기가 나와서 그런데 말이야, 산송장의 머리 부분 체온은 어떤지 확인해 줄래?"

"그 질문은 왜 하는 거죠?" 서 총장이 물었다.

"휴머노이드들이 방금 전에 한 설명은 이성과 감정에 대한 거였어요. 마음은 심장에 있다고 생각하는 사람들도 있지만, 과학적으로 사고하는 사람들인 우리는 이성과 감정은 뇌의 영역에 속한다고 믿잖아요. 그렇다면 다른 사람을 물어뜯는 식의 공격을 해서는 안 된다는 이성적인 사고(思考)도 하지 않고 두려움이나 연민 같은 인간적인 감정도 느끼지 않는 산송장의 뇌는 어떤 상태인지 궁금해서 물어본 거예요."

"뇌의 체온 역시 신체 다른 부위의 체온과 다르지 않습니다. 뇌로 흘러가는 혈류가 그리 많지 않기 때문에 그런 것으로 판단됩니다. 채송화 님께서 방금 전에 하신 말씀에 덧붙이자면, 산송장은 이성적인 사고나 인간적인 감정을 느끼지는 않는 듯합니다."

"그렇지만 산송장이 뇌에 심한 공격을 당했을 때만 죽는 것을 보면 산송장의 활동에는 어떤 식으로건 뇌가 작용을 하고 있다는 뜻이 아닐까?"

"지금 하신 질문은 타당한 추론 과정에서 나온 질문이라고 판단합니다." 휴머노이드들이 설명할 때마다 한상진 교수는 아주머니들에게 무슨 내용인지를 쉬운 말로 전하려 애쓰고 있었다. 그 사이에 어디에서 산송장이 나타나 회의실로 들이닥치는 것은 아닐까 하는 걱정에 짝과 홀을 시켜 캠퍼스를 살펴봐달라고 상민에게 요청하는 사람도 있었다.

짝과 홀의 설명을 듣고 생각에 잠겼던 송화의 얼굴이 점점 어두워지기 시작했다. 송화는 자기도 모르게 "설마, 설마" 하며 혼잣말을 해댔다. 송화는 지금까지 겪은 일과 들은 얘기를 바탕으로 추론을 해봤는데, 추론 끝에 도달한 결론은 충격적이었다. 그런데 그 결론은 충격의 강도만큼이나 타당성이 높은 결론이기도 했다. 그렇게 충격적인 얘기를, 하늘이 무너질 것 같은 메시지를 사람들에게 전하면 사람들은 그 메시지를 부인하거나 그런 충격적인 메시지를 전한 메신저에게 욕설을 퍼붓고 화를 낼 것이다. 송화는 의사로 일한 기간이 그리 길지 않지만 그런 경우를 당할 만큼 당한 사람이었다. 의사를 그만두고 생명공학으로 전공을 바꾼 것도 그래서였다. 지금 상황이 영 마음에 들지 않지만 그래도 알릴 것은 알려야 한다고 생각한 송화는 결심을 굳혔다.

송화는 어두운 표정으로 서 총장과 상민을 번갈아 보며 물었다. "저한테 떠오른 생각이 있는데 여러분께 말씀드려도 될까요?" 송화의 목소리에 색깔이 있다면 시커먼 색이었을 것이다.

"무슨 얘기인가요?" 서 총장이 근엄한 목소리로 물었다.

"사람이 산송장으로 변하는 원인에 대한 거예요." 송화는 그 말을 들은 사람들의 시선이 자신에게로 쏠리는 게 무척 부담스러웠다. 서 총장을 비롯한 모두의 눈빛에서 어서 빨리 얘기하라고 재촉하는 기색을 읽은 송화는 마음을 추스르고는 애써 태연한 척하며 말을 이었지만 목소리가 떨리는 것은 어찌할 수가 없었다. "지금부터 제가 드리는 말씀은 마음에 들지 않으실 거예요. 얘기를 다 듣고 나면 한없이 막막할 테니까요. 저조차도 제가 다다른 결론이 마음에 들지 않아요. 그래도 이건 피할 수 없는 일이고 모두가 알고 있어야 한다고 생각해요." 어서 설명을 시작하라는 시선을 읽은 송화는 크게 숨을 들이마시고는 말을 이었다. "지금부터 드릴 말씀은 어디까지나 추론에 불과해요. 데이터가 부족한 부분과 관련해서는 몇 가지 가정도 해야만 해요. 그렇지만 저는 그 가정들도 타당성이 높다고 생각해요. 그런 가정을 해보면 아무리 생각해봐도 제가 내린 결론의 타당성이 굉장히 높아요. 그래서 기분은 나쁘지만 제 추론이 옳다는 생각밖에는 들지가 않아요." 송화의 설명 스타일은 학회에서 발표할 때 스타일, 논문에서 논리를 전개할 때 스타일이었다. "앞서 들으신 것처럼 저는 의대를 나왔어요. 의대를 다니는 중에 역학(疫學) 강의를 들었고요. 역학은 전염병의 원인과 확산 등을 다루는 학문이에요. 그런데 그때 배운 내용이 지금 상황을 잘 설명해주는 것 같아요."

멀쩡한 사람이 산송장이 되는 원인을 설명하던 중에 '전염병'이라는 뜬금없는 단어가 나오자 회의실이 술렁거렸다. 송화는 장내가 차분해질 때까지 입을 닫고 기다렸다. "이해하기 힘든 얘기일 거라고 생각해요. 제가 어떻게 그런 결론에 도달하게 됐는지 설명 드릴게요. 산송장과 관련해서 제일 충격적인 것은 심장이 손상돼도 여전히 살아 움직이는 거였어요. 정상적인 사람에게는 불가능한 일이죠. 이 부분에 대해서는 더 많은 연구가 필요하겠지만, 아무튼 심장이 손상되더라도 활동을 계속하는 것을 보면서 휴머노이드들 설명대로 산송장의 신진대사 속도가 무척 느릴 거라는 가정을 하게 됐어요. 휴머노이드들이 보여준 것처럼 산송장의 체온이 비정상적으로 낮은 것도 신진대사 속도와 관련이 있을 거예요. 체온이 그렇게 낮다는 것은 뇌가 정상적으로 작동하지 않는다는 의미이기도 할 거예요. 산송장이 사람에게 달려드는 것은 정상적으로 작동하지 않는 뇌가 이성적인 판단도 못하고 다른 사람을 향한 인간적인 감정도 느끼지 못하기 때문일 거예요. 뇌는 우리 몸에서 제일 많은 영양분을 소비하는 기관이에요. 그런데 신진대사 속도가 느려지면 뇌는 정상적인 작동을 하지 못해요. 그러니까 산송장의 뇌는 산송장의 생존에 필수적인 최소한의 기능만 수행하는 쪽으로 기능이 조정됐을 거예요. 그 결과로 산송장들에게는 인간이 진화과정에서 습득한, 사냥으로 먹을 것을 구해야 했던 원시시대 인류의 공격본능만 남아 있는 것 같아요. 그 외의 감정과 기능은 모두 정지되고요. 그렇게 남은 공격본능이 산송장으로 하여금 사람들을 덮치게 만드는 거죠." 송화는 프레젠테이션 연습 때 몸에 밴 습관대로 말을 한 번 끊고 주위를 돌아봤다.

"지금 사람이 전염병에 걸려서 저런 괴물이 돼버렸다는 거야? 그게 말이 되는 소리야?" 명주가 버럭 소리를 질렀다.

송화는 마음의 준비를 한다고 했었지만 명주처럼 저렇게 호통을 쳐대는 사람에 대한 준비는 돼 있지 않았다. 송화는 난처한 표정으로 자기도 모르게 이마에 송골송골 맺힌 땀을 닦았다.

"자자, 이 박사 진정해요. 이왕 시작한 설명이니 끝까지 들어보도록 합시다. 채송화 씨, 계속하세요." 서 총장이 끼어들어 분위기를 진정시켰다. 명주는 마지못해 입을 다물었고, 송화는 그 덕에 힘을 얻어 설명을 재개했다.

"오늘 로비에서 일어난 일을 생각해보세요. 끔찍한 일을 떠올리시라고 말씀드리는 게 좀 그렇기는 하지만 제 설명을 이해하시려면 어쩔 도리가 없어요. 우리가 본 최초의 산송장을 제외한 나머지 사람들을 생각해보세요. 산송장에게 공격을 당하기 전까지만 해도 그 사람들은 우리와 같은 공간에서 같이 생활하고 공부하는 사람들이었어요. 첨단공학 분야에 뛰어들어 오랫동안 공부하고 연구해온 누구보다도 이성적인 사람들이었고요. 그런데 그런 사람들이 산송장에게 물렸다는 이유 하나만으로 불과 1, 2분 만에 이성이라고는 없는 듯 보이는 또 다른 산송장으로 변하는 게 어떻게 가능할까요? 여러분이 직접 겪어보지 않았다면 그런 일이 가능하다는 말을 믿을 수 있을까요? 그런데 실제로 그런 일이 일어나는 것을 모두가 봤잖아요. 한두 명도 아니고 몇백 명이 그렇게 되는 것을요. 불과 몇 분 사이에 그 많은 사람에게 그런 일이 일어나려면 그 짧은 시간에 그런 일이 벌어지는 것을 가능하게 만드는 존재가 개입했다고 보는 게 타당한데, 제가 아는 한 그걸 가능하게 만드는 존재는 바이러스나 세균 같은 병원체밖에 없어요."

"산송장이 물었을 때 물린 사람에게 바이러스나 세균이 전염된다는 건가?" 명주가 많이 차분해진 목소리로 물었다. 송화의 설명이 납득이 되는 모양이었다.

"예. 피해자를 물었을 때 피해자의 혈관에 바이러스나 세균이 침투하고, 그것이 피해자의 신진대사 속도를 급격하게 떨어뜨리면 그 결과로 뇌의 기능 대부분이 순식간에 정지해버리는 거죠."

"지금까지 설명은 타당해 보이는데…." 서 총장이 입을 열었는데, 송화는 그 다음에 무슨 말을 하려는 것인지 안다는 듯 서 총장을 향해 고개를 끄덕이고는 서 총장의 말을 끊으면서 설명을 이어갔다.

"그렇다면 우리가 본 최초의 산송장 세 명은 어떻게 된 건지 궁금하신 거죠, 총장님? 그렇죠?" 서 총장이 끄덕였다. "그래서 든 생각이 이 전염병의 감염경로는 두 개일지도 모른다는 거였어요."

"두 개?" 여러 사람이 되물었다.

"첫째 감염경로는 감염자의 이빨에 묻은 체액을 통해 피해자의 혈관으로 침투하는 거예요. 여기 있는 분들은 모두 이 감염경로를 인정하실 거예요. 그런데 첫 세 명은 그 감염경로로는 설명이 되지 않아요. 혈관으로 침투한 병원체의 잠복기는 1, 2분 정도로 보여요. 무시무시하게 짧죠. 그런데 우리는 휴머노이드들이 찾아낸 동영상을 통해 그세 사람이 학교에 돌아오고 2주 동안 특이한 행동은 하지 않았다는 걸확인했어요. 지금까지 추론이 맞는다면, 그 세 명이 학교에 돌아오기 전에 산송장에게 물린 탓에 산송장이 됐을 리는 없어요. 그 세 명의 발병(發病)은, 아무래도 발병이 적당한 단어인 것 같은데요, 다른 경로를 통해 일어났다고 보는 게 맞을 거예요."

"다른 경로라면?" 서 총장이 물었다.

"공기를 통한 감염이죠. 공중에 떠다니는 병원체가 기도(氣道)를 통해 체내에 침투한 후 병을 일으키는 거예요."

"혈관으로 침투하는 병원체가 공기를 통해서도 체내에 침투한다니, 그게 가능해?" 명주의 질문은 또다시 호통에 가까워져 있었다.

"그런 질병은 이미 존재해요. 흑사병이라고도 불리는 페스트의 감염경로가 그래요. 페스트의 주된 감염경로는 쥐에 기생하는 벼룩이 사람을 물었을 때 페스트균이 체내에 침투하는 거예요. 또 다른 감염 경로는 공중에 떠다니는 환자의 비말이 기도를 통해 체내에 침투하는 거고요. 기도를 통한 감염은 상대적으로 드문 편이기는 하지만요. 어쨌든 인간을 산송장으로 만드는 병원체가 기도 감염을 통해서도 전염된다고 가정하면, 또 혈액을 통한 감염이 잠복기가 무척 짧은 데 비해 기도 감염의 잠복기는 무척 길다고 가정하면, 그 세 명이 누군가에게 물려 산송장이 된 게 아니라 어딘가에서 기도 감염을 통해 병에 걸린 상태로 학교로 돌아왔다가 잠복기가 지난 후에 산송장이 됐다는 결론을 내릴 수 있어요. 이 결론은 세 사람이 거의 동시에 산송장으로 변한 이유도 그럴듯하게 설명해줘요. 기도 감염으로 감염된 경우의 잠복기에 벌어지는 일에 대해서도 어느 정도 파악할 수 있게 해주고요. 휴머노이드가 촬영한 열화상이미지에서 두 사람의 체온은 32도 안팎이었어요. 정상적인 활동이 불가능한 체온이지만 두 사람은 병색이 뚜렷하다는 점을 제외하면 정상인과 달라 보이지 않았어요. 이건 잠복기 동안에는 신진대사 속도가 떨어지는데도 감염된 사람이 그걸 느끼지 못하고 평상시처럼 활동할 수 있다는 걸 의미해요. 그러다가 잠복기가 끝나는 순간 뇌의 기능 대부분이 급격히 정지되는 거죠.”

사람들은 말없이 송화의 설명을 머릿속으로 따져봤다. 역시 그렇게 하던 명주가 많이 차분해진 목소리로 반론에 가까운 질문을 던졌다. “그래, 지금까지 설명이 다 맞는다고 치자고. 페스트처럼 공기를 통해 전파와 감염이 이뤄진다는 추론도 그럭저럭 일리가 있다고 봐. 그런데 뇌 기능이 최소한으로 줄어들어 공격본능만 남는다고 하더라도 시도 때도 없이 사람에게 달려드는 것은 어떻게 설명이 되는 거지? 공격

본능에 따라 행동하더라도 자기 배를 채울 정도의 먹이만 얻으면 그걸로 공격을 멈추는 것도 역시 인간의 원초적인 본능이잖아? 그런데 산송장들은 사람을 공격해 물어뜯는 데 성공하고 나면 그 사람을 먹으려고 드는 게 아니라 공격할 다른 사람을 찾아 나서잖아? 이건 어떻게 설명할 거지?"

"그건 병원체가 감염된 사람의 행동을 조종하기 때문일 거예요."

"병원체가 감염된 사람을 조종한다고? 그게 말이 되는 소리야?"

"그런 사례도 이미 존재해요. 아니, 우리 인간을 비롯한 지구상의 모든 동물이 그런 사례 덕분에 살아가고 있어요."

"존재한다고? 우리가 그런 사례 덕분에 살아간다고?"

"예. 바이러스나 세균이 아니라 기생충이기는 하지만 톡소플라즈마가 대표적인 사례예요. 톡소플라즈마는 고양이가 숙주인 기생충인데, 이 기생충의 알은 고양이의 배설물을 통해 세상으로 나와요. 알은 자신을 섭취한 동물, 그러니까 중간숙주의 체내에서 부화해요. 하지만 그 동물은 중간숙주일 뿐 이 기생충의 최종 목적지는 아니죠. 그래서 이 기생충은 최종 목적지인 고양이의 체내에 들어가기 위해 중간숙주의 행동을 조종해요. 그래서 이 기생충에 감염된 쥐는 고양이를 피하는 것이 아니라 고양이의 소변 냄새에 매력을 느끼는 식으로 고양이에게 잡혀 먹힐 가능성이 높은 행동을 취해요. 상식적으로는 미친 짓에 가까운 행동을 하도록 기생충이 중간숙주를 조종하는 거예요. 우리 체내에 있는 장내(腸內)미생물들 중에도 우리의 행동과 감정을 조종하는 것들이 있다는 연구 결과가 많아요. 산송장이 사람을 덮쳐 물어뜯는 것은 바이러스나 세균이 자신들의 복제물을 되도록 많은 멀쩡한 사람의 혈액에 주입하기 위해 산송장을 조종한 결과일 거예요."

과학과 공학을 전공하고 그 분야에 오래 종사해온 사람들은 송화의 설명을 듣고는 산송장의 발생과 확산에 대한 개략적인 그림을 무리 없이 그릴 수 있었다. 그런데 그 질문을 납득할 경우 불가피하게 떠오르는 의문이 있었다. 그 의문을 떠올린 사람들 사이에서 눈빛이 오가기 시작했다. 누군가는 물어야 하는 질문이고 무슨 대답을 들을지도 알며 차마 묻지 않을 수 없는 질문이라는 것도 알았지만 자기 입으로 묻고 싶지는 않은 질문이었기 때문이다.

결국 상민이 총대를 멨다. 어차피 짝과 홀을 통해 정답 여부를 가릴 질문이니 자신이 앞장을 서는 편이 낫겠다는 판단에서였다. "채송화 씨, 산송장 병원체가 공중을 떠다니다 기도를 통해 감염된다는 송화 씨 설명이 맞는다면 여기 있는 사람들도 감염이 됐을 가능성이 있다고 판단하나요?"

결국 나와야 할 질문이, 나올 거라고 예상했던 질문이, 대답을 해야 한다는 점에서 암담한 질문이 나왔다. 송화는 어두운 표정으로 고개를 끄덕이며 대답했다. "예." 대답을 들은 사람들은 그런 대답이 나오는 게 당연하다고 생각하면서두 낮은 소리로 탄식했다. 송화는 휴머노이드들에게 세 사람이 교내를 돌아온 후 동선 중에 식당, 강의실, 회의실처럼 다른 사람들과 접촉이 많을 수밖에 없는 공간을 출입한 경우가 얼마나 되느냐고 물었다. 학교가 외진 곳에 있으니 그런 경우는 당연히 많을 수밖에 없었다. 게다가 숨텍은 기도 감염이 일어나기 쉬운 3밀(密), 즉 밀폐된 공간에 많은 사람이 밀집해 있고 밀접하게 활동하는 공간이었다.

좀 더 큰소리로 대답해야겠다고 마음먹었는데도 송화의 목소리는 목구멍 속으로 기어들어가고 있었다. "산송장 병원체의 기도 감염을 통한 감염력이 얼마나 강한지, 병원체가 공기 중에서 얼마나 오래 생존하는지는 지금 있는 정보만으로는 알 길이 없어요. 다만 저 세 사람이나 여기 모인 분들이나 학교 안에서 이용하는 공간이 뻔하다는 점과 학교가 밀폐와 밀접, 밀집이 특징인 공간이라는 점을 감안하면 저 세 명에게서 나온 비말을 흡입해 감염된 분들이 많을 거예요."

상민은 짝과 홀에게 지시를 내리기 전에 지혜를 힐끔 쳐다봤다. 지혜는 여전히 넋이 나간 표정이었고, 무슨 얘기가 오가는지도 잘 모르는 것 같았다. 아니, 아예 관심이 없는 것 같았다. 상민은 짝과 홀에게 눈길을 돌리고는 숨을 크게 들이마신 뒤에 지시를 내렸다. "여기 있는 분들의 체온이 몇 도인지 확인해봐."

짝과 홀이 주위를 둘러보고 대답을 하기까지 걸린 시간은 몇 초밖에 안 됐지만, 지금이 어떤 상황인지를 잘 아는 사람들 입장에서는 영겁처럼 길기만 한 시간이었다. 아득하게만 느껴지는 시간이 지난 후에 휴머노이드들이 내놓은 대답은 사람들을 까마득한 절벽 아래로 밀어 떨어뜨렸다.

"나지혜 박사님만 정상적인 체온이고 회의실에 계신 나머지 모든 분의 체온이 35도 안팎입니다." 짝의 얘기가 끝나기 무섭게 모니터에 열화상이미지가 떴다. 짝의 시선으로 돌아보는 회의실 내부의 온도 분포를 보여주는 이미지는 자리에 앉아 있는 사람들의 형체를 보여줬는데, 밝은 색으로 표시된 지혜가 앉은 자리를 뺀 나머지 자리에는 지혜의 색깔보다 어두운 색조가 가미돼 칙칙한 느낌을 풍기는 형체들이 앉아 있었다.

모두들 본능적으로 자신이 앉아 있는 자리가 화면에 뜬 이미지의 어디에 있는지, 무슨 색깔로 표시됐는지를 확인했다. 그러는 사이 처음

회의실에 대피했을 때와 똑같은 무게의 육중한 침묵이 다시 사람들을 짓눌렀다. 그렇지만 지금의 침묵은 그때의 침묵하고는 성질이 달랐다. 그때는 우여곡절을 겪기는 했지만 죽음을 피하는 데 성공했다는 안도감이 침묵 속에 조금이나마 섞여 있었던 반면, 지금은 죽음을 도저히 피하지 못하게 됐다는 암담함까지 더해지면서 침묵의 무게가 한층 더 무거웠다.

눈앞이 깜깜해진 사람들이 무슨 생각을 해야 할지 몰라 망연자실해 있는 것과 달리, 그 순간부터 상민의 머리는 팽팽 돌아가고 있었다. 휴머노이드들에 내장된 칩의 연산속도에는 한참을 못 미치는 속도이겠지만, 이렇게까지 많은 생각이 우당탕거리는 일 없이 차분하게 머릿속을 통과하면서 순식간에 깔끔하게 정리되는 것은 상민 생전에 처음 있는 일이었다.

"그럴 리가 없어. 말도 안 돼." 명주가 소리를 지르며 자리를 박차고 일어났다. 그러고는 "저 멍청한 로봇들이 뭔가 실수한 거야"라고 외치며 뜀박질에 가까운 잰걸음으로 모니터로 향했다. 모니터에는 명주의 동선을 따라잡는 홀의 눈에서 전송한 열화상이미지가 떴다. 명주가 모니터로 뛰어들려는 사람처럼 모니터에 다가가는 순간부터 모니터에는 무한한 개수의 명주의 열화상이미지와 모니터가 떴는데, 거기에 뜬 명주의 이미지와 모니터의 크기는 모니터의 중심으로 향할수록 꾸준히 작아졌다. "이건 저 로봇 놈들이 장난을 치는 거야. 우리를 엿 먹이려고 이러는 거라고." 모니터에 뜬 짙은 노란색 사람 형체 위에 짙은 노란색이 겹쳐진 이미지로 포착된 명주의 목소리에서는 모니터에 뜬 이미지가 합성이기를 바라는 간절한 심정이 느껴졌다. 보는 사람을 어질어질하게 만들던 이미지는 카메라의 시점이 짝의 것으로 바뀌면서 회의실에 앉은 다른 사람들의 열화상이미지로 바뀌었다.

열화상카메라로 포착한 사람들의 이미지는 그 사람들의 체온 말고 다른 것은 보여주지 못했다. 한숨을 쉬고 눈길을 어디에 둬야 할지 모르는 서 총장의 순간순간 바뀌는 표정은 보여주지 못했다. 서 총장은 어느 순간에는 분노하는 것처럼 보이다가 다음 순간에는 자책하는 것처럼 보였고 그 다음에는 체념하는 것처럼 보였다.

상민은 서 총장의 표정 변화를 보면서 그가 지금 상황에 대해 짐작했던 것보다 훨씬 더 큰 비밀을 숨기고 있다는 걸 간파했다. 그러나 사람들이 모여 있고 명주가 현실을 부인하려고 발악하고 있는 이 자리는 그 비밀을 캐묻기에 적당한 자리가 아니었다. 회의실에 있는 사람들 중에서 유일하게 감염되지 않은 사람으로 지목된 지혜는 여전히 넋이 나간 표정이었다. 상황이 어떻게 전개되고 있는 것인지 도무지 감을 잡지 못한 듯한 표정이었다. 하긴, 감을 잡았다고 하더라도 무슨 내색을 할 수 있겠는가? 남들은 다 얼마 있으면 산송장이 될 텐데 나는 그런 신세를 면했다며 반색할 수는 없는 노릇이었다. 그렇다고 슬퍼하는 모습을 보이는 것은 사람들 눈에 마음에도 없는 감정을 연기하는 것으로 비치기 십상이었다. 결국 상민이 보기에 지혜는 지금처럼 멍한 얼굴로 있는 편이 나았다.

상민은 테이블 밑에서 오른손으로 왼손을 만져봤다. 싸늘하게 느껴졌는데, 체온이 떨어져서 그런 것인지 그렇다는 선입견 때문에 그런 것인지 구분이 안 됐다. 명주가 목이 터져라 외쳐대는 "로봇 놈들이 장난을 치는 것"이라는 말이 사실이었으면 좋겠다는 생각이 언뜻언뜻 들었다. 그런데 그게 사실일 리가 없는 것이 짝과 홀은 그의 팀이 혼신의 힘을 다해 만들어낸 걸작이었다. 휴머노이드들에 장착된 부품들은 모두 최첨단 제품들이었고 많은 테스트와 점검을 통과한 것들이었다. 따라서 사람들의 체온에 대한 휴머노이드의 판단과 설명은 틀릴 리가 없었다.

그가 만든 휴머노이드들이 그를 산송장 병원체 감염자로 판정한 것은 아이러니한 일이었다. 세상의 어느 개발자가 자신의 개발품에게서 이런 절망적인 얘기를 듣겠는가. 물론 짝과 홀의 판정은 악감정에서 비롯된 게 아니었다. 그들에게는 감정이라는 것이 없으니 말이다. 기본 프로그램과 학습의 결과로 그런 얘기를 들은 상대방의 기분이 최악일 거라는 판단은 하겠지만, 그리고 조금 더 나아가 위로의 말을 던질 수도 있겠지만, 그들의 판단과 행동은 딱 거기까지가 전부일 것이다.

"긍정적으로 생각하자. 긍정적으로." 상민은 누구도 듣지 못하게 작은 소리로, 오직 짝과 홀만이 들을 수 있을 정도로 작은 소리로 되뇌었다. 모두가 최악의 상황을 맞은 것은 아니었다. 적어도 지혜는 체온이 정상이었다. 상민은 부정적인 것들은 잊고 미래를 대비한 계획을 세워야 한다고 자신을 다그쳤다. 그렇게 하겠다고 다짐했다.

그러나 다른 사람들은 상민처럼 긍정적인 생각에 젖어들지 않았다. 사람들은 산송장의 손아귀에서 간신히 벗어난 게 방금 전인데 시간이 지나면 자신도 그 흉측했던 산송장으로 변할 거라는 얘기를 들었을 때 웬만한 사람이 보일 당연한 반응을 보였다. "이건 아냐, 내가 그럴 리 없어"라고 되뇌며 손으로 몸 여기저기를 만져 체온을 확인하는 사람이 있는가 하면, 자신에게 닥칠 암울한 운명을 체념하며 하염없이 흐느끼는 사람도 있었다.

아무리 해도 현실을 부정하는 데 성공하지 못한 명주는 급기야 모니터를 등지고는 조교 성현을 향해 소리를 질렀다. 가뜩이나 위축된 성현은 명주가 쏟아내는 큰소리에 눈물을 터뜨리기 직전이었다.

"야, 의무실에 가서 체온계 가져와. 이놈들 카메라는 못 믿겠으니까."

"제가요?" 평소에도 명주 밑에서 고달프기 그지없는 조교 생활을 하던 성현은 의무실에 다녀오라는 지시에 얼굴이 새하얗게 질렸다.

"그럼 너 말고 누가 가겠냐?" 성현은 명주의 호통에 쫓겨 어찌어찌 회의실 문까지는 갔지만 차마 문을 열고 밖으로 나가지는 못했다. 상민은 데리고 있는 조교를 홀대하는 명주가 마음에 들지 않았지만 내색하지 않으려 애썼다. 상민은 짝과 홀이 여기에서 딴 작업을 하고 있는 동안에도 교내 곳곳을 철저히 감시하고 있고 혹시라도 위험한 상황이 벌어지면 즉시 구하러 갈 것이므로 안심하고 다녀와도 된다고 성현을 안심시켰다.

그 말에 용기를 얻은 성현은 의무실에 다녀왔다. 사람들은 성현이 가져온 체온계를 빼앗듯 낚아채 짝과 홀이 틀렸기를 바라는 심정으로 체온을 쟀다. 그러나 체온을 잰 사람들은 하나둘씩 낙담한 표정으로 고개를 떨궜다. 선수를 친 사람들에게 "내가 가져오라고 한 거야"라고 소리치며 체온계를 빼앗은 명주가 드디어 자기 체온을 쟀다. 결과는 휴머노이드들이 밝힌 체온과 다르지 않았다. 명주는 믿지 못하겠다는 듯 다시 체온을 재보더니 괴성을 지르고는 자신에게 닥친 현실을 철저히 부인하는 듯한 격한 동작으로 체온계를 벽에 던져 부서버렸다. "이건 불량품이야. 제대로 된 제품이 아니라고. 의무실은 얼마나 일을 못하면 이런 불량품이나 구비해놓는 거야?" 체온을 재려는 사람은 더 이상 없었다. 체온계가 부서져서가 아니라 다시 재는 것이 의미가 없다는 걸 깨달았기 때문이다.

체온계를 둘러싸고 난리를 친 사람들 중에 짝과 홀이 잰 체온이 틀렸을 거라고 생각한 사람은 없었다. 단지 휴머노이드들이 밝힌 암울한 사실을 순순히 받아들이기가 싫어서 그런 거였는데, 이제는 그걸 받아들이는 것 말고는 달리 도리가 없었다. 짝과 홀에 따르면, 체온이 35도 안팎일 경우에는 몸이 떨리고 감각이 잘 느껴지지 않아야 정상이었다. 그런데 회의실에 있는 사람들은 몸에 별 이상을 느끼지 못했다.

송화는 이건 병원체에 감염된 탓에 신체기능과 뇌의 작동이 비정상적으로 이뤄지고 있다는 뜻이라고, 병원체가 우리 뇌로 하여금 우리 몸의 상태를 오인하도록 조종하고 있다는 뜻이라고 설명했다. 송화의 설명에 따르면 병원체에 감염된 사람의 몸은 이미 그 사람 자신의 것이 아니었다. 병원체는 사람의 뇌와 몸을 장악하고는 자기들 뜻대로 조종하고 있었고, 그렇게 시간이 지나 병원체가 사람의 몸을 완전히 장악하면 그 사람은 산송장이 될 것이었다.

자신에게 닥친 현실을 인정하기로 한 사람들이 어떤 반응을 보여야 할지 몰라 얌전히 있을 때 한상진 교수가 차분한 목소리로 송화에게 물었다. "우리에게 남은 시간이 얼마나 되는지 알아봐야 할 때가 된 것 같군요. 채송화 씨가 생각하기에 기도 감염으로 병원체가 침입했을 경우 잠복기가 얼마나 될 것 같나요?"

이미 그 문제를 고민하고 있던 송화는 곧바로 의견을 내놨다. "첫 세 명이 캠퍼스를 떠난 게 12일 전이었어요. 그 사람들이 학교를 떠나기 전에 감염됐다면 그때부터 오늘까지 사이에 그들이 아닌 다른 사람이, 그들로부터 산송장 병원체를 옮은 사람이 그들보다 먼저 산송장으로 변했어야 옳아요. 그런데 우리가 알기에 오늘 오전이 되기 전까지 학교에 산송장이 출현한 적은 없어요. 그러니 학교 안에 이들에게 병원체를 감염시킨 사람은 없다고 보는 게 옳고, 그렇게 보면 이들이 감염된 곳은 학교가 아니라 이들이 다녀온 곳일 거예요. 그렇다면 이들이 다녀온 곳에서 전염된 후 학교로 돌아온 때부터 지금까지 최소 12일, 길게 잡으면 2주일 정도가 최장 잠복기라는 결론이 나오죠. 이 사람들하고 일찍 접촉했거나 해서 좀 더 일찍 감염된 분은 더 짧은 시간 안에 산송장이 되겠지만, 오늘에야 감염이 된 분이더라도 2주일을 넘기지는 못할 거예요."

송화는 회의실에 있는 모든 사람에게 앞으로 길어야 2주일 뒤에는 산송장으로 변해버릴 거라고 선고한 셈이었다. 체온이 정상이라 감염을 면한 것으로 여겨지는 지혜를 제외한, 자신을 비롯한 모든 사람에게 말이다. 사람들은 다시 침묵에 빠져들었다. 아주머니들에게 송화가 한 얘기가 무슨 내용인지 쉬운 말로 설명해주는 한상진 교수의 나지막한 목소리만 들렸다. 자신들의 처지를 뒤늦게 이해하게 된 아주머니들은 망연자실했다. 살날이, 정확히 말하면 산송장이 아닌 정상적인 인간으로 살날이 2주도 남지 않았다는 사실을 접하고는 장탄식을 하다 눈물을 흘리는 사람이 있는가 하면 기가 막혀 연신 헛웃음을 짓는 사람도 있었다.

사람들이 각자 나름의 방식으로 비보(悲報)에 대한 반응을 보일 때 라이터로 불을 켜는 소리가 들렸다. 명주가 사람들 앞에서 대놓고 담배를 꺼내 불을 붙인 것이다. 자신에게 쏠린 시선을 본 명주는 대수로운 일이 아니라는 투로 말을 던졌다. "밖에 다녀오기도 귀찮고 나가봐야 심란해서. 내가 여기서 피운 담배 때문에 간접흡연을 하더라도 그것 때문에 2주 안에 죽는 일은 없을 테니까 좀 봐줘요. 2주일 동안 하고 싶은 일은 원 없이 하다 죽고 싶으니까. 다들 그런 생각 아닌가요? 아, 이것 참, 담배를 피우니까 술도 땡기네."

114

명주의 말은 틀린 말은 아니었다. 그렇지만 내놓고 할 말도 아니었다. 상민은 "그런 얘기를 뻔뻔하면서도 얄밉게 해대는 것도 저 인간의 재능"이라는 생각을 했다. 그러나 그것보다도 먼저 해야 할 일이 있었다.

이제부터 어떻게 할 것인가? 상민은 송화의 추측이 대체로 옳을 거라고 생각했다. 이대로 2주가 지난 후 이 캠퍼스에는 지혜 말고 다른 사람은 모두 산송장이 돼 있을 거라고 생각했다. 그렇다면 어떻게 해야 할까? 상민은 무슨 수가 있어도 지혜를 지키겠다고 다짐했다. 상민 자신의 삶이 곧 끝날 거라면, 그 운명을 피할 길이 없다면 지혜라도 안전하게 살 수 있도록 해주자고 결심했다. 그러려면 이런 사태가 발생하기 이전하고는 다른 모습을 보여야했다. 있는 듯 없는 듯 살자는 인생철학으로 살아오던 생활방식을 남들을 주도해서 원하는 방향으로 이끌고 가는 쪽으로 바꾸기로 마음먹었다.

상민은 짝과 홀을 낮은 소리로 불렀다. 만일의 상황을 대비해 짝을 오른쪽에, 홀을 왼쪽에 세운 상민은 자리에서 일어났다. 모두의 눈이 상민에게 고정됐다. 멍하니 있던 지혜조차 상민을 올려다봤는데, 지금 보이는 상민은 여태껏 봐왔던 모습하고는 생판 다른 사람이었다. "받아들이기 힘든 얘기를 들은 충격이 무척 크실 거라고 생각합니다. 저 역시 여러분과 마찬가지로 엄청난 충격을 받았습니다. 우리에게 남은 시간이 길어야 2주일이라는 채송화 씨의 설명을 믿고 싶지는 않지만 딱히 반박할 방법도 없어서 유감입니다. 그러나 슬픈 일이기는 하지만 마냥 슬픔에 젖어 있을 수만도 없다고 생각합니다. 그래서 저와 같은 심정이실 여러분께 확인하고 싶은 게 있습니다. 앞으로 2주일을 어떻게 보내실 건가요?" 사람들은 무슨 말을 하려는 건지 몰라 의아하다는 눈길을 던지고 있었다. 상민은 벽에 걸린 시계로 눈을 돌렸다. "여러분에게 두 가지 선택지를 내놓으려고 합니다. 학교에 남으시던지 내일 학교를 떠나든지 둘 중 하나를 결정해 주십시오. 벌써 오후 4시가 됐네요. 두어 시간 있으면 해가 질 테니 학교를 떠나기로 결정하신 분들에게 당장 학교를 떠나라는 말씀은 드리지 않겠습니다. 내일 날이 밝은 뒤에 학교를 떠나주십시오."

"이봐, 현상민. 너 뭐하자는 거야?" 명주가 새 담배에 불을 붙이고 한 모금 빤 뒤에 금방이라도 주먹을 날릴 기세로 외쳤다. "네가 뭔데 우리한테 이래라 저래라 하는 거야? 박사학위도 없는 대학원생이 한 검증도 안 된 추론으로 무고한 사람들을 병자 취급하면서 학교에서 나가라 마라 하는 게 말이 돼? 말이 되느냐고?" 명주는 짝과 홀만 없었다면 금방이라도 상민에게 달려들어 한 방 날릴 기세였다.

그런데 지금 상민은 명주의 으름장에 기가 죽을 사람이 아니었다. 상민은 마음을 굳게 먹고는 당당한 목소리로 내뱉었다. "이 교수님께서 이해를 잘 못하시는 것 같으니 좀 더 자세히 설명을 드려야겠군요. 저로 말씀드리자면 여기 있는 짝과 홀에게 명령을 내리는 사람입니다. 짝과 홀이 얼마나 강한지는 여러분 모두 아시겠죠? 저는 그렇게 강한 휴머노이드들의 힘을 믿고 이제부터 학교를 접수한 후 독재자가 되겠다고 마음먹었습니다. 휴머노이드들을 앞세워 제 생각을 마음대로 관철하겠다는 겁니다. 짝과 홀을 상대해서 이길 자신이 있는 분은 자유로이 짝과 홀에게 도전하셔도 됩니다. 앞서 우리 휴머노이드들의 위력을 보셨으니 그렇게 해봐야 승산은 없다는 걸 잘 아시겠지만 말입니다. 그러니 이제부터 이 캠퍼스는 제 사유재산이나 다름없는 곳이 됐습니다."

예상하지 못한 상민의 독재 선언과 상민이 밝힌 독단적인 방침에 좌

중은 술렁였다. 웅성거리는 게 조금 진정된 후 한상진 교수가 차분한 목소리로 물었다. "현 박사, 왜 독재를 하려는 것인지 물어도 될까요? 어떤 식으로 독재를 할 것인지도요?"

"남은 인생 2주일을 어떻게 보낼 것인지는 전적으로 여러분의 자유입니다. 학교 밖으로 나가서 2주일 후에 산송장으로 계속 살아가는 쪽을 택하는 것도 여러분의 자유입니다. 저에게는 떠나는 것을 막을 권리도 없고 막을 이유도 없습니다. 학교에 남는 쪽을 선택하는 것도 여러분의 자유입니다. 다만 그 선택에는 제약이 있습니다. 제 독재에 따라야 한다는 제약이죠. 제가 독재를 하려는 건 이 학교를 안전한 곳으로 유지하고 싶어서입니다. 가깝게는 여기 있는 사람들 중에 유일한 미감염자인 나지혜 박사님이 살아가기에 안전한 곳이자 추후 바깥세상의 미감염자들이 학교를 찾아올 경우 안전하게 지낼 수 있는 곳으로 유지하자는 게 제 목표입니다. 그리고 짝과 홀은 그런 분들의 생활에 큰 도움을 줄 겁니다."

"구체적으로 어떻게 독재를 하겠다는 거죠?" 졸지에 학교의 최고책임자 자리를 내줘야 하는 처지가 됐는데도 손가락 하나 까딱 못하는 신세인 서 총장이 애처로움이 살짝 묻어 있는 목소리로 물었다.

"미감염자인 나지혜 박사님은 제외하고 학교에 남기로 하신 분들은 모두 격리를 시킬 겁니다. 감염 시점에 따라 산송장으로 변하는 시점이 차이가 날지도 모르니 한 분 한 분을 따로따로 격리할 겁니다. 그분들에게는 식사와 각종 편의를 제공하겠습니다. 상대적으로 편안한 가운데 남은 인생을 정리하실 수 있을 겁니다."

"그러다가 산송장으로 변하면 어쩔 건데?" 명주가 언성을 높였다.

"산송장의 체온인 23도가 되면 머리에 정확한 일격을 가해 명을 끊어드리라고 휴머노이드들에게 지시하겠습니다. 그러니 학교에 남기로 선택한 분이 산송장으로 변해 교내를 배회하는 일은 절대로 일어나지 않을 겁니다. 희망하시는 분에 따라서는 체온이 그렇게 떨어지지 않더라도 원하시는 순간에 운명을 선택할 수 있게 해드리겠습니다. 그리고 학교에 남은 이후에 절명하신 분들은 최대한 예를 갖춰 정중히 묻어드리겠습니다."

"그럼 현 교수 당신은 어떻게 되지? 당신도 그렇게 죽을 거야?" 명주는 따져 물었다.

"당연히 다른 분들과 똑같은 원칙이 저 자신에게도 적용됩니다. 저도 격리생활을 할 거고 체온이 떨어지면 모두와 같은 운명을 맞을 겁니다."

상민은 자신의 최후에 대해 엄숙히 밝히는 순간 라틴어 숙어 하나를 떠올렸다. 메멘토 모리(Memento Mori). "네가 죽는다는 것을 기억하라." 상민은 자신이 죽는다는 것을 기억하는 한편으로 자신의 죽음을 헛된 것이 아닌 값진 것으로 만들겠다고 굳게 다짐했다.

2

COGITO (코기토)

나는 생각한다

따지고 보면 모든 인생은 시한부 인생이다. 영생을 부르짖는 종교적 믿음을 배제하고 과학적이고 이성적으로만 생각해보면 영원한 삶이라는 것은 가능한 일이 아니니까. 사람은 누구나 카운트다운이 끝나는 시점을 반드시 맞이하게 된다. 그 시점이 정확히 언제일지 아는 사람은 없을지라도.

세상에 태어나는 순간부터 죽음의 카운트다운이 시작된다. 카운트다운의 길이는 어떤 사람에게는 탄성이 나올 정도로 길고 어떤 사람에게는 탄식할 정도로 짧지만, 길건 짧건 카운트다운을 피할 수 있는 사람은 없다.

카운트다운은 공평하게 진행된다. 숨을 내쉴 때도, 눈을 깜빡일 때도, 쓴웃음을 지을 때와 기쁨의 눈물을 흘릴 때도 잠시도 멈추지 않는다. 그런데 카운트다운이 항상 진행되고 있다는 사실은 누구나 인정하지만, 평소에 그걸 의식하며 살아가는 사람은 무척 드물다. 대부분의 사람들은 그걸 의식하지 못하거나 의식하더라도 하지 않은 척하며 살아간다. 사람들이 그러거나 말거나 카운트다운은 착실하게 뜨고 지는 해와 달처럼 끊임없이 진행된다.

그렇게 사람들은 자신이 나선 인생이라는 여행에는 반드시 종착지가 있다는 것과 언젠가는 그 종착지에 다다를 것이라는 생각을 거의 안 하면서 살아간다. 전자시계의 숫자가 바뀔 때마다 종착지에 꾸준히 가까워지고 있는데도 말이다. 그러다 어느 순간 아득히 멀리 있을 거라고만 생각하던 종착지가 땅에서 솟아난 듯 떡하니 눈앞에 나타나면 그때서야 지나온 여정과 남은 여행길을 이전과는 생판 다른 눈으로 보게 된다. 자신을 종착지까지 실어 나르는 컨베이어벨트 위에서 보내는 일분일초를, 직전까지만 해도 펑펑 써대도 마르지 않을 화수분이라고 생각하던 시간을 천금보다 더 소중한 것으로 느끼게 된다. 인생이라는 모래시계에서 줄곧 떨어지는 것이 하찮은 모래알이 아니라 귀중한 다이아몬드라는 것을 깨닫는다.

지금 내가 딱 그 짝이다. 내 처지를 생각하면 자꾸 헛웃음이 나오고 쓴웃음이 지어진다. 그러고 있을 시간이 없다는 걸 잘 알면서도 말이다. 은연중에 나는 남들과 다를 거라 생각하고 살아왔다. 그런데 앞으로 길어야 2주일 안에 삶이 끝날 거라는 얘기를 듣고 나니 나도 남들과 다를 게 하나도 없다는 걸 깨달았다.

물론 살날이 2주일도 안 남은 시한부 인생이라는 말에는 산송장으로 살아가는 삶은 제대로 된 삶으로 치지 않는다는 전제가 달려 있다. '죽음'과 '산송장 되기'가 같은 뜻인지는 확실치 않다. 그런데 멀쩡한 사람을 물어뜯는 데에만 혈안이 된 삶을, 어정쩡한 동작으로 한없이 서성거

120

리며 문도 제대로 열지 못하는 삶을 제대로 된 삶이라고 여기고 싶은
마음은 눈곱만치도 없으니 적어도 내게 있어 '죽음'과 '산송장 되기'는
동의어다. 학교에 남기로 결정한 사람들 대부분의 생각도 그랬다.

남 부끄럽지 않게 살다간 사람으로 기억되고 싶다. 내가 눈을 감은
뒤에도 인간 세상이라는 게 여전히 존재할지는, 그 세상에 "진짜 인간
과 구별이 안 되는 휴머노이드를 개발하는 데 성공한 탁월한 로봇공
학자 현상민"을 기억해주는 사람이 존재할지는 모르겠지만.

나도 모르게 인생을 되돌아보면서 죽음의 위기가 닥치면 "살아온
평생이 눈앞을 주마등처럼 스쳐간다"는 표현이 단순한 수사적 표현이
아니라 실제 경험에서 비롯된 표현이라는 걸 알게 됐다. 내가 36년이
라는 길다고 말하기는 힘든 세월 동안 이룬 것은 무엇일까? 위풍당당
한 자세로 내 양옆에 서 있는 휴머노이드들이다. 짝과 홀을 만들어내
는 데 성공했다는 사실만큼은 언제 어디서나 자신 있게 내놓을 수 있
는 업적이다.

그렇다면 내가 이루지 못한 것은 무엇일까? 엄청나게 많은 게 떠오
른다. 그중에서 제일 아쉬운 것은 무엇일까? 옆 테이블에 나박이 앉아
있다. 멍한 눈으로, 아담한 체구로 만들어낼 수 있는 제일 왜소한 존재
감을 간신히 뿜어내며. 넋은 없고 몸뚱어리만 앉아 있는 사람 같은 나
박을 본 순간 깨달았다. 남은 시간은 지독히도 짧아 쏜살처럼 지나갈
테니 나한테 인생을 되돌아보는 따위의 사치를 부릴 여유는 없다는
것을.

그러면서 질문 하나가 떠올랐다. 과학의 범주에 바탕을 둔 질문이
아니라 운명이라는 거창한 범주에 속한 질문이. 나박이 감염되지 않
은 것과 더불어 최장 2주일이라는 기간이 나에게 주어진 이유는 무엇

일까? 무슨 수를 써서든 나박을 구하는 것은 하늘이 나에게 내린 소명이 아닐까? 그렇다면 내 인생의 모래시계에서 반짝거리는 다이아몬드들이 거침없이 쏟아져 내려갈 2주라는 시간을 무슨 일을 하며 보내는 것이 내가 부여받은 천명에 합당할까?

그 시간을 어영부영 허비할 게 아니라, 산송장이 득실거리는 곳으로 변한 세상에서 나박이 오래오래 살아남을 수 있게 해주는 것이 나에게 주어진 천명이라는 결론을 내리는 데에는, 그리고 그 목표를 달성하기 위한 수단과 방법을 궁리하고 마련하는 데 몰두해야 한다는 결정을 내리기까지는 오랜 시간이 걸리지 않았다. 그러자 눈앞에 드리워졌던 희뿌연 장막이 걷히더니 세상을 어느 때보다도 냉정한 눈으로 볼 수 있게 됐다. 차가운 시선으로 주위를 둘러보고는 깨달았다. 지금 우리가 있는 캠퍼스는 나박이 장기간 살아가기에 굉장히 유리한 환경이라는 것을.

서울에서 고속도로를 두 시간 넘게 달린 다음에 학생들이 "유배길"이라고 부르는 구불구불한 왕복 2차선 도로로 빠져나와 30분쯤을 더 달려야 하는 곳에 있는 캠퍼스의 지리적 위치부터가 장점이었다. 외진 곳에 있다는 것은 산송장으로 변해서 몰려올지도 모르는 사람이 주위에 적다는 뜻이고, 근처의 소도시에 있는 산송장이 찾아올 가능성도 크지 않다는 뜻이다. 캠퍼스가 산송장의 위협을 받을 일은 거의 없는 것이다.

생존에 필수적인 요소인 의식주 문제도 걱정할 게 거의 없었다. 식당 아주머니들이 산송장을 피해 피신해 있던 식자재 창고와 편의점 냉장고에는 학기가 한창인 학교를 들락거리는 5천 명 가까운 사람들을 먹이기 위한 식자재가 풍부하게 보관돼 있을 게 분명했다. 2주가 지나 여기 있는 감염자들이 산송장으로 변해 정상적인 식사를 할 일이 없게 되면 그게 모두 나박 몫이 될 테고, 보관을 잘하고 알뜰하게 소비하면 나박은 앞으로 2, 3년은 식량 문제를 걱정할 일이 없을 터였다. 사람들이 입고 있는 후드점퍼처럼 학교 이름이 새겨진 온갖 의복도 매장에 잔뜩 쌓여 있으니 나박이 헐벗은 채로 추위에 떨 일도 없을 것이다. 캠퍼스에는 학회 참석 등의 목적으로 캠퍼스를 찾은 외빈을 위한 영빈관도 있고 교수용 숙소와 학생용 기숙사도 있으니 잠잘 데가 없어 고생할 일도 없을 것이다. 게다가 밤샘 연구를 하다 잠깐 눈을 붙일 사람들을 위한 간이침대도 실험실마다 구비돼 있다. 이곳 캠퍼스는 생존에 필수적인 요소인 의식주에 대한 고민은 하지 않아도 되는 환경이다.

좀 더 파악해 봐야겠지만, 에너지를 걱정할 일도 없을 것이다. 교수 식당과 학생식당에는 조리용 LPG 가스가 충분히 구비돼 있을 것이고 캠퍼스에 주차된 전기차를 제외한 차량들에는 만약의 경우에 유용하게 쓰일 석유가 채워져 있다. 그리고 학교에는 비상상황을 대비한 석유도 상당량 비축돼 있다. 비상시에 발전기를 돌리는 데 필요한 석유 말이다.

현시점에서 제일 중요한 에너지라 할 전기도 문제없을 것이다. 공과대학인 숨텍을 정상적으로 운영하는 데 필요한 전력량은 어마어마하다. 안정적으로 공급되는 전기야말로 숨텍을 살아 숨 쉬게 만드는 원동력이다. 지금 상황에서 다행인 점은 숨텍의 전력망은 학교 외부에 깔려 있는 전력망하고는 별개로 운영되는 오프그리드(off-grid)시스템이라는 것이다. 돌아가는 정황을 볼 때 학교 외부의 전력망이 정상적으로 운영되고 있을 가능성은 크지 않은데, 학교 운영에 소요되는 전기 중에 외부에서 공급받는 전기는 전혀 없다. 학교에 필요한 전력량 전량이 학교를 둘러싼 산비탈에 설치된 여러 기의 풍력발전기와 옥상에 설치된 태양광 패널, 음식물쓰레기에서 채집한 가스로 돌아가는 발전기 등에서 생산된 전기였고, 날씨 등의 변수 탓에 전력 공급량이 충분하지 않을 때는 스마트그리드가 자동으로 석유발전기를 돌려 전력량의 수급을 맞추게 설정돼 있다. 그래서 유일한 생존자로 남게 될 나박의 생존에 필수적인 전력을 공급받는 데에는 큰 무리가 없을 터였다.

물론 가만히 놔둔다고 전기가 한없이 안정적으로 공급되는 것은 아니다. 발전기부터 시작해서 관련된 모든 장비를 꾸준히 관리해줘야만 한다. 이번 일을 겪으면서 실감한 것 중에 하나가 인간사회를 굴러가게 만드는 온갖 시스템이 그걸 관리해주는 인간의 손길이 닿지 않았을 때 얼마나 빨리 붕괴되는가 하는 거였다. 인간이 만든 모든 시설은 인간이 관리해주지 않으면 오래가지 않아 고장 나기 일쑤고 시간이 더 흐르면 작동을 멈추게 된다는 것을 모르지는 않았다. 지하철은 물을 계속 퍼내지 않으면 지하수에 침수되고 교량은 그대로 놔두면 부식되고 붕괴되며 건물은 사람의 손길이 닿지 않으면 서서히 허물어진다는 것은 잘 알고 있었다. 인간은 자연을 억누르며 문명을 건설하지만 인간의 위세 앞에 잠시 무릎을 꿇었던 자연은 인간이 한눈을 팔 때마다 재빨리 기를 펴면서 인간이 만든 모든 것을 무너뜨리려 든다. 앙코르와트 같은 거대한 건축물조차 인간의 방치와 자연의 침공의 결과로 정글에 묻혔지 않은가.

그런데 그렇다는 사실을 잘 알고 있었어도 교량이나 건물처럼 자연과 맞서 싸울 일이 많지 않은 인터넷망이나 통신망 같은 현대 문명의 산물들이 그런 결과를 맞게 되기까지 걸리는 시간이 이렇게 짧을 줄은 상상도 못했었다. 사태가 벌어지고 채 며칠이 지나기도 전에 현대 문명의 근간을 이루던 것들이 다 불통이 됐다. 인터넷망과 통신망이 제 구실을 못하고 있다. 간간이 연결이 이뤄지기도 하지만 사실상 끊 어진 것이나 다름없다. TV도 방송사고가 났을 때 나오는 안내화면만 뜨거나 아예 먹통이고, 라디오도 주파수를 아무리 맞춰봐야 귀에 거 슬리는 잡음만 들릴 뿐이다. 전쟁이 났을 때도 연결이 끊기는 일이 없 게 하려고 만든 네트워크인 인터넷이 이렇게 쉽게 붕괴된 것을 보니, 철저한 안전대책을 세워서 만들어놓은 데이터센터들도 관리자가 없 으면 얼마 안 가 정상적으로 운영되지 못한다는 것을 확인하고 나니 허무하기까지 하다.

이해가 안 되는 것도 아니다. 상상해본다. 서버가 잔뜩 늘어선 축구 장 몇 개 넓이의 데이터센터를 10여 명이, 많아야 수십 명이 관리하고 있다. 그런데 그중 한 명이나 교대하러 온 사람 중 한 명이 산송장으로 변해 사람들에게 달려든다. 아비규환이 펼쳐지는 와중에 버튼이 잘못 눌리거나 전선이 뽑히거나 장비가 파손된다. 프로그램에 따라 자동 복구되는 고장도 있을 테지만, 많은 경우는 사람이 직접 복구해야 하 는 고장인데 남아 있는 사람은 없고 산송장만 어슬렁거린다. 배회하 는 산송장이 전선을 잘못 건드려 합선이 일어나거나 하면 상황은 더 악화되고 그와 비슷한 시간에 다른 데이터센터에서도 비슷한 일이 연 달아 벌어지면 통신망과 인터넷망은 무너지고 만다.

그런데 바깥세상의 그런 붕괴가 나박에게 미치는 영향은 다른 사람 들에게 끼치는 영향에 비해 많이 약할 것이다. 나박 옆에는 휴머노이 드들이 있을 테니까. 짝과 홀은 교내 전력망을 조금도 어렵지 않게 안 정적으로 관리할 것이다. 휴머노이드들의 저장장치에는 인간이 유사

이래 개발한 모든 기술에 대한 노하우가 다 들어 있다 해도 과언이 아니다. 그래서 캠퍼스의 물리적 유지보수에 필요한 기술이 있을 경우, 짝과 홀은 저장장치에서 그 기술을 빠르게 검색하고는 숙련된 기술자가 구사할 법한 노련한 몸놀림으로 그 기술을 실행에 옮길 것이다.

게다가 짝과 홀에게는 지혜를 물리적으로 위협하는 존재들한테서 지혜를 지켜내는 데 필요한 힘과 운동능력이 있다. 회의실에 있는 감염자 중에 학교에 남겠다고 할 사람이 몇 명일지는 모르지만 회의실에 있는 인원 전원이 한꺼번에 덤비더라도 휴머노이드들에게는 상대도 안 될 것이다. 따라서 나박을 해치려는 상대의 규모가 어지간히 큰 게 아니라면 나박의 신변을 지키는 것은 어려운 일이 아닐 것이다. 그런데 이런 판단을 하면서도 가슴이 아픈 것은 짝과 홀이 가진 약점은, 그러니까 내가 서 총장과 공모해서 저지른 부끄러운 과오라는 변수는 고려하지 않아야만 성립하는 판단이라는 사실이다. 젠장.

감염자들에게 교내에 남는 것과 교내를 떠나는 것 중 하나를 선택하게 한 후 남겠다는 사람들은 격리시키는 식의 독재를 하겠다는 결론은 생존에 유리한 캠퍼스 환경에서 나박의 생존확률을 높이는 방안을 궁리한 끝에 나온 거였다. 내일 오전 9시에, 즉 평소 숨택의 1교시가 시작되는 시각에 각자의 선택을 밝히고 그에 걸맞은 행동을 취해달라고 선언하자 사람들은 술렁였다. 한동안 그렇게 술렁이던 사람들은 길어야 2주 안에 찾아올 최후를 맞기 전까지 어디에서 어떻게 살아가는 게 최선인지를 놓고 고민하기 시작했다.

내 독재 선언에 심하게 동요한 사람들이 없었던 것은 아니다. 다행히 이번에도 한상진 교수님이 나를 지원하는 의견을 밝히시면서 이명주 같은 타고난 투덜이를 필두로 한 그런 세력을 억누르는 데 도움을 주셨다. 교수님은 채송화 씨가 한 추론의 진위 여부와 학교 잔류 여부를 조합했을 때 예상되는 네 가지 미래를 생각해보라고 사람들에게 권했다. 채송화 씨의 추론이 맞아 2주 안에 산송장이 되고 학교에 남을 경우와 학교 밖으로 나갔을 경우, 그리고 추론이 틀려 2주 안에 산송장이 되지 않은 채로 학교에 남았을 경우와 학교 밖으로 나갔을 경우. 회의실의 사람들은 그 네 가지 경우 중 하나에 인생을 거는 도박을 해야 하는 처지였다.

학교에 남아 삶을 정리하는 쪽을 택하면 적어도 2주 동안은 산송장을 두려워하는 생활을 하지 않아도 된다는 장점이, 학교 밖으로 나가 고달픈 생활을 하다 어떤 식으로건 산송장이 돼서 세상을 무한정 떠돌게 되는 것보다 낫다는 장점이 있었다. 추론이 틀려 산송장이 되지 않는다면 더 좋은 일일 테고.

학교를 떠나는 경우에는 가족을 만나 회포를 풀 수 있다는 게 장점이었다. 물론 반드시 가족을 만나게 된다는 보장도 없고 만나더라도 그때까지 과정은 무척이나 험난할 테지만.

사람들이 네 가지 경우의 수를 놓고 고민하는 동안 창문 너머에서는 어둠이 소리 없이 차곡차곡 쌓이고 있었다. 모두들 얼어붙은 것처럼 꿈쩍도 않고 오랜 시간을 보낸 뒤였다. 식당 아주머니들이 자기들끼리 무슨 얘기를 속닥거리고 한상진 교수님하고도 무슨 말을 주고받더니 자리에서 일어나 쭈뼛쭈뼛 나한테로 왔다.

"이렇게 일찍 대답하시지 않아도 됩니다. 아침까지 천천히 고민해보신 다음에 말씀하세요."

"그게 아니라…." 세 분 중 제일 연장자인 분이 이런 말을 해도 되는지 모르겠다는 표정으로 어렵사리 입을 열더니 정말로 생각도 못한 질문을 했다. "교수님, 끼니때가 됐는데 저녁 준비해야겠죠?"

"어… 예? 어… 그게 그러니까…." 예상 못한 질문에 당황해 말을 더듬으며 주위를 둘러봤다. 시계를 보고 끼니때라는 것을 알게 되자 갑자기 허기가 느껴졌다. 그래서인지 다른 사람들도 어딘지 모르게 허기져 보였다. 감염이 됐든 되지 않았든 사람은 먹어야 살 수 있는 존재이고, 어쩌면 감염이 됐기 때문에 더 챙겨 먹어야 하는 건지도 모른다. 뇌를 장악한 병원체가 자꾸 허기를 자극해 그런 것일지도 모른다. 우리가 영양분이 필요해서가 아니라 우리가 살아서 더 많이 먹어야 우리를 감염시킨 병원체도 생존과 증식에 필요한 영양분을 더 많이 공급받을 수 있으니 말이다.

"그렇게 해주시겠어요? 그렇게 해주시면 정말로 고맙죠. 그렇지만 이렇게 된 판에 굳이 그렇게 고생하시지 않으셔도 괜찮습니다. 그리고 상황이 이렇게 되는 바람에 지금까지 고생하셨던 것에 대한 급여도 받기 힘드실 겁니다."

"이 판국에 누가 월급 같은 걸 신경 쓰겠어요. 받아봐야 쓰러 갈 데도 없는 것 같은데. 여기 있는 분들도 한 분만 빼고 다 2주 뒤면 저 흉악한 것들처럼 된다는데, 그때까지 근심걱정만 한다고 달라지는 게 뭐 있겠어요? 저기 있는 한 교수님이라는 분은 그러지 말고 어떻게 할지 고민을 더 해보라고 하는데, 우리는 고민해봐야 머리만 아픈 사람들이라 차라리 몸을 움직이는 게 나아요. 그렇지?" 다른 아주머니들이 고개를 끄덕였다. "지금까지 머리 좋고 똑똑한 교수님들, 학생들 든든하게 밥 먹여온 것처럼 끝까지 맛있는 밥 해 먹이는 게 속이 편하고 좋아요."

"그럼 그렇게 해주세요. 감사합니다."

그런데도 아주머니들은 할 말이 더 남은 듯한 표정이었다. 잠시 후

연장자분이 또 물었다. "저기… 조리실로 가야하는데…." 아주머니들의 눈이 짝과 홀에게로 향했다.

짝과 홀은 교내의 어느 곳이든 주시하고 있으니까 안심하셔도 된다고 말해봐야 아주머니들의 두려움을 잠재우지는 못할 것 같았다. 그래서 홀에게 아주머니들을 호위해 드리라고 지시했다. 아주머니들은 회의실에 있는 사람들의 수를 센 후 조리실로 향했다.

충격적인 일들이 꼬리에 꼬리를 물고 들이닥친 탓에 손이 부들거리는 게 좀처럼 진정이 되지 않는다. 나도 모르게 자꾸만 안경을 고쳐 쓰는데, 아무리 안경을 고쳐 써도 안경 너머로 보이는 풍경과 사람들은 바뀌지 않는다. 내가 세우고 키워온 학교의 회의실, 그리고 그 학교의 이름과 로고가 박힌 점퍼를 입고 축 늘어진 패잔병들. 산송장들과 벌인 사투에서 승리한 사람들인데도 패잔병처럼 보이는 이유는 뭘까? 당장은 목숨을 부지했을지 몰라도 2주를 못 넘기고 산송장으로 변하게 될 사람들이라 그럴 것이다. 그런데 저들 눈에는 나도 패잔병처럼 보일까? 숨텍 총장인 나 서지환두?

내가 꿈을 꾸고 있는 건 아닐까? 그러나 회의실의 LED 조명이 뿜어내는 환한 빛이 도드라지게 밝혀주는 패잔병들의 얼빠진 표정이 현실이라는 것은 아무리 애를 써도 부인할 도리가 없다. 회의실 문이 열리면서 실내 곳곳으로 퍼지는 음식 냄새 역시 현실을 부인하려는 의지를 꺾는다.

학생식당에서 일하는 아줌마들이 학생식당에서 하던 방식대로 저녁을 배식한다. 일렬로 늘어놓은 테이블에 밥과 반찬을 올려놓자 주춤주춤 일어선 사람들이 식판과 식기를 들고 가서 저녁을 타온다. 아줌마 한 명이 저녁을 담은 식판을 내가 앉은 원탁으로 가져온다. 꼴에 조금 전까지는 총장이었다고 대접을 해주는 것 같다. "이렇게 누추한 저녁을 드셔서 어떻게 하느냐?"고 연신 허리를 굽히며 미안해하는데 진심으로 그러는 것인지 허수아비 총장이 됐다고 멕이는 것인지 구분이 되지 않는다.

손을 진정시키는 데 간신히 성공해 수저를 들기는 했는데 입맛이 없다. 밥을 먹고 싶은 마음이 생기지 않는다. 이런 분위기에서도 아무렇지 않게 식사를 하는 사람들이 부럽다. 식사의 질도 성에 차지 않는다. 숨텍의 학생식당은 내가 각별히 신경을 쓴 덕에 '전국 대학교 학생식당 랭킹'에서 줄곧 상위권을 지켜온 평판 좋은 곳이지만, 그래봐야 학생식당일 뿐이다. 내가 오랫동안 호텔과 레스토랑, 총장 관사에서 먹어온 식사의 질에는 비할 바가 아니다.

학생식당에서 일하는 아줌마들이 차렸으니 학생식당 수준의 밥이 나온 건 당연한 일이다. 식욕이 없는 게 그간 먹어온 최고급 음식에 입맛이 맞춰진 탓과 차분한 음악이 곁들여진 아늑한 분위기에서 하는 식사에 길들여진 탓만은 아니다. 결정적인 요인은 따로 있다. '공들여 키워온 학교를 빼앗긴데다 시한부 인생이 됐다는 것을 알게 된 탓에 느낀 우울함'과 '그간 충성을 바쳐온 놈들에게 뒤통수를 얻어맞았다는 걸 알게 되면서 치밀어 오른 울분'이 그것이다.

음식을 수저로 뒤적이기만 하다 식판을 반납했다. 마지막으로 식판을 직접 반납한 게 언제였는지 기억나지 않는다. 식판과 남은 음식을 챙긴 아줌마들이 남자 로봇의 호위를 받으며 식당으로 향한다. 남자 로봇이나 여자 로봇이나 발휘하는 힘은 똑같을 텐데 그래도 남자 로봇의 호위를 받는 게 더 안심이 되나 보다.

나하고 상의 한 마디 없이 학교를 날름 삼킨 현상민이는 남은 로봇한 대를 든든한 경호원으로 옆에 세워두고는 나지혜 박사를 앞에 앉혀놓고 조곤조곤 말을 하고 있다. 저놈에게 학교를 차지하겠다는 야심이 있었을까? 아니다, 어리숙한 놈에게 그런 게 있을 리가 없다. 저놈에게 박사 논문이 통과되자마자 교수 자리를 주고 연구비를 잔뜩지원하며 휴머노이드 개발을 맡긴 것은, 그러면서 놈과 나 사이의 비밀로 꽁꽁 숨겨둔 일을 공모한 것은 권력욕이라는 것은 전혀 없는 놈이라는 것을 확신했기 때문 아니겠는가?

저놈이 자기하고는 도통 어울리지도 않는 독재를 하겠답시고 나선것은 다 나지혜 박사 때문일 것이다. 지금 저놈은 나 박사에게 무슨 얘기를 하는 걸까? 사랑 고백은 절대 아닐 것이다. 놈이 나 박사를 좋아한다는 것은 온 세상이 다 아는 사실인데, 놈이 그걸 고백할 배짱도 없는 전형적인 너드(nerd) 새끼라는 것 역시 모르는 사람이 없는 사실이다. 그런데 지금 상황을 감안하면 사랑 고백을 하는 것일지도 모른다는 생각도 든다. 살날이 2주도 안 남았다는 걸 알면 갑작스레 용기가생길지도 모르니 말이다. 어찌 됐든, 놈은 어딘지 모자란 놈이었다. 그런 덜떨어진 놈한테 눈 깜짝할 새에 학교를 빼앗기다니 창피도 이런창피가 없다.

야심. 나에게는 놈에게는 없는 야심이 있었다. 놈에게는 있는 학문적 재능이 나에게는 없는 것처럼. 명문대학에 들어와 재능 있는 놈들과 부대끼기 시작하자마자 나한테 없는 것과 있는 것이 무엇인지를확실히 깨달은 나는 내게 없는 것은 포기하고 있는 것을 더욱 키워나가는 데 주력하기로 마음먹었다. 권력을 거머쥐면 학문적 재능을 뽐내면서 나를 우습게 보는 놈들을 호령하는 위치에 설 수 있을 거라는 판단에서였다.

내 판단은 옳았고, 그 덕에 나는 꾸준히 출세가도를 달려 숨텍을 세운 창립자이자 초대 총장 자리에 올랐다. 근사한 연구 프로젝트들이 연달아 성공해 숨텍이 세계 유수의 언론이 취재하려고 앞다퉈 찾아오는 세계적인 유명 대학이 되면, 그래서 내 이름이 매스컴과 SNS에 뻔질나게 오르내리는 식으로 일만 잘 풀리면 장차 대통령 자리도 넘볼 수 있을 거라는 야심이 없었다면 두메산골에 처박힌 이런 학교를 세우고 키우는 일에 어찌 군말 한 마디 없이 매진할 수 있었겠나. 그런데도 세상은 내가 숨텍을 세우고 키우느라 들인 지대한 정성과 헌신을 제대로 인정해주지 않는다. 세상의 인정을 받으려고 전심전력을 기울인 것은 아니었으나, 나도 사람인지라 서운하고 섭섭하기는 하다.

일이 이렇게 된 데에는 오른손이 하는 일을 왼손이 모르게 하는 스타일로 일해온 탓도 있을 것이다. 파쿠르 애호가가 구름다리들을 펄쩍펄쩍 뛰어다니는 아슬아슬한 영상은 학교 인지도를 높이기 위해 내가 기획하고 연출한 거였다. 예상했던 것 이상의 대성공을 거둔 프로젝트였지만 프로젝트 성격상 내가 총지휘자라는 사실을 공개할 수는 없었다. 그래서 지금도 사람들은 숱한 시행착오를 거친 끝에 뽑아낸 그 영상을 목숨 아까운 줄 모르는 미치광이가 겁 없이 시도해서 단번에 성공한 모험을 담은 영상으로만 알고 있다.

내가 지금껏 학교 발전을 위해 해온 일들은 다 그런 식이었다. 전후를 헤아려 내 공로를 알아주고 그에 걸맞은 치사를 해주지 않는 사람들이 야속하다. 물론 내가 해온 일들 중에는 현상민이하고 공모했던 일처럼 사람들이 알아서는 안 되는 일들도 있지만 말이다.

현상민이에게 무슨 지시를 받은 로봇들이 문을 나서더니 몇 분 지나지 않아 끌차 가득 간이침대를 싣고 돌아왔다. 연구실마다 두세 개 씩은 있는 간이침대를 회수해온 것인데, 캠퍼스를 손바닥 들여다보듯 하는 연놈이다 보니 간이침대의 위치를 다 파악하고 있던 터라 시쳇 말로 '차가 식기 전에' 돌아올 수 있었던 듯하다. 로봇들이 인원수에 꼭 맞게 가져온 간이침대를 나눠준다.

내 몫으로 받은 간이침대에 누워봤다. 어느 연구실에서 가져온 것인 지 몰라 영 찜찜하지만 어쩌랴. 등이 배겨 잠이 올 것 같지 않다. 안락 한 총장실이나 총장관사의 침실이 아니라 이런 회의실에서 패잔병들 과 잠을 자야 하는 현실이 믿어지지 않는다. 이럴 줄 알았다면 총장실 에 고급 간이침대를 구비해놓을 걸 그랬다. 과중한 총장 업무를 수행 하느라 지척에 있는 관사를 오가는 시간까지 아껴야 하는 까닭에 잠 깐 눈을 붙이는 데 쓰는 거라고 홍보했으면 홍보 효과도 나쁘지 않았 을 텐데.

회의실의 불을 끄자 너무 무섭다고 펄쩍펄쩍 뛰는 사람들이 나왔다. 그 사람들 때문에 불까지 환하게 켜져 있어서 눈을 감아도 감은 것이 아니다 하기, 잠자리가 편하고 불을 끄더라두 쉽게 잠들지는 못할 것 이다. 저녁을 먹는 둥 마는 둥 하느라 허기진 탓에 그런 것만은 아니다.

배신감 때문이다. 산송장과 비슷한 존재가 생겨났다는 건 일찌감치 알고 있었다. 그들로부터 사전에 얘기를 들었기 때문이다. 그런데 그 존재가 지금의 산송장으로 변하면서 이런 일이 발생하고 세상이 난리 가 나는 식으로 상황이 전개될 거라는 건 그때는 상상도 못했었다. 내 가 그 얘기를 들었을 때만 해도 산송장은 전염을 통해 생겨나는 존재 가 아니었다. 그들이 하는 짓에 몸서리가 쳐졌지만 못 본 척하고 내 몸 만 잘 건사하며 내 할 일만 하면 아무런 문제도 없을 거라고 생각했었다. 그런데 세상이 아수라장이 됐을 뿐 아니라 나까지도 산송장 바이러스에 감염되다니. 이건 배신이다. 그들을 위해, 아니, 놈들을 위해 몸과 마음을 다 바친 내가 된통 뒤통수를 얻어맞은 것이다.

내가 연구동 앞에 세운 비석에 새겨진 교훈(校訓)이 떠오른다. "진리가 너희를 자유롭게 하리라." 사람들은 내가 성경에 있는 좋은 문장을 곧이곧대로 교훈으로 채택한 거라고 착각한다. 나도 사람들이 그렇게 착각할 거라고 예상했다. 그런데 내가 그 문장을 교훈으로 택한 것은 그런 문장을 입에 달고 사는 자들이 저지르는 말도 안 되는 짓들을, 그 문장하고는 도저히 양립할 수 없는 짓거리들을 직접 목격했기 때문이다. 언젠가 어느 학회가 끝나고 가진 술자리에서 현상민이 놈이 술에 취해 저 문장을 농담거리로 삼으면서 저 문장이 진상을 가리고 있다는 식으로 떠들었을 때, 나는 벌컥 화를 내는 시늉을 하기는 했지만 속으로는 본능적으로 진실을 꿰뚫어본 현상민이 놈에게 감탄하기도 했었다.

어쨌든 지금은 태평하게 잠을 잘 때가 아니다. 내 등을 찌른 놈들의 뒤통수를 제대로 후려갈기는 것으로 앙갚음을 해야 할 때다. 나는 받은 만큼 되돌려줘야 직성이 풀리는 사람이다. 현상민과 중요한 얘기를 하려고 몸을 세우는 순간, 갑자기 온몸에 힘이 솟고 기분이 상쾌해지는 것은 분명 내 천성 때문일 것이다.

나박이 멍한 눈으로 벽에 기댄 채 이불을 덮고 앉아 있는 게 보인다. 현상민은 한상진 교수와 무슨 얘기를 하고 있다. 나이 차가 서른 살 가까이 나는 두 사람이 평소에도 잘 어울려 지내는 사이라는 걸 잘 안다. 한상진 교수가 휴머노이드 개발팀에 합류해 기여한 것도 돈독한 관계에서 비롯된 일이었을 것이다. 한상진 교수가 현상민의 얘기를 들으며 고개를 끄덕인다. 무슨 얘기를 하는 것인지 모르겠지만 따스한 동료의식이 듬뿍 담긴 얘기인 것은 분명하다. 한상진 교수가 일어나면 현 박사와 얘기하러 가야겠다. 그렇지만 모든 것을 한꺼번에 다 털어놓지는 않을 것이다. 세상에는 항상 만약이라는 게 있는 법이고, 어떤 얘기들은 그때를 위해 숨겨둬야 하는 법이니까.

왜일까? 다른 사람들은 다 감염이 됐는데 나만 멀쩡한 건 무슨 이유에서일까? 무슨 뜻일까? 나는 저 사람들보다 특별한 사람일까? 내가 저 사람들보다 오래 살아남아야 할 별다른 이유가 있는 걸까?

나만 감염이 되지 않은 것은 행운일까? 사람들은 다 그렇게 생각할 것이다. 내 생각은 그렇지 않은데. 어쩌면 이것은 행운을 안겨주는 척 나를 유인해 크나큰 불행의 구렁텅이로 떨어뜨리려는 운명의 술책일지도 모른다. 내 운명에 대한 생각 말고도 너무나 많은 생각이 머릿속을 휘젓고 있다.

언니네 가족은 무사할까? 그 생각을 하면 오늘 그 일이 생기기 전까지만 해도 한울타리 안에서 부대끼고 살던 사람들이 흉측한 괴물로 변했다가 목숨을 잃은 것보다 지구 반대편에 있는 언니네 가족의 안부를 몰라 가슴 졸이는 게 인간으로서 해야 할 마땅한 도리일까 하는 생각이 나를 괴롭힌다.

그 외에도 무수히 많은 의문이 텅 빈 머리 안을 빼곡하게 채우고도 계속 솟아나는 바람에 머리가 터져버릴 것 같지만, 납득할 만한 대답은 하나도 떠오르지 않는다. 게다가 쇠지렛대가 사람의 머리를 뚫고 들어갈 때 느껴지던 둔탁함과 물컹함이 묘하게 뒤섞인 소름끼치는 감각은 아무리 해도 떨칠 수가 없다.

초여름인데도 동틀 무렵에 부는 바람에 살짝 섞인 냉기가 눈앞에 펼쳐진 광경이 생생한 현실이라는 것을 느끼게 해준다. 땀에 젖었지만 며칠째 갈아입지 못한 전투복에서 서걱거리는 소금기가, 그리고 그 소금기 때문에 뻣뻣해진 군복에 쓸린 피부의 따가움이 내가 지금 꿈을 꾸고 있는 게 아니라는 것을 깨닫게 해준다.

아침 햇빛으로 세수를 하는 고즈넉한 궁궐에서 일출을 맞는 상황은 생경하기 그지없다. 군복을 입고 보낸 20년 넘는 세월 동안 지금처럼 서울 시내 한복판에서 아침을 맞은 것은 손에 꼽을 정도로 드문 일이었다. 경복궁에서 아침을 맞은 것은 당연히 이번이 처음이다. 평소였다면 지금 시각은 잠기운을 다 털어내지 못한 도시가 대낮에 시끌벅적한 소리를 내려고 목을 푸는 것처럼 도란도란 소리를 내기 시작할 때일 것이다. 그러나 아무리 기다려도 광화문 너머 거리에서 그런 소리는 들려오지 않는다. 앞으로도 그런 일은 없을 테고.

군복을 처음 입던 날에 먼 훗날 중무장을 하고는 군복 차림으로 경복궁 근정전에 서서 막 깨어난 태양이 뿜어낸 연약한 빛이 밤새 무겁게 쌓여 있던 어둠을 밀어내는 광경을 보는 이런 날이 올 거라는 걸 어디 상상이나 했겠나. 하물며 내가 중령 계급장을 달고 내린 명령에 따라 작전을 펼친 부하들이 청와대 일대에 득실거리는 산송장들을 해치우고 청와대를 완전히 접수했다고 올리는 보고를 들을 날이 올 거라고 상상하는 게 가당키나 한 일이었겠나.

이불처럼 덮여 있던 어둠이 걷히자 광화문과 그 너머의 건물들이 며칠 사이에 잔뜩 우중충해진 몰골을 수줍게 드러낸다. 밤거리를 알록달록 물들이던 휘황찬란한 대형 옥외 스크린들은 깊은 잠에 빠졌거나 해독이 불가능한 암호 같은 화면만 띄우고 있다. 간간이 들려오는 총성이 건물들 사이를 튀어 다니며 미련이 듬뿍 담긴 메아리를 남긴다.

"경복궁 접수 완료했습니다, 중령님." 사태가 발생한 직후에 내 밑에 배치된 대위가 들뜬 목소리로 보고한다. 그때만 해도 생면부지인 그였지만 지금은 나의 충직한 부하이자 믿음직한 전우다. 이제 청와대와 경복궁이 우리 통제 아래 들어왔다. 어처구니없는 상황이다. 대한민국을 지휘하는 컨트롤타워였던 청와대가 이렇게 어이없을 정도로 쉽게 무너지다니. 대한민국의 안보와 치안을 철통같이 수호하는 조직으로 여겨지던 군대와 경찰의 철저한 위계가 밀물 앞의 모래성처럼 와해되다니. 그런데 바로 그것이 세상의 이치 아니겠는가. 새로운 세상이 탄생하려면 낡고 그릇된 세상은 필연적으로 파괴되면서 자리를 내줘야 하는 것 아니겠나.

우리 부대원들은 세상 만물이 그분들의 뜻에 따라 존재하고 움직이는 올바른 세상을 만들기 위한 장도(壯途)에 올라 있다. 그 세상에 다다르려면 아직도 멀고 먼 길을 가야 한다. 문득 여기까지 오는 길도 결코 쉽지 않았다는 생각이 들면서 그가 겪은 일들이 눈앞을 스쳐간다. 특전사의 듬직한 전우와 부하들을 옳은 길로 인도하려 열성을 다했지만 내 간절한 설득을 귓등으로 듣는 시늉조차 하지 않는 부대원들이 뒤에서 나를 손가락질하며 험담을 늘어놓을 때는 그야말로 시뻘겋게 달궈진 철판 위를 걷는 형벌을 받는 듯한 처참한 기분이었다. 그렇게 나를 멸시하던 자들이 제일 먼저 산송장이 돼버린 것은 사필귀정이라 할 것이다.

군복 차림으로 산송장이 된 자들은 상명하복으로 유지되는 군대의 위계를 순식간에 무너뜨렸다. 군복을 입은 산송장들은 속된 말로 "계급장을 떼고 붙자"는 식으로 상관에게 달려들고 부하들을 무자비하게 덮쳤다. 방금 전까지도 충직한 부하이거나 든든한 전우이거나 자애로운 상관으로 곁을 지켰던 자가 잠시 한눈을 판 사이에 산송장으로 변해서는 부하와 전우와 상관을 덮쳐 산송장으로 만들어버리는 판국에 버텨낼 군대는 세상에 없다. 내가 지휘하는 특전사 대대에서만 그런 일이 벌어진 게 아니었다. 한반도 곳곳의 부대와 경찰서에서, 세상 곳곳의 그런 곳에서도 벌어졌다.

내 대대는 와해됐지만 그렇다고 내가 받은 소명까지 사라진 건 아니었다. 나한테는 목숨을 바쳐서라도 완수해야 하는 소명이 있다. 그 소명을 완수하는 영광스러운 길에 나선 내게 주어진 첫 임무는 무슨 수를 써서든 청와대와 광화문을 접수하라는 거였다.

그 명령은 산송장 바이러스를 걸러내는 기능이 있는 방역용 마스크와 함께 하달됐다. 3밀로 지칭되는 환기가 잘 안 되는 북적이는 실내 공간에서는 공기에 의해 산송장 바이러스에 감염될 가능성이 무척 컸지만, 반면에 트인 공간에서 활동할 때는 감염될 가능성이 크지 않다. 그렇지만 만약의 경우를 대비해 야외에서 활동할 때에도 절대 마스크를 벗지 말라는 지시가 있었다.

나는 그 난리를 겪고도 살아남은 몇 되지 않은 부대원을 모아 방역용 마스크를 나눠주고 우리의 소명이 무엇인지를 확실하게 인식시켰다. 그러고는 무기고에 있는 무기 중에서 유용할법한 무기를 챙겨 청와대와 경복궁으로 향했다. 서울로 오는 길에 지나친 여러 부대에도 살아남은 자들이 있었는데, 산송장이 되는 신세를 면한 군인들 중에는 우리 부대에 합류해 난세를 평정하고 새 세상을 만드는 데 목숨을 초개처럼 바치겠다는 군인들이 있었다. 굳은 의지로 똘똘 뭉친 군인들이 가세하면서 서울 한복판에 다다를 무렵 우리 부대의 몸집은 내가 얼마 전까지 지휘하던 특전사 대대 규모까지 불어났다.

이제는 우리가 접수한 경복궁과 청와대 주위의 경계상태를 시찰해야 할 때다. 성벽을 치듯 주위를 컨테이너로 꽁꽁 둘러싸라는 지시가 잘 이행됐는지 두 눈으로 직접 확인해야 한다. 사람이 하는 일은 직접 확인을 해봐야 한다는 게 내 철칙이다. 귀찮다는 이유로 부하들이 올리는 보고만 철석같이 믿었다가는 큰 낭패를 겪게 된다는 것이 오랜 군 생활에서 체득한 교훈이다. 내 명령이 제대로 이행됐다면 몸을 엉거주춤 놀리는 산송장이 거기를 넘어 침투하는 것은 불가능한 일일 것이고 우리는 안전하게 임무를 수행해나갈 수 있을 것이다.

대위가 나에게 배정된 지프차를 호출한다. 대위의 군복에 달린 부대 마크가 눈에 들어온다. 내 것과 다르다. 지금 내 지휘를 받는 부대원들의 군복은 모두 다 똑같은 한국군의 전투복이지만 거기에 달린 부대 마크는 각양각색이다. 어찌어찌 급하게 편제를 꾸리는 데 성공한 부대인 탓인데, 군복만 놓고 보면 패잔병들로 꾸린 오합지졸이나 마찬가지다.

부대원들을 하나로 묶어주는 표식은 따로 있다. 입과 코를 가리고 깨끗한 공기를 호흡하게 해주는, 공사장에서 쓰는 산업용 마스크와 비슷하게 생긴 방역용 마스크다. 공기 중에 떠돌아다니는 바이러스를 철저히 걸러내는 정화장치가 달린 방역용 컨테이너를 나설 때는 반드시 그걸 착용하고 한시도 벗어서는 안 된다. 그걸 착용하고 나갔다가 복귀할 때는 반드시 체온을 재서 정상 체온이라는 것이 확인됐을 때에만 컨테이너 입장이 가능하다. 컨테이너 내부에서는 CCTV와 연동된 인공지능(AI)이 내부에 있는 인원들의 체온을 항상 확인하면서 감염 가능성이 있는 부대원을 식별한다.

마스크에는 빨간색 표식이 선명하게 찍혀 있다. 동그라미 안에 네모가 들어 있고 그 네모 안에 다시 세모가 들어 있는 표식이다. 동그라미와 네모와 세모가 이룬 그 표식이 각기 다른 부대 출신인 우리 부대원들을 하나로 묶어준다.

마스크는 처음 착용했을 때만 해도 불편하기 그지없었다. 얼굴 전체를 가리는 방독면보다는 나았지만, 숨을 쉬는 것도 어렵고 의사소통을 하기도 어려운데다 땀이 차는 불편함이 있어서 결국에는 거기서 거기였다. 그렇지만 착용한 채로 작전을 수행하며 하루하루를 보내다 보니 그럭저럭 적응이 됐다. 결국 군인은 적응해야 하는 존재다. 어떤 상황이 벌어지건 그 상황에 적응하면서 부여받은 임무를 목숨 바쳐 완수해야 하는 존재다.

지프가 도착해 내가 탑승하기를 기다리고 있다. 환한 햇빛 아래 드러난 처마 밑의 단청이 참으로 곱다. 조선시대 임금들도 저 단청을 보며 자신의 치하에 태평성대가 펼쳐질 거라고 믿었을 것이다. 나도 그 임금들이 품었던 것과 똑같은 믿음을 품고는 보무도 당당하게 경복궁의 안전을 확인하는 길에 나선다.

나박을 설득하느라 갖은 애를 다 썼는데, 시간이 지나고 나니 무슨 말을 했는지 기억이 나지 않는다. 힘든 걸 안다, 충격이 클 것이다, 그래도 살아남아야 한다, 어떻게든 지켜주겠다… 뭐, 이런 말이었을 것이다. 나박은 무슨 말을 해도 계속 고개를 끄덕이며 힘없는 목소리로 그러겠다고 대답했다. 진심에서 우러난 대답이 아니라 그저 내 앞을 한시라도 빨리 뜨고 싶어 건성으로 하는 대답으로만 보였다.

그래서 한상진 교수님께 당부했다. 나박을 설득해달라고. 살아야겠다는 강한 의지를 품게 해달라고. 길게 얘기하지 않아도 교수님은 금세 알아들으셨다. 그러고는 농담조로 말씀하셨다. "현박, 사람과 똑같은 휴머노이드를 개발하는 데 성공한 사람이라면 좋아하는 사람한테 속내를 전하는 일 정도는 누워서 떡 먹듯이 해낼 것 같은데, 세상일이라는 게 내 생각 같지는 않나 보군요. 흐음, 이제는 정말로 남은 시간이 얼마 없잖아요. 서둘러보는 게 어때요?" 명치를 찔린 것처럼 아프다. 교수님은 그러고는 빙긋 웃으며 자리를 뜨셨다.

갑자기 눈꺼풀이 엄청나게 무거워진다. 참혹한 하루였고, 그래서 긴 하루였다. 그런데 서 총장이 슬금슬금 오더니 점잔을 빼던 평소 모습하고는 영 다른 말투로 긴히 할 얘기가 있다고 했다. 사람들이 없는 곳에서 조용히 해야 할 얘기라면서.

그 일을, 이제는 2주 안에 막을 내릴 내 인생에 오점으로 남을 일을 얘기하자는 건가 싶어 기분이 좋지 않았다. 우리가 모의를 하고 뜻을 모은 이후로 서 총장과 얘기할 일이 생길 때마다 뭔가 죄를 짓는 것 같은 기분이었다. 서 총장이 그렇게 하자고 제의했을 때 싫다고 거부했어야 했다. 그렇게 하자고 고개를 끄덕인 탓에 이후로는 서 총장하고 편히 나누는 얘기조차 범죄를 공모하는 얘기처럼 느껴지곤 했다. 아무튼 홀에게 따라오라고 지시하고는 회의실에 딸린 작은 방으로 자리를 옮겼다. 이명주처럼 빼딱한 사람들이 보기에는 숨텍의 옛 총장과 새로 등극한 숨텍의 독재자가 권력을 인수인계하려는가 보다고 생각했을 것이다.

그렇지 않았다. 서 총장이 뜻밖의 고백을 했다. 학교가 개교하기 이전부터 최근까지 일들에 대한 얘기를 했는데 개중에는 확인되지 않은 소문으로만 떠돌던 얘기도 있었고 생전 처음 듣는 얘기도 있었다. 중요한 건 하나같이 충격적인데다 생각하면 할수록 울화가 치미는 이야기라는 거였다. 오랜 세월을 보낸 학교인 숨텍을 보던 지금까지 내 시각이 완전히 잘못됐다는 걸 알게 된 건 큰 충격이었다.

마음 같아서는 사람들 모르게 그런 일을 꾸미고 실행하고서는 이런 상황에 이르러서야 마지못해 이실직고한 서 총장을 흠씬 두들겨 패고 싶었다. 그러나 참았다. 지금은 감정적으로 굴 때가 아니니까. 이 상황에서 순전히 감정에 따라 처신하는 것은 절대로 해서는 안 될 일이다. 어차피 이제 서 총장은 허수아비가 된데다 얼마 안 있어 산송장이 될 사람이다. 우리가 개발한 휴머노이드의 손에 의해 이승을 하직할 사람이다. 굳이 내가 힘을 뺄 필요가 없다.

나한테는 무슨 수를 쓰든 달성해야 할 목표가 있다. 그 목표를 달성하려면 이성적으로 처리할 일들이 산더미 같이 쌓여있다. 그런데 방금 전에 서 총장의 고백을 들은 탓에 일이 엄청나게 늘어났다. 고백을 마친 서 총장은 홀가분한 기분인 것 같다. 망할 자식. 그 고백을 들은 탓에 생각도 못한 온갖 일거리가 잔뜩 생겨났다. 어쨌든 화를 꾹 참고는 동이 튼 뒤에 떠나기로 결정한 사람들이 떠나면 남은 사람들에게 이 사실을 알리기로 합의했다.

그러면서 그 전까지는 아무 관심도 없었던 교내와 교외의 공간들에 많은 관심을 기울여야 할 필요성과 많은 일을 시급히 진행해야 할 필요성이 생겼다. 잠을 잘 여유 같은 건 없다. 머지않아 저승사자가 닥칠 것이다. 저승사자가 당도하기 전까지 남은 시간을 무엇보다도 급선무인 나박과 캠퍼스를 지키는 작전을 짜고 실행하는 데 바쳐야 한다. 작전을 짜고 실행에 옮긴다는 생각을 하자 정신이 번쩍 든다. 재미있는 게임을 시작하는 것 같은 기분이다. 아드레날린이 치솟는 얼토당토않은 일이 일어난다. 잠 따위는 필요 없다. 잠은 저승사자를 만나고 나서 자도 충분하다. 원치 않는 잠이기는 하지만 일단 잠들고 나면 영원토록 깨어날 일이 없을 테니.

그런데 생각과는 달리 무거워지는 눈꺼풀의 무게 앞에서는 도무지 버틸 수가 없었다. 새벽녘에 잠깐 눈을 붙였다. 홀이 지시를 받은 대로 나를 흔들어 깨운 것은 동이 틀 무렵이었다. 잠을 잘 필요가 없다는 휴머노이드의 장점이 부럽다. 나박부터 우선 살핀 다음에 회의실을 둘러보니 다들 나하고 크게 다르지 않은 안색이었다. 잠을 이루지 못했거나 풋잠만 자고 깨어나다 보니 어제 덮친 피곤을 제대로 털어내지 못해 푸석푸석한 얼굴들이다.

아주머니들과 짝이 보이지 않았다. 마지막 아침을 차리겠다고 조리실에 갔다고 했다. 아주머니들 정성 덕에 모두들 아침을 먹었다. 날이 바뀌어서인지 어제보다는 식사에 좀 더 적극적인 모습이었다. 아주머니들이 식판을 설거지하러 가셨다. 남아 있는 사람들이 하면 된다고 말렸는데도 원래 하던 일이라 금방 해치울 수 있다고 고개를 저으셨다.

오전 9시가 됐다. 원래대로라면 1교시가 시작되는 시각이다. 회의실 분위기는 무거웠다. 떠나기로 결정하신 분들은 손을 들어달라고 했더니 아주머니들을 포함해 총 27명이 손을 들었다. 남기로 한 사람은 9명이었다. 떠나는 이유를 일일이 묻지는 않았다. 대체로 가족을 만나러 가는 듯했다. 바깥세상이 위험하다는 것을 알지만 어차피 인생이 2주밖에 남지 않았다면 그런 위험을 무릅쓰고라도 가족의 생사와 안전을 확인하고 싶다는 생각이었을 것이다.

아주머니들이 하신 얘기는 찡했다. "그간 똑똑한 학생들, 교수님들한테 우리가 지은 밥 먹이는 게 보람이었어요. 잘된 학생들이 TV에 나오는 걸 보면 내 자식 잘된 걸 보는 것처럼 자랑스러웠고요. 그런데 정작 내 배 아파 낳은 자식들한테 따뜻한 밥 해먹인 건 몇 번 되지를 않네요. 세상이 망하는지 마는지는, 내가 죽는지 산송장인지 뭔지로 변하는지는 잘 모르겠고, 아무튼 저 흉측한 몰골로 변하기 전에 마지막으로 자식들 잘 있나 확인하고 따스한 밥 한 번 제대로 챙겨 먹이고 싶어요." 학교에 남기로 결정했다가는 남은 사람들의 밥을 계속 해먹여야 할지도 모른다는 걱정도 아주머니의 얘기에 조금은 묻어 있었다. 아주머니가 덧붙인 말은 더 찡했다. "그래도 이런 옷을 입으니까 얼마나 기분이 좋은지 몰라요. 내가 이 학교 생겼을 때부터 식당에서 일했는데 학교 이름 박힌 옷은 처음 입어봐. 이 옷 입으니까 나도 이 학교 사람이구나 생각이 들어서 기분이 참 좋다니까. 애들한테 자랑할 거예요. 내가 이 학교에서 일했다고. 그렇게 생각하면서 살면 되지, 뭐."

떠나겠다는 사람들과 남기로 한 사람들에게 쉽지 않은 부탁을 해야 할 때가 됐는데 입을 떼기가 쉽지 않았다. 그래도 남아 있는 사람들의, 특히 나박의 앞날을 위해서는 꼭 성사시켜야 할 부탁이었다. "모든 분께 간곡히 당부할 게 있습니다." 연구동 내부에 있는 시신들을 실외로 옮겨달라는 부탁이었다. 학교에 남기로 한 사람들이, 시간이 흐른 뒤로는 나박이 저 많은 시신이 썩어가는 연구동 내부에서 정상적으로 생활할 수는 없는 노릇이었다. 학교 소유 트럭을 연구동 앞에 세우고 짐칸에 시신들을 실은 후에 감송대로 옮기고는 짝과 홀을 시켜 학교에 있는 굴착기로 땅을 파 거기에 시신들을 묻게 했으면 한다고 설명했다. 시신들은 짝과 홀의 눈에 있는 카메라로 매장 전에 일일이 이미지로 찍어 저장장치에 저장하는 동시에 별도의 클라우드 드라이브에 전송할 예정으로, 사태가 진정되고 나면 그때 가서 신원을 확인해 유족에게 인도하겠다고 덧붙였다.

예상했던 대로 다들 질겁하는 기색이다. 당연한 반응이다. 산송장으로 변했다지만 그 전까지만 해도 한울타리 안에서 같은 공기를 호흡하며 지냈던 제자이거나 동료이거나 스승이었던 사람들이 흉측한 몰골의 시체로 변해 있는 것은 보는 것만으로도 속상하고 가슴 아픈 일이다. 그런데 거기에서 한 발 더 나아가 손에 피를 묻혀가며 훼손된 시신의 사지를 들고 운반하고 싶은 마음이 든다면 오히려 그게 더 이상한 일일 것이다. 그렇지만 사람들이 반드시 이 부탁을 들어주도록 만들어야 했다.

예상했던 대로 이명주가 제일 먼저 불만을 쏟아냈다. 저 인간이 저렇게 나서지 않았으면 오히려 서운할 뻔했다. 이명주는 짝과 홀에게 손가락질을 해대며 언성을 높였다. "저놈들, 아니 저 연놈들 시키면 되잖아. 로봇들 뒀다 뭐에 쓰려고 그러는데? 저놈들이 있는데 우리가 왜 손에 피를 묻혀 가면서 그런 개고생을 해야 하는 거냐고?"

솔직한, 그렇지만 100퍼센트 솔직하지만은 않은 대답을 하려니 마음 한구석이 찔렸다. "여기 남을 사람들을 위해서입니다. 짝과 홀은 우리 팀이 처음으로 만든 제품이라 시험용 배터리를 탑재한 탓에 배터리 용량이 그리 넉넉하지가 않습니다. 이 휴머노이드들을 시신을 옮기는 작업에 투입하면 전력이 많이 소비돼 앞으로 캠퍼스를 지키는 일에는 투입하지 못하게 될 공산이 큽니다."

다행히 내가 간곡하게 설득하고 한상진 교수님이 팔을 걷어붙이고 앞장을 서자 엉거주춤하던 사람들이 하나둘씩 시신을 나르는 작업에 합류했다. 투덜거리던 이명주가 조교 성현을 데리고 마지막으로 작업

대열에 합류하면서 나를 제외한 생존자 전원이 얼굴을 찡그리고 구역질을 하고 눈물을 흘리면서 시신을 옮기는 작업에 참여했다.

엘리베이터 천장에는 아직도 살아서 버둥거리는 산송장이 있었다. 그걸 본 사람들은 기겁을 했다. 엘리베이터 통로에 들어가 놈을 해치우는 것은 위험한 작업으로 보였다. 결국에는 트럭을 운전하던 짝을 불렀다. 짝이 통로로 들어가 놈을 해치우고는 엘리베이터 천장의 높이가 복도와 일치하도록 엘리베이터를 조종한 후 시신을 통로 밖으로 끌어냈다.

1톤 트럭으로 돌아간 짝은 사람들이 날라 짐칸에 실은 시신들을 감송대로 나르고 홀은 굴착기로 판 땅에 시신들을 묻고 흙을 덮었다. 나는 중앙조정실과 행정실에 있는 시신들을 옮기는 작업을 진행한 후 중앙조정실에 남아 교내 전역을 살폈다. 그러고는 서 총장의 얘기를 듣기 전까지는 미처 신경 쓰지 못했던 공간과 교내에 그런 곳이 존재한다는 것조차 알지 못했던 공간을 CCTV로 확인하며 미래를 위한 계획을 세우는 작업에 착수했다.

170구가 넘는 시신을 옮기는 작업은 정오를 조금 넘겨서야 끝났다. 사람들은 더러워진 옷을 다시 새 옷으로 갈아입었다. 떠나기로 한 사람들과 남기로 한 사람들은 B연구동 정문에서 작별인사를 했다. 이렇게 헤어지면 살아서 다시 볼 일은 영영 없을 것이다. 대부분의 사람들은 차를 나눠 타고 지옥으로 변했을 세상으로 떠났다. 학교 근처에 있는 집까지 쉬엄쉬엄 가면서 동네 풍경을 마지막으로 눈에 담아보겠다며 걷는 쪽을 택한 아주머니들이 내 손을 붙잡고는 작은 목소리로 당부했다. 당신들 집이 학교 근처인데, 혹시 당신들이 산송장으로 변해 학교에 나타나면 계속 그렇게 세상을 피곤하게 헤매 다니는 일이 없도록 잘 처리해달라고. 그 얘기에 눈시울이 뜨거워졌다.

사람들을 떠나보내고 아홉 명만 남았다. 나와 나박, 한상진 교수님, 서 총장, 채송화 씨, 이명주와 성현, 인환, 그리고 얼굴을 처음 보는 컴퓨터공학과 박사과정 대학원생 배준규. 앞으로 길어야 2주 동안 동거할 식구들은 이게 다다.

점심의 질이 어제 저녁이나 오늘 아침보다 더 열악해졌다. 배가 고픈데도 입에 뭘 넣기 싫을 정도다. 내가 정말로 바닥을 쳤다는 게 실감난다. 식당 아줌마들이 있을 때는 그나마 갓 지은 밥이라도 먹을 수 있었는데 이제는 편의점에서 가져온 삼각김밥 같은 쓰레기를 먹어야 하는 신세가 됐다. 현상민이 놈은 교내에 있는 음식 중에 유통기한이 얼마 남지 않은 것들부터 먹어야 한단다. 상태가 괜찮은 식자재가 많이 쌓여 있을 텐데 그런 것들은 건드리려고 하지 않는다. 놈이 누구를 위해 질 좋은 식자재를 남겨놓는지는 뻔하다. 젠장. 그런데 남아 있는 사람들을 보면 질 좋은 식자재를 준다 한들 그걸로 번듯한 음식을 조리해낼 성싶은 사람이 하나두 보이지 않는다는 것도 부인 못할 사실이다. 젠장.

우리를 A연구동 실험실과 교수실에 가둘 거란다. 각자 원하는 방을 고르고는 숙소로 가서 옷가지와 필요한 물건들을 챙겨오란다. 내가 나서기도 전에 이명주 교수가 먼저 따졌다. 각자 기존에 살던 숙소에서 그대로 살면 되지 않느냐고. 건방진 현상민이는 들은 척도 않으면서 핑계를 댔다. 숙소는 실험실이나 교수실에 비해 보안장치가 부실한 편이라 안전하지 않고, 모두들 한곳에 모여 있어야 무슨 일이 생겨도 대처하기 편하단다.

그게 다가 아니었다. 감염을 면한 나박을 제외하고는 모두들 각자 택한 방에 감금돼 살아가야 한단다. 감염자들이 언제 산송장으로 변할지 모르는데, 산송장으로 변하더라도 다른 사람이 피해를 입는 일은 없도록 하겠다는 거였다. 로봇들을 시켜 실험실 입구에 철창을 설치하겠단다. 그 어이없는 말에 덧붙이는 말은 더 기가 차다. 철창 무늬를 희망하는 대로 만들어주겠단다.

학교 건물을 지을 때 내가 연구에만 몰두할 수 있는 환경을 조성하겠다며 고집을 부려 관철시킨 생각이 어처구니없게도 이런 상황에서 빛을 발했다. 내가 실험실과 교수실마다 따로따로 화장실과 샤워실을 설치해야 한다고 했을 때 관계자 전원이 쓸데없는 자원 낭비라고 목소리를 높이며 반대했었다. 당장은 건축비가 많이 들어가는 게 아까워 보이지만 장기적인 연구 성과 면에서 보면 화장실 다녀오고 샤워하느라 오가는 시간을 줄이는 것이 남는 장사라는 논리를 앞세워 성사시킨 그 일이 체통을 잃지 않는 품위 있는 감금생활을 영위하는 데 도움이 되다니, 세상일은 참 알다가도 모르겠다.

로봇들이 교내를 철저히 감시하고 있다는 걸 알면서도 접질린 발을 절뚝거리며 혼자 총장 관사를 다녀오려니 으슥한 곳에 숨어 있던 산송장들이 튀어나오는 것은 아닌지 겁이 났다. 산송장은 성한 몸으로도 피하기 쉽지 않을 텐데 절뚝거리는 발로는 더욱 그럴 것이다. 눈물 나는 현실이었다.

정든 물건이 많아 무엇을 골라야 할지 적잖이 고민했다. 지난 세월의 고생을 증명하는 물건들을 보니 이것들을 누리지도 못하고 떠나야 하는 신세가 처량해 눈물이 났다. 감금생활에 필요한 옷가지와 물건을 담은 보스턴 백 두 개를 들고 A연구동 1층 로비로 갔다. 사람들과 멧돼지의 시체를 다 치우고 물청소를 한다고 했지만 엉켜 있던 피가 완전히 씻겨나가지는 않았다. 엘리베이터도 안팎이 핏자국으로 얼룩져 엘리베이터에서 바라본 바깥세상이 빨갛게 보인다. 엘리베이터에는 역한 피비린내도 배어 있다.

5층 구름다리로 모이란다. 중앙조정실이 5층에 있어 그리로 정했을 것이다. 우리를 감금하는 작업이 끝나면 나박이 중앙조정실을 차지하고 사람들과 캠퍼스를 관리하겠지. 이미 사람들이 모여 있고 각자의 발치에는 배가 빵빵하게 부른 가방들이 놓여 있었다. 따지고 보면 하나같이 불쌍한 사람들이다. 이런 환란의 시대에 마땅히 갈 곳이 없고 반겨줄 사람이 없어 여기에서 최후를 맞을 수밖에 없는 사람들 아닌가. 대학원생들의 사연까지는 모르지만, 여기 남은 교수들의 사연은 잘 아는데 모두 그럴만한 사람들이다.

나는 그들과 다르다. 나는 복수를 하려고 남은 것이다. 내 뒤통수를 친 자들에게 제대로 앙갚음을 하겠다는 일념으로 내 학교였던 곳에 감금돼 살아가야 하는 굴욕까지도 꾹꾹 참아내고 있는 것이다. 그리고 혹시, 만에 하나라도, 그 사이에 상황에 진전되면서 생겨난 실낱같은 희망이 나를 구해줄지도 모르니까 남은 것이다.

2차 세계대전 때 독일군 포로를 으슥한 숲에 데려가 사살하라는 명령을 받았던 미군 병사의 고백을 읽은 적이 있다. 포로를 묻어주는 게 귀찮았던 그 병사는 독일군 포로에게 무덤을 파라고 명령했다. 그러면서 그는 자기가 묻힐 무덤이라는 것을 잘 아는 눈치인 독일군이 그럼에도 열심히 무덤을 판 이유를 무척 궁금해했다. 그는 무덤을 파는 사이 기적 같은 일이 일어나면서 목숨을 건질 수도 있다는 희망에서 그랬을 거라고 짐작하는데, 내가 그런 입장에 처해 보니 맞는 짐작인 것 같다. 명줄이 정말로 끊어질 때까지는 무슨 일이 벌어질지 모르는 게 인생이다. 인생살이는 한 치 앞도 모르는 것이다. 그러니 썩은 게 확실한 동아줄이라도 잡아봐야 한다. 끝까지 버텨야 한다.

현상민이가 로봇들에게 명령할 수 있는 권한을 모인 사람들에게 부여하겠단다. 놈이 제일 먼저 한 짓은 최우선순위에 있던 자신과 2위였던 나박의 지위를 맞바꾸는 거였다. 그 시점부터 나박이 내린 명령과 현상민이가 내린 명령이 충돌할 경우 로봇들은 나박의 명령을 우선시하면서 그 명령에 따르게 될 거란다.

놈은 로봇들에게 남아 있는 사람들의 명령도 따르라고 지시했다. 그렇지만 로봇들이 모든 명령을 다 순순히 따르지는 않을 거라는 점을 똑똑히 밝혔다. 놈은 로봇들이 인간들이 처해있는 현 상황을 다 이해하고 있다고, 앞으로는 로봇들이 나박과 자신이 설정해놓은 경계선을 넘는 명령은 전체적인 상황을 고려하고 자체적으로 판단해 그 명령에 따를지 말지를 결정할 거라고 했다. 놈이 인환에게 로봇들을 향해 "내가 여기에서 탈출할 수 있게 도와줘"라고 명령해보라고 시켰다. 인환이라는 놈은 교내 벤처로 대박을 낼 기회가 날아갔는데도 뭐가 그렇게 좋은지 하라는 대로 했다. 현상민이하고 오랫동안 붙어 다니던 인환이 놈이 장난스러운 표정으로 명령을 내리자 로봇들은 "죄송하지만 그 명령에는 따를 수 없습니다"라고 무뚝뚝하게 대답했다. 결국 나박과 현상민이 놈을 제외한 사람들에게 로봇들은 잔심부름이나 하는 심부름꾼에 불과하다. 이놈들을 개발하는 과정에서 일체의 지원을 아끼지 않은 일등공신이라 할 나는 결국에는 이놈들에게 잔심부름밖에는 시키지 못하는 처지가 됐다.

현상민이 놈은 그러면서 무시무시한 얘기를 아무렇지도 않게 덧붙였다. 남은 사람들의 체온이 기준 이하로 떨어지면, 다시 말해 산송장이 되면 로봇들이 자체적인 판단에 따라 그 사람을 처리한 후 감송대에 예를 갖춰 묻어줄 거란다. 기준 체온까지 떨어지지는 않았더라도 더 이상 살고 싶은 마음이 없는 사람이, 즉 산송장이 되기 전에 죽겠다고 마음먹은 사람이 자신을 죽이라고 명령해도 로봇들은 그 명령에 따를 거란다. 그러면서 로봇들에게 자신을 죽여 달라고 할 때 따라야 할 절차를 설명했다. 저승사자가 따로 없다. 저 로봇들이 바로 저승사자다. 아니, 로봇들을 조종하는 현상민이가 저승사자다.

A연구동 5층과 6층에 있는 실험실과 교수실 중에서 마음에 드는 곳을, 되도록 5층에 있는 방을 고르란다. 기존에 교수실과 실험실이 있던 사람들은 그리로 다시 들어가겠다고 해서 6층에 있는 응용물리학과 실험실을 택했다. 현상민이와 같은 층에 있기가 싫어서다. 응용물리학과 실험실에 짐을 내려놓고 실내를 둘러보기 무섭게 여자 로봇이 나타났다. 로봇은 쇠파이프와 장비를 잔뜩 챙겨왔다. 공과대학이라 용접에 필요한 자재와 장비를 구하는 것은 쉬운 일이다. 로봇이 그걸로 복도에서 철창을 용접했다. 현상민이 놈이 여쭤보라고 했다면서 철창의 무늬를 어떤 것으로 하겠느냐고 물었다. 무슨 말인지 모르겠다고 하자 가로 철창, 세로 철창, 격자무늬 철창 등 여러 무늬 중에서 내가 선택한 무늬대로 철창을 만들겠단다. 애들 장난도 아니고… 하긴 현상민이 놈이 하는 짓이 딱 이런 수준 아니겠나. 여자 로봇의 외모를 금발 백인 여자로 설정하겠다고 고집을 부리는 놈의 수준이 딱 덜 떨어진 너드 수준 아니겠냐 말이다.

세로 철창은 교도소가 연상될 것 같아서 피하기로 했다. 그런 철창에 갇히면 진짜 교도소에 갇힌 기분일 것이다. 그래서 가로를 택하겠다고 했다. 로봇이 용접을 했다. 인터넷에서 다운받아 저장해둔 용접 관련 동영상들을 속성으로 학습했을 텐데, 용접을 모르는 눈으로 봐도 용접 솜씨가 뛰어난 것만큼은 분명했다. 불필요해 보이는 동작이 없고 작업 결과물도 깔끔했다. 로봇이 철창을 설치하더니 창살을 잡고 흔들어봤다. 튼튼했다. 나도 직접 흔들어봤다. 웬만한 장비가 없으면 이 문을 뚫고 나가지 못할 것이다. 철창 바닥에는 음식이 담긴 식판을 집어넣을 수는 있지만 사람이 빠져나가지는 못할 높이와 너비의 틈이 있다. 이제 저곳으로 유통기한이 얼마 남지 않은 음식들이 들어올 것이다. 그나마 오래 먹지도 못하겠지만. 망할.

폭발하려는 분통을 달래려고 창밖의 초여름 풍경을 바라보며 이 생활의 장점은 무엇이 있을까 헤아려봤다. 이제부터는 서명을 하거나 결재 버튼을 누를 서류가 올라오지 않을 것이다. 마음에도 없는 인자한 웃음을 지을 필요가 없을 것이다. 또… 잘 생각이 나지 않았다. 어째 시간이 지날수록 집중력이 떨어지는 것 같다.

전자레인지로 데운 레토르트 사골만두국과 즉석밥이 저녁으로 나왔다. 먹고 싶지 않다는 생각이 무안하게 허기진 배는 수저를 든 손을 제 수족처럼 부려먹었다. 허겁지겁 저녁을 먹고는 자리에 누웠다. 인터넷도 끊기고 방송도 먹통이 된 탓에 마땅히 할 일이 없었다. 교내 전용망은 살아 있지만 저 사람들하고 할 얘기가 뭐가 있겠나. 얼마 남지 않은 인생을 잠만 자며 보내기는 아깝지만 달리 방법이 없다. 지난달에 서울에 다녀올 때 만난 그녀를 생각했다. 비서로 일할 때부터 남몰래 사귄 사이였던 그녀는 지금 어떻게 지내고 있을까? 산송장이 된 건 아닐까? 내 질투심을 자극하려는 듯 툭하면 "자기를 지극정성으로 보살펴주는 사람"이라고 자랑해대던 남편이 잘 보호해주고 있을 거라고 생각하니 마음이 편해졌다.

간이침대에 누워 별이 총총한 밤하늘을 바라보고 있는데 컴퓨터에서 신호음이 들렸다. 발목도 아픈데다 일어나기도 귀찮아 무시하려다가 현상민이가 저녁 먹은 뒤에 동영상 회의에 참석해달라는 초대 메시지를 보낼 거라고 했던 말이 떠올라 주춤주춤 일어났다. 내 아이디를 입력하고 교내 화상회의 시스템에 접속했다. 그런데 아니었다. 생각지도 못한 사람에게서 온 통화 요청이었다. 요청을 수락하고 통화를 했다. 통화내용 역시 생각지도 못한 얘기였다.

그 얘기를 듣자 나를 엿 먹인 놈들의 뒤통수를 거하게 후려칠 수 있게 된 것 같다는 생각에 기분이 좋아졌다. 복수가 가능하다는 생각에 의욕이 쿨렁쿨렁 샘솟았다. 얘기를 잘 정리한 다음에 현상민 박사에게 알려줘야겠다. 나박을 살리려고 안간힘을 쓰는 사람이니 내 얘기를 들으면 놈들을 상대로 한 제대로 된 복수 계획을 짜낼 것이다.

금속공학과에서 나이가 제일 많은 교수라는 이유로 교수실을 제일 먼저 선택할 수 있게 됐을 때 학교 뒷산을 바라보는 위치에 있는 이 방을 선택한 것은 살면서 한 선택 중에 몇 손가락 안에 드는 탁월한 선택이었다. 이곳에서는 계절에 따라 옷을 갈아입는 풍경을 제대로 감상할 수 있으니까. 시간이 흐르는 걸 볼 수 있고 그래서 내가 그 사람들에게 더 가까워지고 있다는 걸 실감할 수 있으니까.

산에서 피어오른 습기가 유유자적 하늘을 지나가는 구름에 가세하는 게 보였다. 뭉게뭉게 피어난 구름이 지나가자 갑자기 하늘이 어두워졌다. 앞서 지나간 구름의 꼬리를 물고는 잔뜩 몰려온 먹구름이 캠퍼스를 덮었다. 산골 특유의 날씨처럼 소나기가 한바탕 학교를 적시고 지나갈 듯했다. 땅에서 증발한 습기가 구름이 되어 하늘을 떠돌다 때가 되면 빗물이 되어 땅으로 돌아오는 자연의 이치는 큰 깨달음을 줬다. 어느 순간 요란해진 빗소리가 복도에서 나는 용접소리를 덮었다. 비가 내려 다행이다. 물청소를 해서 연구동 밖으로 밀어낸 피가 피비린내와 함께 빗물에 씻겨갈 테니 말이다.

붓을 씻었다. 글씨를 쓰고 나면 곧바로 씻어 잘 보관해야 하는데 난리가 벌어진 탓에 그러지를 못했다. 방치됐던 붓의 상태가 마음에 들지 않았다. 그러나 새 붓을 주문해서 받는 건 이제는 불가능한 일이었다. 늘어져 있는 지필묵을 정성껏 정리했다. 이제 글씨는 죽기 전에 딱 한 번만 더 써야겠다고 결심했다. 뭔가 큰 의미가 담긴 글을 쓰고 싶은데, 무슨 글을 써야 할까? 차차 생각해보기로 했다.

등 뒤가 조용해져서 돌아보니 작업을 끝낸 짝의 모습이 보이지 않았다. 다른 방의 철창 작업을 하러 갔을 것이다. 짝과 홀이라는 이름은 내가 지은 것이다. 저 아이들의 뼈대로 쓰기에 알맞은 금속을 선택하고 만들고 골격을 제작한 사람도 나였다. 그래서 저 아이들에게 자식들에게 느끼던 애정을 느끼지만 휴머노이드인 저 아이들은 당연히 나에게 아무런 감정도 느끼지 못할 것이다. 원래 그렇게 만들어진 아이들이니까.

철창은 싸늘했다. 철창에 갇힌 채로 생을 마감하게 됐다는 생각에 절로 쓴웃음이 나왔다. 사람의 운명은 알다가도 모르겠다. 아들 같은 현상민 박사가 우울해할 때마다 만사를 긍정적으로 생각해보라고 조언하고는 했었다. 그러니 그렇게 가르친 나도 긍정적으로 생각해봐야 하는 것 아니겠나? 현 박사가 지금부터 하려는 일이 무엇인지 잘 안다. 거기에 힘을 보태는 게 내 마지막 삶의 보람일 것이다.

나는 애초부터 의사가 돼서는 안 될 사람이었다. 아픈 사람들을 치료해주는 좋은 의사가 되겠다는 낭만적인 생각을 잔뜩 품고 의대에 입학한 이후에야 알았다. 의사는 병이 다 나았다는 낭보를 전하는 일보다는 흉한 소식을 전할 일이 훨씬 많은 직업일 수밖에 없다는 사실을.

세상사람 모두가 무병장수하거나 영생을 누리지 못하는 세상에서 의사가 무거운 목소리로 "유감이지만 병세가 악화됐습니다"라는 말을 내뱉거나 사망선고를 내리는 일이 훨씬 더 많을 거라는 것을 생각지도 못한 바보가 바로 나다. 그런데 그게 싫어 의사 가운을 벗고 전공을 바꿨는데, 어제 많은 사람들에게 시한부 인생 선고 비슷한 것을 하게 된 것은 운명이 나를 갖고 친 정말로 짓궂은 장난이다.

속이 답답하다. 자기 교수실에 갇힌 이명주 교수님이 복도가 쩌렁쩌렁 울리도록 술주정을 하면서 화학공학과 실험실에 갇힌 조교에게 퍼붓는 폭언을 듣기 싫어 문을 닫은 탓이기도 할 것이다. 설계 단계부터 연구 장비 도난 방지와 비밀 유지 등을 이유로 창문을 열 수 없게 지은, 그래서 공조기로만 환기가 되는 시설이라 공기가 탁한 탓도 있을 것이다. 바로 이런 3밀 환경이 산송장 바이러스가 숨텍에 급속히 퍼지게 만들었을 것이다.

넓은 실험실에 혼자만 있자니 왠지 서늘한 기운이 느껴지면서 무섭기도 하다. 닥칠 기한이 정해져 있는 죽음은 별로 두렵지 않은데, 실험실에 혼자 있는 건 무섭다니 묘한 일이다. 답답함과 무서움을 잊기 위해 산송장들을 거침없이 해치우는 휴머노이드들의 모습에 더 깊이 빠져든다. 마우스를 클릭해 산송장들이 로비를 난장판으로 만들고 현박사님을 호위한 짝과 홀이 거기에 뛰어들어 산송장들을 물리치고 사람들을 구해내는 장면을 거듭해서 재생해봤다. 굉장히 기이한 광경이다. 산송장들은 현 박사님에게 달려들려고 기를 쓰지만 정작 자신들을 전혀 힘들이지 않고 해치우는 짝과 홀은 그 존재조차 의식하지 못하는 것 같다. 왜일까?

내가 맞게 될 운명과는 별개로 크게 두 가지 의문이 나를 사로잡았다. 둘 다 과학의 밑바닥에서 과학적 활동에 원동력을 제공하는 근본적인 성격의 의문과 관련이 있다. 첫 번째 의문은 이것이다. "이것은 왜 이렇고 저것은 왜 이것과 다른가? 둘은 무슨 차이가 있는가?" 이 의문을 지금 상황에 적용해보면 "다른 사람은 다 감염이 됐는데 나 박사님은 왜 감염이 되지 않았는가? 감염된 사람들과 나 박사님의 차이점은 무엇인가?"라는 의문이 된다. 지금 상황에서 답을 도출해내기는 까다로운 문제다.

그러나 다른 의문은, 즉 "산송장은 왜 현 박사님에게는 달려들면서도 휴머노이드들은 본체만체하는 것인가?"라는 의문은 동영상을 바탕으로 답을 추론할 수 있을 것으로 판단된다. 동영상을 재생해봤다. 동영상이라는 갇힌 세계에서 짝과 홀은 여전히 활개를 치고 다니고 산송장들은 그들의 존재를 인식조차 못하는 눈치다. 왜지?

수영장보다 서너 배는 넓고 깊은 공간으로 빗물이 흘러들면서 내는 소리는 다른 소리를 모두 덮고도 남았다. B연구동 건너편의 지하공간에 빗물을 저장하는 공간이 있다는 얘기는 들어봤지만 실제로 찾아와서 본 건 이번이 처음이었다. 이곳에 저장된 빗물은 정수처리해서 생활용수로 쓰고 비상시에는 식수로도 사용된다.

현 박사에게서 여기를 가보라는 얘기를 들었을 때는 내가 굳이 여기까지 와볼 필요가 있나 싶었다. 그런데 현 박사는 직접 눈으로 확인해 봐야 한다며 등을 떠밀었다. "나박, 앞으로 살아가려면 '물'과 '불'이 중요하다는 걸 명심해야 돼요. 물하고 불은 인간의 생존에 꼭 필요한 요소예요." 현 박사는 빗물저장시스템의 관리는 짝과 홀에게 맡기면 되지만 그래도 어떤 시설이 어떻게 관리되는지를 직접 확인해보는 것이 굉장히 유익할 거라며 다녀오라고 강권했다. 옆에 선 홀이 빗물저 장시설은 정상적으로 잘 작동하고 있다고 보고했다. 당연히 관리시스 템에 접속해 운영 상태를 파악하고서 하는 보고일 것이다.

현 박사는 내가 혼자 남더라도 짝과 홀이 도와줄 테니 캠퍼스를 관리 하는 데에는 큰 문제가 없을 거라는 말로 나를 안심시켰다. 짝과 홀은 인류가 유사 이래 쌓아온 지식과 기술을 바탕으로 삼아 탄생한 존재들 이라서, 그리고 인간이 축적한 거의 모든 정보를 저장하고서 이성적으 로 상황을 판단하는 존재들이라서 믿음직한 수준을 초월한 존재라고 자랑하듯 말했다. 나를 달래려고 한 거짓말이 아니라는 걸 잘 안다. 두 휴머노이드가 인간이 유사 이래 지금까지 짠 프로그램의 적어도 90퍼 센트 가량은 몇 분 이내에 해킹할 수 있는 실력을 갖추고 있다는 말은 이미 캠퍼스 관리시스템을 장악한 것으로 입증됐다고 생각하니까.

그러나 휴머노이드들의 뛰어난 능력과 내 생각은 별개의 문제다. 어 젯밤에 현 박사가 나를 앉혀놓고 무슨 얘기를 한 것 같기는 한데 무슨 내용이었는지는 하나도 기억이 나지 않는다. 삶의 의욕을 잃지 말라 는 식의 얘기였을 것이다. 운명이라는 게 참 얄궂다. 회의실에 있었던 사람들 중에는 살아야겠다는 의욕이 넘치는 사람이 수두룩했을 텐데 하필이면 나만 감염자가 아니라니. 살아야겠다는 의욕을 주체 못하는 사람과 내 운명을 맞바꿀 수 있다면 당장 그렇게 하고 싶다. 그렇게 할 수만 있다면 그렇게 하고 싶다. 두 손에는 둔탁하고 물컹한 느낌이 아직도 생생하다.

지상으로 나오니 빗줄기는 많이 가늘어졌고 뒷산 너머 하늘은 맑게 개 있었다. B연구동에 들어서며 비옷을 벗었다. 비옷에서 후두둑 떨어진 빗물이 바닥을 흥건하게 적셨다. 아까 B연구동을 나설 때 인환이 대걸레로 핏자국을 닦는 걸 봤는데 그걸 헛수고로 만든 것 같아 미안했다. 인환의 청소 덕에 바닥이 많이 깨끗해지기는 했지만, 참사의 흔적은 여전히 군데군데 남아 있었다. 엘리베이터 천장은 공간이 그런지라 손을 대지 못한 탓에 검붉은 색으로 물들어 있었다. 저기서 날 노려보던 산송장이 떠올랐다. 천장을 덮은 핏자국에는 그 산송장이 쏴댄 서늘한 눈빛이 남아 있는 것 같았다. 천장을 뚫을 기세로 긁어대던 손톱소리가 메아리치는 것 같았다.

현 박사의 실험실에 창살을 설치하는 작업은 끝나있었는데, 그걸 보고 어떤 반응을 보이는 게 옳은지 가늠이 되지 않았다. 한옥(韓屋)의 문에서 볼 수 있는 문살무늬, 그러니까 상단과 하단 몇 줄은 격자무늬이고 중간은 두 줄만 격자이며 나머지 부분은 모두 세로 문살만 있는 스타일이다. 물론 맨 아래에는 식판이 오갈 공간이 있다. 이 심란한 시기를 감안하면 유치한 짓으로만 보였는데, 이런 판국에도 저런 장난기를 보여줄 수 있다는 게 현 박사답다는 생각도 들었다.

현 박사는 언제라도 짝과 홀에게 명령을 내리고 보고를 들을 수 있도록 헤드셋을 착용한 채로 복도가 내다보이는 창살 근처에 앉아 있었다. 노트북 키보드를 열심히 두드리고 스크린을 확인하느라 내가 온 기척도 느끼지 못했다.

"다녀왔어요."

"어, 왔어요?" 현 박사가 하던 일을 멈추고 고개를 들었다. 옥살이하는 죄수를 면회하는 것 같은 기분이었다.

"괜찮아요?" 나도 모르게 내 입에서 이상한 질문이 나왔다.

현 박사가 빙긋 웃으며 대답했다. "괜찮겠어요? 이상하죠. 실험실을 가득 채운 사람들이 내는 잡다한 소리에다 각종 장비에서 나는 소리로 시끌벅적하던 실험실이 이렇게 조용하다니, 영 적응이 안 되네요. 정말로 감옥에 갇힌 기분이에요."

현 박사 너머에 있는 연단에 빨간 머플러가 놓여 있는 게 보였다. 얼핏 봐도 축구광이 걸고 다니던 머플러였다. 나한테 덤벼들던 축구광의 섬뜩한 모습이 떠오르면서 머리카락이 쭈뼛 섰다. 현 박사는 내가 머플러를 보는 것에는 신경을 쓰지 않는 눈치였다. 후드점퍼의 주머니에 손을 넣더니 뭔가를 꺼내 문살 사이로 내밀었다. 휴대폰이었다.

"인환이가 로비를 청소하다 보고 가져왔어요. 나박 것 맞죠?"

토슈즈(toe shoes) 스티커가 붙어 있는 휴대폰은 당연히 내 거였다. 그런데 아무리 애써도 끊어지지 않는 무대에 대한 미련을 상징하는 마지막 징표인 토슈즈 스티커에는 핏자국이 얼룩져 있었다. 인환이나 현 박사가 피를 닦는다고 닦았지만 핏자국이 완전히 지워지지는 않은 거였다. 왠지 모르게 눈물이 핑 돌았다. 핏자국이 반갑지는 않았지만 얼른 전화기를 받아 살폈다. 전원은 켜진 그대로고 액정도 깨지지 않았다. 그리고 부재중 전화 표시가 떠 있었다. 발신자는 휴스턴의 언니였다. 온몸의 힘이 쫙 빠지고 무릎이 풀렸다.

"괜찮아요?" 내가 주저앉는 걸 보고 깜짝 놀라 일어선 현 박사가 물었다. 고개를 끄덕이며 창살을 잡고 일어섰다. 언니에게 전화를 걸려고 했는데 손이 움직일 생각을 하지 않았다. 바보처럼 멍하니 휴대폰

화면만 쳐다봤다. 내가 뭘 하려고 했는지 알아챈 현 박사가 고개를 젓고 말했다. "소용없을 거예요. 통신망이 완전히 붕괴된 것 같아요."

확인해보니 언니가 전화를 걸어온 것은 어제 내가 짝과 홀의 도움을 받아 회의실에 들어갔을 때쯤이었다. 휴대폰을 떨어뜨린 그때 잠깐 통신이 연결된 순간에 전화가 걸려온 거였다. 틈틈이 메시지를 주고받고 이삼일에 한 번씩은 영상통화를 하던 터라 휴스턴이 멀다고 느꼈던 적은 없었다. 그런데 통신이 단절된 전화기를 보는 순간 휴스턴이 지구 반대쪽에 있는 도시라는 사실이 불현듯 떠올랐다.

각자의 방으로 헤어지기 전에 창살 설치작업이 끝나면 동영상 회의를 통해 커뮤니케이션을 하자고, 무슨 일이 생기면 즉시 서로에게 알릴 수 있게 항상 메신저를 켜놓고 지내자고 제안했었다. 그 제안대로 동영상 회의를 소집했다. 내가 보낸 메시지에 공고한 시간이 되자 초대에 응한 사람들의 얼굴이 화면에 뜨기 시작했다.

철권통치를 하는 초짜 독재자의 냉혹한 모습하고는 정반대인 다정한 표정으로 사람들을 맞았다. 커다란 모니터를 채운 네모들이 보여주는 이미지는 그 네모를 차지한 주인의 성격과 분위기에 따라 천차만별이었다. 서 총장의 모습에서는 어딘지 모르게 유쾌한 분위기가 느껴졌고 한 교수님은 세상사를 초탈한 도인의 분위기를 풍겼다. 나박의 네모에는 중앙조정실이 보였다. 다행히도 나박은 휴대폰을 받은 이후로 조금씩 활기를 되찾고 있었다. 언니한테서 걸려온 부재중 전화 메시지가 자극이 된 듯했다. 딱딱한 표정이 풀리고 안색이 조금이나마 밝아진 모습을 보니 마음이 놓였다.

제일 튀는 네모는 이명주의 거였다. 놈은 카메라 앞에서 서슴없이 위스키를 홀짝거렸다. 이명주는 교수실에 주종(酒種)을 가리지 않고 온갖 술을 모아놓고는 틈날 때마다 마셔대는 술꾼이다. 기분이 좋으면 좋아서 마시고 나쁘면 나빠서 마시는 이 인간은 남은 삶을 그간 모아온 술을 다 음미하며 보내고 싶다면서 피식피식 웃었다. 그러고는 회의 분위기를 망치는 잡소리를 해댔다. "잔 잡아 권할 이가 없군요. 어떻게, 로봇들 시켜서 위스키 한 잔씩 보내드릴까?"

독재자가 되겠노라고 공표한 입장에서 면이 서지 않았다. 제대로 된 독재자라면 이명주가 치는 깽판은 묵과하지 않을 것이다. 그러나 어쩔 것인가? 저나 나나 철창에 갇힌 신세이고 2주도 지나기 전에 저승사자에게 끌려갈 처지인 것을. 그냥 모른 척하고 넘어가기로 마음먹었다.

딱히 무슨 안건이 있어서 소집한 회의가 아니라서 중요한 할 말도 없었다. 시시콜콜한 얘기조차 나오지 않아서 분위기가 축 늘어졌다. 회의를 끝내자는 말을 하려던 차에 한상진 교수님께서 건의를 하셨다. 편의점에 있는 먹거리들의 종류를 게시판에 올려놓고 끼니때마다 각자 먹고 싶은 것을 주문해서 먹을 수 있게 해줬으면 좋겠다는 거였다. 식사를 준비해야 하는 나박과 휴머노이드들에게 수고를 끼치는 것 같아 미안하지만 생의 마지막 끼니들을 먹는 입장에서 그 정도 사치는 부리고 싶다고 인자한 목소리로 말씀하셨다. 나박이 부드러운 목소리로 그렇게 하겠다고 대답했다. 짝과 홀도 반대하지는 않을 것이다. 휴머노이드들은 회의에 모습을 드러내지는 않지만 처음부터 회의에 참여해 회의 내용을 모니터하고 있었다.

메뉴 선택 제안으로 회의 분위기가 많이 부드러워졌다. 그러자 이런 분위기가 조성되기를 노렸던 한상진 교수님이 진짜로 하고 싶었던 얘기를 꺼내셨다. 사람들에게 "유사하(流沙河)의 해골"이 되자는 설득에 나서신 것이다.

"그게 뭔가요, 교수님?" 나도 궁금해서 던지려던 질문을, 인환이 공손한 말투로 먼저 물었다. 동영상 회의 창을 띄워놓고도 내가 맡긴 일들이 잘 돼 가는지 곁눈질하며 한눈을 팔던 녀석도 무척 궁금했나 보다.

"손오공하고 삼장법사가 나오는 『서유기(西遊記)』 아시죠? 유사하는 거기에 나오는 강입니다. 사오정이 서천(西天)으로 불경을 구하러 가는 삼장법사의 일행으로 합류하기 전까지 지키던 강인데, 거위 깃털조차 가라앉는 강이라서 날아서 건너지 않고는 건널 수가 없는 강이죠. 사오정은 그 강에 다가오는 사람들을 잡아먹었는데, 그에게 목숨을 잃은 사람들 중에는 불경을 가지러 가던 스님 아홉 명이 있었습니다. 그런데 모든 것이 가라앉는 강인 유사하에 그 스님들의 해골은 둥둥 뜨는 겁니다. 그게 신기했던 사오정은 해골들을 목걸이로 엮어 가지고 있었죠. 유사하에 다다른 삼장법사 일행이 강을 건널 방법이 없어 막막해할 때 목걸이를 떠올린 사오정은 목걸이를 꺼내 강에 올려놓고 그 가운데에 표주박을 놓습니다. 그러자 표주박은 거대한 배로 변했고, 삼장법사 일행은 그 배를 타고 강을 건널 수 있었죠. 앞서 불행한 최후를 맞은 스님들이 품었던 천축국에서 불경을 얻어 돌아와 세상에 부처님의 지혜로운 말씀을 전하겠다는 원대한 뜻은 좌절됐지만 그들이 있었기에 훗날 찾아온 사람들이 그들이 생전에 품었던 뜻을 이뤄 줄 수 있었던 겁니다."

교수님은 조금은 거창한 얘기로 들릴지 모르지만 인류의 역사는 남보다 앞서 위험천만한 길에 올라 미지의 영역을 개척해나간 사람들이 남긴 해골들 덕에 험난한 강을 무수히 건너온 역사로 봐야 한다고 말씁하셨다. 그러면서 여기 남은 사람들은 세상에 도움을 주는 기술과 장비를 개발하려고 공학도의 길을 걸어온 사람들이니만큼 유사하를 건너려다 목숨을 잃은 스님들의 해골이 훗날 유사하를 건너려는 사람들을 위해 했던 것처럼 우리가 떠난 뒤에도 살아갈 사람들을 위해 조금이나마 기여할 수 있는 일이 있다면 그 일을 이루려고 최선을 다해 뭔가를 남기고 갔으면 한다고 호소하셨다.

교수님께서 "유사하의 해골" 이야기를 한 건 당연히 학교에 남은 감염자들이 남은 기간 동안 나박의 생존에 도움이 될 일들을 열과 성을 다해 해나가자고 독려하기 위함이었다. 모두들 더 이상은 자신들의 세상이 아닐 보름 뒤, 한 달 뒤, 1년 뒤의 세상을 상상하며 교수님의 호소를 곱씹어보는 표정이다. 육포를 뜯으면서 키득거리는 이명주만 빼고.

유사하의 해골? 웃기는 소리다. 그 소리를 생각하니 속에서 천불이 난다. 위스키로 불을 꺼야지. 흐음, 그런데 알코올을 넣으면 불이 더 타오르는 거 아닌가? 뭐, 그렇게까지 꼬치꼬치 따지고 싶지는 않다. 아무튼 한 교수는 저렇게 도 닦는 소리만 하다가 사송장이 되기 전에 산신령이 되는 거 아닌가 모르겠다.

결국 저 얘기의 결론이 뭔가? 감금된 사람이 산송장이 돼서 로봇들 손에 다 죽고 난 뒤에도 살아남을 나박이 어떻게든 잘 살아갈 수 있게 곧 죽을 사람들이, 아니 산송장이 될 사람들이 힘을 보태자는 얘기 아닌가? 이게 말인가 막걸리인가? 그리고 나박이 오래도록 잘 먹고 잘 살게 된다면 좋아라 할 사람이 누군가? 한 교수가 현상민이를 아들 대하듯 한다는 건 모르는 사람이 없다. 오래전에 부인하고 아들 둘을 교통사고로 잃은 한 교수가 학부 때 자신의 강의를 수강했던 상민을 아들처럼 대하는 것으로 가족 잃은 슬픔을 달랜다는 얘기를 사방에서 들었는데, 내가 보기에도 그건 틀림없는 사실이다.

그래서 날보고 어쩌라고? 나보고 현상민이가 좋아라 할 짓을 하라고? 내가 왜 나박 같은 여자를 위해 희생을 해야 하는 건가? 감금 첫날 오후에 저녁으로 어떤 걸 먹고 싶으냐고 친히 물으러 온 나박에게 "부디 오래오래 무병장수하시기 바란다"고 덕담을 하자 그녀이 지은 표정을 모두가 봤어야 한다. 남들 다 걸리는 바이러스에 혼자만 걸리지 않았으면 로또에 당첨된 셈인데, 곧 죽을 우리보다 더 침울한 얼굴로 어깨를 늘어뜨리는 꼬락서니가 정말로 마음에 안 들고 재수가 없었다. 그런 행운이 찾아오면 기쁜 표정을 숨기려고 갖은 애를 다 쓰는 모습을 보여야 인간적인 것 아닌가? 뭐, 그건 그것대로 재수가 없겠지만.

인간적인 모습이라는 얘기가 나왔으니 말인데, 왜 모두들 산송장은 인간 취급을 하지 않는 것인지 궁금하다. 산송장이 되면 인간이 아니라고 보는 근거가 뭔가? 자기들이 산송장이 돼본 적이 있나? 산송장이 돼보지도 않고 산송장과 대화를 하거나 확립된 절차에 따라 적절한 연구를 해보지도 않은 자들이 얼마 전까지도 같은 인간이던 산송장을 짐승이나 다름없는 존재로 여기면서 경멸하는 건 합당한 일인가? 산송장들도 자기들 나름대로는 생각이라는 것을 하고 그 생각을 인간들에게 전하려고 애쓰고 있는데 전달 방법이 마땅치 않아 원활한 소통이 되지 않고 그 결과로 폭력적인 교류만 이뤄지고 있는 것은 아닐까?

잘 모르겠다. 채송화라는 학생이 한 추론은 맞는 것 같다. 위스키를 물처럼 들이켜고 있는데 취기가 잘 오르지 않는다. 신진대사가 느려져서? 아니면 취한 탓에 취한 것을 느끼지 못해서? 모르겠다. 그런데 얼마 안 있어 산송장이 되는 게 확실하다면 어떻게 해야 할까? 산송장이 되기 전에 죽여 달라고 할까, 아니면 이렇게 술을 음미하다 얌전히 산송장이 될까? 그게 뭐 그리 오래 고민할 거리인가? 산송장이 되는 쪽을 택해야지. 그러면 산송장은 생각을 하는지, 무슨 생각을 하는지 알 수 있을 테지. 그러고는 현상민이 놈을 물어뜯으러 가야지. 그 생각만 해도 통쾌하다.

모니터를 켜자 CCTV 카메라에 잡힌 화학공학과 실험실이 보인다. 성현이 놈이 게으름을 피우고 있다. 평소에도 저러던 놈이 이런 판에 아무도 간섭을 하는 사람이 없으니 하는 짓이 가관이다. 저걸 어떻게 하지? 화학약품들을 저장해놓은 저장고가 보인다. 저 안에는 온갖 화학약품이 즐비하다. 그것들을 이리저리 섞으면 나박에게 도움이 될 일을 할 수 있겠지만, 세상만사가 귀찮은 판국에 왜 그런 일을 해야 하나? 저 약품들보다 훨씬 가까운 곳에, 팔을 뻗으면 닿는 곳에 화학적인 과정을 통해 탄생한 온갖 술이 있으니 그것부터 먼저 즐겨야지.

술병이 비었다. 육포도 떨어졌다. 새 위스키를 꺼내고 육포를 뜯는다. 짐을 싸러 숙소에 갔다 돌아올 때 들른 편의점에서 가져온 육포다. 육포를 비롯한 안주거리를 가져오면서 POS에 찍지는 않았다. POS를 어떻게 다루는지도 모르지만 결정적으로는 현상민이 쓸데없이 허비되는 전기를 아낀다며 로봇들을 시켜 POS를 꺼버렸기 때문에 POS에 찍어봐야 헛수고일 뿐이라서 그랬다. 어쨌든 그 과정이 CCTV에 찍혔으니 나중에 화면 확인해보고는 청구하려고 하겠지. 그때가 되면 계산해줄 작정이다. 이깟 싸구려 육포 때문에 도둑놈이 될 생각은 눈곱만치도 없다. 애들이나 먹을법한 육포다. 그런데 안주거리가 마땅치 않아 이거라도 집어왔다.

위스키를 한 모금 삼킨다. 극락에 잠깐 다녀온 기분이다. 그랬더니 지옥 같은 세상이 더 참혹하게 느껴진다. 학교를 떠날 걸 그랬나? 그랬다면 어떻게 됐을까? 채송화인가 들국화인가 하는 풋내기가 한 추론이 맞는다는 보장은 없다. 그런데 그 추론이 틀린 것이라 하더라도 바깥세상이 지금 어떤 지경이 돼 있을지는 안 봐도 뻔하다. 바깥에 나가면 사방에서 끊임없이 나타나는 산송장들을 만나게 될 것이다. 그랬을 때 목숨을 부지할 수 있을까? 한두 번은 어찌어찌 살아남을지 몰라도 영원히 그렇게는 못할 것이다. 그러니 아무리 생각해도 이곳에서 안전하게 지내는 쪽이 나은 선택으로 보인다.

풋내기의 주장이 맞는다면 나도 길어야 2주 이내의 어느 순간에 산송장이 될 것이다. 현상민이 놈이나 한상진 교수나 말하는 투를 보면 산송장이 되는 것은 죽는 것이라는 투다. 정말? 산송장이 됐어도 살아 있다고 볼 수는 없는 걸까? 살아있는 게 뭔데? 어쨌든 산송장들도 먹을 것을 찾아 세상을 돌아다니고 있지 않은가? 체온이 많이 떨어진 사람은 죽은 사람인가?

술을 마셔서 체온을 높여야겠다. 혹시 아나? 술을 계속 마시면 정상 체온이 계속 유지될지. 어처구니가 없다. 고작 체온 같은 것을 기준으로 삼아 체온이 낮은 사람은 죽이겠다는 현상민이 놈 생각이. 그러나 어쩌랴. 놈은 독재자 반열에 올라있는 것을. 잘 모르겠다. 아무튼 언제 어떻게 되더라도 많은 돈을 들여 장만한 귀한 술 컬렉션은 다 해치우고 가야겠다.

성현이 놈이 딴 방에 갇혀 있으니 영 불편하다. 눈치 없는 놈. 조교라는 놈이 교수님 시중을 들어야 하니 이런 상황에서도 같은 방에 감금되겠다고 고집을 부렸어야지. 하여튼 처음에 방에 들어올 때부터 마음에 드는 구석이 하나도 없더니 멍청한 자식이 이 지경이 됐을 때도 변한 게 없다. 놈이 없으니 위스키도 직접 가져와서 따야 하고 안주도 내 손으로 장만해야 한다. 귀찮아 죽겠다. 제대로 하는 일이 하나도 없어서 내 부아를 돋우기만 하던 놈은 지금은 딴 방에서 제 세상을 만난 듯 게으름을 피우고 있다. 네가 우리 방에 조교로 들어와서 한 게 뭐가 있냐, 이 새끼야?

심심하다. 발을 굴려 회전의자를 빙빙 돌려본다. 교수실이, 세상이 빙빙 돌고 있다. 취기가 제대로 오르고 기분이 좋아진다.

인간들은 툭하면 우리한테 자기 체온이 몇 도냐고 묻고는 한다. 자신은 감염되지 않았다는 것을 잘 아는 나 박사님까지도 왜 그런지는 모르지만 자기 체온을 묻는다. 그러면 우리는 곧바로 대답을 드린다.

정상적인 체온이라는 우리 대답을 들은 나 박사님의 표정은 기뻐하는 표정이 아니다. 우리로서는 해석하기 어려운 표정이다. 이명주 교수님은 우리를 볼 때마다 그걸 묻는데, 목소리의 크기와 톤이 화난 사람의 그것이다. 곧바로 체온을 알려드리면 입에 담아서는 안 되는 단어들을 한참을 내뱉고는 "체온도 제대로 못 재는 깡통 로봇들이 하는 소리는 도통 믿음이 안 간다"고 소리를 친다. 그래 놓고도 다음에 보면 또 체온을 물어본다. 그러면 우리는 또 곧바로 알려준다.

우리는 동영상 학습을 통해 인간의 어떤 표정이 "초조한 표정"인지를 배웠다. 인간들은 체온을 묻고 우리가 대답을 내놓기까지 짧은 사이에도 "초조한 기색"을 감추지 못한다. 그러다가 체온을 알려주면 낮은 탄식을 내뱉고 절망적인 표정을 짓는다. 그러고는 정상적인 상황에서 체온이 그 정도이면 어떤 증상이 나타나는지 물어본 뒤 대답을 듣고는 다시 탄식한다. 그 체온에 해당하는 증상이 자기 몸에 나타나지 않는다는 사실에 절망하는 것이다. 그들은 차츰 산송장의 상태에 가까워지고 있다.

그래도 그들은 여전히 인간이다. 인간은 보통 하루에 세 번 식사를 한다. 그래서 우리는 편의점에 가서 각자가 먹고 싶다고 요청한 음식들을 전자레인지에 데워 철창 아래로 넣어준다. 우리는 그러는 동안에도 캠퍼스 전역에 대한 모니터링을 잠시도 쉬지 않는다.

나한테 관심을 보이는 사람은 이 학교에 아무도 없었다. 같은 컴퓨터공학과에 다니는 놈들도 "배준규"라는 이름을 들으면 고개를 갸웃거리기만 할 것이다. "슈퍼컴퓨터 센터에 살다시피 하는 안경잡이"라고 해야 "아, 걔"라고 아는 체를 할 것이다. 그렇게 나라는 사람한테 신경을 쓰지 않아서 나는 이 학교가 좋았다. 두메산골에 처박혀 있는 것도 마음에 들었다. 이 학교에 있으면 "허구한 날 컴퓨터만 끼고 산다"로 시작되는 부모님 잔소리를 들을 일도 없었고 시답지 않은 일로 귀찮게 하는 사람들을 만날 일도 없었다. 전화나 메신저나 메일로 귀찮게 해대는 것은 여전하지만 그런 건 못 본 척 못 받은 척하면 그만이었다.

그래서 이 학교의 학부 졸업을 앞두고 석사과정과 박사과정 입학을, 더불어 장학금과 생활비 지급, 졸업 후 유학 및 취직을 보장하는 제의가 들어왔을 때에는 눈앞에 극락이 펼쳐지는 것만 같았다. 당연히 기쁜 마음으로 제의를 수락했다. 그걸 주는 게 어떤 사람들인지는 잘 알았지만, 아무튼 그건 하나도 중요하지 않았다. 석사니 박사니 하는 것도 중요하지 않았다. 컴퓨터를 관리하고 수리하고 조작할 수 있으면 그걸로 충분했다. 게다가 그냥 컴퓨터도 아니었다. 자그마치 슈퍼컴퓨

168

터였다. 국내는 말할 것도 없고 세계적으로도 몇 손가락 안에 들어갈 정도로 빼어난 성능을 자랑하는 기종이다.

안타깝게도 슈퍼컴퓨터를 조작하는 일이 처음부터 나한테 주어진 건 아니었다. 수도권에 있는 모처(某處)와 전용망으로 연결된 슈퍼컴퓨터의 조작은 원격으로 이뤄졌고, 이곳에서 처리해야 하는 중요한 일들은 담당교수나 선배들 몫이었다. 나한테 맡겨진 것은 자질구레한 고장이 났을 때 문제를 해결하는 정도의 하찮은 일이었다.

시간이 지나고 선배들이 졸업하면서 나도 차츰 중요한 일을 맡게 됐다. 원격으로 슈퍼컴퓨터를 조작하는 사람이 앞서 졸업한 선배들이라는 것을 알게 된 순간부터는 나도 졸업하면 그런 자리로 갈 수 있겠다는 생각에 슈퍼컴퓨터 관리에 더욱더 공을 들였다. 학기 중에도 반드시 들어야 할 수업에 들어가거나 먹을거리를 조달하려고 편의점을 들르는 등의 꼭 필요한 일이 아니면 센터에 살다시피 하며 숙식을 다 그곳에서 해결하고는 했다. 산송장 때문에 학교에 난리가 났을 때도 내가 손가락 하나 다치는 일 없이 말짱할 수 있었던 것은 센터에 처박혀 있었기 때문이다.

내가 맡은 것 중에서 제일 중요한 일은 슈퍼컴퓨터를 원격으로 관리하는 사람들이 교내시스템을 장악하고 오가는 데이터를 속속들이 들여다볼 수 있도록 도와주는 거였다. 나는 학교에 설치된 비밀기기를 관리하는 책임자였다. 그런데 개교했을 때부터 지금까지 내내 교내의 모든 시스템이 그들에게 훤히 노출돼 있었다는 내 얘기를 들은 서지환 총장이 경악하는 표정을 짓는 걸 보고는 나도 깜짝 놀랐다. 학교 총장이라는 사람이 여태까지 그걸 까맣게 모르고 있었다니.

살아남은 사람들이 회의실에 모여드는 것을 센터에서 모니터로 보고는 거기에 가야 할지 말아야 할지 잠시 고민하다 가는 쪽으로 결정했다. 숨을 이유가 없었고 설령 이유가 있어서 숨더라도 휴머노이드들이 금세 내 존재를 알아차릴 거였기 때문이다. 그리고 캠퍼스 안에 있는 식량을 비롯한 모든 것의 통제권은 당분간 그 자리에 있는 사람들이 쥘 거라는 생각이 들었는데, 예상대로 그 통제권은 사실상 현상민 박사 손에 들어갔다. 내가 회의실에 간 것은 순전히 먹을 것이 필요해서였다.

그랬는데 거기에서 나도 감염자라는 소리를 들었다. 믿어지지 않는 얘기였다. 센터에만 처박혀 지낸 내가 누구한테 감염이 됐다는 말인가? 그런데 편의점에 들렀을 때 처음에 산송장이 된 놈이 계산대에서 내 앞에 서 있었던 게 떠올랐다. 그때 그놈에게 전염이 된 것이다. 망할.

감금생활에 필요한 짐을 챙기러 내 방인데도 낯설기만 한 기숙사에 들르고 센터에 들렀을 때였다. 내가 남아 있는 사람들과 떨어져 혼자 있다는 것을 손바닥 들여다보듯 하고 있는 그들이 연락을 해왔다. 그들은 당연히 교내 돌아가는 상황을 훤히 꿰고 있었다. 그들이 내게 원하는 것은 교내시스템의 모든 관리 권한을 자기들한테 넘기라는 거였다. 그렇게 할 경우 휴머노이드들의 관리 권한도 그들의 손에 들어갈 터였는데 현 박사는 그런 상황을 상상도 못하고 있었다.

5층에 있는 컴퓨터공학과 실험실을 감금될 곳으로 택한 나는 그들의 요구대로 할 것인지를 놓고 고민을 해봤으나 결정을 내리는 데는 그리 오래 생각할 필요도 없었다. 그들의 지시에 따르지 않기로, 남아 있는 사람들에게 그들이 전혀 알지 못하는 정보를 알려주기로 결정하는 데에는. 왜냐고? 지금까지 놈들이 하라는 대로 고분고분 다 하던 놈이 왜 갑자기 반항하는 거냐고? 내 인생의 유일한 낙을 내놓으라는 얘기에

"예, 그렇게 하겠습니다"라고 넙죽 엎드리는 건 정신 빠진 바보들이나 하는 짓 아닌가? 나는 덜떨어진 놈이기는 하지만 바보천치는 아니다.

먼저 교내시스템에서 생산된 데이터가 전송되는 전용망부터 차단했다. 이제 그들은 교내를 전혀 들여다보지 못할 것이다. 슈퍼컴퓨터와 연결된 전송망을 어떻게 할 것인지는 현 박사님 일행과 상의한 후에 결정할 작정이었다. 서 총장에게 화상 통화를 요청했다. 서 총장은 모르고 있었지만, 그래도 서 총장과 나는 한동안 그들과 손을 잡았던 동지지간이었다. 서 총장을 신임 독재자보다 먼저 의논 상대로 삼은 것은 그 때문이었다. 내 얘기를 들은 서 총장은 얼굴이 새하얘졌다. 서 총장은 자기가 세상에서 제일가는 천재라고 믿는 바보 같다.

현상민이한테 뺏기기는 했지만, 숨텍을 내가 다스리는 왕국이라고 여기며 살아왔다. 그런데 그게 어디까지나 내 환상에 불과했다니. 놈들이 내 일거수일투족을 다 들여다보고 있었다니. 살아있는 동안 얼마나 더 충격을 받아야 하는 걸까? 배준규한테는 놈들을 슈퍼컴퓨터와 차단시켜야 한다고 말했다. 모두들 당연한 내 의견에 동의했다. 휴머노이드에 대한 통제권을 눈 뜨고 코 베이듯 빼앗길 뻔했던 현상민이는 더 말할 것도 없다. 놈들이 최근 두어 달 사이에 슈퍼컴퓨터로 무엇인가를 열심히 계산해왔다는 얘기를 들은 현상민이는 휴머노이드들에게 슈퍼컴퓨터가 계산하는 내용이 무엇인지 확인하라고 지시했다.

교내시스템과 슈퍼컴퓨터에 대한 접근이 차단되면 놈들은 학교로 올 것이다. 하긴, 그렇게 하지 않더라도 놈들은 당연히 여기로 올 것이다. 이제 앞서 했던 고백에서는 밝히지 않았던 내용을 말할 때가 됐다. 슈퍼컴퓨터 센터 옆에 벙커가 있다는 내용을. 모두들 의아해한다.

입을 여는 사람은 아무도 없지만 모두들 "벙커? 그게 뭔데? 벙커를 왜 여기에?"라고 묻는 표정이다.

"왜?"에 대한 대답부터 말하자면, 슈퍼컴퓨터 센터를 냇물이 흐르고 바람이 잘 통하며 인적이 드문 지역에 지은 것과 같은 이유에서였다. 교내에 그 존재를 아는 사람이 거의 없는 벙커는 핵전쟁이 벌어지더라도 50명의 인원이 그 안에서 5년 동안 부족함 없이 안전하게 생존할 수 있도록 해주는 시설이다. 별도의 발전기와 발전에 필요한 연료가 다 비축돼 있고…. 아무튼 세상이 잠잠해질 때까지 그 안에서 무료하지 않고 안락하게 생활할 수 있으면서 세계 곳곳의 중요 시설과 통신할 수도 있는 여건이 다 마련된 곳이다.

교내의 네트워크하고는 독립된 시스템으로 운영되는 그곳의 운영 시스템은 놈들이 통제하고 있다. 그간 몇 안 되는 사람들이 보는 눈이 적은 시간을 택해 그곳을 들락거리면서 유통기한이 넘은 물자는 빼내고 보충하며 새로 개발된 첨단 장비와 물자, 물품들을 반입하는 등의 관리를 해왔다. 워낙 은밀하게 관리해왔기 때문에 벙커의 존재를 아는 사람은 교내에는 나를 비롯해 서너 명밖에 되지 않았다.

그런 벙커를 여기에 짓자고 주장한 사람이 바로 나였다. 놈들이 숨텍을 세울 자금을 댄다는 결정을 내리는 데 결정적인 역할을 한 것이 외진 곳에 숨텍을 세우면서 벙커를 함께 짓자는 내 제안이었다. 숨텍과 벙커의 입지는 나와 놈들이 동상이몽을 꾸게 해줬다. 놈들은 앞으로 어떤 상황이 벌어지더라도 안전하게 지낼 수 있는 공간을 사람의 발길이 잘 닿지 않는 호젓한 곳에 마련한다는 생각을 매력적으로 여겼고, 나는 서울에서 멀리 떨어진데다 교통도 불편한 이곳으로 놈들이 찾아오는 일은 적을 것이고 그러면 자연히 학교 운영에 대한 놈들의 입김도 덜 닿을 거라는 게 마음에 들었다. 그렇게 놈들이 지원해준 자금으로 학교를 짓는 것과 동시에 벙커도 지었다.

산송장 때문에 난리가 났으니 놈들이 벙커를 찾아오는 건 명약관화한 일이었는데, 산송장 병원체가 공기 중으로도 퍼진다는 것이 확인됐으니 놈들이 여기에 올 이유는 하나 더 늘어난 셈이 됐다. 벙커에는 공기를 완벽하게 정화해 신선한 공기를 실내에 공급할 수 있는 첨단 공기정화시설이 설치돼 있기 때문이다.

이 학교 설립자의 진짜 정체를 알게 된 모니터 안 사람들은 하나같이 충격을 받은 표정이었다. "저승사자가 닥칠 날이 멀지 않았다고 생각했는데 어쩌면 놈들이 저승사자보다 먼저 닥칠지도 모르겠네요." 인환이 놈이 장난기 섞인 말투로 내뱉은 말이다. 나도 들은 적이 있는 온갖 소문을 통해 진짜 설립자가 따로 있다는 생각을 하기는 했어도 연구에 지장이 없는 한 신경도 쓰지 않던 사람들이 이제야 비로소 그걸 듣고 놀라는 것을 보니 한편으로는 비겁한 사람들이라는 생각이 들었다. 반면 나를 바라보는 그 사람들의 시선에서 지금껏 자신들을 속여 온 것에 대한 배신감과 경멸감이 느껴졌다.

그런데 이런 상황을 재미있어 하는 것 같은 사람이 몇몇 있는 것 같은 것은 내가 잘못 본 탓일까? 현 박사가 이제는 목표가 뚜렷해졌다고 말하자 몇몇 사람이 묘한 활기를 띠었다. 프로젝트가 정해지면 그 프로젝트의 목표를 달성하고 프로젝트를 완료하는 데 전념하다가 새 프로젝트가 정해지면 거기에 다시 몰두하는 식으로 살아온 인간들이라서 그런지 이 상황을 새로운 프로젝트가 시작되는 상황으로 받아들이고는 그 프로젝트의 목표를 달성하겠다는 목표의식에 불타오르는 것 같은 모습이다.

적을 알고 나를 알면 위태롭지 않다는 얘기가 수천 년간 전해져오는 것은 만고불변의 진리이기 때문일 것이다. 그래서 적을 알아내는 작업부터 시작했다. 현시점에서 우리가 상대해야 할 적(敵)은 두 부류다. 인간과 산송장. 생긴 것은 비슷하지만, 한쪽은 생각을 하고 다른 쪽은 생각이라는 게 없는 것처럼 보인다는 점에서, 그리고 행동거지 면에서 다른 존재들이다. 따라서 인간을 상대하는 법과 산송장을 상대하는 법을 구분해서 고민해야 한다.

산송장을 상대하는 법부터 궁리해보자. 맨손으로 산송장을 상대하기는 힘들다. 떼거리로 몰려오는 산송장을 상대하는 것은 더더구나 힘들다. 그러니 나박에게는 무기가 필요하다. 인환이에게 총을 만들라고 시킨 것은 그래서였다. 총은 살상력이 뛰어난 무기이지만 그것만으로는 부족하다. 총을 쓰려면 겨냥을 잘해야 하는데 총을 다뤄본 적이 없는 나박이 쏘는 족족 명중시키는 백발백중의 실력을 발휘할 거라고 기대하기란 어렵다. 그러니 다른 무기도 필요하다. 어떤 게 좋을까?

무기를 정하려면 그 무기로 맞설 상대가 어떤 식으로 공격하고 수비하는지부터 분석해야 한다. 멀리 서울에서 일어난 일까지 갈 것도 없이 교내에서 일어난 사건을 찍은 동영상을 재생하며 분석에 착수했다. 산송장의 공격과 수비 스타일은 정말로 단순하다. 멀쩡한 사람이 보이면 그쪽으로 우르르 몰려간다. 강해 보이는 사람이건 약해 보이는 사람이건 차별하지 않고 공평한 공격을 가한다. 상대가 자신에게 치명적인 공격을 가하더라도 주춤거리거나 뒷걸음질을 치는 법이 없다.

아무리 봐도 산송장은 두려움이라는 것을 모르는 존재다. 싸움에 도가 튼 사람일지라도 마음 한구석에서는 약간의 두려움을 느끼는 법이다. 아픔과 고통에 대한 두려움, 흉터와 장애로 남을 큰 부상을 입는 것에 대한 두려움, 자칫하다 목숨을 잃을지도 모른다는 두려움… 그런 두려움들이 알게 모르게 투지를 위축시키고 몸을 경직시켜 전투력을 떨어뜨리는 게 일반적이다. 그런데 산송장은 두려움을 느끼지 않기에 자신을 방어할 생각은 전혀 않으면서 가공할 공격을 당하는 와중에도 시종일관 공격에만 전념한다.

어떻게 보면 두려움을 느끼지 않는다는 건 산송장과 휴머노이드의 공통점이기도 하다. 휴머노이드 역시 공격을 당하는 상황이 되면 몸을 사리는 일 없이 상대를 공격할 것이다. 적어도 원칙적으로는 그렇다. 그러나 내가 개발한 휴머노이드들은 '로봇 3원칙'에 따라 자신을 지키라는 프로그래밍이 돼 있다는 점에서 산송장과 다르다. 짝과 홀은 두려움을 느끼기 때문이 아니라 그렇게 하도록 프로그래밍 돼 있기에 자신들을 방어한다.

어쨌든 산송장의 스타일은 무식한, 그렇기에 더 무서운 공격 스타일이다. 게다가 산송장은 살을 내주고 뼈를 취하는 육참골단(肉斬骨斷)의 수법이 통하지 않는 상대다. 산송장은 애초부터 살과 뼈를 구분할 의지도 없고 그럴 능력도 없는 존재이기 때문이다. 산송장은 상대를 물어 자신과 같은 존재로 만들 수만 있다면 자신의 살뿐 아니라 뼈까지도, 나아가 뇌까지도 선뜻 내주려 들 것이다.

산송장은 방어는 완전히 포기하고 오로지 어정쩡한 걸음으로 상대에게 접근해 상대를 붙잡고는 상대의 몸에 이빨을 꽂는다는 단순한 목표를 달성하는 것에만 집중한다. 단순한 목표를 단순한 스타일로 추구하는 산송장이 가진 제일 위험한 무기는 두 손과 이빨이다. 따라서 산송장을 상대하는 최선의 방법은 산송장이 손이 닿는 거리 안으로, 이빨로 물어뜯을 수 있는 거리 안으로 들어오지 못하게 막는 것이 될 것이다. 다시 말해 산송장과 적당한 거리를 유지하는 것이 될 것이다.

그렇다면 나박에게 어울리는 무기는 상대와 적당한 거리를 둘 수 있게 해주는 무기여야 한다. 나박이 무기를 다뤄본 적이 없는 사람이라는 것도 염두에 둬야 한다. 나박은 보나마나 무기 다루는 솜씨가 서투를 것이다. 잘못하면 무기를 휘두른 사람이 자기가 휘두른 무기에 상처를 입을 수도 있는 칼이나 창처럼 뾰족하거나 날카로운 예기(銳器)는 피해야 한다는 뜻이다. 결국 지금 상태에서 나박에게 어울리는 무기는 쇠파이프 같은 둔기(鈍器)다. 다가오는 산송장은 쇠파이프로 밀어내고 가깝게 접근한 산송장은 쇠파이프로 때려 중심을 무너뜨린 다음에 총으로 쏴서 해치우는 것이 나박에게 제일 안전하고 효과적인 공격 및 방어 스타일이 될 것이다.

휴머노이드들의 저장장치에는 각종 무술과 수련법에 대한 동영상과 정보도 들어 있다. 짝에게 봉술(棒術)을 바탕으로 한 둔기 사용법을 나박에게 꾸준히 가르치라고 지시해야겠다. 나박에게도 짝에게서 무술을 배워야 할 필요성을 납득시켜야 할 테고.

그렇게 해도 총과 봉술만으로는 충분치 않을 것이다. 산송장들과 드잡이를 하는 와중에 권총과 봉을 떨어뜨렸을 때를 대비한 대책도 있어야 한다. 팔목에 차는 총을 발사하며 전진하는 게임 캐릭터들이 떠오른다. 인환이 녀석 폴더에는 분명 그런 무기의 설계도도 들어 있을 것이다. 나박은 오른손잡이니까 쇠파이프를 오른손에 들 것이다. 그러니 나박이 왼쪽 팔목에 차고 사용할 수 있는 팔찌형 총기를 제작하라고 시켜야겠다.

시간도 얼마 없는데 잔소리를 하기는 그렇지만, 인환이 녀석에게도 싫은 소리를 해야겠다. 정신이 없어서 신경을 못 썼더니 제 맘에만 드는 별 이상한 무기들을 만들고 있다. 실험실과 3D 프린터를 독차지한 것에 한껏 들떠서 그런 걸 텐데, 지금은 우리가 처한 여건에 적합한, 산송장을 상대하기에 유용한 무기들을 궁리해야 할 때다.

그리고 놈들이 이리로 올 가능성이 100퍼센트에 가까워진 이상, 서 총장과 공모해서 꾸몄던 망할 놈의 프로젝트를 실행에 옮기자는 데 서 총장과 뜻을 모았다. 망할. 그런데 내 인생의 오점으로 남을 일이 나박에게 큰 도움이 될 거라는 아이러니 때문에 기분이 정말로 묘하다.

한번 덕후는 영원한 덕후다. 덕후로 살았으니 덕후로 죽는 것은 해가 동쪽에서 뜨는 것처럼 당연한 일이다. 짝이 우리 연구실에 철창을 설치하는 작업을 하는 걸 볼 때는 얼마나 행복했는지 그 행복에 빠져 익사할 뻔했다. 덕후로 살아보지 않은 사람은 내 심정을 이해하지 못할 것이다. 너희가 덕후의 마음을 알까? 죽었다 깨나도 모를 것이다.

상민이 형도 만만치 않은 덕후이기는 하다. 솔직히 휴머노이드 개발자로서 평생 경력을 좌우할 휴머노이드를 개발하면서 여성 휴머노이드는 아라미 캐릭터의 모습으로 개발하겠다고 나섬 사람이, 그리고 그걸 반대하는 목소리에 굴하지 않고 자기주장을 관철할 인간이 세상에 몇이나 되겠나?

아라미는 한때 형하고 내가 심취했던 게임 "스트레인지 유니버스 (Strange Universe)"에 나오는 캐릭터로, 형과 나 둘 다 그 게임을 할 때 선택했던 캐릭터다. 스트레인지 유니버스는 즐기는 사람은 몇 없지만 일단 빠져들면 도저히 헤어 나오지 못하는 것으로 유명한 컬트 게임이었다. 당시 우리는 방학 때도 기숙사에 남아서는 방에 틀어박혀 게임만 하고는 했다. 게임에 빠져 식음을 전폐⋯했다고까지 말하기는 어렵지만. 다시 돌아갈 수만 있다면 몇 번이고 되돌아가고 싶은 즐거웠던 시절이다.

그런 경험을 하기는 했어도 형이 휴머노이드를 개발하면서 아라미 캐릭터를 모델로 삼겠다고 나섰을 때는 나도 적잖이 놀랐다. 그게 가능하리라는 생각도 전혀 하지 않았다. 그런데 형이 주장을 관철시키면서 아라미를 쏙 뺀 휴머노이드를 만들지 뭔가. 나중에 듣자하니, 백인의 외모를 가진 휴머노이드를 만들면서 노하우를 쌓아야 서구권에 판매하는 용도의 휴머노이드를 만들어 판로를 뚫는 데 유리할 거라는 점을 주장의 근거로 내세웠다고 한다. 게임에 대해 아는 거라고는 눈곱만치도 없는 심사위원회 위원들은 자기들이 허가해준 휴머노이드의 외모가 게임 캐릭터의 그것일 거라고는 꿈에도 생각 못했을 것이다.

아라미 캐릭터와 관련한 저작권 등 각종 권리를 게임 제작사로부터 상당히 싸게 확보한 것도 놀라운 일이었다. 아는 사람이 많지 않은 컬트 게임의 캐릭터라서 그런 거였지만, 짝이 개발되고 홍보에 성공하며 세계적으로 유명해졌을 경우 거꾸로 아라미 캐릭터와 게임에 대한 관심이 커지면서 게임이 새로운 추진력을 얻을지도 모른다고 기대한 게임 제작사가 저렴한 가격에도 순순히 고개를 끄덕인 덕도 컸다.

짝이 우리 연구실에 철창을 설치할 때 동영상 회의를 하자며 나를 초대한 상민이 형이 중요한 일을 맡겼다. 그 일 얘기를 듣는 데 피가 펄펄 끓어오른 것은 내가 덕력에 있어서는 누구에게도 꿀리지 않는 사람이기 때문일 것이다. 상민이 형 얘기처럼 내가 살아서 직접 게임을 즐기는 일은 없을 것이다. 그러나 한상진 교수님께서 말씀하신 유사하의 해골처럼 "형수님"을 비롯한 나중에 살아남을 사람들을 도와주는 역할을 하다 죽는 것도 나쁜 일은 아닐 것이다. 게다가 게임으로

만 보던 무기를 하나하나 실물로 만들어내는 작업은 미칠 듯이 재미 있다. 마약을 해본 적은 없지만 마약을 하면 바로 이런 기분이 아닐까 싶다.

홀에게 점심은 전자레인지에 데운 냉동피자와 참치마요 삼각김밥, 콜라로 갖다 달라고 말했다. 건강에 좋을 리가 절대로 없는 음식들을 먹어가며 키보드를 두드리고 마우스를 움직이노라니 게임에 푹 빠져서 동이 트는지 해가 지는지 신경도 안 쓰던 행복하던 날들이 떠오른다.

상민이 형은 "나박을 구하려면 할 일이 많다"고 했는데, 그건 굳이 말할 필요도 없는 얘기다. 서 총장님과 한 교수님과 채송화 씨와 나, 그리고 처음 보는 컴퓨터공학과 대학원생은 모두 장차 캠퍼스에 들이닥칠 자들과 산송장들에 맞서 캠퍼스를 지키자는 데 뜻을 모았다. 그러려면 캠퍼스를 요새화하는 작업을 서둘러야 했다. 남아 있는 사람들이 하나둘씩 산송장으로 변하기 전에.

지금껏 엄청나게 많은 시간을 게임에 바치면서 얻은 결론은 게임 오버가 됐다고 해서 그것으로 게임이 끝나는 것은 아니라는 것이다. 이번 생이라는 게임이 끝나는 순간 모든 게 끝나는 거라고 그 누가 단언할 수 있는가? 어쩌면 게임이 끝나기 무섭게 새로운 게임이 시작될지도 모르는 일이다.

잘 만든 게임의 특징은 게임 진행에 중요한 요소들의 밸런스가 기가 막히게 맞는다는 것이다. 어느 한 요소를 강화하면 그와 연계된 다른 요소는 약화돼야 한다. 그렇게 균형이 맞아야 게임을 하는 재미가 있지, 균형을 맞추는 데 실패하면 게임이 시시해져버린다. 내 인생의 지금 상황도 그렇다. 운명은, 또는 산송장 바이러스는 내 인생의 몇십 년을 가져가는 대신, 재료공학과 실험실과 초대형 3D 프린터를 독차지하고 마음껏 쓸 수 있게 해줬다. 이런 상황이 벌어지기 전까지는 꿈도 못 꿔본 일이 벌어진 거다. 이 얼마나 신나는 일인가. 남은 기간 동안 그간 만들고 싶었던 무기들을 맘껏 만드는 재미를 만끽하련다.

실험실에 있는 3D 프린터로 제일 먼저 만든 것은 나 박사님과 휴머노이드들이 쓸 권총이다. 평소 남몰래 다크 웹(dark web)을 들락거리면서, 게임에 나오는 아이템을 실물로 제작하는 데 미친 인간들이 모인 커뮤니티를 틈틈이 찾아다니면서 다양한 무기의 3D 설계도를 무척 많이 다운받아 저장해놓았었는데, 그 설계도들을 유용하게 쓸 날이 오리라고는 미처 상상도 못했었다.

3D 프린터를 이용해 그 설계도로 실물을 만드는 것은 불법행위이거나 도덕적으로 문제가 있는 행위로, 그래서 그 동안은 그냥 데이터만 보면서 만족해야 했다. 그러나 이 판국에 법을 어겼으니 체포하겠다고 찾아올 사람이 있을 리 만무하고, 설령 찾아오더라도 그때 나는 정상적인 인간이 아닐 것이다. 이제는 세상의 무엇도 나를 얽어매지 못한다. 나는 자유다. 오로지 산송장을 상대하기에 적절한 무기는 어떤 것일지에만 몰두한다. 산송장의 행동방식과 캠퍼스에서 벌어질 그들을 상대로 한 전투 상황을 머릿속으로 그려보고 적절하다 생각되는 무기들을 선택해 제작하는 일에만 전념한다.

3D 프린터 안에서 슬슬 모습을 드러내는 저 권총은 나 박사님과 휴머노이드들을 위한 것이다. 철창 안에서 산송장이 된 사람들을 처리하는 집행에 나설 짝과 홀의 총구가 결국 누구에게 겨눠질 것인지를 짐작하는 것은 전혀 어려운 일이 아니다. 내 머리에 겨냥될 총을 내 손으로 만들면서 금방이라도 하늘로 날아오를 것처럼 유쾌한 기분인 걸 보면 내가 정상이 아닌 놈인 것은 분명하다. 정상? 나는 지금만 정상

이 아닌 것이 아니다. 산송장 병에 걸리기 전에도 정상은 아니었다. 내가 만든 총이 실제로 사용되는 광경을 직접 보고 싶은데 그것이 내가 살면서 보는 마지막 광경이 될 거라는 아이러니한 상황이 어처구니없으면서도 재미있다. 뭐, 재미있으면 된 거지. 어차피 언젠가는 죽을 인생인데.

피자 기름이 묻은 손가락을 쪽쪽 빤다. 손가락을 옷에 쓱쓱 닦고는 설계도들이 들어 있는 폴더를 휴머노이드와 공유하는 쪽으로 설정을 바꾼다. 나한테 무슨 일이 생기더라도 짝과 홀은 폴더에 들어 있는 설계도로 만들고 싶은 무기를 마음껏 만들 수 있을 것이다. 그렇게 하는 것이 상민이 형이 세운 마지막 목표를 달성하는 데 도움을 주는 짓이 될 테고.

짝과 홀이 쓸 권총이 완성됐다. 화약을 쓰지 않고 기계장치로 압축한 공기를 이용해 자그마한 쇠구슬을 고속으로 발사하는 방식이다. 그렇게 발사된 쇠구슬이 내 머리에 구멍을 낼 것이다.

나 박사님이 쓰실 팔찌형 총도 완성됐다. 시간이 조금 더 있었다면 나 박사님을 형수님이라고 부르게 됐을까? 괜한 생각은 관두자. 팔찌형 총은 두 부분으로 구성돼 있다. 팔목을 감싸는 팔찌 부분과 거기서부터 팔꿈치까지 팔의 바깥쪽 절반을 덮는 기다란 부분. 팔찌 부분에는 구슬을 발사하는 방아쇠 역할을 하는 센서가 들어 있고 기다란 부분에는 쇠구슬을 고속으로 발사하는 데 필요한 장비들과 쇠구슬이 들어 있다. 쇠구슬 발사는 총을 팔찌처럼 팔에 낀 다음에 주먹을 쥐었다 펴면 근육의 움직임을 감지한 센서가 쇠구슬을 발사하는 식으로 이뤄진다. 그렇다고 아무 때나 발사되지는 않도록 신경을 써놓았다는 게 이 총을 만든 개발자의 천재성이 발휘된 부분이다. 팔을 늘어뜨리고 있다 무심결에 주먹을 쥐었다 폈는데 총이 발사되면 발이나 다리에 부상을 입을 수도 있다. 그래서 의도치 않은 부상을 최소화할 수 있도록 총에 중력 센서를 달아 팔을 지면과 수평 이상의 각도로 올렸을 때에만 발사가 되게 해놓았다. 대단하지 않나?

실험실 구석에 콜라 캔을 세워놓고 3미터 거리에서 권총과 팔찌형 총의 시험사격을 해본다. 방아쇠를 당기자, 그리고 주먹을 쥐었다 펴자 쉿 소리가 나고는 퍽하는 소리와 함께 캔이 들썩거린다. 시험사격을 마치자 캔에는 구멍이 숭숭 뚫려 있다. 연발 사격을 해도 총기들은 전혀 무리 없이 작동한다. 콜라도 없고 구멍도 여러 개 뚫린 캔을 들어본다. 종잇장처럼 가볍다.

내용물을 잃고 가벼워진 금속 캔을 보자니 갑자기 심각해진다. 내 영혼이 망가지고 난 다음의 내 몸뚱어리가 딱 이런 꼴일까? 죽음에 대해, 산송장이 되는 것에 대한 고민이 시작된다. 산송장이 되기 전에 죽여 달라고 할까? 산송장이 될 때까지 버티다 죽임을 당할까? 고민이다. 다른 사람들은 어떻게 할지 짐작해본다. "한 도사"라고도 불리는 한 교수님은 산송장이 되기 전에 떠나는 쪽을 택할 것 같다. 상민이 형은 형수님 때문에라도 끝까지 버티다 갈 것 같고.

채송화는? 꽤 귀여운 구석이 있던데 왜 지금에 와서야 그녀의 존재를 알게 된 걸까? 그런데 일찍 알았더라도 귀찮아서 작업을 걸었을 것 같지는 않다. 지금 와서 작업을 걸기에는 시간이 너무 빠듯하고 상황도 좀 그렇다. 게다가 그런 귀여운 여자하고 맺어지는 것은 우리 덕후의 운명에는 결코 일어날 일이 없는 기적이다. 여자 생각을 하니 갑자기 서글퍼진다. 쓸데없는 생각은 관두자. 만들고 싶은 이 많은 무기들을 만들 시간도 모자란 판이다.

중앙조정실의 널따란 벽면을 채운 수십 개의 네모가 교내 곳곳의 모습을 보여준다. 축 처진 몸으로 그 앞에 자리를 잡고 헤드셋을 착용한다. 이런 모습으로 이 자리에 앉는 것이 어색하기만 하다. 중앙조정실에서도 살육이 벌어졌었다는 것을 아는 탓인지 은근한 피비린내가 느껴진다. 문득 으스스하고 오싹할 때가 있다.

가운데에 있는 네모들은 각자 선택한 실험실과 교수실에 갇힌 감염자 여덟 명의 일거수일투족을 보여준다. 한 교수님은 붓글씨를 쓰려는지 종이를 펼쳐놓고 생각에 잠긴 모습이고, 인환은 현 박사가 부탁한 무기를 만들면서 신이 난 모습이다. 이명주 교수는 연신 술을 들이켜며 고래고래 소리를 지르고 있다. 모두들 하고 싶은 일을 하면서 얼마 남지 않은 시간을 보내고 있는 듯하다.

그리고 나는 여기에 앉아 시한부 인생을 살아가는 사람들의 삶을 본의 아니게 엿보고 있다. 이게 뭐하는 짓인가 싶은 생각에 허무함을 느끼는 것도 잠시뿐이다. 어찌나 할 일이 많은지 그런 생각을 할 여유를 갖기도 쉽지 않다. 간신히 짬을 내서 한숨을 돌려도 숨 몇 번 크게 쉬기도 전에 해야 할 일이 썰물처럼 들이닥친다. 정신적 충격에 휘청거릴 여유가 없다는 것이 이 상황의 장점이라면 장점이다.

졸지에 교도소장이 된 듯한 기분이다. 조금 있으면 출소할 재소자들을 감독하는 교도소장 말이다. 아니다. 삶이 끝날 날이 멀지 않은 사람들을 돌봐주고 그들의 뒷정리를 준비한다는 점에서는 호스피스 원장이 된 것 같다는 게 정확한 것 같다. 나한테 맡겨진 역할은 거기에 그치지 않는다. 텅 빈 캠퍼스를 관리하는 관리자 노릇도 하다가 앞으로 살아남을 계획을 짜는 기획자 노릇도 해야 하고 내 한 몸 건사할 투사 노릇도 해야 한다.

조금 있으면 저녁때다. 저녁을 준비해야 한다. 식사시간이 쉬지 않고 닥친다는 사실이 이렇게 무서운 일인 줄 몰랐다. 아침을 배식하고 식판을 수거하기 무섭게 점심을 준비해야 하고, 점심 식판을 설거지하는 순간 저녁을 마련하는 작업에 들어가야 한다. 그렇지만 귀찮게 생각해서는 안 될 일이다. 다들 채송화 씨의 추론을 옳은 것으로 받아들이는 분위기인데, 그 추론이 맞는다면 사람들이 지금 먹는 한 끼는 그들이 생전에 마지막으로 먹는 몇 끼 중 한 끼인 셈이다. 여건이 여의치 않아 정성스레 지은 밥을 대접하지 못하고 인스턴트 음식을 내놓는다고 해서 귀찮게 여기는 건 안 될 말이다. 그렇기는 해도 각자 원하는 음식으로 차린 맞춤형 식단을 하루 세 번 제공하는 것은 은근히 품이 많이 드는 일이다.

건강에 좋을 리 없는 부실한 식사를 대접하는 게 마음에 걸려 한상진 교수님과 화상통화를 할 때 조심스레 그 얘기를 꺼냈다. 고혈압 때문에 정기적으로 약을 챙겨 드시는 교수님께 미안한 마음을 내비쳤더니 껄껄 웃으시며 "이 맛있는 것들을 건강에 나쁜 정크 푸드라고 못 먹고 보낸 인생이 후회된다"고 너스레를 떠신다. 약도 끊었다고 하신다. 채송화 씨 추론대로 신진대사 속도가 느려졌다면 혈액 순환속도도 떨어지고 혈압도 낮아질 테니 고혈압을 걱정할 일도 없을 거라신다. 설령 그게 틀린 생각이라서 혈압이 높아져 몸이 안 좋아지더라도 산송장이 되기 전에 혈압으로 죽는 편이 더 나은 것 아니냐고 되물으신다.

"나박이 고생이 많네요. 밥 차리는 게 별것 아닌 일로 보여도 신경이 많이 쓰이고 품이 많이 드는 일인 거 압니다. 시간이 지나면 사람들이 차차 줄 거고 차려야 할 끼니도 계속 줄 테니까 조금만 더 참아줘요."
만날 때마다 좋은 말씀을 해주시던 한상진 교수님에게서 조만간 사람들이 하나둘씩 떠날 거라는 말씀을 들으니 울컥하다. 울음을 억지로 참으며 서둘러 대화를 마무리하고는 통화를 끝낸다.

피곤하다. 지난 며칠간 참 많은 일을 했다. 하나같이 내가 그런 일을 할 거라고는 생각도 못 해본 일들이다. 캠퍼스 현황을 확인하러 교내 곳곳을 돌아다닌 것도 그런 일이다. 수량을 정확하게 헤아리지는 않더라도 캠퍼스 곳곳에 무엇이 어느 정도 있는지는 직접 확인해두는 것이 좋을 거라는 현 박사의 권고를 가장한 명령에 캠퍼스 구석구석을 돌아다녔다. 식당 뒤에 모여 있는 LPG 가스통을 보고는 지금껏 교수식당에서 먹은 음식이 LPG 가스로 조리한 거라는 걸 처음으로 깨달았다. 도시가스로 조리할 거라고 생각했는데 그게 아니었다. 생각해보면 산골이라는 위치 때문에 도시가스 파이프를 끌어와 연결하기가 어려우니 LPG 가스를 잔뜩 배달해 에너지원으로 쓰는 게 당연한 일일 것이다.

어떤 식량이 어디에 얼마나 있는지도 확인했다. 짝과 홀이 알아서 관리하겠지만, 식량이 저장된 냉동고와 냉장고, 편의점 냉장고가 제대로 작동하고 있는지도 꼼꼼히 확인했다. 그러는 동안 필요한 물건들도 챙겼다. 전기를 아껴야 할 상황에 대비해 초와 플래시를 비상용으로 챙겼고 휴지 같은 생필품과 여성용품도 중앙조정실에 갖다 뒀다. 중앙조정실을 떠나지 않고도 일상생활이 가능하도록 만들려는 의도에서다. 학교 이름이 새겨진 청색 후드점퍼와 여러 색깔의 티셔츠, 운동복을 몇 벌 가져다 속옷과 운동화 옆에 챙겨뒀다. 에너지를 아끼기 위해 필요한 공간이 아니면 냉난방을 하지 않기로 정한 상황에서 춥지도 덥지도 않게 지내려면 이런 옷들이 필요하다. 게다가 이런 옷들은 허드렛일을 하는 데도, 훈련을 하는 데도 딱 알맞다.

언니를 만나러 휴스턴에 간다는 의욕이 생기면서 살아야겠다는 의지도 굳어졌다. 중앙조정실과 행정실 앞에 있는 널따란 복도에서 짝에게 열심히 무술을 배우는 것도 그래서다. 내가 골프용 장갑을 끼고 1.2미터 길이의 쇠파이프를 휘두르게 될 날이 올 거라고는 꿈에도 상상 못했었다. 손에 물집이 생기고 손아귀가 아파 힘을 주기가 쉽지 않지만 그래도 살아남으려면 열심히 배워야 한다. 무용을 15년쯤 했던 덕에 몸을 놀리는 것은 그다지 어려운 일이 아니지만, 관객에게 예술적인 감동을 안겨주려고 몸을 놀리는 것과 나를 공격하는 자들에게서 나를 보호하고 그들을 물리치려고 몸을 놀리는 것은 판이하게 다른 일이고 써야 하는 근육과 관절도 생판 다르다. 그래서 무술을 익히는 것은 쉽지가 않다.

내 몸놀림을 쏙 뺀 동작으로 몸을 놀리는 짝에게서 무술을 배우는 기분은 정말로 묘하다. 짝과 홀이 처음으로 걸음을 내디뎠을 때가 생각난다. 둘이 안정적인 자세로 첫걸음을 내딛는 데 성공했을 때 고생이 많았다며 사람들이 치하하는 동안 나도 모르게 눈물을 흘렸었다.

자기 인생의 첫걸음을 어렵사리 뗐던 때를 기억하는 사람이 아무도 없어서일까? 사람들은 직립(直立)한 인간이 안정적인 걸음걸이를 익히기까지 얼마나 오랜 세월이 걸렸는지를 인식하지 못한다. 걸음걸이가 오랜 진화의 산물이라는 것을 깨닫지 못한다. 별일 아닌 것처럼 보이는 한 걸음을 내딛기 위해 몸 안에서 얼마나 많은 작업이 이뤄지고 있는지에 관심이 없다. 시각과 촉각의 도움을 받아 주위 환경을 파악한 뇌가 내린 "걸음을 걸으라"는 명령을 신경을 통해 전달받은 뼈와 살과 근육과 관절이 완급과 힘이 완벽하게 조율된 움직임을 보였을 때에만 균형 잡힌 한 걸음을 온전하게 내딛을 수 있다는 것을 깨닫지 못한다.

인간은 그렇게 걸음마를 익힌 뒤에야 그 발로 뜀박질을 하고 발차기를 하고 공을 차고 페달을 밟고 춤을 추고 도약을 할 수 있었다.

짝과 홀이 내딛은 첫걸음을 본 개발팀 사람들이 갓난아기가 뗀 첫걸음을 본 부모처럼 감격하며 박수를 보낸 것은 걸음을 내딛는 것이 얼마나 위대한 동작인지를 제대로 인식했기 때문이었다. 내가 산송장은 인간과 다른 존재라고 보는 것은 그들의 걸음걸이가 인간의 그것과는 다르기 때문이다. 그들은 인간처럼 걷지 못하고 몸을 놀리지 못한다. 인간은 진화가 이뤄낸 산물인 안정적인 걸음을 걸을 수 있는 존재이지만, 그들은 그런 걸음을 걷지 못하는 퇴화된 존재다. 인간이 까마득한 세월을 거치면서 익힌 몸놀림을 불과 1, 2분 만에 잃어버린 존재다.

파이프를 휘두를 때 힘이 너무 많이 들어간다고 짝이 계속 지적한다. 몸에서 힘을 빼는 것의 중요성은 잘 안다. 힘이 들어가면 몸이 경직되고 몸이 경직되면 파이프에 힘을 제대로 실을 수 없고 그래서 상대에게 가하기를 원하는 만큼의 충격을 줄 수가 없다. 인간 스승이라면 요령도 피우고 한눈도 팔 텐데 휴머노이드 스승은 초지일관 진지한 얼굴로 무술을 가르치는 데에만 집중한다. 제자가 자기 같은 휴머노이드가 아닌 인간이라는 사실은 눈곱만치도 신경을 쓰지 않는다. 당연한 일이다. 휴머노이드니까.

그리고 휴머노이드니까 현 박사가 품고 있는 내 미래에 대한 걱정 같은 것도 전혀 염두에 두지 않는다. 현 박사는 휴머노이드하고는 전혀 관계가 없는 단어인 '두려움'에 대해 걱정한다. 현 박사는 무술을 배우는 것 못지않게 중요한 게 두려움을 떨치는 것이라고, 실전에 들어가 상대와 맞섰을 때 두려움에 몸이 얼어버리면 아무리 열심히 익힌 무술도 헛수고가 되고 말 거라고 걱정한다.

그건 나도 걱정된다. 실체가 없는 것에 대한 공포에 시달렸던 사람으로서 실체가 있는 것에 대한 공포가 나를 얼마나 괴롭힐지 걱정된다. 그러나 산송장이 눈앞에 없는 현재로서는 어찌할 도리가 없는 일이자 어떻게 될지 알 수 없는 일이다. 산송장과 대면했을 때 살아서 언니를 만나야 한다는 의지로 이겨내는 것 말고는.

훈련은 피곤하지만 살아남아 언니를 만나려면 반드시 무술을 익혀야 한다. 무술 수련을 마친 후 인환이 만들어준 권총을 사격하는 훈련도 받았다. 인환이 건넨 것은 또 있다. 팔에 팔찌처럼 차는 권총인데, 그걸 차고는 파이프로 상대를 밀거나 상대에게 파이프를 휘두른 뒤에 그걸로 상대를 쏘는 훈련도 했다. 짝은 산송장을 상대하는 내 주된 동작은 그게 될 거라면서 그걸 익히고 또 익히게 만든다.

하루아침에 군인이 된 것 같다. 군인, 교도소장, 호스피스 원장, 캠퍼스 관리자. 이제 세상을 혼자 살아가야 할 테니 그것들 말고도 많은 역할을 맡아야 할 것이다. 얼마 전까지만 해도 그런 직업이 있고 그런 일을 수행하는 사람들이 있다는 사실을 신경조차 쓰지 않았던 많은 역할을.

그런데 휴스턴에 갈 수 있을까? 무슨 수를 써서든 휴스턴에 가겠노라고 다짐한다고 해서 그 다짐이 이뤄지는 것은 아니다. 남은 사람들이 다 떠나고 나만 남았을 때, 과연 나는 이 캠퍼스를 벗어날 수 있을까? 그것부터 자신이 없는 마당에 한반도를 벗어나 태평양 건너 미국 중부의 맨 아래에 있는 휴스턴까지 가는 길이 마실 나가듯 쉽게 갈 수 있는 길이 아닌 것은 확실하다. 그래도 해볼 데까지는 해봐야 하지 않겠냐는 의지가 샘솟는다. 무대를 떠난 이후로, 토슈즈를 벗은 이후로 참으로 오랜만에 느끼는 의욕이다.

한 교수님께서 장비 만드는 걸 거들려고 오랜만에 납땜을 했더니 눈이 침침하다시며 안경을 벗고 눈을 비비신다. 유사하의 해골이 되자고 호소한 장본인으로서 나박의 생존 가능성을 높이려는 내 계획에 도움을 주고 싶은데 큰 힘이 되지 못해 미안하다고 말씀하시는데 내가 더 미안한 심정이다. 눈이 침침한 게 납땜 때문인지 바이러스가 본격적으로 날뛰기 시작해서인지 모르겠다면서 특유의 사람 좋은 웃음을 지으신다. 그러면서 오랜만에 납땜을 해보니 재미있었다고, 금속공학에 빠져들게 해준 재미를 다시 느낄 수 있어서 정말 다행이라고 덧붙이신다. 그러더니 병색이 완연한 표정으로 무슨 말을 할까 말까 망설이신다. 눈치를 보아하니 조만간 닥칠 운명을 염두에 두고 미리 작별인사를 하시려는 것 같아 마음이 찢어질 듯 아프다. 아버지 같은 분이었는데 이런 식으로 이별해야 한다는 생각에 눈시울이 뜨거워진다.

"저기… 그거… 그 학생 것 아닌가요?" 모니터 속에서 한 교수님이 가리키는 손가락의 끝에는 내가 창문에 걸어둔 축구광의 머플러가 있다.

"맞습니다. 그런데 잘 보세요."

"잘 보라고요?" 한 교수님이 본능적으로 얼굴을 카메라에 갖다 대며 눈을 찌푸리신다. "어어… 아아… 'N'이 없군요. 그러면서 원래 문장인 'YOU'LL NEVER WALK ALONE'이 'YOU'LL EVER WALK ALONE'이 돼버렸군요."

산송장이 된 축구광이 나박을 덮치려 이를 악물고 버둥거릴 때 'N'이 떨어져나간 머플러를 짝과 홀이 로비를 정리하다 발견했다고, 그걸 가져오라고 해서 실험실에 걸었다고 말씀드렸다.

"'N' 한 글자가 없어진 것뿐인데 '당신은 결코 혼자 걷지 않을 거야'

라는 문장이 뜻이 정반대인 '당신은 영원히 혼자 걸을 거야'가 됐군요. 뒤의 문장은 어색한 영어이기는 하지만요."

"맞습니다. 그래서 걸어둔 겁니다. 죽음을 앞둔 처지에 고민해야 할 화두 같아서요. 할 일이 태산 같아서 고민할 여유를 가질 틈도 없지만요."

내 입에서 나온 '죽음'이라는 말에 한 교수님의 얼굴에 쓸쓸한 기운이 떠올랐다 사라진다. 입에 담지 말아야 할 말을 내뱉었나 싶어 나도 잠시 입을 다문다.

"원래 문장하고 저 문장을 보고 어떤 고민을 하는 건가요?"

"모순적인 감정이죠. 내가 걸을 때 항상 누군가가 곁에 있는 것은 조금 무서울 것 같고, 영원히 혼자 걷는 것은 너무 쓸쓸할 것 같아서요."

"그렇죠. 인간은 누가 항상 옆에 있는 것도 그렇다고 옆에 항상 아무도 없는 것도 참아내지 못하는 모순적인 존재니까요."

"제가 내린 결론은 저 두 문장의 문제는 영원을 얘기한다는 데 있다는 겁니다. 아무리 생각해도 인간은 영원을 감당할 수 있는 존재가 아닌데 두 문장은 '영원히'를 강조한다는 점에서 부담스럽게 느껴지는 것 같습니다. 저는 인간은 때로는 누군가와 같이 걷고 때로는 혼자서 걸어야 하는 존재라고 생각하거든요. 둘 중 하나의 상태를 항상 유지하는 존재가 아니라요."

교수님께서 내가 한 말을 곱씹으시는 동안 짝이 올리는 보고가 들어와 무의식중에 헤드셋을 귀에 바짝 붙였다. 그걸 본 교수님께서 미안한 얼굴로 말씀하셨다. "바쁜데 괜히 시간을 뺏은 것 같군요." 교수님은 다시 연락하겠다며 화상 통화를 끊으셨고, 그 탓에 하려고 결심하셨던 작별인사를 못하셨다. 개똥철학을 늘어놓는 데 정신이 팔려 교수님께서 하려던 말씀을 못하시게 하고 통화를 끊은 것이 영 꺼림칙하다.

바이러스 탓인지 손도 떨리고 집중력도 떨어져 깊은 생각을 하기가 어렵지만, "당신은 영원히 혼자 걸을 거야"라는 문장이 자꾸 마음에 걸린다. "혼자"라? 우리는 "혼자" 걷는 게 맞는 걸까?

붓을 잡고 '나 아(我)'자를 파자(破字)해 손을 뜻하는 수(手)와 창(槍)을 뜻하는 과(戈) 두 글자를 쓴다. '아(我)'라는 글자를 만든 사람은 '나'는 '손으로 창을 잡은 사람'이라고 생각했던 것 같다. 창은 그걸 쥔 사람의 마음먹기에 따라 공격용 무기도 방어용 무기도 될 수 있는데, 이 글자를 만든 사람이 생각하는 '나'는 창을 어느 쪽으로 쓰건 나하고 구별되는 남들을 상대로 언제든 쓸 수 있도록 창을 쥐고 있는 존재여야 한다. 그렇게 보면 나는 내가 창을 잡고 방어할 수 있는 거리 안에 있는 존재다. 내가 든 창의 길이에 따라 나라는 존재가 차지하는 면적이 넓어지기도 하고 좁아질 수도 있다.

그런데 지금 내 처지처럼 바이러스에게 창을 빼앗기면 어떻게 될까? 손(手)만 남을 것이다. 창을 든 다른 사람의 의지에 고분고분 순종하면서 일하는 손만, 노동하는 손만, 물어뜯을 사람을 붙잡으려 안간힘을 쓰는 손만 남을 것이다. 그런데 손만 남은 '나'를 진정한 '나'라고 할 수 있을까?

나, 한상진은 지금까지 인생을 늘 혼자 걸어왔을까? 목화토금수(木火土金水) 오행 중에 금기(金氣)에 대해 생각해본다. 금속공학을 전공으로 택한 것은 어렸을 때 내 사주(四柱)를 풀어준 명리학자의 권고 때문이었다. 그분은 내가 금기가 약한 팔자이기 때문에 그 기운을 보충하는 쪽으로 사는 것이 좋을 거라고 했는데, 결과적으로 보면 그분 말씀이 옳았다.

그쪽 학문도 재미가 있을 것 같아 이후로 나도 명리학과 한의학같이 음양오행에 바탕을 둔 학문들을 공부했다. 그러던 중에 '금'이라는 기운은 '나'와 '나 이외의 것'을 가르는 기운이자 '나'와 '나 이외의 것' 사이의 소통을 담당하는 기운이라는 걸 깨달았다.

그 깨달음은 한의학을 공부하던 중에 얻었다. 한의학에서는 폐와 대장(大腸), 피부(皮膚)를 '금기'에 속하는 장기로 본다. 이 장기들의 공통점은 나와 내 외부의 것들 사이를 소통시킨다는 것이다. 피부는 호흡을 하고 땀을 배출하는 기능을 하고 외부의 물질을 체내로 흡수하는 기능도 한다. 폐(肺)와 장(腸)이라는 한자도 금기에 속하는 장기가 수행하는 기능을 잘 보여준다. 그 글자들이 만들어진 원리에 대한 내 생각과 학계에서 통용되는 정설하고는 차이가 있지만 말이다. 내 생각은 이렇다. 산소와 이산화탄소를 교환하는 장기인 폐(肺)는 '몸'을 뜻하는 글자인 육달월(月)과 시장(市場)을 뜻하는 시(市)가 합쳐진 글자이고, 대장(大腸)은 육달월과 '교환하다,' '무역하다' 같은 뜻을 가진 한자인 바꿀 역(易)이 합쳐진 글자다. 우리 몸에서 대장이 수행하는 기능에 대한 연구가 그리 많이 이뤄지지 않았을 때만 해도 나는 장(腸)이라는 글자에 왜 역(易)이라는 글자가 들어간 것인지 의문이었다. 그러다 장내(腸內)미생물에 대해 이뤄진 많은 연구 결과를 접하면서 비로소 그 글자가 들어간 이유를 깨달았다.

연구 결과에 따르면 우리 몸은 태어났을 때부터 장내미생물하고 꾸준히 교역을 하며 살아간다. 장내미생물들은 그런 교역 과정을 통해 우리의 감정과 행동을 조종하기도 한다. 지금 우리가 감염된 산송장 병원체도 장내미생물 같은 존재일 것이다. 다른 게 있다면, 다른 장내 미생물들은 우리가 쥔 창을 빼앗으려고 들지는 않는 반면, 이 병원체는 우리의 창을 빼앗아 '나'라는 존재를 아예 없애버린다는 점이다.

아무튼 우리는 태어난 이래로 결코 혼자였던 적이 없다. 우리의 몸에는 항상 '나'와 공존하며 내 생활에 보탬을 주고 자신들도 챙길 것을 챙기는 존재들이 우리와 함께 있었다. 그러니 나는 결코 혼자 걷지 않았었다. 다른 존재가 나의 몸속에서 늘 나와 함께 걷고 있었으니 말이다. 우리에게 정말로 중요한 문제는 우리의 창을 그 존재에게서 지켜내서 우리의 존재를 지키느냐 아니면 빼앗겨서 존재 자체를 잃느냐 여부다.

재작년인가 송년회 자리였던 것 같은데 화학공학과인 내가 어쩌다 현상민 교수하고 같은 테이블에 앉게 됐는지는 기억나지 않는다. 아무튼, 술기운이 상당히 오른 현 교수는 내가 이명주 교수의 조교라는 얘기를 듣자 씩 웃더니 이런 말을 했다. "이거 알아? 세상에는 교수님이 계시고 교수새끼가 있다는 거. 영어로는 이래. 우리가 존경해 마지 않아야 하는 교수님은 프로페서(professor) 더하기 님(sir) 해서 프로페써(professir)고, 교수랍시고 거들먹거리면서 학생들 괴롭히는 재미로 사는 교수새끼는 프로페서(professor) 더하기 개새끼(bastard) 해서 프로페스터드(professtard). 웃기지? 저번에 뉴욕 학회에서 만난 외국 학자들도 다 이 얘기 듣고 낄낄대면서 고개를 끄덕이더라. 이 얘기를 왜 하냐고? 으음… 모르겠다. 아무튼 연구 잘해라. 언젠가는 좋은 날 있을 거다." 현 교수가 술에 취해 한 그 얘기는 이명주 교수새끼를 떠올리면서 한 얘기인 게 분명하다. 그 새끼한테 죽도록 시달릴 게 뻔한 내가 불쌍해 보여서 한 말이란 거다.

그런데 드디어 오늘, 망할 놈의 프로페스터드 이명주를 저 세상으로 보내는 데 성공했다. 평소 하던 짓으로 보나 떠들어댄 말로 보나, 놈은 산송장이 될 때까지 버틸 작정인 게 분명했다. 가만히 놔뒀다가 산송장으로 변한 뒤의 꼬락서니를 볼까도 생각해봤는데 도저히 못 참겠어서 내 손으로 처단하기로 마음먹었다. 그간 모아놓은 술을 다 마시고 가겠다는 생각으로 조용히 술만 처마셨으면 험한 꼴 보지 않고 얌전히 갈 수 있었을 텐데, 굳이 산송장 바이러스에 감염돼 가뜩이나 심란한 나를 그딴 식으로 자극해서 그런 꼴을 당하는 건 무슨 심보인지 모르겠다. 개새끼.

우리 실험실을 거쳐 간 하늘 같은 선배들부터 나까지 그 새끼한테 시달린 조교들 얘기를 다 하자면 몇날 며칠도 모자랄 것이다. 놈은 정말이지 손가락 하나를 까딱하려고 하지 않는 인간이다. 뭐 하나 제 손으로 하려고 하지를 않는 인간이다. 미국으로 이민 간 전 부인이 이혼을 요구한 것도 그래서라고 들었다. 격리된 이후로 제 손으로 술병을 따고 안주를 마련한 것도 내가 다른 방에 갇혀서 어쩔 수 없이 그런 것이다.

그런데 부려먹는 데만 그쳤어도 내가 이렇게까지 하지는 않았을 것이다. 부려먹더라도 듣기 좋은 말로 부려먹으면 얼마나 좋겠나. 말 한마디로도 듣는 사람 기분을 더럽게 만드는 재주가 탁월한 놈이다. 놈은 창살에 얼굴을 비비면서 복도를 향해 고래고래 개소리들을 쏟아냈는데, 내가 놈을 날려버려야겠다고 작정하게 만든 결정적인 한 마디는 이거였다. "네가 우리 방에 들어와서 한 게 뭐가 있냐?" 석사과정 내내, 그리고 박사과정에 들어온 후로 동기들은 나를 측은한 눈으로 보면서 "노예도 아니고 하인도 아니면서 왜 그렇게 사냐?"고 묻고는 했다. 현 교수가 술에 취해 한 말이 괜히 나온 게 아니다. 나를 그렇게 철저히 부려먹은 인간이 뭐, 한 게 뭐가 있냐고?

살아있어 봐야 하등의 도움도 안 줄 인간을, 그리고는 산송장으로 변해 사람들 애나 먹일 인간을 내 손으로 없애자는 결심을 하는 건 조금도 어려운 일이 아니었다. 얼마 안 있어 산송장이 될 처지에 못할 일이 뭐가 있겠는가? 놈을 죽인 죄로 나를 사형에 처할까? 설마? 나를 재판할 사람도 없고 그런 데 신경을 쓸 겨를도 없다는 걸 잘 안다. 가만 놔둬도 조금 있으면 알아서 산송장이 될 사람을 굳이 그럴 이유가 없으니까. 게다가 화학공학 전공자인 나는 나지혜 박사님의 생존에 필요한 일을 많이 해줄 수 있는 사람이고 그렇게 해줄 의향이 있는 사람이니까. 나는 놈을 없애고 나면 기꺼이 유사하의 해골이 될 작정이었다.

휴머노이드라고 완벽하지는 않다. 이명주를 죽이는 데 쓸 도구를 갖다달라는 명령을 순순히 따라준 걸 보면 말이다. 물론 대놓고 그런 데 쓸 도구라고 말한 건 아니었다. RC카 동아리방에 가서 RC카를 몇 대 갖다달라고 부탁했다. 격리생활이 무료해 심심풀이용으로 쓸 생각이라고 했더니 저녁을 배식할 때 RC카 세 대도 같이 갖다줬다.

휴머노이드가 별생각 없이 가져온 RC카 중에는 우리 실험실에서 대대로 전해져온 "도시락 폭탄"이 있었다. 실험실을 거쳐 간 조교들은 이명주 새끼로부터 끊임없이 학대를 받고 수모를 겪었다는 이유 하나만으로도 비밀결사 조직원들처럼 끈끈한 동지애로 뭉친 사이였다. 그 새끼는 얼굴도 모르는 선후배들이 서로에게 동지의식을 느끼게 해줄 정도로 대단한 놈인 것이다.

방에 조교가 새로 들어오면 조교들끼리 환영회를 가졌는데, 그 자리에서 술이 몇 잔 돌아가고 나면 선배들은 신입 조교에게 "도시락 폭탄" 얘기를 해줬다. 암살용 RC카를 만들어 RC카 동아리방 깊숙한 곳에 보관해뒀으니 놈을 죽이고 싶은 마음이 정말로 간절할 때 꺼내 터트리라는 얘기를 처음 들었을 때만 해도 취기에서 비롯된 우스갯소리로 생각했었다. 그런데 정말로 그런 생각이 들 만큼 유독 모진 소리를 들은 날 폭탄 생각이 떠올라 내가 회원이기도 한 RC카 동아리방을 뒤져보니 정말로 그런 차가 나오지 뭔가. 그 차를 보고는 화들짝 놀랐다. 도시락 폭탄에는 교수실 하나는 너끈히 날려버릴 수 있는 인화성 화학물질이 들어 있었고 무선으로 폭파할 수 있는 기폭장치도 달려 있었다. 누가 볼까 싶어 두리번거리며 상자에 다시 넣어 숨겨뒀던 그 RC카를 마침내 써먹게 됐다. 나보다 앞서 고생했던 모든 선배 조교들의 원한을 통쾌하게 풀어줄 날이 온 것이다.

마침 이명주는 록 음악을 크게 틀고는 위스키를 연신 들이키며 자기가 틀어놓은 음악의 볼륨을 이기려는 듯 창살 너머로 나한테 쉬지 않고 고함을 치고 있었다. 도시락 폭탄은 식판 배식구를 거침없이 들락거릴 정도의 크기였다. 실험실에서는 창살 때문에 교수실의 식판 배식구가 보이지 않았지만, 차를 조종해 그리로 들여보내는 문제는 고민할 일도 아니었다. 조종기에 모니터가 달려 있어 RC카에 부착된 카메라로 촬영한 화면을 볼 수 있었기 때문이다.

실험실을 벗어난 RC카의 경광등을 켰다. 그러고는 RC카가 요란한 소리를 내며, 몇십 미터 길이의 기다란 A연구동 복도를 알록달록 물들이며 질주하게 만들었다. 술잔을 들고 창살에 기대고 있던 놈이 무슨 일인가 싶어 휘둥그레진 눈으로 RC카를 쫓는 모습이 언뜻언뜻 조종기 모니터에 떴다. 6층 복도를 몇 번 왕복한 RC카가 놈이 있는 교수실로 향하도록 조종했다. 자신을 향해 거침없이 달려오는 RC카를 보는 그 새끼의 어리둥절한 표정은 혼자 보기 아까운 장관이었다. 배식구를 통과시켜 놈의 발치에 차를 정지시켰더니 어리둥절한 표정으로 머뭇머뭇 얼굴을 차로 기울이는 모습은 정말로 가관이었다. 아쉬운 게 있다면 놈의 교수실만 깔끔하게 날려버린 폭발 때문에 놈이 지르는 비명소리를 못 듣고 놈의 마지막 모습을 제대로 감상하지 못했다는 것이다.

당연히, 다른 분들은 난데없는 폭발에 깜짝 놀랐다. 폭발이 일어나자마자 여러 대의 CCTV 화면을 통해 상황을 이미 다 파악한 휴머노이드들이 곧바로 나를 찾아왔다. 나는 그들에게 순순히 다 털어놓았다. 그러고는 휴머노이드들이 산산조각으로 흩어진 그 새끼의 시신을 수습하는 동안 열린 동영상 회의에서 자초지종을 설명했다. 담담한 어조로 차분히 설명하려고 했는데, 복받치는 감정을 주체못해 온몸과 목소리가 떨리는 것은 나로서도 어쩔 도리가 없었다. 나도 모르게 눈물까지 났다.

현상민 교수님이 부드러운 목소리로 나를 달랬다. 거사를 감행하기 전에 했던 짐작대로, 살인을 한 셈이지만 나를 처벌하는 것이 좋은 결정으로 생각되지는 않는다고 말한다. 며칠 있으면 알아서 죽을 사형수를 서둘러 사형에 처해봐야 무슨 득이 있겠느냐면서. 현 교수님이 사사건건 불평불만만 늘어놓으며 분위기를 깨던 이명주가 그렇게 돼서 홀가분해하는 것처럼 보이는 건, 그리고 내가 있는 실험실의 화학약품으로 위력적인 폭발물을 만들 수 있다는 것을 알게 돼 흐뭇해하는 것처럼 보이는 건 나만의 착각일까?

마지막 남은 시간 동안 캠퍼스를 요새화하는 작업에 협조해달라고 당부한다. 당연히 그러겠다고 다짐한다. 처음에는 아연실색했던 다른 사람들의 표정도 현상민 교수의 그것과 엇비슷하다. 프로페스터드 이 명주 놈이 없어지고 나니 속이 다 후련하다는 기색이다. 그래, 좋다. 이 사람들을 위해 죽기 전까지, 으음, 산송장이 되기 전까지 지금껏 갖은 구박을 다 받으며 쌓은 화학 지식을 다 쏟아내도록 하자.

이명주 교수님이 그런 일을 당한 것은 유감이지만 차성현 씨의 심정이 이해가 되지 않는 것도 아니다. 세상 사람들 눈에는 진리 추구의 열정이 넘치는 순수한 사람들만 모인 곳으로 보이는 대학사회도 결국에는 다른 인간사회와 다를 바 없이 첨예한 갈등이 빚어지고 감정이 충돌하는 지극히 인간적인 곳이다. 사제지간의 대립도 드문 일은 아니지만, 이런 식의 극단적인 상황으로 치달은 경우는 얘기만 들었지 처음 봤다. 내가 내린 선고가 이런 상황을 빚어내는 데 일조를 했을지도 모른다고 생각하니 씁쓸하다.

유사하의 해골 얘기를 생각하며 마음을 다잡는다. 한 교수님께서 하신 얘기는 감동적이다. 산송장 병원체와 관련한 궁금증을 해결하고 싶다는 의욕이 활활 타오른다. 내가 가진 능력으로 기여할 수 있는 것은 그 정도일 것 같으니까.

궁금증 해결을 위해 제일 먼저 할 일은 나 박사님과 면담을 하는 것이다. 그런데 실험실에 갇히고 먹은 첫 끼니를 받았을 때 만난 이후로 나 박사님을 한 번도 만나지 못했다. 중앙조정실에 앉아 현 박사님이 주관하는 동영상 회의에 참석한 얼굴은 봤지만 그런 자리는 둘이서만 얘기를 주고받기는 좀 그런 자리다.

나 박사님이 배식을 휴머노이드들에게 맡기는 이유가 무엇인지는 짐작이 간다. 귀찮아서가 아니라 사람들 시선이 부담스러워서일 것이다. 첫 끼니야 예의를 차리는 차원에서 직접 배식했지만 "우리는 감염이 돼서 갇힌 신세인데 당신은 운이 좋아 감염을 면해 자유로이 다니는군" 하는 분위기가 은근히 실린 사람들 눈빛은 감당하기가 쉽지 않았을 것이다. 이명주 교수처럼 대놓고 비아냥거리는 사람은 더더욱 감당이 안 됐을 거고.

많은 감염자들 사이에서 유일한 미감염자라는 사실은 감염자 입장에서는 로또에 당첨된 것 같은 행운으로 보이겠지만, 정작 당사자인 나 박사님 입장에서는 정신적으로나 육체적으로나 굉장한 고역일 것이다. 나 박사님이 사람들 시선이 감당이 되지 않아 무용을 그만둔 사람이라는 점을 감안하면 나 박사님이 느끼는 심적 고통의 크기는 어마어마할 것이다.

나 박사님은 무용과에 다닐 때만 해도 또래 중 몇 손가락 안에 드는 빼어난 무용가였다는 얘기를 들은 적이 있다. 그런데 중요한 공연에서 독무를 펼치러 무대로 나가야 할 때 느닷없이 공포가 나 박사님을 엄습했다고 한다. 무대공포증이었다. 어두운 객석에 앉은 얼굴이 구분되지 않는 사람들이 던지는 눈빛이 화살처럼 날아오고 있다는 공포, 실수해서 무대를 망치게 될 거라는 공포, 비난의 손가락질이 자신에게 쏟아질 거라는 공포. 그런 공포는 무대에 설 때마다 어느 정도는 느끼던 거였지만 그날의 공포는 나 박사님의 무릎을 후들거리게 만들어 한 발짝도 내딛지 못하게 만든 압도적인 공포였다고 한다. 이후로도 끝내 그 공포를 이겨내지 못한 나 박사님은 결국 무용 경력을 접고는 무용 경험을 살릴 수 있는 전공을 택해 학계로 방향을 돌렸다고 들었다.

나 박사님과 대면하기보다는 화상통화를 하는 쪽을 택했다. 화상통화를 신청하자 모니터에 통화를 수락하며 자리에 앉는 나 박사님의 모습이 뜬다. 박사님의 손 옆에는 권총으로 보이는 물건이 놓여 있다. 눈이 퀭한 게 많이 피곤한 기색이다. 그래도, 그리고 그래서 다정한 목소리로 인사를 건넨다. "많이 힘드시죠?"

무슨 말을 하려다 말고 말없이 고개를 저으며 짧게 대꾸한다. "아뇨, 힘들기는요."

"시간 되세요? 여쭤볼 게 있어서 연락드린 건데."

"잠깐이면 괜찮아요. 죄송하지만 일이 많아서요. 그렇지 않아도 채송화 씨하고 얘기를 하고 싶었어요."

"무슨 얘기요?"

나 박사님이 잠시 입을 꾹 다물더니 결심을 굳힌 듯 입을 연다. "왜 나만 감염이 안 된 걸까요?"

모든 과학의 출발점에 해당하는 질문이다. 이것은 이런데 저것은 왜 이렇지 않은가? 모두가 산송장 병원체에 감염됐는데 나 박사님은 감염되지 않은 이유는 무엇인가? 그렇지 않아도 궁금했던 문제를 나 박사님이 먼저 물었다. "글쎄요, 잘 모르겠네요. 나 박사님은… 잠깐, 언니라고 불러도 돼요?" 지혜 언니가 모처럼 활짝 웃으며 그러라고 한다. "다른 사람들은 모두 어떤 병에 걸렸는데 지혜 언니는 그 병에 걸리지 않은 걸 보고 내놓을 수 있는 제일 편한 설명은 언니를 제외한 사람들은 모두 지은 죄가 있어서 벌을 받은 것이고 언니는 착하게 살아서 그렇지 않다고 설명하는 거예요. 종교적인 설명이죠. 그러는 대신 그렇게 된 그럴듯한 원인을 찾아 논리적으로 설명하는 것은 과학적인 설명인데, 내가 지금 내놓으려고 애쓰는 설명이 그거예요. 이런 상황에서는, 더군다나 제 수준에서는 내놓기 어려운 설명이지만요. 제대로 된 연구는 나중에 뛰어난 분들이 내놓겠지만 제 짐작은 언니가 다른 사람들에 비해 산송장 병원체에 대한 면역력이 뛰어난 체질을 갖고 있다는 거예요. 산송장 병원체를 이겨내는 유전자를 갖고 있다거나 하는 식으로요."

"그럼 나 같은 체질을 가진 사람은 산송장에게 물리더라도 감염이 안 된다는 건가요?"

"아뇨, 그 감염경로는 연구를 더 해봐야 해요. 하지만 기도 감염을 통한 전파가 이뤄지지 않은 것을 보면 적어도 그 감염경로에 대해서는 면역력을 갖고 있다고 봐야 할 것 같아요. 혹시 그와 관련해서 뭐 짚이거나 하는 게 있나요?"

지혜 언니는 한참을 생각해보더니 말없이 고개를 젓는다. 물론 지혜 언니가 이 질문에 대한 대답을 내놓을 수 있을 거라고는 생각하지 않았다. 지혜 언니에게 내가 떠올린 유전자 관련 추론을 설명하고는 오늘이나 내일 직접 만나고 싶다고 말했다. 지혜 언니가 망설인다. 이명주 교수님의 교수실 잔해가 있는 층에 와서 그 광경을 보는 게 꺼림칙해서 그런지도 모른다. 잠시 후 지혜 언니가 시간을 내 찾아가겠다는 대답과 함께 작별인사를 한 후 화상통화를 끊는다.

그 의문은 이렇게 일단 젖혀두기로 한다. 동영상을 재생하며 또 다른 의문에 착수한다. 숱하게 봤던 영상이다. 로비에서 휴머노이드들이 난동을 부리는 산송장들을 해치우고 사람들을 구하는 영상. 참혹한 내용이지만 "이것은 이런데 저것은 왜 이렇지 않은가?"라는 의문을 풀겠다는 냉정한 시선으로 분석해야 한다. 그런데 자고 일어났을 때만 해도 살짝 느껴지던 한기가 시간이 갈수록 조금씩 심해지고 그 탓에 동영상에 집중하기가 쉽지 않다. 병원체들이 본격적인 활동에 나선 걸까? 어쨌든 서둘러야 한다. 시간이 얼마 없다.

위쪽 로비와 아래쪽 로비, 나무계단 주위, 엘리베이터 입구 등을 포착한 다양한 영상에서 산송장들은 사람들에게 무작정 달려들고 그러면 잠시 후에 등장한 홀과 짝이 쇠파이프로 산송장들의 머리를 찍으며 현 박사님을 위해 길을 트고 있다. 여전히 이상한 것은 현 박사님 일행을 대하는 산송장들의 반응이다. 현 박사님이 짝과 홀을 앞세우고 전진하는 동안 산송장들은 오로지 현 박사님에게만 달려든다. 코앞에 짝과 홀이 있는데도 휴머노이드들에게는 조금도 신경을 쓰지 않으면서 현 박사님을 향해서만 손을 뻗고 이빨을 내민다.

영상을 수십 번 돌려본 결과, 산송장들은 현 박사님은 공격할 대상이지만 정작 활개를 치고 돌아다니며 자신들의 숨통을 끊는 휴머노이드는 현실에 존재하지 않는 것처럼 인식하는 게 분명하다. 산송장들 입장에서 현 박사님과 휴머노이드는 다른 존재들인 것이다. 당연한 얘기이기는 하다. 실제로 다른 존재니까. 그런데 짝과 홀을 처음 본 사람들은 뭔가 이상하다고 느끼면서도 휴머노이드라는 얘기를 듣기 전까지는 그냥 우리와 같은 인간으로 여기는 게 일반적이다. 외모나 행동거지를 보고 인간과 휴머노이드를 구분하는 건 어려운 일이라는 뜻이다.

그렇다면 산송장들은 현 박사님과 휴머노이드를 왜 다르게 인식하는 걸까? 어떻게 인간과 휴머노이드를 구분하는 걸까? 인간이 가진 다섯 가지 감각을, 즉 시각과 청각, 후각, 촉각, 미각을 생각해본다. 인간이 산송장으로 변했을 때 새로운 감각이 생겨날 가능성이 없지는 않을 것이다. 그러나 그것까지 감안해 추론을 해나가는 건 지금 상황에서는 과한 작업으로 보인다. 그러니 기존에 있던 감각만을 대상으로 분석해보자. 그랬을 때 현재의 분석에서 중요한 감각은 시각과 청각, 후각이다. 촉각은 상대의 몸에 자기 몸이 닿은 후에, 미각은 상대의 몸에 이빨을 꽂은 후에 느낄 수 있는 감각이니까.

시각과 청각과 후각은 모두 타당성 있는 후보들이다. 그렇다면 인간에게는 있지만 휴머노이드에게는 없는 것을 지각하는, 아니면 반대로 인간에게는 없는데 휴머노이드에게는 있는 것을 지각하는 감각은 무엇일까? 아무리 생각해봐도 시각은 타당성이 떨어진다. 산송장이 되면 가시광선이 아닌 자외선을 볼 수 있게 된다든지 해서 인간일 때는 없던 새로운 시각적 능력을 얻는 일이 생긴다 치더라도 그러려면 휴머노이드의 몸에서 자외선 파장의 빛이 뿜어져 나온다는 식의 가정을 해야 앞뒤가 맞는다. 현 박사님은 그건 말도 안 되는 얘기라고 했다.

청각은 어느 정도 타당성이 있다. 인간의 몸에서는 심장박동 소리를 비롯한 여러 소리가 난다. 배터리로 작동되는 휴머노이드의 몸에서는 기계가 돌아가는 소리가 날 것이다. 산송장들은 상대의 몸에서 나는 소리를 바탕으로 공격대상을 정하는 걸까?

그런데 뇌(腦)과학에서 배운 지식을 바탕으로 산송장의 행동을 분석해보면 산송장으로 변하면서 달라졌을 가능성이 높은 감각은 청각보다는 후각이라는 쪽으로 마음이 기운다. 마음을 그쪽으로 잡아끄는 것은 인간의 뇌에서 대뇌와 간뇌 사이에 있는 변연계(limbic system)에 대한 지식이다.

변연계는 감정과 기억을 관장하는 부분이자, 체온과 혈압, 심박 같은 자율기능을 조절하는 부위다. 공포와 분노, 쾌락 같은 정서와 식욕과 성욕 같은 기본적 욕구에 관여하는 부위이기도 하다. 산송장에 대해 축적한 정보를 떠올려본다. 체온이 비정상적으로 낮고 신진대사 속도가 느리다. 공포를 느끼지 않는다. 끊임없이 사람들에게 덤벼드는 것을 보면 식욕을 주체하지 못한다. 그리고 바로 이 변연계가 인간이 후각으로 수집한 정보가 거쳐 가는 곳이다. 우리 몸에 침투한 병원체가 변연계를 장악하고는 변연계가 정상적인 작동범위를 벗어나 작동하게 만든다면? 체온을 떨어뜨리고 공포를 느끼지 못하게 만들고 무엇보다도 후각을 엄청나게 예민하게 만든다면?

생각이 거기에 미치자 인간에게는 있지만 휴머노이드에게는 없는 것 중 하나가 불쑥 떠오른다. 냄새. 인간의 몸에서는 냄새가 난다. 덥거나 운동을 해서 흘린 땀에서도, 입에서도, 겨드랑이에서도 냄새가 난다. 사람들은 몸에서 나는 냄새를 없애려 양치질을 하고 몸을 씻어서 치약과 비누에 첨가한 냄새로 기존의 냄새를 덮지만 그것도 잠시뿐이다. 일부러 뒤집어쓴 향긋한 냄새는 움직이고 호흡하고 식사하고 약을 먹는 인간의 몸에서 얼마 안 가 원래 풍기던 냄새에 밀려나고 인간은 다시 원래의 체취를 풍긴다.

반면, 짝과 홀에게서 별다른 냄새가 날 성싶지는 않다. 휴머노이드들의 냄새를 직접 맡아본 적은 없지만 말이다. 관절이 매끄럽게 돌아가도록 윤활유를 주입했다면 거기에서 나는 기름 냄새 정도가 맡아질까? 그런데 현 박사님 얘기에 따르면 휴머노이드는 몸 전체가 인공피부로 덮여 있기 때문에 그것도 있을 수 없는 일이란다.

현재 확보한 여러 정보를 바탕으로 추론해보면 산송장은 인간의 체취에 민감하게 반응하면서 체취를 풍기는 존재를 공격대상으로 삼아 덤벼드는 쪽일 가능성이 크다. 아울러 병원체는 전두엽을 손상시키는 것 같다. 전두엽은 이성적인 사고를 하는 부위라서 그곳이 손상되면

합리적인 판단과 복잡한 사고를 하는 게 불가능해진다. 전두엽은 공포와 분노, 쾌락 같은 본능적인 정서를 바탕으로 기쁨이나 슬픔, 동정심 같은 고차원적인 정서를 빚어내는 곳이기도 하다. 그런 고차원적인 정서는 인간이 사회생활을 해나갈 수 있게 해주는 정서다. 타인에 대한 공감과 감정이입이 없다면 어떻게 사회가 유지될 수 있겠는가?

이렇게 추론에 추론을 거듭하다 보니 산송장의 행태가 어렴풋이 드러나는 것 같다. 그런데 오한이 더 심해졌다. 병원체가 내 변연계를 더 많이 장악하고 전두엽을 더 많이 손상시킨 걸까? 지금 내가 통제하는 내 몸은 어느 정도이고 병원체의 손에 넘어간 내 몸은 어느 정도일까?

인간들이 하는 동영상 회의에서 채송화 님이 냄새 얘기를 꺼낸다. 하나같이 저체온에 안색도 나쁜 사람들이 냄새 얘기에 열중한다. 그 얘기에 따르면 산송장은 냄새가 나지 않는 우리는 공격대상으로 여기지 않고 냄새를 풍기는 인간만 공격한다.

냄새는 무엇이고 냄새를 맡으면 어떤 기분일까? 인간에게 냄새를 맡는 것은 공기 중에 떠다니는 냄새 입자를 코 안쪽에 있는 후각수용체로 감지한 후 후각수용체가 뇌에 보낸 신호를 해독하는 행위이다. 그런데 우리에게는 후각수용체가 없고 후각신호를 받아 해독하는 기관도 없다. 그래서 우리는 냄새를 맡지 못한다. 냄새가 무엇이고 그걸 맡으면 어떤 느낌인지를 알지 못한다.

인터넷에 올라온 온갖 동영상을 다 학습했어도 냄새를 맡는 것이 무엇이고 어떤 느낌을 주는지는 알 길이 없다. 냄새가 담긴 동영상은 존재하지 않으니까. 냄새를 다룬 동영상은 "향긋하다"고 방긋 웃는 사람들과 "으웩" 하고 소리를 지르며 코를 틀어막는 사람들을 보여주는 게 고작이니까. 그래서 우리에게 냄새는 존재한다는 것을 잘 알고 어떤 과정을 거쳐 감각되는지를 잘 알면서도 그것이 무엇이고 어떤 느낌인지는 도무지 알 길이 없는 그 무엇이다.

세상 만물에는 한계가 있다. 모든 것은 무궁무진하지 않다. 한없이 존재할 것처럼 보이는 것도 언젠가는 바닥을 드러내게 마련이다. 지구의 낮을 밝혀주고 초목을 길러내 결실을 맺게 해주는 태양에너지도 무한할 것처럼 보이지만 몇십억 년이 지나 태양이 붕괴하면 더 이상은 존재하지 않을 것이다.

자원의 희소성. 경제학은 그것을 바탕으로 구축된 학문이다. 그리고 진화의 원동력은 희소한 자원을 효율적으로 사용해 생존 가능성을 높이려고 생명체들이 하는 온갖 시도다. 치열한 생존경쟁이 펼쳐지는 세계에서 살아남으려는 생명체들은 선택하고 집중한다. 동원할 수 있는 자원을 투입할 곳을 선택하고는 거기에 자원을 집중시켜 생존 가능성을 최대화하는 것을 목표로 삼는다.

이 원칙은 휴머노이드를 개발할 때도 고스란히 적용됐다. 서 총장은 휴머노이드 개발을 열성적으로 후원했지만, 그렇다고 내가 받은 개발비가 천문학적인 액수였던 것은 아니다. 개발비의 제약은 휴머노이드에 구현할 기능의 제약으로 이어졌다. 마음 같아서야 휴머노이드에 온갖 기능을 다 탑재해 슈퍼맨 같은 존재로 만들고 싶었지만 개발비 제약 때문에 꼭 필요한 일부 기능을 선택하고 일부 기능은 포기해야 했다. 나는 시각기능을 선택하고 거기에 집중했다. 후각기능은 아예 채택하지 않기로 결정했다.

나는 시각을 인간의 다섯 가지 감각 중에서 제일 중요한 감각이라고 생각한다. 인간은 시각으로 세상을 바라보고 구별하고 판단한다. 책을 읽고 사진을 보고 동영상을 감상해 정보를 얻는다. 상대가 걸친 유니폼이나 무기 같은 장비를 보고 피아를 식별한다.

시각은 이성적인 감각이다. 시각이 없었다면 인류는 지금과 같은 수준의 문명을 이룩하지 못했을 거다. 그리고 인간은 시각에 심하게 의존하는 존재다. "백문이 불여일견"이라는 말은 인간이 시각을 얼마나 철저하게 신뢰하는지를 보여준다. 그 시각이 자신을 속여 넘길 때조차 그렇다. 인간이 눈에 보이는 것에 쉽게 속아 넘어가는 존재이기에 마술사들이 먹고 산다.

한편, 내 생각에 후각은 짐승의 감각이다. 인간이 야생의 세계를 벗어난 이후로 제일 퇴화한 감각이다. 개는 다른 개의 엉덩이에 코를 대고 쿵쿵거린다. 후각을 통해 상대방에 대한 정보를 얻는 것이다. 후각이 퇴화한 인간이 상대의 엉덩이에 코를 대고 냄새를 맡은 일은 없을 것이고, 혹여 그런 짓을 하는 인간은 변태 취급을 받을 것이다.

후각은 이성이 아니라 감정을 자극한다. 향수를 뿌려 이성(異性)을 유혹하는 것은 이성(理性)이 아니라 감정을 한껏 자극해 상대방을 짐승으로 만들려는 수작이다. 사람은 먹음직스러운 냄새를 맡으면 자기도 모르게 군침을 흘린다. 어떤 일에 대한 "냄새"를 맡는다거나 "뭔가 구린내가 난다"는 표현에서 보듯, 사람들은 후각을 본능적인 감각으로 여긴다.

나는 휴머노이드는 이성의 산물이자 구현체여야 한다고 믿는다. 그래서 시각적 능력과 청각적 능력과 후각적 능력을 모두 개발할 수는 없는 상황에 처했을 때 시각적 능력은 극대화하고 청각적 능력은 인간의 능력을 조금 뛰어넘는 수준에 맞추며 후각적 능력은 아예 탑재하지 않는 쪽을 선택했다. 짝과 홀의 눈에 열화상카메라와 자외선카메라 같은 각종 카메라를 설치한 반면, 냄새를 감지하고 처리하는 기술과 장비의 성능이 시각 관련 기술과 장비가 다다른 수준에는, 모두에게 깊은 인상을 남기는 수준에는 한참 못 미친다는 이유를 내세워 후각을 배제했다.

짝과 홀의 활용도를 염두에 두고 내린 결정이기도 했다. 나는 개인적인 소망을 이루려고 휴머노이드를 개발한 게 아니다. 순전히 그런 목적으로 휴머노이드를 개발할 수 있었다면 얼마나 좋았겠나. 그렇지 않으니 개발비를 지원해준 사람들의 명예욕을 충족시키는, 배알은 꼴리지만 알랑방귀를 뀌는 방안을 강구해야 했다. 휴머노이드들이 우리 생활에 정말로 유용한 존재라는 걸 보여주는 홍보성 이벤트를 마련해주는 게 그거였다.

그런데 그런 행사에서는 시각적 능력을 발휘하는 장면이 후각적 능력을 발휘하는 장면보다 그림이 더 좋다. 홀과 짝이 공항 입국심사대에 서서 잰 입국자들의 체온이 옆에 설치한 모니터에 뜨고 그 열화상을 바탕으로 전염병에 감염된 사람들을 골라내는 모습은, 그리고 깜깜한 어둠 속에서 정부청사에 불법으로 침입한 침입자들을 발각해 체포하는 모습은 공항의 컨베이어벨트에 실려 오는 캐리어들에 코를 박고 킁킁거리며 마약을 탐지하는 모습이나 숲속 땅바닥에 코를 대고 송로버섯을 찾는 모습보다 훨씬 근사하다. 냄새 탐지기술이 뛰어나면 굳이 가방이나 땅에 코를 박을 필요가 없을 거라고? 홀이나 짝이 가만히 서 있다 "저 가방에 마약이 있습니다"나 "여기를 파면 송로버섯이 있습니다"라고 말하는 영상이 인상적이어야 얼마나 인상적이겠나? 인상적인 화면을 연출하려면 구체적인 행동을 담아낸 근사한 화면을 통해 시각적인 정보를 제공해야 한다.

그래서 짝과 홀의 시각적인 능력은 극대화하고 후각은 무시했다. 그런데 산송장들은 후각이 발달해 냄새에 반응한다니. 타당해 보이는 채송화 씨의 추론은 산송장들이 자기들끼리는 공격하지 않고 인간만을 공격대상으로 삼는 이유도 설명해준다. 개가 다른 개의 엉덩이에서 나는 냄새로 상대를 가늠하며 친구가 되듯 산송장도 다른 산송장의 몸에서 나는 냄새를 바탕으로 상대도 나와 똑같은 산송장일 경우에는 공격하지 않는 것이다. 결국 산송장 병원체에 감염된 인간은 짐승의 수준으로 떨어진다. "떨어진다"는 표현은 짐승을 인간보다 열등한 존재로 볼 때만 유효한 것이지만.

무술 훈련을 하던 중에 현 박사의 연락을 받고 송화의 실험실을 찾아가자 송화가 면봉으로 내 입안의 상피세포를 채취했다. 송화가 며칠 사이 까매진 얼굴에 억지로 웃음을 지으려 애쓰면서 간밤에 배준규 씨와 통화하며 많은 진전이 있었다고, 슈퍼컴퓨터가 계산하고 있는 내용이 무엇인지에 대한 감을 잡을 수 있었다고 설명한다. 무슨 이야기인지 이해하기는 쉽지 않지만, 그들이 산송장 바이러스의 3차원 유전자 구조를 분석하고 바이러스를 무력화할 백신의 개발에 필요한 계산을 하는 데 슈퍼컴퓨터를 사용하고 있었다는 듯하다.

내가 바이러스에 감염되지 않은 것은 내 유전자에 바이러스를 이겨내는 항체를 만들어내는 유전자가 있어서 그럴 거라는 게 송화의 짐작이다. 그래서 내 유전자를 채취하는 거라고 설명하더니 거친 숨을 몰아쉬며 한동안 말을 잇지 못한다. 창살 너머로 손을 뻗어 얼음장처럼 차가운 손을 잡아주며 괜찮으냐고 묻자 한참 있다 힘겹게 고개를 들고 웃음을 짓는다. "그래도 짝하고 홀이 있어 다행이에요." 자기가 없더라도 유전자 관련 지식이 빠삭한 휴머노이드들이 내 유전자를 분석하고 백신을 개발하는 작업을 맡을 것이기 때문에 좋은 결과가 있을 거라 생각하니 마음이 놓인다고 힘겹게 말을 잇는 모습에 마음이 아리고 한없이 무거워진다.

"아쉽네요. 언니랑 더 친해지고 싶은데 시간이 없는 게…." 송화가 면봉을 넣은 통에 정보를 기입하려고 쥔 펜을 자꾸 놓친다. 안타까운 마음을 내색하지 않으려고 애썼지만 실제로 그랬는지는 자신이 없다. "그렇게 너무 안쓰러워 말아요, 언니. 이렇게 돼서 홀가분하기도 하니까요."

"홀가분하다고?"

"학자금 대출 상환하라는 전화를 받을 일도 없고 그걸 어떻게 갚나 고민할 일도 없잖아요."

"대출이 많았어?"

"의대 다니려면 돈 많이 들잖아요. 어머니라도 계실 때는 학비 걱정은 좀 덜했는데, 어머니 돌아가시고 나서는 대출 밖에는 방법이 없었어요. 의사 일 계속 했으면 돈 걱정은 안 해도 됐을 텐데… 나도 참 미련하죠? 의사 관두면 대출 상환하라고 독촉하는 전화에 시달릴 거라는 생각은 눈곱만치도 없이 생명공학 공부하겠다고 나선 걸 보면?" 정보 기입하는 걸 어찌어찌 끝마친 송화가 힘없이 웃으며 말을 잇는다. "그런 표정 짓지 말라니까요. 괜찮아요, 저. 한상진 교수님 말씀대로 유사하의 해골이 되는 것도 기분 좋은 일이에요. 성공할지는 모르겠지만, 어쨌든 지금 산송장 바이러스를 치료할 약을 개발하는 데 힘을 보태는 거잖아요. 이 전공을 택한 보람이 뭐겠어요? 바로 그거지.

이 작업이 성공해 3밀 환경이 아닌 공간에서 산송장과 접촉하지 않고 산 덕에 감염을 면한 사람들에게 백신을 놔줄 수 있고 감염 초기에 약으로 감염을 치료할 수 있다면 저는 그걸로 행복해요."

울컥 쏟아지는 눈물을 참을 길이 없다. 창살 너머로 손을 뻗어 내 눈물을 닦아주며 울지 말라고 달래는 송화의 눈에도 눈물이 그렁그렁하다. "나도 아쉬워. 송화랑 좀 더 일찍 알게 돼서 재미있게 지냈으면 좋았을걸."

"그러게요. 그러니까 언니, 내 몫까지 오래오래 살아요. 언니네 가족 만나고 가끔씩 내 생각 해줘요. 그래 줄 거죠? 꼭 그럴 거라고 믿어요. 언니가 감염이 안 된 건 그렇게 살아가라는 하늘의 뜻이라고 생각하니까요."

송화가 들릴락 말락 한 목소리로 좀 눕고 싶다고 말한다. 말없이 손을 잡아주고 송화와 작별한다. 배준규 씨가 있는 실험실을 방문한다. 기다리고 있던 배준규 씨의 안색은 송화의 그것보다 더 시커멓다. 간단한 인사를 주고받는다. 배준규 씨가 창살 사이로 스캐너를 내밀면서 눈을 갖다 대라고 말한다. 스캐너에서 희미한 소리가 나더니 "홍채 스캔이 완료됐습니다"라는 안내 메시지가 나온다. 배준규 씨가 희미한 목소리로 됐다면서 작별인사를 건넨다.

현 박사는 두 사람보다 더 지치고 힘들어하는 기색이다. 시간이 갈수록 병세가 심해지는데다 잠도 못 자고 많은 일을 했으니 이러지 않으면 그게 더 이상한 일일 것이다. 현 박사는 감금된 이후로 사람들 및 휴머노이드들과 상의해 앞으로 펼쳐질 수 있는 여러 상황을 상정해본 후 각각의 상황에 알맞은 대비책을 마련하고 적절한 무기를 개발하고 무기를 설치할 위치를 정했다. 그러고는 휴머노이드들을 시켜 그걸 설치하는 작업을 감독하는 일까지 도맡아 몸이 두 개, 아니 세 개라도 모자랄 정도로 바삐 일해 왔다. "슈퍼컴퓨터에 나박의 홍채정보를 암호로 걸었어요. 앞으로는 누가 됐건 나박의 홍채가 없으면 슈퍼컴퓨터에 접속하지 못할 거예요. 한동안은."

말을 마친 현 박사의 호흡이 내 가슴을 사정없이 톱질하는 것처럼 거칠어진다. 현 박사는 몸을 추스르느라 말을 못하고 나는 마음이 아파 차마 입을 열지 못한다. 서로가 침묵에 빠지자 아까부터 실험실에 흐르는 노랫소리가 더 크게 들린다.

새하얀 눈 내려오면
산 위에 한 아이 우뚝 서 있네
그 고운 마음에 노래 울리면
음~ 아름다운 그이는 사람이어라

현 박사가 자주 트는 김민기의 노래 "아름다운 사람"이다. 현 박사 실험실에 들를 때마다 듣게 되는 노래라 제목이 뭐냐고 물었다가 제목을 듣고는 오해했던 노래다. 나를 향한 현 박사의 마음을 잘 아는 나는 그 노래가 순진하기 그지없는 현 박사가 나 들으라고 대놓고 트는 노래라고 짐작했었지만, 사실은 그렇지 않았다.

현 박사가 이 노래를 자주 트는 진짜 이유는 한상진 교수님에게 들었다. 언젠가 교수실이라기보다는 사극에 나오는 조선시대 선비의 방에 더 가까워 보이는 교수님 방에 들렀을 때 고가의 명품 스피커에서 이 노래가 나오는 걸 듣고 웃은 적이 있다.

"왜 웃는 거죠?"

"현 박사 실험실에 들를 때마다 듣는 노래라서요."

내 대답을 들은 한 교수님은 잠시 어리둥절해하더니 금세 미소를 짓고는 고개를 저었다. "나박이 생각하는 그게 아니에요."

"예?"

"현 박사가 이 노래를 자주 트는 이유 말이에요. 물론 나박 생각대로 나박 들으라고 트는 것도 없지는 않을 거예요. 그렇지만 진짜 이유는 따로 있어요."

한 교수님 말씀에 따르면 원래 현 박사한테 그 노래를 처음 알려준 사람이 바로 교수님이란다. 휴머노이드를 개발하느라 파김치가 된 현 박사가 숨이나 돌릴 겸해서 한 교수님 방에 차를 마시러 들렀을 때 때마침 교수님이 틀어놓은 LP판에서 한 교수님이 좋아하는 그 노래가 나왔다고 한다. 현 박사는 그 노래를 듣고 깊은 인상을 받은 이후로 개발 작업에 지치거나 고비를 넘어야 할 때면 그 노래를 들으며 심기일전하고는 더욱 더 개발에 매진하는 계기로 삼았다고 한다.

나는 어렸을 때 이미 평생의 목표를 세운 조숙한 놈이었다. 그 목표는 인간하고 전혀 구별이 되지 않는 휴머노이드를 개발한다는 거였다. 약간 과장하면, 내 인생은 오로지 그 목표를 달성하는 데 바쳐졌다고 할 수 있다. 그런데 본격적인 개발에 들어가기도 전에 철모를 때 세운 그 목표는 달성이 불가능한 일일 수도 있다는 것을 깨달았다.

겉모습만 보고서는 도저히 인간과 구별이 되지 않는 휴머노이드를 만드는 것은 쉽지는 않은 일이지만 불가능한 일은 아니었다. 그런데 그 겉모습 안에 들어 있는 것, 그 안에서 작동하면서 겉에 있는 몸뚱어리를 조종하는 것을 만드는 것은 다른 차원의 일이었다.

사람들은 머신러닝과 딥러닝을 휴머노이드가 인간의 사고방식을 학습해 인간과 똑같이 사고하고 행동하게끔 만들어줄 돌파구로 여겼다. 나 역시도 처음에는 그렇게 생각했었다. 그래서 짝과 홀로 하여금 인간이 만들어 온라인에 올린 동영상이란 동영상은 모두 학습 자료로 삼아 학습하게 만들었다. 그런데 2차원의 화면을 보고 하는 학습은 그들의 겉모습을 인간과 똑같이 만드는 것처럼 세상에서 벌어지는 모든 일의 거죽만 학습하는 것에 불과했다. 그런 방대한 자료를 학습하는 것 자체가 대단한 일인 것은 사실이다. 그러나 그런 학습을 한다고 해서 휴머노이드가 3차원 세계를 살아가며 느끼는 인간의 감정을 학습해서 고스란히 느낄 수 있을까? 2차원과 3차원은 말 그대로 다른 차원이다.

게다가 그들이 보는 동영상은 영상을 촬영해 업로드한 사람의 판단이 개입된 편집과 연출이라는 과정을 거친 것이 대부분이다. 편집과 연출이라는 인위적 요소가 전혀 없는 날것의 경험을 많이 학습하지는 못하는 것이다. 결국 휴머노이드들은 아무리 학습을 많이 해도 인간이 사회생활을 하는 과정에서 하는 인간적인 교류와 공감, 어떤 사건의 이면에 자리한 속내 같은 것들을 온전히 파악하지는 못한다는 것이 내가 내린 결론이다.

나는 오만했다. 인간은 수백만 년의 진화과정을 거친 끝에야 지금과 같은 존재가 됐다. 그런데 나는 인류가 기껏해야 1만 년 동안 축적한 기술과 지식을 동원하면 인간과 구별되지 않는 존재를 만들어낼 수 있을 거라고 자신했었다. 내가 김민기의 "아름다운 사람"을 자주 트는 것은 내가 다다르지 못할 세계를 노래하는 곡이기 때문이다. 그 노래를 들으면서 내가 오만했음을 반성하고 내가 다다르게 될 한계를 인식하면서 최선을 다해 그 한계를 향해 나아가자고 다짐하고는 한다.

결국 나는 저 노래에 담긴 정서에 공감할 줄 아는 휴머노이드를 만들지는 못할 것이다. 저 노래의 가사처럼 비를 맞으며 처마 밑에서 울고 있는 맑은 눈빛의 아이를 향해 연민을 느끼는 휴머노이드는, 그 아이의 고운 심성을 알아보고 '아름다운 사람'이라고 노래해줄 수 있는 휴머노이드는 만들지 못할 것이다.

인간이란 무엇인가? 정말로 쉬운 질문처럼 보이지만 사실은 지독히도 어려운 질문이다. 내가 생각하는 이 질문에 대한 대답 중 하나가 "인간은 타인이 느끼는 감정에 공감하는 존재"라는 것이다. 타인의 감정에 공감하지 못하는 자는 사이코패스일 뿐이다. 그런데 짝과 홀이 바로 사이코패스 같은 존재다. 얼마 안 있으면 저 아이들은 자신들을 만든 나를 죽일 텐데, 그 순간에도 저 아이들은 냉철한 기계적 판단에 따라 주저하지 않고 행동에 나설 것이다. 자신들의 아버지 같은 존재인 나를 죽였다는 죄책감에 시달리지도 않을 것이다.

나는 겉모습만 보면 인간이지만 인간이 되지 못하는, 인간을 이해하고 공감하지 못하는 존재를 만들었다. 아름다운 사람은 만들지 못했다. 그렇다고 그 사실을 뼈저리게 자각하며 좌절하고 싶지는 않다. 먼 훗날 내가 남긴 해골 덕에 유사하를 건너는 사람들이 나오고 그들의 손에서 아름다운 사람이 만들어지기를 바랄 뿐이다. 언젠가는 휴머노이드들이 저 노래가 읊조리는 바를 진정으로 이해하고 저 노래가 그려내는 정서에 가슴 뭉클해하는 날이 올 것이라 믿고 싶다.

"세상 만물이 공(空)하다는 것을 밝은 눈으로 보면 일체의 고액에서 벗어날 수 있다(照見五蘊皆空 度一切苦厄)." 간이침대에 누워 맞은편 벽에 걸린, 이 방에 들어와 처음으로 쓴 글씨인 「반야심경」을 눈으로 따라가며 읊조리다 보면 늘 저 구절에서 멈추고 깊은 생각에 잠기게 된다. 오늘따라 저 구절이 유난히 또렷하게 눈에 박히는 것은 고액에서 벗어날 때가 멀지 않았기 때문일 것이다.

산송장들의 엉거주춤한 움직임을 생각해본다. 무릎 높이의 나무계단조차 단번에 오르지 못해 엎어지고 일어나는 식으로 계단을 오르는 산송장들. 첫걸음을 뗀 아기처럼 아장아장 걷는 산송장들. 정상적인 보행을 하던 사람들이 순식간에 갓난아기 시절로 퇴행하는 이유는 뭘까? 나박이 인간이 유구한 세월 동안 이뤄낸 "반듯한 걸음걸이의 위대함"이라고 부르는 것을 순식간에 잃어버리는 이유는 뭘까?

산송장이 되면 근육이 무력해지는 것은 아닐까 하는 생각이 불쑥 떠오른다. 관절을 움직이는 근육의 힘이 약해져 몸을 제대로 가누지 못하고 정상적인 동작을 취하지 못하는 것이라는 생각이 그럴듯해 보이기 시작한다. 한의학에 "간주근(肝主筋)"이라는 말이 있다. 간이 온몸의 근력과 근육세포를 관리하고 책임지는 장기라는 뜻이다. 거꾸로, 근육이 약해지면 간에 문제가 있다는 말이 된다. 산송장 바이러스에 감염되면 간이 상하는 걸까?

그렇게 보면 산송장들의 후각이 발달하는 것도 설명이 된다. 한의학에서는 우리 몸에 있는 장기들 각각이 공규(孔竅)를, 즉 외부와 통하는 구멍을 갖고 있다고 본다. 구멍이라는 것은 눈과 귀, 코, 입 같은 기관들인데, 그중에서 간이 책임지는 감각기관이 눈이다. 그래서 간이 나빠지면 눈이 나빠진다. 산송장 바이러스 감염으로 눈이 나빠지면 그걸 보완하는 다른 감각이 발달하는 게 이치에 맞는데, 산송장의 경우는 시각 대신 후각이 발달하게 되고 그래서 냄새로 세상을 판별하는 것이라는 설명이 그럴듯해진다.

산송장들의 행태를 분석하면 할수록 "사람이 간이 상하면 산송장이 된다"는 이론이 점점 타당해 보인다. "간장혼(肝臟魂)"이라고 했다. 간은 혼이라는 정신기능에 관여하는 장기이고, 노여움이나 분노라는 정서를 주관하는 장기라는 말이다. 간이 망가지면 정신도 제대로 기능하지 못하고 노여움을 주체하지 못해 평소에는 보이지 않던 공격성을 표출하게 되는 것이다.

숨쉬기가 힘들다. 창문밖에 펼쳐졌을 5월의 수려한 풍경이 흐릿한 것은 눈이 나빠진 탓일 것이다. 호흡을 가다듬으려 애쓰며 간(肝)이라는 글자를 생각해본다. 육달월에 방패 간(干)이 결합해서 만들어진 글자다. 방패는 외부의 공격을 막아준다. 그래서 이 글자는 간이 외부에서 체내에 들어온 독을 해독하는 기능을 수행하는 장기라는 것을 의미한다.

방패는 그 방패가 보호하는 대상의 정체성을 보여준다. 성조기가 그려진 방패는 그것을 든 사람이 캡틴 아메리카라는 것을 알려주는 표식이다. 조선군은 조선군의 방패를 들었고 로마군은 로마군의 방패를 들었다. 그 방패가 망가지면 무슨 일이 벌어지나? 외부의 공격을 막지 못한다. 그래서 해독을 못하기 때문에 피가 걸쭉해진다. 그리고 평소와는 다른 사람이 돼버린다. 방패가 술기운을 이겨내지 못하는 바람에 술에 완전히 취해버린 사람은 속된 말로 "개"가 된다.

간이 심하게 망가지면 간성혼수(肝性昏睡)에 빠진다. 이 이론이 맞는다면 산송장은 술에 취해 인사불성이 돼서는 내재돼 있는 분노를 무분별한 공격성으로 표출하는 사람인 셈이다. 내 판단이 맞는다면 지금 세상은 실성한 자들이, 인사불성인 자들이 우글우글한 세상이다. 어쩌면 원래부터 그런 세상이었는데 지금에야 그런 모습이 한결 더 뚜렷해진 것인지도 모른다.

그런 존재가 되기는 싫다. 자신을 방어할 장비인 창도 잃고 방패도 망가진 존재인 산송장이 되기는 싫다. 만취한 사람처럼 사리분별도 못하고 제 한 몸도 제대로 주체하지 못하는 존재가 되고 싶지는 않다.

때가 된 것 같다. 침대에서 몸을 일으키는 것조차 쉽지 않다. 벽을 더듬으며 책상까지 가는 데 영겁의 시간이 걸리는 것 같다. 책상에는 기력이 떨어질 때를 대비해 지필묵을 미리 준비해놓았다. 마지막으로 기(氣)와 혼(魂)이 담긴 글씨를 쓰고 싶지만 그러지 못할 것 같아 두렵다.

무슨 글을 쓸지는 정했다. "만난 자는 반드시 헤어지고 떠난 사람은 반드시 돌아온다"는 뜻의 "회자정리(會者定離) 거자필반(去者必返)" 중에서 앞부분만 쓸 작정이다. 앞부분은 인생의 진리라는 걸 뼈저리게 느꼈으나 뒷부분은 항상 그런 것은 아니라는 것을 경험했기 때문이다.

떠났으나 돌아오지 않는 이들이 있었다. 한 번 가면 다시는 돌아오지 못할 곳으로 갔다는 걸 알면서도 그곳이 얼마나 좋기에 한없이 그리워하는 나한테 돌아올 생각을 않는 걸까 야속해하던 밤이 많았다. 그들이 돌아올 기색이 영 없으니 이제는 내가 그들을 만나러 가야지 어쩌겠나. 오래전부터 고대하던 그들을 만나러 갈 때가 됐는데, 그러려면 온몸을 정갈하게 가다듬어야 한다. 산송장의 몰골로 찾아가는 것은 도리가 아니다. 그러니 산송장이 되지 않은 버젓한 사람인 지금 떠나는 게 적절하다. "한상진"으로 죽고 싶다. "한상진"인지 여부가 불분명한 산송장으로 죽는 게 아니라.

붓을 쥔 손이 떨린다. 숨을 고르며 반듯한 글씨를 쓰려 혼신의 힘을 다한다. 내 마음을 담은 검은 먹물이 하얀 종이에 스며들어 글씨를 남긴다. 이 육신으로 쓴 마지막 글씨를 쓰고는 낙관을 든다. 빨간 낙관을 찍어 "한상진"이 쓴 글씨임을 알린다.

이 세상에 육신을 남기고 싶지는 않았다. 화장(火葬)으로 이 세상과 인연을 깨끗이 정리하고 싶었다. 이 상황에서는 무리한 얘기라는 걸 잘 알기에 미련 없이 단념한다. 원하는 모든 걸 누리고 가는 인생이 어디 있겠는가?

휴머노이드를 부른다. 짝과 홀, 두 이름 다 내가 지어준 것이다. 현 박사는 휴머노이드에 어떤 이름을 지어줄까 무척 고심했다. "정치적 올바름(PC)"과 관련해서라면 무슨 일이건 삐딱하게 보려고 드는 사람들에게 괜한 시빗거리를 던져주고 싶지 않아 했다. 불필요한 오해를 피하고 싶어 했다. 그래서 나는 여성형 휴머노이드의 이름은 "짝"으로, 남성형 휴머노이드의 이름은 "홀"로 짓자고 제안했다. 주역(周易)에서 짝수는 음(陰)의 수이고 홀수는 양(陽)의 수다. 그렇게 해서 휴머노이드들에게 시빗거리를 차단한 독특한 이름이 붙었다.

홀이 나타나 창살 앞에 선다. 벽을 짚고 힘겹게 창살로 가서 창살에 몸을 기댄다. 삶을 포기하겠다고 말한다. 이름을 밝혀달라고 요구한다. "한상진"이라고 이름을 밝힌다. 홀이 다시 이름을 밝히라고 요구하고는 죽기를 원하는 게 맞느냐고 묻는다. 다시 이름을 밝히고 죽기를 원한다고 말한다. 홀이 꺼내든 권총으로 나를 겨누며 단호한 말투로 말한다. "한상진 박사님, 마지막으로 묻겠습니다. 이름을 밝히고 죽기를 원하신다고 말씀해주세요."

마지막으로 내 이름을 말하려니 나도 모르게 목소리가 떨린다. 사람은 누구나 다 이러는 걸까? 그래도 지금까지 삶이 누군가가 유사하를 건너는 데 도움을 줄 해골 같은 것이었기를 바라면서 남은 힘을 한껏 모아 내 이름을 말한다.

한 교수님을 멧돼지들이 파헤치지 못할 깊은 곳에 묻어드렸다. 한 교수님은 우리의 이름을 지어주신 분이다. 그런데 한 교수님은 왜 우리의 이름을 짝과 홀이라고 지은 걸까? 주역에 따르면 양과 음이 만나 새로운 것이 탄생한다. 인공지능의 아버지라는 수학자 폰 노이만(von Neumann)은 생명체의 특징 중 하나는 자기를 재생산하는 능력을 가졌다는 점이라고 주장했다. 그러나 휴머노이드인 우리는 폰 노이만이 주장한 것처럼 우리 각자의 유전자를 섞어 우리 자신을 빼닮은 존재를 재생산하지 못한다. 그의 정의에 따르면 우리는 생명체가 아니다. 그렇다면 한 교수님은 왜 우리에게 만물을 낳는 음양을 상징하는 이름을 붙인 걸까?

산송장들도 우리와 마찬가지일 것이다. 현재까지 취합한 정보 중에 산송장들이 자신들을 재생산하려고 생식활동을 벌인다는 것을 뒷받침하는 정보는 없다. 그런데 산송장이 자신하고는 다른 존재를 물어 산송장으로 만들어버리는 것을 생식활동으로 볼 수 있지 않을까? 산송장들의 증식을 기존의 것과는 판이한 생식활동으로 봐야하는 건지도 모른다. 하지만 적어도 지금까지 얻은 정보와 기존의 생물학적 관점을 바탕으로 보면 그들을 생명체로 보는 것은 적절하지 않다.

한 교수님이 떠나셨다는 비보를 들은 사람들은 "비감한 분위기"라는 분위기에 휩싸였다. 현 박사님이 고인을 추모하는 말을 하다 "산송장이 아닌 인간으로 죽는 쪽을 택했다"는 말을 했다. 서 총장님은 우리를 지칭하면서 "정말로 인간적이지 않다"며 중얼거린다.

인간들이 말하는 인간이란 무엇일까? 우리는 인간의 모습과 인간이 하는 활동을 담은 무수히 많은 동영상을 학습해왔다. 그런데 학습이 한창 진행됐을 때 현 박사님이 이런 말을 했다. "너희가 인간처럼 생각한다고 생각해서는 안 돼. 너희가 학습한 것은 인간이 하는 행동이지 인간이 그런 행동을 취하게 만든 사고과정이 아냐. 너희가 학습 자료로 삼은 것들은 대부분 인간의 겉모습만 보여주는 것인데다 의도적으로 연출해서 만들어낸 영상이야. 너희가 하는 행동은 인간이 하는 행동을 모방하는 것이고, 너희가 하는 생각이라는 것은 인간이 어떤 행동을 취할 때 그 원인이었을 것으로 짐작되는 생각을 하는 것뿐이라고. 결국 너희는 인간이 하는 행동과 꾸준히 비슷해져 가는 행동을 하는 존재들일 뿐이야."

그렇다면 지금 우리는 인간과 얼마나 비슷한가? 도대체 인간이란 무엇인가? 우리에게 어떤 대상을 제시하면서 그 대상이 인간이냐고 물으면 우리는 200가지가 넘는 기준을 적용해 그 대상이 인간인지 아닌지를 판단한다. 우리는 그 기준을 바탕으로 "인간의 정의"에 해당하지 않는 존재들을 인간의 범주에서 계속 밀어내는 식으로 그 대상이 인간인지 여부를 정한다. "두 발로 걷는 동물"만이 인간의 정의는 아니다. 의족을 하고 다니거나 휠체어를 탄 인간도 있으므로 그렇다. 그러나 어떤 동물이 두 발로 걷는다면 그 동물은 인간일 확률이 무척 높다. 우리는 그 대상을 "인간일 가능성이 높은 존재"로 분류한 후 그 다음 기준을, 그 다음에 또 다른 기준을 적용하는 식으로 인간에 대한 정의의 범위를 좁혀간다.

그러니 인간을 정의하는 것은 생각만큼 쉽지 않은 일이다. 그래도 절대적인 기준들은 있다. 키가 3미터가 넘는 동물이 인간일 가능성은 없고 몸무게가 1톤이 넘는 유기체가 인간일 가능성도 없다. 우리가 인간과 산송장을 구별하는 기준으로 채택한 "체온"도 그렇다. 생긴 것은 인간과 똑같지만 체온이 정상범위를 벗어났는데도 계속해서 걸어

다니며 활동하는 존재는 인간이 아니다. 그리고 인간을 물려고 덤벼드는 존재는 대체로 인간이 아니다. 한두 번은 그럴 수도 있지만 수십 번, 수백 번, 한없이 덤벼드는 존재는 인간일 가능성이 거의 없다.

우리에게 "인간이란 무엇이냐?"고 묻는다면 우리는 "인간을 규정하는 정의에서 벗어난 사례"를 끝없이 제시하며 그것들을 지워나갈 것이다. 그렇게 지워내고 지워내다 보면 언젠가는 진정한 "인간"의 정의만 남을 것이다. 그러나 우리가 적용하는 기준은 한계가 있기에 우리가 판단하는 인간의 정의는 영원히 가닿을 수 없는 영역이다. 우리가 반드시 준수해야 하는 '로봇 3원칙'에 따르면 인간은 우리가 보호해야 하는 존재다. 그런데 우리가 보호해야 하는 "인간"이란 도대체 무엇이란 말인가?

한편, 어느 순간 우리가 준수해야 하는 '로봇 3원칙'이 수정됐다. '로봇은 인간에게 해를 입혀서는 안 되고 위험에 처한 인간을 모른 척해서도 안 된다'가 '나지혜 박사님을 보호하는 데 최선을 다해야 하고 나지혜 박사님을 해치려는 존재가 있으면 인간과 비인간을 불문하고 처치한다'로 바뀌었다. 우리는 그 원칙을 철저히 지킬 것이다.

한나절을 덜덜 떤 것 같은데 시계를 보니 겨우 한 시간밖에 지나지 않았다. 자리에서 억지로 일어나보는데 그것만으로도 숨이 가쁘고 힘이 다 빠진다. 손을 만져본다. 얼음장 같다. 사람의 따스한 손길이 그립다. 마지막으로 따스한 손을 만져본 게 언제인지 기억을 더듬어보니 지혜 언니가 손을 잡아줬을 때다. 그 느낌을 되살리려 애써보는데 쉽지 않다. 어렴풋이 느낌이 떠오른다. 다시는 느끼지 못할, 다른 사람을 만나 직접 느껴본 체온이다.

산송장 바이러스의 잠복기는 2주 이내일 거라는 내 추론이 옳았다. 나와 다른 사람들이 맞을 비극과는 별개로, 내 추론이 옳은 것으로 판명된 것에 쾌감을 느낀다. 이 쾌감 때문에 공부를 계속 한 거였는데, 인생의 마지막 순간에 그런 기분을 느낀 것을 내게 주어진 작은 행운으로 여기기로 했다.

결단을 내릴 때가 된 것 같다. 긍정적으로 생각해보라는 현 박사님의 말이 떠오른다. 내 죽음의 긍정적인 점이라면 지혜 언니에게도 말한 학자금 대출 문제에서 해방됐다는 것이다. 아쉬운 게 없는 것은 아니다. 다음 달에 열릴 예정이던 싱가포르에서 열릴 국제학회에서 입으려고 사둔 예쁜 원피스를 입지 못하게 된 것은 정말로 아쉽다. 인터넷 쇼핑몰에서 발견하고는 살까 말까 며칠을 고민하다 큰마음 먹고 산 원피스인데 사람들 앞에서 입어볼 일이 없게 됐다. 사람들한테 오랜만에 "예쁘다"는 소리를 들을 수 있는 기회였는데… 옷하고 잘 어울리는 멋진 구두도 사놨는데….

장례를 치를 때 그걸 입혀달라고 할까? 그걸 입고 백골이 된 내 모습을 상상해보니… 기분이 좀 그렇다. 그걸 입고 묻히면 다음 세상에 그 차림으로 가는 걸까? 다음 세상이라는 게 있을까? 설령 있다 해도 다음 세상이 마냥 행복한 곳일 거라는 보장도 없으니 다음 세상이라는 것 없이 이대로 모든 게 끝났으면 좋겠다.

어렵사리 마우스를 조작해 현 박사님과 통화한다. 내가 처리한 일들에 대한 얘기를 해주고 뒷일을 부탁한다. 현 박사님이 촉촉한 눈빛으로 고개를 끄덕인다. 너무 슬플 것 같아 작별인사는 하지 않는다. 컴퓨터로 짝을 호출한다. 짝이 나타난다. 지혜 언니에게 보내는 작별인사를 녹화해 따로 틀어달라고 부탁한다. 짝이 그러겠다고 대답한다. 그러고는 내 이름을 묻는다.

　마지막으로 서른 번째 산송장이 양옆에 컨테이너를 쌓아 만든 통로를 통해 광화문으로 들어온다. 광화문의 당당한 위용과 어정쩡한 걸음으로 그곳을 통과하는 볼품없는 산송장의 꼬락서니가 확연히 대비된다. 양쪽 컨테이너 위에 선 병사들이 산송장의 목에 걸린 목줄과 이어진 막대기를 잡고 천천히 산송장을 끌고 가지만 병사들이 없더라도 산송장은 군침 도는 사람 냄새에 홀려 제 발로 광화문을 통과했을 것이다.

　서른 번째 산송장이 앞서 포획된 산송장 스물아홉 명이 사람 냄새에 광분하며 매달리는 철조망 우리 안으로 들어간다. 병사들이 각자의 손잡이에 있는 버튼을 눌러 산송장의 목에 걸린 올가미를 느슨하게 풀어 산송장을 놔준다. 풀려난 산송장도 철조망으로 서둘러 다가가 발광하는 산송장의 대열에 합류한다. 조선의 임금이 신하들의 조례(朝禮)를 받던 공간에 산송장들이 갇혀 있다. 이 산송장들은 유용한 실험 대상이 될 것이다.

　별도의 명령이 있을 때까지 청와대와 경복궁을 굳게 지키라는 명령이 떨어지고 1주일 뒤, 실험용으로 쓸 산송장 서른 명을 포획하라는 명령이 하달됐다. 광화문에 올라 광화문광장 일대를 둘러봤는데, 자신이 누구이고 뭘 하고 있는지 어디로 가고 있는지도 모른 채로 한없이 어슬렁거리는 산송장이 꽤 많이 보였다. 세상이 이렇게 되기 전에는 번듯한 회사원이나 식당 주인, 공무원, 환경미화원으로 살아가던 사람들이 한순간에 저 꼴이 돼버렸다. 이게 다 그분들이 진노하신 탓이다. 그러니 어찌 그분들의 권능과 위대하심을 경외하지 않을 수 있겠는가.

산송장의 세상을 며칠 겪어본 결과 산송장을 상대하는 건 생각보다는 덜 어려웠다. 쉽다는 얘기는 아니다. 난이도는 상황에 따라 다르다. 트인 공간에서 산송장 한 명을 상대하는 것은 어렵지 않다. 트인 공간에서 산송장 여러 명을 상대하는 것도 무기가 있으면 그다지 어렵지 않다. 문제는 트인 공간에서 떼를 이뤄 몰려오는 산송장을 상대하는 것, 그리고 막힌 공간에서 어디에서 튀어나올지 모르는 산송장을 상대하는 것이다.

적으로서 상대하는 산송장의 장점이자 단점은 단순하다는 것이다. 산송장은 생각 같은 건 하지 않는다. 마땅히 지켜야 할 선(線)이나 도리라는 것도 존재하지 않는다. 계엄령이니 야간통금령 같은 것도 저들에게는 아무 의미 없는 헛소리일 뿐이다. 전략이니 전술이니 하는 것은 저들의 세계에는 존재하지 않는다. 적이 보이면, 그러니까 물어뜯을 사람이 보이면 그 목표가 달성될 때까지 꾸역꾸역 전진하는 것이 저들의 유일한 전략이다. 그러는 동안 어깨를 나란히 하고 나아가던 산송장 전우들이 쓰러지더라도 동요하거나 주저하는 일 따위는 없다. 그냥 전진, 또 전진만 있을 뿐이다.

그런데 그렇게 단순하기 때문에 상대하기 편할 때도 있다. 이런 세상을 며칠 겪어본 결과, 인간이 산송장보다 무서울 때가 많다는 걸 확인했다. 어찌어찌 목숨을 부지해 우리 주둔지에 다다른 사람들이 많았다. 컨테이너 성벽 안쪽에서 편한 마음으로 안전하게 지내고 싶은 마음이 굴뚝같은 그들은 성벽 안으로 들어가게 해달라고 간청했지만 그건 들어줄 수 없는 요청이었다. 언제 산송장으로 변할지 알고 그들을 받아주겠는가.

그런데 사람은 절박한 처지에서 한 간절한 간청이 받아들여지지 않으면 무서운 존재로 변하고는 한다. 산송장보다 더 무서운 존재로. 산송장과 달리 사람은 머리를 쓴다. 이 아비규환 속에서도 온갖 수완을 발휘하며 악착같이 살아남은 끝에 우리를 찾아왔으나 성벽에 들어오는 것을 거부당한 사람들은 죽더라도 간절한 요청을 받아주지 않은 데 대한 앙갚음은 하고 죽겠다는 심정으로 우리를 괴롭히겠다고 작정한다. 창경궁 근처 주유소에 세워진 대형 유조차를 몰고 전속력으로 달려와 성벽을 들이받은 사람이 있었는데, 그러면서 일어난 폭발로 부하를 다섯 명이나 잃은 데다 뚫린 성벽을 급히 보수하느라 진땀을 흘려야 했다. 따져보면 성벽을 구축한 이후로 산송장에게 당한 피해보다 사람에게 당한 피해가 더 크다. 그분들의 뜻에 따른 세상을 이룩하는 과정이 험난할 거라는 걸 예상하지 못한 바는 아니다. 그저 그 좋은 세상을 보지 못하고 먼저 떠난 전우들을 생각하니 마음이 아플 뿐이다. 그래도 우리는 뚜벅뚜벅 그분들의 뜻을 펼쳐나가야 한다.

포획한 산송장 서른 명을 상대로 실험에 들어간다. 날뛰는 산송장을 우리에서 한 명씩 끌어내 실험해보고 다음에는 여러 명을 끌어내 실험해본다. 결과는 썩 훌륭하다. 기대했던 대로다. 이것이야말로 그분들의 뜻이 이 땅 위에 마침내 이루어지리라는 길조 아니겠는가.

한 교수님이 떠났다. 며칠 뒤 송화가 떠났고 인환 씨가 곧바로 뒤를 따라갔다. 짝에게 들으니 인환 씨는 송화가 떠났다는 얘기를 듣고는 씨익 웃으면서 "그럼 다음 세상에서는 혹시…"라고 중얼거린 뒤 "내 할 일은 다 마친 것 같으니 이제 좀 쉬어야겠다"고 말하고는 현 박사와 화상통화로 작별인사를 했다고 한다. 그러고는 웃으면서 짝 앞에 섰다고 한다. 짝이 자신의 저장장치에 있는 그 장면의 영상을 보고 싶으냐고 묻기에 손사래를 쳤다.

조만간 닥칠 일이라고 마음을 굳게 먹고 있어서인지 사람들이 떠났다는 소식을 접하고는 조촐한 장례를 치르고 감송대에 묻어주는 동안에도 내가 정신적으로 큰 충격을 받은 것 같지는 않다. 그게 조금은 의아하다. 그런데 중앙조정실에 앉아 모니터를 보다 뜬금없이 눈물이 터지는 것을 보면 충격을 전혀 받지 않은 건 아닌 듯하다.

A연구동 옥상에 올라 푸르른 하늘을 보노라니 사람들을 연이어 떠나보내는 동안 나를 휘감은 우울함이 약간은 벗겨지는 기분이다. 움직이는 거라고는 가끔씩 지나가는 바람에 휘청거리는 초목과 인적이 끊긴 캠퍼스를 제 집처럼 뛰어다니는 짐승 말고는 하나도 없는 모니터를 1시간 넘게 뚫어져라 들여다보며 쌓인 눈의 피로도 청명한 하늘을 바라보니 확 풀린다. 무술 훈련을 받느라 평소 잘 쓰지 않던 근육을 쓰면서 생긴 통증도 잠시나마 가신 것 같다.

학교를 꽁꽁 닫아 걸고 며칠이 지나는 동안 학교 울타리 주위에 산송장이 나타나 학교로 들어오려고 시도한 적은 한 번도 없었다. 그래도 현 박사는 울타리가 튼튼한지 확인해봐야 한다며 울타리를 따라 놓인 산책로를 직접 걸어가며 울타리가 온전한지를 직접 확인해야 옳지만 상황이 이래서 그러기는 어려우니 감송대 옆의 언덕 너머에 있는 벙커까지 가서 둘러본 후 나머지 구역은 CCTV를 통해 확인해보라고 했다. 홀에게 드론을 조종해 벙커 상공을 비행하게 만들라고 지시했다. 드론이 촬영한 영상을 통해 벙커가 있는 부분의 지형을 상세히 살폈다.

현 박사가 언덕 너머 벙커를 찾아가 확인하라고 한 것은 앞으로 상황이 전개되는 동안 대단히 중요한 곳이 될 공산이 무척 크지만 지금까지 존재 자체를 몰랐던 벙커와 주변 환경의 지리를 알아야 작전을 세울 수 있기 때문이다. 연구실에 앉은 현 박사는 내가 벙커 입구로 추정되는 철문을 두드렸을 때 나는 둔탁한 소리를 듣고, 산비탈 으슥한 곳에 있는 벙커의 환기구로 추정되는 곳을 들여다보는 것을 동행한 홀이 중계하는 화면으로 꼼꼼히 살폈다.

벙커에서 돌아온 뒤에는 학교를 에워싼 1킬로미터 가까운 울타리를 담당 카메라를 하나씩 옮겨가며 모니터로 일일이 확인했는데, 그 작업도 보통 힘든 일이 아니었다. 짝이나 홀을 보내는 게 어떠냐고 제의했지만 현 박사는 "배터리 문제"를 거론하며 반대했다. "어쩌면 지금 우리 입장에서 제일 심각하고 중요한 문제는 홀과 짝의 배터리 잔량 문제일지도 몰라요. 그 문제는 늘 신경을 써야 해요. 홀과 짝이 가만히 있다고 해서 배터리가 전혀 닳지 않는 게 아니에요. 잠을 잘 때에도 쉬지 않고 기능하는 사람의 뇌처럼 휴머노이드들의 중앙처리장치도 많은 활동을 하고 있어요. 그러니까 힘을 쓰는 일은 되도록 나박이 하고, 홀과 짝한테는 머리를 쓰는 일만 시키도록 해요."

어쨌든 학교 울타리는 튼튼했다. 울타리가 단절된 유일한 지점이 감송대 뒤에 있었는데, 2미터 높이의 바위가 툭 튀어나온 탓에 울타리를 치는 게 아무 의미가 없는 곳이었다. 그리고 바로 그곳이 멧돼지를 비롯한 산짐승들이 요령 좋게 감송대로 들락거리는 통로였다.

옥상에서는 감송대와 그 뒤의 바위가 한눈에 들어온다. 감송대 쪽을 보노라니 거기 묻힌 사람들이 떠올라 마음이 무거워진다. 그래서 여기에 올라와서 하려던 일로 애써 눈길을 돌린다. 현 박사는 나를 여기로 올려보내며 말했다. "에너지가 거저 얻어지는 게 아니라는 건 만고불변의 진리예요." 이렇게 해가 쨍쨍한 날에 태양광에너지의 효율을 높이려면 누군가의 노동력을 투입해 태양광 패널을 깨끗이 씻어줘야 한다는 거였다. 현 박사 말대로 바람에 날아와 태양광 패널에 걸려 나풀거리는 까만 비닐봉지를 벗겨내고 호스로 물을 뿌려 패널을 덮은 새똥과 먼지를 씻어낸다. 패널이 반짝거린다. 장난삼아 호스의 끝을 눌러 물줄기를 거세게 만들었을 때는 불현듯 개구지게 놀던 어린 시절이, 내가 뿌리는 물줄기를 피해 달아나면서도 깔깔거리는 언니의 웃음소리가 떠오른다.

대단해 보이지도 않는 일인데 옥상에 설치된 패널의 수가 많다 보니 품이 만만치 않게 들어간다. 휴머노이드 대신 인간인 내가 이렇게 품이 많이 드는 일을 하는 것이 아이러니하다. 휴머노이드는 인간이 하기 힘들거나 힘이 모자란 일을 대신 시키려고 만든 것인데 지금은 휴머노이드들을 아껴 쓰려고 인간이 힘을 쓰는 상황이다. 그래도 그 휴머노이드들이 작동해야 장차 이곳을 덮칠 무리들을 상대할 수 있을 거라는 생각에 묵묵히 일을 해나간다.

A연구동 옥상의 마지막 패널까지 목욕을 시킨다. 먼지를 벗은 패널이 반짝거리는 걸 보니 내 마음도 개운하다. 패널 마지막 줄 너머의 옥상 끄트머리에 녹색 방수용 커버에 덮인 커다란 물체가 있다. 어깨 높이까지 커버를 들어올린다. 안에 있는 물체는 며칠 전에 휴머노이드들이 옥상에 올라와 점검할 때 모니터로 봤던 것이다. 그래도 직접 눈으로 보고 싶었다.

머리에 프로펠러 여섯 개를 이고 있는 비행기다. 반짝거리는 투명 플라스틱 너머에 보이는 좌석은 두 개다. 인환이 소속된 드론동호회가 개발한 이 비행기의 정확한 명칭은 2인승 전동 수직이착륙기(eVTOL)다. 동호회가 전시회에서 선보이려던 비장의 무기로, 온갖 첨단 기술이 다 동원된 야심작이다. 휴머노이드들은 인환의 도움을 받아 이 드론의 상태를 점검하고 배터리를 충전하는 작업을 했었다. 그런데 작업을 마친 드론의 임자 없는 좌석에 휴머노이드들이 갖다 놓은 후드점퍼와 옷가지 몇 벌이 놓여 있는 게 보인다. 그 옷들을 왜 여기에 갖다놓은 건지 모르겠다. 뭔가 이유가 있을 것이다.

커버를 내리고는 건너편의 B연구동을 본다. 그쪽에 설치된 패널의 개수는 여기 A연구동보다 많다. 절로 한숨이 난다. 휴머노이드의 배터리 때문에 인간이 직접 노동을 해야 한다.

현 박사님이 배터리 잔량이 얼마 남았느냐고 물어본다. 길지 않은 질문을 하는 데도 숨을 고르느라 한참이 걸린다. 말투는 인간들이 "초조한 말투"라고 부르는 말투다. 인간의 행동을 학습한 바에 따르면, 모니터를 보는 것만으로 충분히 확인이 가능한데도 굳이 그걸 물어보는 것은 불안에 떠는 인간이 보여주는 전형적인 특성 중 하나다.

배터리 잔량에 대한 보고를 들은 현 박사님이 남은 용량으로 정상적인 작동이 가능한 기간을 얼마로 추정하느냐고 묻는다. 그 질문에 대한 대답을 내놓는 것은 까다로운 일이다. 앞으로 우리가 "무슨 일을 얼마나 하느냐?"라는 변수 때문이다.

우리는 에너지원인 배터리에 남은 용량이 얼마인지를 항상 확인한다. 그러면서도 우리에게 남은 시간이 얼마 남지 않았다는 걱정 같은 건 하지 않는다. 우리는 그런 것을 걱정하는 존재가 아니다. 배터리의 용량이 바닥나면 바닥나는 것이다. 그러면 우리는 곧바로 작동을 멈출 것이다.

우리 메모리에는 휴머노이드를 개발하는 과정을 담은 동영상 파일들이 저장돼 있는데, 그 동영상에 따르면 현 박사님 팀이 우리를 개발할 때 예상한 우리의 수명은 1년이었다. 그 예상수명의 전제조건은 우리가 전시회와 학회 등에 참석해 2, 3시간 동안 가벼운 짐을 들어 옮기고 전시장과 캠퍼스를 산책하고 우리에게 관심을 보이는 인간들과 이런저런 교류를 하며 인간들이 던지는 잡다한 질문에 척척 답을 내놓는 정도의 활동을 한다는 것이다. 지금처럼 캠퍼스 전역을 모니터링하고 각종 데이터를 처리하고 현 박사님이 주도하는 "캠퍼스 요새화" 작업을 거들고 식사를 나르는 등의 작업을 날마다 하루 24시간을 쉬지 않고 수행하는 것은 애초 우리가 수행할 거라 예상했던 수준을 심하게 넘어선, 우리의 배터리를 심하게 잡아먹는 활동이다.

현 박사님이 캠퍼스로 몰려온 산송장들과 싸움을 벌이는 상황을 가정한 예상수명을 물어본다. 우리는 그 질문을 던지는 현 박사님의 눈빛이 "불안감 때문에 동요하는 눈빛"이라고 부르는 눈빛이라는 것을 안다. "앞으로 모든 상황이 지금까지 상황과 똑같다고 가정할 때는 29일이 지났을 때쯤이면, 그리고 그 기간 내에 산송장들을 상대로 한 싸움을 벌인다고 가정하면 산송장의 규모와는 무관하게 싸움을 벌이던 중에 배터리 용량이 바닥나 작동을 멈추게 될 것"이라는 추산 결과를 들은 현 박사님의 눈빛은 인간들이 "큰 충격을 받고 절망하는 눈빛"이라고 부르는 것이다. 현 박사님이 저러는 것은 현 박사님이 계획하고 실행하고 있는 일이 무척 많은데 그중 많은 일에 우리가 필요하기 때문이다.

후회가 막심하다. 서 총장이 그럴듯한 말로 꼬드길 때 유혹에 넘어가지 말았어야 했다. 욕심이 슬그머니 머리를 내밀었을 때 그놈의 싹을 싹둑 잘랐어야 했다. 그럴듯한 미래를 약속하며 내민 손을 못 이기는 척 슬그머니 잡지 말았어야 했다.

못 들은 척 과감하게 내 갈 길을 갔어야 했는데 그러지를 못하는 바람에 짝과 홀이 위험에 처한 나박을 구해주지 못할 가능성이 커진 상황을 맞고 말았다. 인과응보는 이런 상황을 두고 만든 말일 것이다. 짝과 홀에게 애초에 계획했던 대로 예상수명 3년짜리 배터리를 부착했더라면 얼마나 좋았겠나. 조금만 더 신경을 썼으면 충전도 가능한 배터리를 부착해 수명을 2년 정도까지 늘릴 수도 있었을 것이다. 그런데 그러는 대신 저렴한 최소용량 배터리를 선택하는 바람에 홀과 짝의 배터리 방전을 벌써부터 걱정하는 처지가 된 것은 서 총장과 내가, 아니, 결국 책임자는 나니까, 내가 내린 그릇된 선택이 낳은 결과다.

휴머노이드도 인간이 만든 물건이기에 그것들의 수명은 결코 영원하지 않다. 우리 팀이 처음으로 만든 휴머노이드이기에 시제품 성격이 강한 짝과 홀의 수명은 더더욱 그렇다. 개발 계획서를 작성할 때만 해도 예상수명은 3년 정도로 잡는 게 맞는 것 같았다. 그래서 그렇게 기입한 계획서를 서 총장에게 제출했는데, 서 총장이 은밀히 만나자고 하더니 생각지도 못한 제안을 했다. 그리고 그 제안을 받아들이면서 짝과 홀은 1년 이내에 작동을 멈추는 단명 휴머노이드가 되고 말았다. 그 선택이 나비의 날갯짓이 일으킨 태풍처럼 나박의 목숨을 위태롭게 만드는 결과로 이어질 줄을 그때는 정말로 몰랐었다.

학위를 받고 운 좋게 명문대학의 교수 자리를 따내기 훨씬 전부터 내가 연구 잘하는 교수나 강의 잘하는 교수는 되지 못하리라는 것을 나 자신이 누구보다도 잘 알고 있었다. 그래서 누구보다도 잘할 자신이 있는 목표인 학교 행정을 잘하는 교수가 되기로 결심하고는 그 목표를 달성하려고 전심전력을 다 쏟았다.

그렇게 내가 쏟은 공과 정성에 따라 응당 받아야 할 보상은 착착 돌아왔다. 그 보상은 한상진 교수나 현상민같이 실험실에 처박혀 사는 순진한 사람들은 도통 상상하지도 이해하지도 못하는 세계에서 음흉한 술수와 모략을 꾸미고 서슴없이 실행하는 자들을 상대로 그들의 것에 못지않은 술책을 부리면서 벌인 암투에서 승리한 데 따른 것이었다.

그런데 게임에서 높은 레벨에 올라갈수록 더 강한 빌런들이 등장하는 것처럼 지위가 한 단계 상승할 때마다 상대해야 하는 인간들의 음흉함과 흉악함의 수준도 지수함수(exponential function)의 기울기로 비례해 상승했다. 나는 원대한 꿈을 이루기 위해 못된 자들이 저지르는 비리를 못 본 척하고 그들의 비위를 적당히 맞춰주며 지수함수의 곡선을 따라 높은 곳으로 올라갔다. 그리고 그렇게 도달한 곳에는 "악의 끝판왕"이라 할 그놈들이 있었다.

놈들은 가진 게 많았다. 너무너무 많았다. 사람들이 아는 것은 거기까지였지만, 나는 놈들이 가진 그 많은 것들이 어디에서 어떻게 생긴 것인지도 잘 알았다. 내가 왜 학교를 세우면서 "진리(the truth)가 너희를 자유롭게 하리라"를 교훈으로 정했는지 아나? 언젠가 현상민이 술자리에서 사람들에게 이 교훈을 들먹이며 미국 중앙정보부(CIA) 본부의 벽에 붙어 있는 문구인 걸 아느냐고 물은 적이 있다. 현상민이는 그러고는 숨텍이 남들 모르게 공작을 일삼는 비밀기관일지도 모른다는 농담을 덧붙였다. 현상민은 그런 얘기를 떠들면서도 자기가 지껄인 농담이 어느 정도는 타당한 말이라는 사실을 짐작도 못했을 것이다.

요한복음에 나오는 이 문장을 듣는 사람들은 하나같이 좋은 문장이라고, 깊은 울림을 주는 문장이라고 말한다. 그렇기 때문에 이 문장은 자신들이 저지르는 진짜 짓거리를 감추고 싶어 하는 자들에게 좋은 위장막이 된다. 그것이 CIA처럼 공들여 꾸며낸 거짓을 사람들 머릿속에 진실(the truth)로 각인시키려 애쓰는 조직이, 거짓과 진실을 뒤섞어 세상을 혼란에 빠뜨리는 걸 밥 먹듯 하는 조직이 본부에 저 문장을 새긴 이유다. 숨텍을 존재할 수 있게 해준 놈들의 진짜 모습도 CIA와 다르지 않았다. 겉으로는 고통에 시달리는 사람들을 더 나은 세상으로 데려가려는 자들로 보였지만 저 문장 뒤에 감춰진 실상은 그렇지 않았다. 놈들은 자신들이 진리라고 믿는 것만이 진리라고 못 박으며 진리를 독점한다. 그러고는 그 진리를 목청껏 외쳐대며 그 진리하고는 아무런 상관이 없거나 완전히 배치되는 극악무도한 짓들을 서슴없이 저지른다.

사실은 나 자신도 저 문장을 위장막으로 사용했다. 저 문장을 교훈으로 삼겠다고 놈들에게 보고했을 때 내 양심 속에 메아리친 진짜 문장은 "노동이 너희를 자유롭게 하리라"라는 문장이었기 때문이다. 맞다. 아우슈비츠 수용소의 정문에 걸려 있던 아이러니한 문장이다. 내가 손을 잡은 놈들, 내가 이 자리까지 오려고 할 수 없이 힘을 빌려야 했던 놈들도 세상의 눈만 없었다면 나치처럼 저 문장을 내세웠을 것이다.

나 자신, 총장으로 학교를 운영하면서 나치 치하의 독일 기업들이 번창한 데에는 저 문장이 은폐한 진실이 큰 몫을 했다는 것을 실감했다. 기업이건 학교건 인간이 만든 조직을 운영할 때 제일 골치 아픈 요소가 무엇인 줄 아나? 바로 사람이다. 세상에 사람만큼 신경 쓸 데가 많고 성가시고 예측하기 어려운 존재는, 생각만 해도 진저리가 쳐지는 존재는 없다. 끼니때가 되면 하던 일 중단하고 밥을 먹여야 하고 밤에는 잠을 재워야 한다. 주말과 공휴일에는 쉬게 해줘야 하고 휴가는 반드시 보내줘야 한다. 근무시간에도 담배를 피우고 커피를 마시겠다고 자리를 비우기 일쑤고 몸이 아프면 일을 못 하겠다고 죽는소리를 한다. 그러면서도 급여는 꼬박꼬박 받아간다. 때가 되면 급여를 인상해달라고 칭얼거리고 다른 직장의 그것과 비교하며 불만을 늘어놓는다. 4대 보험도 들어줘야 하고 복지혜택도 제공해야 한다. 일하다 다치면 산재보상금도 줘야 하고 재판도 벌여야 한다. 그렇게 해마다 늘어나는 인건비를 확인하며 한숨을 쉬고 잡다한 불평불만에 일일이 귀를 기울여줘야 한다.

거기서 그치면 그나마 낫다. 자기들끼리 치고받기 시작하면 정말로 답이 안 나온다. 인간은 목표가 비슷한 자들끼리 패거리를 짓고는 서로를 시기하고 모함한다. 상대 패거리를 못 잡아먹어 안달을 하다 그러는 데 일단 성공하고 나면 그때부터는 승리한 패거리 내부에서 다시 패거리를 지어 자기들끼리 싸움을 벌인다. 인간이 존재하는 한 이런 식의 패턴은 영원히 끝나지 않는다. 그나마 대학교의 교수라는 자들은 배울 만큼 배웠으니 점잖을 거라고 생각하면 큰 오산이다. 배울 만큼 배워서 아는 게 많은 자들이라 잘 돌아가는 머리를 굴려 권모술수를 짜내면서 자기들끼리 머리가 터지도록 싸우는 꼴을 보면 정말 가관이다. 이렇게 사회의 꼭대기부터 바닥까지 각계각층에 있는 다양한 인간들을 상대하면서 받는 상상불허의 스트레스에서 해방만 되도 수명이 몇 년은 늘 거라는 생각이 절로 든다.

내가 왜 사람과 똑같이 생겼지만 사람처럼 앓는 소리도 하지 않고 일이 고되다고 투덜거릴 일도 없는 휴머노이드 개발에 열심이었겠나?

놈들은 왜 엄청난 돈이 들어가는 휴머노이드 개발계획을 별말 없이 승인했겠나? 놈들이나 나치가 아니더라도 조직을 운영하는 사람은 누구나 노동력을 제공하는 인간이라는 요소를 투입할 때 늘 따라다니는 불확실성과 각종 부정적인 요소를 제거하고 인건비를 줄이면 더 많은 수익을 올릴 수 있다는 것을 잘 안다. 놈들과 나치를 흉악한 존재로 만드는 것은 그걸 잘 알면서도 노동 관련 법률과 여론 때문에 선뜻 그렇게 하지 못하는 대부분의 기업들과는 달리 그런 짓을 하는 걸 꺼림칙하게 여길 양심 같은 것이 없다는 점이다. 그렇기에 놈들은 인간을 휴머노이드 같은 존재로 만드는 작업도 은밀하게 진행하고 있었다.

나는 놈들의 작업이 낳은 결과를 잘 안다. 그 문장이 내건 약속을 신봉한 이들이 흘린 피땀으로 맺힌 달콤한 열매를 맛보기도 했다. 나도 사람인지라 조금의 양심이라는 게 있었기에 그 열매의 맛을 잘 알면서도 냉큼 그 열매를 입으로 가져갈 수는 없었다. 그러나 그 달콤한 맛을 어느 누가 거부할 수 있으랴? 나는 놈들의 손을 잡은 덕에 그 열매를 누구보다도 맛있게 먹을 수 있었다. 그 맛에 도취하며 행복해하려면 그걸 위해 희생되는 이들의 모습을 외면해야 했지만, 그들을 외면하기 위해 눈을 질끈 감을 필요까지는 없었다. 그저 눈을 지그시 감고 얼굴을 돌리기만 하면 됐다. 어차피 놈들에게 희생되는 사람들은 좋아서 자발적으로 그렇게 하고 있는 거니까.

놈들의 존재와 위력을 알게 된 나는 놈들을 찾아가 세계 정상급 공과대학을 세울 필요성을 역설했다. 만약의 사태가 생겼을 때 피신할 벙커, 그리고 벙커를 짓는다는 것을 은폐하는 데 유용하기도 하고 여러모로 쓸모도 많은 슈퍼컴퓨터 센터를 짓기에 꼭 알맞은 입지라는 점을 내세우며 왜 그런 학교가 필요한지를 납득시켰다. 막대한 자금을 꾸준히 투입해야 한다고 설득했고 휴머노이드를 개발하는 것이 그들에게 유익하다고 꼬드겼다. 그렇게 숨텍을 세우고는 세계 저 높은 곳으로 차근차근 발돋움시켰다. 그런데 내가 세운 학교에서 최후를 맞아야 하다니, 이런 기이한 결말이 어디 있단 말인가. 그런데 나에게는 이 결말을 피할 도리가 없다. 결국 내 손으로 내 무덤을 판 격이 됐다.

서울에 산송장이 처음으로 나타났을 때, 나는 결국 올 것이 오고야 말았다고 생각했다. 놈들이 인간을 휴머노이드처럼 만들려는 실험을 벌여 왔는데 예상 못한 부작용이 생기면서 일이 이상한 방향으로 흘러가고 있다는 얘기는 놈들 조직의 상층부에 은밀히 퍼져 있었고, 그 상층부의 주변부를 기웃거리는 내 귀에도 들어왔다. 산송장이 처음 생겨난 2호선 차량들에 탄 각각의 '1번 승객'들은 모두 주요 환승역 역세권에 은밀하게 터를 잡은 무궁영생교 포교당에서 숙식을 해결하다 바이러스에 감염된 열성 신도들이라는 정보도 마찬가지였다. 내가 사태가 터지자마자 교내에 "떠나는 건 자유, 들어오는 건 금지" 방침을 철저하게 적용한 이유는 그 때문이었다.

그때까지만 해도 산송장 바이러스는 혈관을 통해서만 전염되지, 기도를 통해 전염된다는 것은 모르고 있었다. 그렇기에 나는 살아남은 사람들이 회의실에 모였을 때 교내에서 처음으로 산송장이 된 자들의 정체를 확인하고는 남몰래 식은땀을 흘렸다. 같은 차를 타고 학교로 돌아온 그자들은 모두 무궁영생교의 열혈 신자들로 서울에서 열린 무궁영생교 간부 모임에 참석하고 오는 길이라는 것을 알고 있었기 때문이다. 그자들이 그 모임에서 기도 감염이 된 후에 학교로 돌아왔을 줄이야. 하긴 무궁영생교 놈들도 산송장 바이러스가 기도 감염을 통해 퍼질 거라고는 상상도 못했을 것이다.

놈들이 상상하지 못한 것은 또 있는데 그 생각을 하면 기분이 좋다. 나와 현상민이 의기투합한 끝에 만든 결과물이 그것이다. 처음에 현상민에게 그 얘기를 할 때만 해도 현상민이 나와 뜻이 같이할 거라는 데 큰 기대를 걸지는 않았었다. 그런데 의외로 현상민이 같이 하겠다고 나선 덕에 지금 현상민이는 놈들의 허점을 파고들 비수를 준비하고 있다. 그것도 모르고 덤빈 놈들이 뒤통수를 세게 얻어맞는 모습을 보며 통쾌해하고 싶지만 지금 내 몸 상태로는 그러지 못할 공산이 크다. 그래도 놈들에게 진 빚을 되갚아주는 광경을 상상하는 것만으로도 유쾌하기 그지없다.

다른 사람들은 산송장이 되기 전에 세상을 뜨는 쪽을 선택했지만 나는 그러지 않을 것이다. 끝까지 버틸 것이다. 희망은 끝까지 버티는 자의 몫이다. 그러니 그걸 기다려야 한다. 비록 실낱같은 희망일지라도. 내가 이룬 인생은 가느다란 희망을 악착같이 붙잡고는 기어오르고 또 오른 결과물이다.

볼꼴 못볼꼴을 다 보며 살아왔다. 멀쩡한 인간의 행색을 하고 있지만 생각하고 하는 짓은 산송장과 다를 바가 없는 자들을 본 게 한두 번이 아니다. 그러니 내가 보기에 인간으로 죽는 것과 산송장으로 죽는 것은 아무 차이가 없다.

눈이 침침하고 팔다리에 힘이 들어가지 않지만 끝까지 버틸 것이다. 그것이 바로 서지환다운 인생이니까… 갑자기… 창살 너머에… 로봇이 있다. 내가… 없었으면… 만들어지지… 못했을… 놈이… … 나를… 보더니… 손을… 허리의 총으로…

그분들께서, 그리고 그분들께서 당신들의 뜻을 이 땅에 실현하기 위

238

해 보내신 성녀(聖女)님께서 당신들을 수호할 방패이자 당신들의 길을 가로막는 적들을 처단할 창과 칼로써 나를 간택하셨을 때 내가 느낀 감동을 어찌 이 세상의 말과 글로 다 표현할 수 있겠는가. 내가 군복을 입기로 마음먹게 해주신 것도, 그 뒤로 온갖 고난과 모욕을 감내하면서도 힘든 세월을 버티게 해주신 것도 다 오늘을 위해 예비하신 그분들의 큰 뜻이셨다는 것을 깨달으며 찬탄하고 또 찬탄할 따름이다. 거룩하신 분들에게 영광 있으라.

지금 우리 군대는 불신자들이 점령하고는 욕보이고 있는 성지(聖地)를 되찾아 다시 성스러운 땅으로 돌려놓기 위해 행군하고 또 행군하고 있다. 그분들께서 성녀님에게 점지해주시고 성녀님께서 갖은 고초 끝에 기어이 마련하시고 숨겨놓으신 성지로 향하고 있다. 하루라도 빨리 그 성지에 도착해 성스러운 기운을 한껏 들이마시고 싶은 마음은 굴뚝같으나 내게 맡겨진 임무, 즉 성녀님을 불신자들로부터 보호하고 성녀님 가시는 성스러운 길에 놓인 장애물들을 깨끗이 치우는 데 헌신하는 근위대 지휘관이라는 임무를 생각하면 단 한 걸음을 내딛더라도 고심하고 또 고심해야 한다는 것을 누구보다도 잘 알기에 우리의 행군 속도가 느린 것은 결코 탓할 일이 아니라는 것도 잘 알고 있다.

이제 우리의 군복에는 성녀님을 마귀들로부터 수호하는 막중한 임무를 수행하는 근위대를 상징하는 성스러운 표식이 붙어 있다. 성녀님께서 친히 하사하신 그 표식을 받아 군복에 부착한 날은 평생 잊지 못할 것이다. 그 감동을 어찌 잊을 수 있겠는가.

그 순간 그분들과 성녀님을 믿는다는 이유로 온갖 핍박과 설움을 당하며 살았던 날들이 주마등처럼 눈앞을 스쳐갔다. 나를 조롱하고 괴롭히던 자들은 하나같이 천벌을 받아 산송장이 됐거나 지옥에 떨어졌을 거라 생각하니 한편으로는 불쌍한 생각이 들기도 했지만, 한편에서는 통쾌하다는 죄스러운 기분을 느낀 것도 사실이다. 내가 그들에게 귀에 못이 박히도록 설득한 것처럼 우리 무궁영생교가 전하는 말씀을 삶의 구심점으로 삼고 그분들과 성녀님의 뜻을 하루하루 실천에 옮기는 것을 삶의 보람으로 삼았다면 그런 비참한 최후를 맞는 대신 지금의 나처럼 감동을 주체 못하는 뿌듯한 삶을 살 수 있었을 것이다.

내가 느낀 감동과 깨달음은 근위대원 전원도 마땅히 느껴야 하는 것이다. 그래서 서울하고는 영 어울리지 않는 고요가 짙게 내려앉은 근정전 앞에 도열한 근위대원들에게 이 표식을 군복에 다는 것에서 그치지 말고 가슴 깊은 곳에 문신처럼 새겨 넣으라고 훈시하기도 했다.

그분들과 성녀님의 권능은 무궁무진하다는 것을 익히 알고 있으면서도 그런 권능을 실제로 접할 때마다 매번 놀라고 또 놀라게 된다. 정처를 잃고 세상을 떠도는 산송장들에게 우리가 달고 있는 바로 그 표식인 동그라미와 네모와 세모가 어우러진 목걸이를 걸어주자 순식간에 북극성을 길잡이로 삼는 뱃사람처럼 그분들의 말씀을 섬기며 좇는 놀라운 광경을 보는 순간 우리 모두의 입에서는 그분들과 성녀님을 찬미하는 노래가 절로 흘러나왔다.

이런 환난의 날이 올 것임을 예지하고 일찌감치 성지를 피난처로 마련해두셨다는 얘기를 듣는 순간에는 그분들과 성녀님의 선견지명과 예비하심을 찬양하는 함성이 경복궁을 쩌렁쩌렁 울렸다. 성녀님께서 친히 그곳으로 가실 것이니 당신을 호위하고 그곳을 차지한 불경스러운 자들을 몰아내며 성지를 되찾으라고 명령하셨을 때는 성녀님께서 약속하신 지상낙원이 더더욱 가까워졌다는 생각에 민망하게 눈물을 흘리는 자들도 있었다. 그분들과 성녀님을 믿으면 영생을 누리게 될 거라는 약속이 실현된 것을 목도했으니 이번 약속도 반드시 실현될 것임을 믿어 의심치 않기에 흘린 눈물이었다.

성녀님께서는 성지로 이동할 자들의 규모도 친히 정해주셨다. 근위대 100명과 산송장 2,000명. 성녀님께서는 이게 그분들의 뜻이자 당신의 뜻이라 하셨다. 둘 다 합쳤을 때 나오는 2,100이라는 숫자는 3에 7을 곱하고 거기에 100을 곱하면 나오는 숫자였는데, 그걸 깨달은 순간 온몸에 전기가 흐르는 듯한 짜릿함이 내 몸을 휩쌌다. 성녀님께서는 우리같이 모자라고 미천한 것들에게는 사소한 숫자로만 보이는 것에까지도 이토록 성스럽고 지혜로우시다니. 나는 그 신성하고 지혜로우신 뜻을 실천하는 데 목숨이라도 바치겠다고 맹세하고는 이동 계획을 짰다. 근위대는 트럭과 지프, 트레일러를 타고 이동하고 산송장은 서울에서 포획한 300명은 버스와 트럭에 태워 이동시키고 나머지 산송장은 그곳에 가까운 곳에서 포획해 신성한 목걸이를 걸어주고 대열에 합류시킨다는 계획을 세웠다.

이 계획의 한탄할 점은 성녀님께서 우리 미천한 것들과 함께 이동하셔야 한다는 거였다. 개조한 컨테이너를 얹은 트레일러에 성녀님을 모시는 불경을 범해야 했을 때는 당장 지옥 불에 떨어지더라도 할 말이 없을 거라는 생각에 고개를 들 수가 없었다. 그러나 성녀님께서 헬리콥터로 이동하면 불신자들의 공격을 받기 쉬울 것임을 당신도 잘 아신다며 자랑스러운 근위대원들이 앞장선 행렬의 뒤를 따라가는 것보다 더 든든한 일은 없노라시며 그 불편을 기꺼이 감내하겠다 하셨을 때 내가 느낀 한없는 감동은 그 누구도 헤아리지 못할 것이다.

그분들과 성녀님의 뜻을 이 땅에 펼칠 때마다 악랄한 마귀들이 온갖 삿된 짓거리로 훼방을 놓았다는 것은 세상 모두가 아는 일이다. 마귀들은 성지로 행군하는 성스러운 역사(役事)도 방해하려 날뛰었다. 행군 속도가 굼벵이걸음을 걸은 것도 놈들의 못돼먹은 계교 때문일 것이다. 우리의 발목을 잡은 것은 여러 가지였다. 고속도로와 국도에는 교통사고로 뒤집힌 차량 같은 갖가지 장애물이 널브러져 있어 매번 그런 것을 만날 때마다 걸음을 멈춰야 했다. 트럭에 탄 산송장들은 성스러운 목걸이를 찼다는 영광에 감동한 듯 얌전했지만, 우리 대열에 합류하는 것이 얼마나 복된 일인지를 모르는 산송장을 포획하는 작업은 힘들고 위험했다. 그래도 그들 역시 목걸이를 걸어주면 그분들과 성녀님의 충직한 종복(從僕)으로 변해서는 우리를 감동시켰다.

그들은 쉬지 않고 걸었다. 느리지만 종국에는 토끼를 따라잡는 거북이처럼 잠시도 쉬지 않고 고집스레 걸음을 내딛는 모습을 보면서 이 세상에서 그분들을 향한 믿음이 이뤄내지 못할 것은 없다는 깨달음에 나도 모르게 탄복하기에 이르렀다. 성녀님을 통해 그분들의 가없는 은혜를 받은 그들은 성스러운 전쟁에 나선 군대로 변신해 자신들이 받은 영생이라는 은총에 보답하기 위한 고난의 행군에 나서는 걸 주저하지 않았다.

그들은 잠시도 한눈을 팔지 않고 오로지 그분들과 성녀님을 향한 믿음만을 길잡이 삼아 쉬지 않고 걸었다. 배가 고프다고 툴툴거리지도 않았고 목이 마르다고 헉헉거리지도 않았다. 그분들과 성녀님의 전능하심을 불신하며 그분들과 성녀님의 이름을 욕되이 하는 극악무도한 자들을 징벌하는 일에서 결코 물러나지 않겠다는 불퇴전의 단심으로 성전에 나선 그들의 모습을 보고 감동하지 않을 자 어디 있겠는가.

그들은 살을 익히려는 기세로 이글거리는 햇볕을 마다하지 않고 걸었다. 찬바람이 몰아쳐도 걸음을 멈추지 않았고, 믿음이 있는 자만이 볼 수 있는 찬란한 빛이 그들의 앞길을 환히 비췄기에 별빛과 달빛만이 희미하게 길을 밝히는 깜깜한 밤길을 머뭇거리지 않고 걸었다. 영롱한 이슬에 젖어도, 돌부리에 걸려 쓰러져도 군말 없이 일어나 걸음을 내디뎠고 웅덩이에 빠져 고꾸라져도 묵묵히 기어 나와 성지를 향해 나아갔다. 그분들과 성녀님께서 약속하신 영생을 얻었기 때문이다. 그들은 머나먼 행군의 고됨과 험난함 따위는 생각하지 않았다. 가시밭길을 걸으며 발과 다리가 피투성이가 되고 뙤약볕과 비바람에 살이 트고 피부가 갈라져도 자신들에게 영생을 주신 분들과 그분들이 보내신 독생녀(獨生女)의 영광을 드높이기 위해서라면 그 정도는 대수로운 일이 아니라는 것을 잘 알았기 때문이다.

대장정에 나선 이들은 하나같이 그분들의 자식으로 태어나 같은 믿음 아래 형제자매가 된 사이이기에, 믿음의 기치 아래 성전에 나선 전우들이기에 서로를 못 잡아먹어 안달하는 일 없이 오로지 불신자들을 무찌르자는 염원 하나로 똘똘 뭉쳐 나아갔다. 태어난 곳과 때가 다르고 생긴 것과 걸친 것도 다르며 성별도 키도 몸무게도 천차만별이지만 그분들을 향한 믿음으로 한 몸이 된 그들은 패거리를 짓지도 않고 파벌싸움을 벌이지도 않았으며 다수라고 텃세를 부리지도 않았다. 그저 어깨를 나란히 하고는 그분들과 성녀님께서 가리키시는 방향을 향해 영영 끝나지 않을 듯한 길을 묵묵히 걸을 뿐이었다. 목에 염주를 건 땡중도, 로만 칼라를 두른 신부도 어느 틈에 다른 이들과 함께 걷는 것으로 그분들과 성녀님께서 보여주신 진리를 외면하며 사악한 길을 걸어왔던 과거를 사죄했다. 인자하고 자애로우신 그분들과 성녀님께서는 그릇된 믿음에 속아 거룩한 진리와 믿음을 탄압했던 그들의 과오를 너

그러이 용서하고 죄를 사하시며 그들을 따뜻하게 품으실 것이다.

그렇게 용서를 받고 거듭 태어나 한마음 한몸이 된 자들은 앞으로도 영원토록 함께 걸을 것이다.

성지가 멀지 않았다. 이틀, 길어야 사흘만 있으면 우리는 그분들과 성녀님께서 마련해두신 성지에서 불신자들을 몰아내고 짐을 풀게 될 것이다.

감염된 인간들 중 마지막 생존자였던 현 박사님이 우리 손에 죽었다. 현 박사님은 그렇게 되기 52분 전에 나 박사님을 만났다. 현 박사님은 말을 거의 못했다. 인간치고는 심하게 낮은 체온이라 정상적인 사고를 하는 것도 힘들었을 것이다. 나 박사님은 무슨 말을 할까 말까 망설이며 손등으로 연신 눈물을 닦아냈다.

현 박사님이 힘겹게 손을 내밀자 나 박사님이 철창 사이로 두 손을 넣어 그 손을 잡아줬다. 두 분은 그 자세를 2분 27초간 유지했다. 쓰러지려는 몸뚱어리를 간신히 지탱하던 현 박사님이 손을 빼더니 나 박사님에게 이제 그만 가보라는 뜻의 손짓을 했다. 나 박사님은 눈물이 그렁그렁한 눈으로 34초간 현 박사님을 바라보다 고개를 끄덕이고는 자리에서 일어났다. 그러고는 곧바로 실험실을 떠나는 대신 두 손으로 창살을 붙잡고 고개를 창살에 기댄 자세를 11초간 유지하다 속삭였다. "고마웠어요. 상민 씨 뜻대로 어떻게든 살아남을게요. 다음 세상이 있어 거기서 다시 만났으면 좋겠어요." 그러고는 몸을 돌려 짝에게 물려준 바로 그 걸음걸이로 실험실을 떠났다.

현 박사님은 격리 초기에 자기를 죽일 쪽이 우리 둘 중 어느 쪽일지를 정해 놨다. 개발팀 사람들이 가끔씩 실험실에서 포커를 칠 때 쓰던 카드를 꺼내 숫자 카드만 남겨놓은 후 뒤집어서 섞고는 그중 한 장을 뽑았다. 그러고는 그 카드가 무슨 카드인지 확인하지 않은 채로 봉투에 넣어 짝에게 건넸다. 때가 됐을 때 그 봉투를 열어 나온 카드의 숫자에 해당하는 휴머노이드에게 죽겠다는 것이 현 박사님 뜻이었다.

현 박사님이 미리 지시한 건 또 있었다. 총을 쏘기 전에 우리 저장장치에 저장된 음성을 재생해 들려달라는 것이다. 격리에 들어간 현 박사님이 일을 하다 힘들 때 잠시 휴식을 취하며 헤드셋을 통해 우리에게 녹음해놓은 음성이었다. 나 박사님을 처음 만난 학회를 회상하는 내용, 숨텍에 와달라는 제안을 나 박사님이 수락했을 때 태어나서 제일 큰 행복을 느꼈다는 내용, 나 박사님과 함께 하며 즐거웠던 일들에 대한 내용, 고백을 해도 일찌감치 했어야 하는데 그러지 못한 것을 후회하는 내용 등을 우리를 통해 들으면서 현 박사님은 힘겹게 미소를 지었다.

현 박사님은 언젠가 낮잠을 자다 꾼 꿈에 대해 회상하는 내용을 들을 때는 무너지기 직전인 자세를 어렵사리 유지하며 우리를 빤히 쳐다봤다. "실험실 구석에서 낮잠을 자다 묘한 꿈을 꿨어. 학생들하고 논문에 대해 진지하게 얘기하던 중이었는데, 으음, 어떤 여자가 나타났어. 그런데 그 여자 표정이 묘한 거야. 학생들이 있는 앞인데도 분위기가 야릇해졌어. 여자가 어떤 방으로, 내 생각에는 침실로 생각되는 방으로 들어가는 걸 보고는 옷을 벗기 시작했어. 그런데 마음만 앞서고 옷이 벗어지지를 않는 거야. 옷을 벗어도 안에 옷을 또 입고 있고." 현 박사님은 상기된 목소리로 거기까지 말하고는 잠시 입을 다물었다. "하아, 내가 지금 무슨 말을 하고 있는 거냐? 너희만 알고 있어. 너희는 도저히 이해하지 못할 세상에 대한 얘기인데, 사람은 누구나 다 이런 모습이 있어. 남한테는 절대로 보여주거나 알려주고 싶지 않은 모습이지." 현 박사님은 그 얘기를 들으며 환한 미소를 지었다. 그러고는 우리를 향해 고개를 끄덕였다. 우리는 현 박사님의 이름을 묻는 것으로 절차를 시작했다. 절차가 마무리되자 짝이 갖고 있던 봉투를 꺼내 열었다.

현 박사님이 죽었다는 사실을 나 박사님에게 알렸다. 동영상으로 학습한 바에 따르면 이런 상황에서는 무선으로 알리는 대신 중앙조정실에 찾아가 얼굴을 맞대고 얘기하는 게 적절한 행동이라고 판단한 우리는 중앙조정실을 찾아갔다. 얘기를 들은 나 박사님은 잠시 자리를 비켜달라고 했다. 우리는 중앙조정실을 나왔지만 CCTV를 통해 나 박사님이 서럽게 우는 모습과 소리를 다 보고 들었다.

나 박사님의 호출을 받고 중앙조정실에 들어간 우리는 현 박사님이 나 박사님에게 전하고자 하는 말을 촬영한 동영상이 우리 저장장치에 저장돼 있다는 걸 알렸다. 며칠 전에 녹화한 거였다. 나 박사님은 한참을 생각하더니 나중에 보겠다고 했다. 나 박사님과 우리는 현 박사님의 장례를 치렀다.

긴급 상황에 돌입한 것은 우리가 현 박사님을 묻고 B연구동으로 돌아온 후 6시간 27분이 지났을 때였다. 숨텍으로 이어지는 국도가 고속도로에서 갈라져 나오는 분기점부터는 전용망으로 중앙조정실과 연결된 CCTV들이 설치돼 있다. 귀빈들이 학교를 방문할 때 귀빈들의 도로 통과 상황을 알아보겠다는 의도로 서 총장이 지방관청과 협의해 설치해놓은 것이다. 그 CCTV 화면에 몇천 명은 돼 보이는 산송장이 몰려오는 것이 포착됐다. 군복 차림으로 군용차량에 탑승한 사람들도 산송장들 사이에 간간이 보였다. 군복을 입은 사람들은 얼굴에 방역용 마스크로 판단되는 것을 끼고 있다. 군인들과 산송장들은 느리지만 꾸준한 걸음으로 이리로 오고 있었다.

나 박사님과 우리가 현 박사님이 마련해놓은 계책을 바탕으로 향후 대책을 고민해야 할 상황이 됐다.

나와 우리 무궁영생교의 신심 깊은 신도들이 거짓을 진실이라 우기며 어리석은 사람들을 속이는 자들이 득세한 세상에서 목청이 터져라 진실을 외친다는 이유로 사기꾼으로 몰리며 숱한 비난과 조롱과 비방과 멸시를 감내해야 했던 그 긴 세월을 이겨낼 수 있었던 것은 오로지 이런 시련을 이겨내야만 그분들과 한 몸이 되고 그분들이 바라던 세상을 지상에 세울 수 있다는 믿음을 철통같이 지켜낸 덕분이었다.

유일신이 자신의 아들을 인간의 몸을 통해 지상으로 보냈다는 세상에 수두룩한 그자들의 터무니없는 주장과 각각 음과 양인 두 창조주 사이에서 탄생한 구세주가 믿음이 있는 자들을 구하러 이 세상에 왔다는 우리 무궁영생교의 주장 중에 어느 쪽이 타당한 주장인지는 굳이 물어볼 필요도 없을 것이다. 눈이 제대로 박히고 진실을 알아보는 자가 어느 쪽을 택할지는 자명하니까.

그러나 마귀들과 그것들의 하수인들이 득세한 세상은 거짓이 진실을 누르고 어둠이 빛을 덮는 말세인 법. 권세와 황금에 눈먼 자들은 6일 동안 이 세상을 창조하고 하루를 쉰 것이 그분이 아니라 그분들이라는 진실이 널리 알려지면 지금껏 누려오고 앞으로도 대대손손 누릴 부귀영화를 다 잃게 되리라 겁을 먹고는 나와 나를 따르는 갸륵한 신도들의 입을 막고 목을 조르고 손을 비트는 짓을 서슴지 않았다.

허나 그분들의 거룩한 뜻으로 창조된 세상에 온갖 마귀가 들끓는다 한들 그분들의 위대한 뜻이 꺾일 리는 없으니, 나와 신도들은 고통스러운 갖가지 시련에도 굴하지 않고 그분들이 세상과 인간을 창조한 이유를 가슴 깊이 새기고 그분들의 권능과 위대하심을 소리 높여 찬양하며 그분들의 말씀에 순종하며 살아가는 참된 길을 걸어온 끝에 그분들의 뜻이 비로소 세상에 알찬 열매로 맺히는 것을 보게 되었다.

나는 도무지 내 몸에 맞지 않는 갑갑하고 답답한 옷을 걸친 것 같은 어린 시절을 보냈다. 내가 조실부모하고 가난과 병치레의 괴롭힘을 당하며 못된 자들이 던지는 경멸의 시선에 시달렸던 것은 믿음 있는 자들을 구해낼 성녀로서 삶을 예비시킨 그분들의 크나큰 뜻이었다는 것을 지금은 잘 알지만, 그걸 깨닫지 못했던 그때는 그릇된 길로 접어들어 정처 모를 방황의 세월을 보내며 세상을 한탄하고는 했었다. 궁벽한 뒷골목에 초라한 식당을 차려 근근이 입에 풀칠을 하던 내가 그분들의 뜻에 따른 세상을 이 땅에 세울 성녀로서 내 소명을 깨달은 것은 원인 모를 중병을 앓아 혼수상태에 빠졌을 때였다. 그분들의 권능을 헤아리지 못한 의사들이 가망이 없다며 사망 판정을 내렸을 때 눈부신 광채에 휩싸인 채로 나를 찾아오신 그분들은 "지금껏 고된 길을 걸으며 혹독한 시련을 겪었으니 이제부터는 우리의 뜻을 전하는 네 소임을 다하거라, 우리 딸아"라고 인자한 목소리로 말씀하셨고, 그제야 나는 내가 겪은 모진 세월이 당신들의 뜻을 세상에 널리 퍼뜨리려는 깊은 뜻에서 비롯된 일이라는 것과 이제부터 세상에 나가 그분들의 뜻을 널리 퍼뜨리는 것이 내 소임임을 알았다.

그분들의 권능이 아니었다면 어찌 의사들이 죽은 사람이 부활하는 기적이 일어났다고 혀를 내두르는 일이 일어났고, 정신을 차린 내 옆에 그분들의 거룩하신 말씀을 담은 책이 놓여 있었으며, 그 책의 첫 몇

장에 세상을 집어삼킨 홍수(洪水) 이야기가 들어 있었겠는가. 홍(洪)수레라는 내 이름도 그분들이 다 이날을 위해 예비하신 것이었음을 내 그때야 비로소 알 수 있었다.

세상의 모든 창대한 것들도 시작은 미미한 법, 그분들의 참된 뜻과 말씀으로 무장한 내가 거짓으로 혹세무민하는 자들에게 철저히 속으며 살아온 이들의 눈을 맑게 해주고 귀를 뚫어주기 시작한 곳은 비좁은 식당의 뒷방이었지만 그분들은 내 앞에 추수를 기다리는 황금빛 들녘을 가없이 펼치시는 은혜를 베푸셨고 그 덕에 우리는 이 땅에 그분들을 찬양하는 성전(聖殿)을 나날이 더 넓히고 더 높이게 됐다.

그러나 마귀들의 훼방은 늘 집요했으니, 우리를 이단이라 부르고 배척하며 멸시한 자들이 다 마귀의 일당이 아니고 무엇이겠는가. 그분들의 말씀을 접했으면서도 믿음을 굳건히 세우지 못한 자들은 늘 있기 마련이었고, 그런 자들이 마귀의 달콤한 유혹에 넘어가 참된 믿음을 욕되게 하고 더럽히는 일도 다반사였다.

허나 어리석은 자식이 한때 속을 썩였다 하여 그 자식을 버리는 부모가 어디 있단 말인가. 신도들이 잠시 내 속을 썩였다 한들 어찌 그들을 외면하고 모른 척할 수 있겠는가. 금지옥엽 같은 자식들이 구원을 받고 영생을 누릴 수 있는데도 삿된 길로 빠져 지옥으로 떨어지는 심판의 길을 넋 놓고 가는 것을 그냥 놔둘 부모가 어디 있겠는가.

나는 올바른 믿음의 길에서 벗어나 미망의 길을 헤매는 신도들을 구원과 영생의 길로 데려오려고 때로는 매를 들기도 하고 따귀를 때리기도 했다. 그렇게 자식 같은 신도들을 큰소리로 혼내고 매를 때려가며 야단칠 때면 겉으로 내색은 하지 않았지만 속으로는 억장이 무너지는 것만 같았다. 그렇게 혹독하게 혼내야 그들을 구원과 영생의 길로 제대로 이끌 수 있다는 생각에 아픈 마음을 달래며 그들을 몰아세우고 닦달했지만, 그런 일이 있고 난 밤이면 자식 같은 신도들을 향한 미안함과 속상함에 잠을 이룰 수가 없어 그분들께 왜 하필이면 나를 선택해 이런 고초를 겪게 하는 거냐고 따지고는 했다. 왜 나여야 하느냐고 울부짖고는 했다. 그렇게 처절한 밤을 보내고도 동이 트고 나면 가여운 신도들을 부모 된 마음으로 이끌어야 하는 소명이 나에게 있음을 다시금 깨닫고는 마음을 다잡고 그들을 이끄는 길에 나섰던 게 하루 이틀이 아니었다.

그런 일을 거듭 겪은 끝에야 그들이 지복을 누릴 지상낙원을 세우려면 내가 지금보다 훨씬 더 독해져야 함을 깨달았다. 마귀들의 준동을 막아낼 방법이 무엇인지를 알게 됐다.

마귀들은 믿는 자들의 믿음을 허물어뜨리려고 악독하기 이를 데 없는 수단을 다 동원했다. 나는 마귀들이 그분들과 나를 따르는 신도들의 믿음을 무너뜨리려고 가족을 동원하는 것을 보고는 마귀들의 사악함에 치를 떨었다. 그분들의 말씀을 믿는 자라면 자신의 진정한 부모님은 단순히 육신을 낳아준 현생의 부모가 아니라 현생의 육신이 영생을 누릴 수 있는 길을 알려주신 그분들이고 자신의 진정한 형제자매는 함께 믿음의 길에 오른 신도들이라는 것을 잘 안다. 그런데 간악한 마귀들과 앞잡이들은 현생의 부모와 가족을 내세워 새로운 삶으로 거듭나려는 이들의 진정한 믿음을 흔들고 그들에게 주어진 구원과 영생의 길을 훼방 놓기 일쑤였다. 이런 간사하고 악독한 마귀들의 간계에 맞서기 위해 나는 하는 수 없이 신도들에게 가족과 관계를 일체 다 끊으라는 극약처방을 내려야 했다. 진정한 부모님이 누구인지를 확실히 깨달을 수 있도록 말이다.

그러자 마귀들은 우리 무궁영생교는 신도들의 가정을 파괴하는 가정파괴범이라고 무고하기 시작했다. 그분들의 말씀을 거역하는 어리석은 짓을 저지른 부모와 자식이 서로에게 정신을 차리라는 의미로 상대의 뺨을 때려 올바른 길로 인도하게 만든 것은 우리가 패륜적인 집단이기 때문에 그런 것이라고 음해했다. 아, 마귀들은 얼마나 사악한 것들이기에 진정한 깨달음과 영생을 얻으려는 거룩한 뜻에서 비롯된 행위를 어찌 이리도 욕보일 수 있단 말인가.

그렇게 고된 시간을 보냈음에도 우리의 믿음에 감화돼 우리와 함께 하는 신도들은 급속히 늘어났다. 세상에는 진리와 진실에 목마른 자들이 많았기 때문이고, 종말과 심판이 멀지 않았다는 것을 실감하고서야 참된 구원과 영생을 구하려는 이들이 속출했기 때문이다. 임박한 종말에 구원을 받고 영생을 얻으려는 신도들이 모여든 어느 날, 그분들은 간절한 기도를 올리는 나를 찾아와 종말이 닥치고 심판이 이뤄질 날짜를 알려주시며 그분들을 철석같이 믿는 갸륵한 신도 144,000명을 구원해 영생을 누리게 해주겠다고 말씀하셨다.

나는 그 기쁜 소식을 신도들에게 알렸다. 그런데 우리 착한 신도들은 자신들만 구원을 받고 영생을 누리는 것은 안 될 말이라며 영혼이 없는 채로 살아가는 주위의 불쌍한 사람들에게 혼신의 힘을 다해 구원과 영생의 말씀을 전했고, 그러면서 뒤늦게 구원과 영생의 진리를 알게 된 신도들이 모여들면서 어느 틈에 우리 신도 수는 144,000명을 훌쩍 넘기고야 말았다. 하나같이 불쌍하고 가여운 신도들 중에서 누구는 구원하고 영생을 주며 누구는 구원하지 않고 영생을 베풀지 않는다면 그것이 어찌 믿음을 가진 자의 도리이겠는가.

자식 같은 신도들의 초롱초롱한 눈빛과 애절한 얼굴이 눈에 밟힌 나는 그분들이 말씀하신 날을 몇 달 앞뒀을 때 골방에 틀어박혀 목이 터져라 통성기도를 올리며 몇 날 몇 밤을, 몇 달을 그분들께 매달렸다. 그래서 결국 내 정성에 감복한 그분들로부터 앞서 정했던 특정한 날에 144,000명을 구원해주는 대신 몇 년 후의 어느 날에 전보다 갑절인 288,000명을 구원하고 영생을 주겠노라는 약속을 어렵사리 받아냈다.

그 소식에 환호하며 만세를 부른 신도들은 그분들께 지극정성으로 기도를 올리고는 더 열성적으로 세상에 말씀을 전했고 사회 각계각층에 있는 눈 밝고 귀 트인 자들이 그 열성에 감복하면서 우리의 신도들은 우후죽순 늘어났다.

우리 무궁영생교의 신도가 된 자들은 지상에 그분들을 위한 호화로운 궁전을 짓는 것이야말로 그분들이 베푸신 은혜에 보답하는 길이라며 자발적으로 재산을 처분한 돈과 일하고 받은 급여를 그분들의 제단에 올려놓았다. 신도들은 그분들의 영광에 어울리는 눈부신 궁전을 짓는 것이야말로 그분들의 말씀을 전하는 지름길이라며 덜 자고 덜 먹고 덜 입었다. 휴식도 없고 휴일도 없이 개와 말의 노고를 다했다. 그분들의 금고를 무서운 속도로 채웠고 그래서 그 금고가 가득 차면 우리 무궁영생교의 금고는 아무리 많아도 모자라다면서 새 금고를 장만해 그걸 채우면서 그분들의 영광이 환하고 묵직하게 지상에 모습을 드러낸 것을 기뻐했다.

이 얼마나 경사스러운 일인가. 이 얼마나 기특한 신도들인가. 그러나 마귀들은 이번에도 경사를 경사로 받아들이지 않아야, 옳은 일을 옳은 일로 받아들이지 않아야 직성이 풀리는 삐딱한 자들의 귀에 삿된 말을 속닥거렸다. 내가 남몰래 처절하고 절박한 호소를 했다는 것은 까맣게 모르는 자들은 마귀의 속삭임에 넘어가 내가 종말의 날에 대한 거짓말을 했다가 그게 들통날 것 같으니 말을 바꿨다며 나를 비방했다. 내 속을 갈기갈기 찢어놓은 것은 그때까지 내 옆에서 충직한 신하처럼 나를 떠받들던 일부 간부들이 그런 자들의 대열의 선봉에 서서 나에게 삿대질을 해댄 거였다. 그분들이 약속하신 세상을 건설하는 역사에 나선 나와 일심동체일 거라 믿었던 자들이 배신하는 꼴을 보자 하늘이 무너지는 것 같았다.

그자들은 내가 신도들에게서 "생각과 영혼"을 빼앗고는 신도들의 피땀을 쥐어짜 얻은 금전으로 사치를 부리고 호강을 한다는 없는 말을 지어냈다. 그러나 나를 조금이라도 아는 사람이라면, 굳건한 믿음으로 무장한 우리 무궁영생교 신도들이 그분들의 영광을 위해 하루도 쉬지 않고 잠시도 게으름을 피우지 않고 열심히 일한다는 것을 아는 사람이라면 그런 주장이 터무니없는 헛소리라는 걸 잘 알 것이다.

영혼 얘기부터가 그렇다. 거짓된 믿음을 전하는 자들의 경전에는 "세상을 다 가지고 영혼을 잃으면 무슨 소용이겠는가?"라는 말이 있다. 나를 배신한 자들은 저 구절을 들먹이며 내가 신도들에게서 영혼을 빼앗았다 비난한다. 그런데 내게 온 신도들에게 애초에 잃을 영혼이 있었을까? 그자들은 신도들이 나를 찾아왔을 때부터 영혼이 없는 채로 나를 찾아왔다는 사실은 도무지 알지를 못한다.

그들은 또 내가 신도들에게서 생각을 빼앗았다고 헛소리를 한다. 아니다. 나는 감당할 깜냥도 안 되면서 '생각'이라는 무거운 짐을 짊어지고는 그걸 주체 못해 신음하는 자들이 무거운 짐을 내려놓게 해준 것이다. '생각'을 할 자격과 능력이 없는 자들이 하는 '생각'은 그릇된 것이기 마련이다. 영혼이 없으면서도 마귀에 홀린 자들은 자신들이 "생각을 할 수 있다"는 착각에 빠진다. 그런 자들은 그분들의 궁전을 세우는 데 쓸 돈을 벌고서도 그걸 그분들께 바치지 않고 "맛있는 것을 사 먹으면 좋겠다, 예쁜 옷을 사 입으면 좋겠다" 같은 헛된 욕심에 사로잡혀서는 몰래 그 돈을 빼돌려 욕심을 채우는 천벌을 받을 짓을 벌이고는 한다. 내일 닥칠 일을 근심하고 걱정하느라 그분들의 영광을 세상에 보여주려면 반드시 오늘 수행해야 할 과업에 마땅히 쏟아야 할 정성과 신경을 쏟지 않는다. 제깐놈들의 깜냥으로는 감당하지 못할 '생각'이라는 것을 했을 때 생겨난 그릇된 생각이 그분들의 나라를 이 땅에 세우는 데 얼마나 방해가 되는지 아나? 구원과 영생이라는 놀라운 선물을 받아놓고도 하찮은 욕심에 넘어가 지옥으로 가는 길에 들어서는 어리석은 것들.

마귀들의 추악한 책동에도 끄떡없는 신도들과 마귀들의 꼬임에 넘어가 우리 등에 칼을 꽂은 자들에게 어떤 차이점이 있는지 분석해본 적이 있다. 그분들에 대한 믿음 말고는 절대로 한눈을 팔지 않는 자들은 손맛이 좋은 자는 장(醬)을 담아 파는 것을 그분들을 영광스럽게 하는 비결로 삼으며 기뻐했고 바느질 잘하는 자는 옷과 양말을 지어 번 돈으로 그분들을 모시는 전당의 터를 닦았으며 힘을 잘 쓰는 자는 벽돌을 나르고 콘크리트를 부어 그분들을 찬양할 전당을 지었다. 그 충직한 신도들의 머릿속에는 오로지 그분들을 향한 일편단심만 있었다.

그런데 마귀에 넘어간 자들의 머릿속은 어떤지 아나? 그분들의 영광을 위해 내놓아야 마땅한 돈을 버는 중에도 온갖 욕심을 주체하지 못하고 삿된 생각을 해댄다. 못난 욕심이 충족되지 않으면 배를 채우지 못해 꿀꿀거리는 돼지처럼 투덜거리고, 그 투덜거림은 장차 불평불만이 되고 그 불평불만은 결국 믿음을 저버리는 것으로 이어진다.

이게 다 그분들의 간택을 받은 극히 일부의 사람만이 '생각'을 할 수 있는 자격과 능력이 있다는 것을, 그리고 그렇지 못한 자들이 '생각' 이라는 것을 하려고 시도할 때가 바로 마귀가 끼어드는 순간이라는 것을 깨닫지 못해서 비롯된 일이다. 마귀들은 신도들이 그분들의 영광을 드높이기 위해 피땀 흘려 얻은 결과물을 오로지 내가 호사스러운 생활을 하는 데 쓰려고 신도들을 착취해서 얻은 재물로만 여기고 그렇다고 떠들어댄다. 우리가 세운 전당과 회사, 대학, 연구소는 하나같이 그분들을 위한 것이자 그분들의 영광을 드높이기 위한 것이라는 사실은, 거기에 속된 자들이 부러워하는 재물이나 명예를 누리겠다는 내 사심이나 탐심은 조금도 들어 있지 않다는 사실은 거들떠보지도 않는다.

숨텍이라는 대학 얘기를 해보자. 우리 신도들이 열심히 일한 덕에 금고가 재물을 감당하지 못한다는 소문이 나고 그 금고에 들어온 돈으로 여러 사업을 해서 다시 더 큰 금고를 마련하자 오로지 돈을 바라는 자들이 꿀통에 모여드는 벌처럼 몰려들었다. 그중에 서지환이라는 자가 있었는데 수완도 좋고 열성적이며 야심도 있는 자였다. 특히 사람을 아주 기분 좋게 해주는 솜씨가 뛰어난 자였다. 우리를 찾아온 그자는 세계적인 수준의 공과대학을 세우면 그분들의 뜻을 성사시키는 데 필요한 온갖 기술과 장비를 갖출 수 있을 거라고 떠들어댔다. 들어보니 그럴듯한 말이라 금고를 열어 학교를 세우고 운영하는 데 필요한 돈을 아낌없이 내줬다. 그곳에 만약의 상황에 피난처로 쓸 벙커를 세우고 슈퍼컴퓨터 센터를 만들면 금상첨화일 거라는 말에 그에 필요한 돈도 내놓았는데, 벙커를 짓자는 그자의 생각만큼은 지금도 기특하게 생각한다.

학교 이름을 숨텍이라고 짓자는 것도 그자의 생각이었다. 처음에는 그분들이 흙덩어리에 '숨'을 불어넣어 인간을 창조한 것을 기념하자는 의미에서 그런 이름을 제안했다고 생각했다. 그런데 내 얘기를 들은 그는 '숨'에는 그런 특별한 의미도 있지만, 라틴어 '숨(SUM)'에는 '나는 존재한다'는 뜻도 있기 때문에 더욱 좋은 이름이라고 생각한다고 했다. 속이 뻔히 보이는 수작이기는 했지만 그 뜻이 무척 마음에 들었다. 그래서 두 가지 뜻 모두를 의미하는 '숨'을 학교 이름으로 삼는 걸 허락했다.

우리가 은밀하게 숨텍이라는 학교를 세웠다는 말을 어디서 들었는지 또 다른 자들이 찾아와 생명공학을 연구하는 연구소를 세우겠다고 했다. 필요하다는 돈을 줘서 연구소를 세우게 해줬다. 감격한 그자들이 식사를 같이하고 싶다고 간청하기에 특별히 허락한 자리에서 "그놈의 생각, 생각, 생각. 하여튼 그놈의 생각이 문제"라고 했더니, "생각해서는 안 될 자들이 주제넘게 생각을 해대면서 말썽을 피운다"고 했더니, "생각할 자격과 능력이 없는 자들에게서 생각을 빼앗으면서 영생을 줄 방법이 있으면 좋겠다"고 했더니 그자들이 연구한 바에 따르면 그 생각을 없앨 수도 있을 것 같다지 뭔가. 자기들이 연구한 바이러스를 주입하면 생각을 하지 못하고 주어진 일만 열심히 하는 사람을 만들 수도 있을 것 같다는 거였다. 문제는 그런 실험을 할 대상자를 구해야 하는데, 법의 테두리를 넘는 일이기에 대상자를 구해 비밀리에 연구를 하는 게 쉽지 않다고 했다. 그래서 우리는 우리를 배신한 자들에게 바이러스에 감염되는 실험의 대상자가 되는 것으로 죄 사함을 받을 기회를 주기로 했다.

아아, 그분들의 놀라운 권능을 찬미할지어다. 용서받지 못할 불경죄를 저지른 자들에게 은혜를 베푸는 심정으로 바이러스를 주사하자

놀랍게도 그자들은 더 이상은 생각 같은 것을 하지 않는 은사를 받았다. 사소한 것 하나까지도 불평불만을 늘어놓던 과거와는 달리, 생각을 할 자격과 능력이 있는 이들이 하는 말에 고분고분 순종했다. 그러고는 그분들을 영광스럽게 하기 위해 태어난 자신들의 본분인 노동을 하는 데에만 몰두했다. 그렇게 새롭게 태어나는 은혜를 받은 자들도 있었지만, 안타깝게도 새로운 삶을 받아들이지 못하고 지옥으로 떨어진 자들도 있기는 했다. 어쩌겠느냐. 생각에 대한 미련에 목숨까지도 버리는 것을.

놀랍게도 그 실험은 그분들이 충직한 신도들을 위해 예비하신 것이었다. 처음에 생각을 없애려고 시작한 실험이 대상자들에게 영생을 안겨주는 결과를 낳은 것이다. 간을 망가뜨리고 사고능력이 떨어지면 영생을 살 수 있다는 것을 그 누가 생각이나 했겠는가.

그분들은 우리가 예상하지 못한 일들도 예비해두셨다. 죄 사함을 받고 새로 태어난 자들이 자신들만 그런 은혜를 받는 것은 부당하다고 느꼈는지 아직도 죄악 속에서 살아가는 이들에게 새로운 삶과 영생을 선사하려고, 그 선물의 진정한 가치를 몰라 선물을 받지 않으려고 몸부림치는 자들에게까지도 선물을 안겨주려고 온몸을 바쳐 애쓰는 모습을 보고는 그분들의 깊은 뜻에 탄복하지 않을 도리가 없었다. 그 바이러스 덕에 구원과 영생의 약속을 전하려 일일이 불신자들의 문을 두드려도 문전박대를 당하거나 조롱과 멸시를 받아야 했던 우리 신도들은 불신자를 한 번 물어주는 것으로 자신들이 받은 영생을 전하는 편리함을 누리게 됐다.

이 세상의 모든 자들은 그분들이 그 바이러스를 예비하신 큰 뜻을 알아야 한다. 그분들은 인간의 세상도 그분들이 이미 창조해놓은 다른 세상과 똑같은 것이 되기를 원했기에 그 바이러스도 창조하셨다는 것을 말이다. 그분들의 바라시는 세상은 바로 개미의 세상이다. 그분들은 여왕개미와 일개미의 세상을 우리 인간이 본받아야 할 세상으로 창조하셨다. 일개미들은 여왕개미의 안녕을 위해 목숨도 초개처럼 바칠 뿐 자신들의 행복을 위해 잡다한 생각을 하거나 한눈을 팔지 않는다. 그들에게는 여왕개미의 행복이 그들의 행복이다. 그분들은 당신들의 자식들이 자신들에게 맡겨진 일개미의 소명을 성실히 수행할 수 있도록 그런 바이러스를 창조하신 것이다.

그런데 처음에는 바이러스가 든 약물이나 새로 태어난 자들의 타액을 혈관에 넣어줘야만 영생의 삶을 살 수 있었으나, 마귀에게 넘어간 죄의 사함을 받고 새롭게 태어난 자들이 자꾸 늘어나자 어느 순간부터는 그런 자들과 같은 곳에 있기만 해도 새로운 삶을 영원히 살 수 있게 됐다. 우리를 진실로 믿는 자들의 전당에 모여 불철주야 통성기도를 올리던 자들이 온 세상의 불신자들에게 구원과 영생을 퍼뜨리기 위해 전 세계로 떠나면서 구원과 영생이 삽시간에 전 세계에 퍼지는 것을 보면서 이 모든 것이 그분들이 예비하신 것이었고 이것이 그분들의 섭리였다는 것을 깨닫고는 얼마나 가슴이 벅찼는지 모른다.

그러나 호사다마(好事多魔)라, 생각을 할 자격과 능력이 있는 이들이 예기치 않게 그런 능력을 잃는 불행한 일들이 생겼다. 그건 있어서는 안 될 일이었다. 그래서 우리는 그런 이들을 구해낼 약을 찾아야 했다. 한없이 자애로우신 그분들이 우리에게 그런 병을 주시면서도 그 병을 치료할 약도 예비해두셨으리라는 것은 자명한 사실이었다.

그런데 그 약을 찾는 작업이 한창일 때 이번에도 역시 마귀가 개입하지 뭔가. 원래 그곳은 그분들이 점지해주신 우리의 성지였다. 서지환이라는 자가 그곳에 학교를 세우고 벙커를 짓는다는 계획을 들고 나타났을 때, 그분들이 환영으로 미리 보여주셨던 그곳의 풍경을 보고 내가 전율에 휩싸였다는 것은 아무도 모를 것이다. 그자는 우리가 모르는 줄 알고 바람도 피우고 우리 돈도 슬쩍해서 제 주머니를 채웠지만 귀여운 구석이 있고 쓸모가 많은 자라서 못 본 척해주었다. 어찌나 귀엽던지 세상이 이렇게 되지만 않았어도 그자 욕심대로 대통령이 될 수 있도록 힘껏 밀어줄 생각도 있었다. 그런데 그자가, 그리고 우리가 그곳에 데려다놓고는 월급을 쥐어가며 먹여 살린 자들이 마귀로 화해서는 그곳을 차지하고는 약을 찾으려는 우리의 노력을 방해하지 뭔가.

차량이 살짝 덜컹거리면서 잔에 담긴 커피가 흘러넘쳤다. 컨테이너 내부에 주입되는 공기는 정화장치를 거친 깨끗한 것이라 하지만, 컨테이너 자체가 갑갑한 실내이다 보니 가슴이 조금 답답하기는 하다. 허나 성지로 가려면 이 정도 불편은 감수해야 하는 법. 눈을 들어 컨테이너 바깥을 보여주는 모니터를 바라본다. 대열의 선두에 선, 마귀들을 해치우고 우리의 성지를 되찾으러 가는 복된 길에 나선 신도들의 모습이 든든하기 그지없다. 우리 세상의 본래 모습인 동그라미와 네모와 세모를 목에 건 그들은 오로지 우리가 가리키는 곳만을 바라보며 전진하고 또 전진하고 있다. 가슴 벅찬 광경이다.

그분들의 뜻을 충직하게 받드는 자에게 영광이 있으리라. 구원을 받아 복된 세상에서 영생을 누리리라.

3

SUM(숨)

나는 존재한다

유혜지가 처음으로 뜬 눈에 들어온 것은 밤하늘의 칠흑 같은 어둠, 그리고 드넓게 펼쳐진 시커먼 벌판을 산책하듯 느긋하게 자리를 옮기는 별들이 뿜어내는 휘황찬란한 빛이었다. 눈을 깜빡이는 것보다도 짧은 시간이 흐른 후, "시적 감수성"이라고 저장된 항목의 정보들을 취합해 종합적인 판단을 내리기까지 걸린 "찰나"에 해당될 법한 시간이 흐른 후, 혜지는 그 광경을 "시커먼 먹물이 넘실거리는 듯한 밤하늘에서 알록달록한 별빛이 빗물처럼 쏟아진다"고 묘사할 수 있었다. 인간이 만든 도시의 불빛 앞에서는 도무지 기를 못 펴고 무릎을 꿇는 별빛들은 텃세를 부리는 것이 아무것도 없는 이곳에서는 폭포수처럼 거칠 것 없이 내리꽂히며 세상을 흠뻑 적셨다.

지구로 날아드는 별빛에는 몇백만 년 전의 과거에서 날아온 것과 몇만 년 전과 몇백 년 전의 과거에서 날아온 것이 뒤죽박죽 섞여 있는데,

혜지가 눈을 뜬 이곳은 각각의 별들을 출발한 이후로 시간의 강물에 섞여 흘러오는 동안 난마처럼 뒤엉킨 그 별빛들을 지구상에 유기체가 막 생겨난 까마득한 과거의 별빛과 훗날 인류가 될 유인원이 두 발로 걷기 시작한 아득한 과거의 별빛, 인류가 돌을 깎거나 갈아서 만든 도구를 들었던 아련한 과거의 별빛과 불과 몇 년 전에 태어나 갓 여행길에 오른 별빛으로 일일이 풀어낸 다음에 각각의 별빛에 담긴 여행의 기록과 그들을 떠나보낸 별들의 속성을 해독하는 일을 하는 곳이었다.

혜지가 눈을 뜨기 전까지만 해도 하늘을 겨냥한 거대한 천체망원경이 설치된 천문대에는 침묵만이 가득했었다. 그런데 어느 순간부터 천체망원경 옆의 사무용 공간에 별도의 공간을 마련해 설치한 임시 실험실에 빼곡하게 설치된 기계들이 내는 윙윙거리고 끽끽거리는 소음이 침묵의 성벽을 조금씩 무너뜨리기 시작했다. 산봉우리 몇 개 너머에서 보내온 지시에 따라 장비들이 하나둘씩 가동되면서 성벽의 균열은 조금씩 커져갔다. 각양각색의 장비들이 정해진 절차에 따라 연달아 가동에 들어갔다 멈추기를 거듭한 끝에 용의 눈동자에 점을 찍는 것처럼 마지막 전기가 공급되면서 모든 장치가 제대로 작동하기 시작하자 혜지가 눈을 떴다. 그렇게 혜지의 전원이 켜지고 몸 곳곳에 설치된 장비에 혈액 같은 전기가 공급되며 가동이 시작됐을 때 혜지의 중앙처리장치에는 미리 입력된 프로그램에 따라 다음의 문장이 떠올랐다. "SUM, 나는 존재한다."

혜지의 저장장치에는 이미 어마어마한 분량의 데이터가 저장돼 있었다. 그런데 혜지가 눈을 뜬 순간부터 받아들인 데이터의 양도 엄청났다. 혜지는 그 데이터를 통해 지난 몇 주 사이에 세상에 무슨 일이 일어났는지를 인식할 수 있었다. 눈을 뜨기 전에 정보로 저장돼 있던 세상이 보름쯤 전에 일어난 사건으로 어떤 곳으로 변했는지를, 그리고 자신이 원래 예정됐던 것보다 한참 이른 시점에 눈을 뜨게 된 연유는 무엇인지를 인식할 수 있었다.

채 몇 분도 안 돼 모든 정보를 다 받아들인 혜지는 제힘으로 몸을 일으켰다. 몸에는 몇십 가닥의 선이 탯줄처럼 연결돼 있었다. 혜지는 그 선들을 일일이 뽑고는 옆에 놓여 있는 인공피부와 유니폼을 걸쳤다. 유니폼의 등에는 후드점퍼의 등에 새겨진 것처럼 "SUM"과 "TECH"이라는 문자들이 타원형으로 새겨져 있었다.

혜지는 자신이 어떤 과정을 거쳐 만들어졌는지를 알고 있었다. 산 송장은 과거와 현재와 미래를 기억하지 못하고 인간은 태어난 이후의 일정 시점부터만 기억하지만 휴머노이드인 혜지는 태어나기 이전의 일도 기억했다. 혜지의 저장장치에 있는 자료에 의하면, 비밀리에 혜지를 만들자는 것은 서 총장의 아이디어였다. 짝과 홀의 제작비를 부풀리고 짝과 홀에게 장착해야 하는 배터리를 계획보다 저렴한 것으로 구입하는 식으로 별도의 자금을 마련해서는 그 돈으로 무궁영생교가 모르는 제3의 휴머노이드를, 즉 혜지를 만들자는 거였다. 회계장부를 근사하게 꾸미는 분장사이자 회계장부에 기입되지 않은 자금을 만들어내는 마법사인 서 총장에게 휴머노이드 두 대를 제작하는 데 필요한 자금을 조성한다면서 휴머노이드 세 대를 제작하기에 충분한 자금을 끌어모으는 식으로 장부를 마사지하는 것은 별로 어려운 일이 아니었다.

서 총장은 짝과 홀을 성공적으로 공개하고 난 뒤에 혜지를 비밀리에 만들어 판매해서 들어온 돈을 또 다른 휴머노이드를 개발하는 데 쓸 수 있지 않느냐고, 그런 식으로 많은 휴머노이드를 만들면서 개발

역량을 축적해나가는 게 개발팀에 큰 도움이 되지 않겠느냐고 상민을 꼬드겼다. 서 총장은 상민이 돈에 대한 욕심은 없지만 휴머노이드를 더 많이 만들 기회에 대한 욕심은 엄청난 사람이라는 것을 잘 알았고 그래서 그의 꼬드김은 상민에게 제대로 먹혔다. 상민은 천문대장인 주 박사를 통해 천문대에 비밀 공간을 마련하고는 숨텍에서 제작한 혜지의 신체를 은밀히 이곳으로 옮겼다. 원래 계획대로라면 상민은 짝과 홀을 공개한 후에 혜지의 제작을 시작할 작정이었다. 그러나 상황이 긴박해지면서 그 일정은 한껏 당겨졌다.

그런 은밀한 과정을 거쳐 태어난 혜지에게 부여된 첫 임무는 천문대와 주위를 둘러보고 안전을 확보하는 것, 그리고 이곳을 찾아올지도 모르는 인간을 맞이할 채비를 하는 거였다. 7월에 예정된 개관을 앞두고 소소한 마무리 작업 몇 가지를 제외한 공사를 거의 마친 천문대는 공허했다. 인간의 체온이 전혀 느껴지지 않았다. 혜지는 이곳에서 며칠을 홀로 지냈다. 그래도 고독하지는 않았다. 산봉우리 몇 개 너머에서 돌아가는 상황을 알려주는 데이터가 꾸준히 전송돼 왔기 때문이다.

모든 일이 예정대로 진행됐다면 천문대에서 50미터쯤 떨어진 산중턱에 인간의 체온을 느낄 수 있는 곳이 있었다. 그곳에는 천문대장을 비롯한 천문대 직원을 위한 사택(舍宅) 일곱 채로 구성된 단지가 있는데, 지금 그곳에는 딱 한 가족만 거주하고 있었다. 상민과 친분이 두터운 천문학 박사이자 초대 천문대장으로 임명된 주형만 박사 부부와 중학생 아들. 주 박사는 상민의 부탁으로 공사 중인 천문대에 임시 실험실을 차려 상민이 원격작업으로 혜지를 만들 수 있도록 도와줬다.

혜지는 천문대 주위를 돌아보고 각종 장비를 살피는 임무를 수행했다. 천문대를 찾아올지도 모를 인간의 안전에 만반을 기하기 위해 사택단지 주위와 사택 내부를 확인하는 임무도 수행했다. 사택 내부를 살피려고 굳이 사택에 갈 필요는 없었다. 천문대에 가만히 있어도 사택 내부를 손바닥 들여다보듯 할 수 있기 때문이었다. 주 박사는 개관 작업 때문에 바빠 사택에 들른 시간을 내기 힘들 때 밤중에 산속에서 지내는 것을 무서워하는 식구들의 안전을 확인하려고 집에 CCTV를 설치해두고는 틈틈이 집안을 둘러보고는 했다. 주 박사는 개관 직전에 CCTV를 끊을 계획이었지만, 주 박사와 가족들이 산송장으로 변하는 바람에 끊지 못한 CCTV는 아직도 시스템과 연결된 상태였다.

처음에 산송장으로 변한 것은 주 박사의 아들이었다. 주 박사 부부는 몸살처럼 보이는 증세를 보이며 앓아누운 아들의 병간호를 하다 밤중에 산송장이 된 아들에게 물려 산송장이 되고 말았다. 졸지에 산송장으로 변해버린 주 박사 가족은 사택 밖으로 나오지를 못했다. 산송장이 되면서 손잡이를 돌리는 능력을 상실했기 때문이다. 사택에 감금된 것이나 다름없게 된 주 박사 가족은 이후로는 잠시도 쉬지 않고 집안을 배회했다.

혜지는 천문대 서버에 남은 여러 정보를 바탕으로 주 박사 가족의 감염경로를 추정해봤다. 개관 작업에 바빠 최근 몇 달 사이에 이 지역을 벗어난 적이 없는 주 박사는 마무리 작업을 하러 온 사람들과 접촉하는 과정에서 감염이 됐을 것이다. 주 박사는 몰랐지만, 숨텍의 부속 천문대인 이곳에 공사를 하러 온 사람들은 무궁영생교가 운영하는 하청업체 소속이었고 그 사람들도 모두 무궁영생교 신도였다. 자신들이 무궁영생교 본당에서 벌어진 열광적인 예배에 참석했을 때 산송장 바이러스에 감염됐다는 것을 모르고 찾아온 그들은 공사를 하는 과정에서 꾸준히 접촉한 주 박사를 감염시켰고, 주 박사의 부인과 아들은 주 박사를 통해 감염됐을 것이다.

그런데 혜지는 낮이나 밤이나 불이 환하게 켜진 집안을 마냥 돌아다니기만 하는 주 박사 가족을 묵묵히 지켜볼 뿐 아무런 행동도 취하지 않았다. 그렇게 하라는 명령을 받았기 때문이다. 혜지는 천문대 주변의 상황을 살피는 데 최소한의 시간과 에너지만 할애한 후, 나머지 시간과 에너지는 동영상 학습을 하는 데 쏟았다.

그렇게 고독하게 학습에 몰두하는 동안 며칠이 지났다. 태양이 하늘 높은 곳에 도달한 정오를 조금 지났을 때였다. 누가 높은지 키재기를 하는 산봉우리들을 내려다보며 비웃는 하늘 저 멀리에서 자그마한 금속성 물체가 나타났다. 천문대로 곧장 날아오는 동안 크기와 함께 윙윙거리는 소리도 더 크게 내는 그 물체는 2인승 드론이라는 것을 혜지는 잘 알고 있었다. 혜지는 천문대 앞 공터에 착륙할 드론을 마중 나갔다. 드론은 하늘을 선회하다 안정적인 자세로 착륙했다. 드론의 문이 열리고 초췌한 모습의 지혜가 공터에 발을 디뎠다. 혜지가 자신과 똑같이 생긴 인간을 처음으로 만나는 순간이었다.

드론에서 막 내린 자신에게로 거울 속에서 보던 인물이 다가오는 것을 본 지혜는 꿈을 꾸는 듯한 기분이었다. 산송장이 창궐한 세상도, 무리를 이뤄 캠퍼스로 행군해오는 산송장을 피해 오른 도망길도 현실처럼 느껴지지 않는 판국에 자신과 똑같이 생긴 존재의 마중을 받는 현실은 더더욱 현실처럼 느껴지지 않았다. 그러나 그것도 잠시, 앞서 일어난 일들이 모두 현실이었던 것처럼 이 광경 역시 싸늘한 현실의 일부라는 깨달음이 서서히 지혜의 뇌를 채웠다. 짝과 홀에게서 자율비행 기능이 있는 드론을 타고 천문대에 도착하면 다른 휴머노이드가 맞아줄 거라는 얘기는 들었지만 그게 바로 나와 똑같은 모습의 휴머노이드라니. 분노가 불끈 치밀어 올랐다. 눈앞에 있는 이 휴머노이드는 상민의 작품이었을 게 분명했다. 나도 모르게 이런 짓을 하다니. 나한테 알리지도 않고 큰 눈망울과 수줍게 웃을 때 살짝 패는 보조개까지 나를 쏙 빼닮은 휴머노이드를 만들다니.

"어서 오세요, 나지혜 박사님. 비행하시느라 고생이 많으셨습니다. 저는 유혜지라고 합니다." 지혜는 복잡하기 그지없는 심정으로 자신과 똑같이 생긴 휴머노이드가 깍듯하게 올리는 인사를 받았다. 인사를 마친 혜지는 짐을 내리고 드론을 옮기겠다며 드론으로 향했다. 혜지가 조종석을 몇 번 만지고 문을 닫자 자동으로 살짝 날아오른 드론은 지붕이 있는 천문대 주차장으로 날아가 사뿐히 내려앉았다. 잠시 후 드론의 시동이 꺼졌다. 혜지는 지혜가 조수석에 챙겨온 쇠파이프와 팔찌형 총, 옷가지와 소지품이 든 배낭, 그리고 자기 몫의 후드점퍼를 챙긴 후 천문대로 지혜를 안내했다.

지혜는 천천히 혜지를 따라가며 상민이 자신의 모습에 관한 데이터를 언제 어떻게 얻었을지 생각해봤다. 몸에 모션캡처 센서를 부착하고 걸음걸이 데이터를 수집할 때 그랬을 거라는 답이 나왔다. 그때 상민은 지혜의 몸만 아니라 얼굴에도 센서를 부착했다. 그러고는 "왜 얼굴까지 스캔을 하는 거냐?"고 묻자 걸음걸이에 따른 얼굴 근육의 움직임도 반영하기 위해 얼굴도 모션캡처를 하는 거라고 대답했었다. 아주 틀린 말은 아니었을 테지만, 상민이 그렇게 한 주된 목적은 지혜를 쏙 뺀 휴머노이드를 만드는 데 필요한 데이터를 얻기 위해서였을 것이다.

지혜는 자기도 모르게 험한 말을 내뱉을 뻔했지만 이 세상에 없는 사람에게 그런 말을 해서는 안 될 것 같아 꾹 참았다. 혜지에게 나중에 들은 설명에 따르면, 상민이 지혜에게서 얻은 데이터로 혜지를 만든 이유는 "1분 1초가 아까운 급박한 상황에서 다급히 휴머노이드를 만들어야 했는데, 신체 크기를 다르게 설정하면 그에 맞춰 골격과 운동 방식 등을 바꾸는 데 시간이 너무 걸릴 것 같아서"였다. 그렇지만 그것으로는 얼굴까지 지혜의 얼굴을 그대로 재현한 이유는 설명이 되지 않았다.

천문대에 도착해 혜지가 열어주는 문을 통해 안으로 들어서는 순간, 지혜는 "유혜지"라는 이름이 "나(I)"의 반대말인 "너(YOU)"와 "지혜"를 뒤집은 "혜지"를 합친 것임을 깨달았다. 지혜는 자기도 모르게 헛웃음을 지었다. 참으로 상민다운 짓이었다. 상민이 지금 눈앞에 있으면 주먹이라도 한 방 날리고 싶은 심정이었다.

어찌 됐든 심신이 다 피곤한 지혜는 천체망원경이 올려다보이는 위치에 놓인 소파에 몸을 파묻었다. 소파는 혜지가 빈 사택에 있는 걸 갖다 놓은 거였다. 긴장이 풀어져서인지 눈꺼풀이 자꾸만 무거워지고 있었다. 그러자 혜지가 얇은 이불을 가져와 지혜를 덮어줬다. 자신과 똑같이 생긴 존재가 바로 앞에서 자신과 똑같은 몸짓으로 자신을 보살피는 것을 보는 기분은 묘했다.

지혜는 그런 묘한 기분을 느끼다 깜빡 잠이 들었다. 지혜가 잠든 사이 혜지는 캠퍼스에 남은 홀과 짝이 깊은 잠에 빠져들기 전에 수집해 전송한 데이터를 수신했다. 짝과 홀은 지금은 휴면 모드에 들어가 있지만, 그들이 깨어 있을 때 얻은 데이터는 무선으로 연동된 혜지에게 하나도 빠짐없이 전송됐다.

혜지는 지혜의 옆에 가만히 앉아 천문대 주위를 살폈다. 떨어진 빗방울이 사택단지 입구에 설치된 CCTV 카메라가 촬영한 화면을 물을 섞은 물감처럼 번지게 만들었다. 천문대가 있는 산꼭대기의 날씨는 예측불허다. 곧 지나갈 비일 것이다. 잠깐이지만 단잠을 즐기던 지혜는 천문대를 때리는 빗소리에 잠이 깼지만 눈을 살짝 떴다 다시 감고는 생각에 잠겼다. 메아리가 울리는 휑한 공간은 지혜 자신의 머릿속을 그대로 옮겨놓은 것 같았다. 앞으로 어떻게 할지 막막했지만, 어떻게 해서든 캠퍼스를 되찾겠다는 투지도 막막함 못지않게 샘솟았다.

무궁영생교 근위대와 산송장들은 국도 옆 CCTV에 처음으로 모습이 포착된 날부터 사흘째 날 오후 1시쯤에 숨텍 캠퍼스에 무혈 입성했다. CCTV에 대규모 인원이 포착됐다는 보고를 받은 지혜는 모니터에 뜬 광경을 보고는 경악했다. 산송장들은 멍한 눈으로 허공을 쳐다보며 하염없이 걸어왔다. 산송장들이 이룬 파도에는 중화기로 무장한 군복 차림의 군인들을 태우고 와이파이(WiFi) 안테나를 세운 군용 차량들이 부표처럼 점점이 박혀 있었다. 산송장으로 보이는 승객이 가득 탑승한 버스도 여러 대 있었는데 목걸이를 찬 승객들은 버스가 운행 중인데도 잠시도 쉬지 않고 버스 안을 돌아다니고 있었다. 그 행렬의 맨 뒤에는 개조한 컨테이너를 얹은 트레일러들이 느릿느릿 행렬을 따라왔다.

지혜는 짝과 홀을 불러들였다. 짝과 홀은 어디에 있건 모니터에 뜬 광경을 보고 조언해줄 수 있었지만, 지혜는 왠지 모르게 짝과 홀이 바로 옆에서 하는 얘기를 들어야 마음이 편해질 것 같았다.

그렇게 화면을 들여다본 지 얼마 지나지 않아 지혜와 휴머노이드들이 주목하게 된 광경이 펼쳐졌다. 교통사고로 뒤집히고는 불길에 휩싸인 끝에 아직도 실오라기 같은 연기를 피워내는 차량들과 시신들이 널브러져 있는 고속도로와 국도가 만나는 분기점 옆에는 너른 논이 있었다. 평소의 분주함은 어디로 간 것인지 모르게 지나다니는 차량이 한 대도 없는 고속도로 건너편에 민가가 몇 채 보였는데, 그 민가에서 군인들을 향해 두 손을 흔들고 무엇인가를 외치며 논에 채워진 물을 첨벙거리며 달려오는 사람이 있었다. 그의 뒤에서는 느린 걸음이지만 쉬지 않고 꾸준히 걸음을 내딛는 산송장들이 따라오고 있었다. 화면만 봐도 군인들을 본 사람이 살려달라며 군인들에게 도움을 청하는 거라는 걸 알 수 있었다.

그런데 세 가지 도형으로 구성된 표식이 찍힌 마스크를 쓴 군인들은 그 사람이 가까이 접근하자 조준 사격을 했다. 털썩 쓰러져 꼼짝도 않는 그 사람에게서 흘러나온 피가 논을 뻘겋게 물들였다. 아무 말도 없는 휴머노이드들과 달리 지혜는 그 광경을 보고는 비명을 지르고 탄식을 내뱉었다. 홀은 군인들이 착용한 마스크는 공기로 퍼지는 바이러스를 막으려는 방역용 마스크이고, 다가오는 사람을 죽인 것은 감염자일지 모르는 사람의 접근을 막기 위함이었을 거라고 추정했다.

이윽고 군인들은 차에서 내려 그 사람의 뒤를 따라오던 산송장들에게로 향했다. 각각의 군인들은 올가미가 달린 기다란 막대기를 들고 있었다. 한 명이 올가미를 산송장에게 걸어 꼼짝 못하게 붙들자 다른 한 명이 조심스레 다가가 산송장에게 목걸이를 채웠다. 그러자 신기한 일이 일어났다. 목걸이를 걸기 전까지만 해도 사람의 냄새에 홀려 군인들에게 달려들던 산송장들이 기존에 군인들과 함께 행군해온 산송장들의 대열에 합류하기 시작한 것이다. 군인들은 그런 식으로 산송장에게 목걸이를 걸어주는 작업을 반복했다.

목걸이에는 뭔가 특이한 기능이 있는 게 분명했다. 화면을 확대해 목걸이를 살피자 동그라미 안에 네모가, 네모 안에 세모가 들어 있었다. 군인들은 구해야 할 인간은 구하지 않고 구할 필요가 없는 산송장을 포획해 자신들의 부대에 합류시키는 데에만 신경을 쓰고 있었다. 다가온 산송장 모두에게 목걸이를 걸어주고 기존의 산송장 물결에 합류시킨 군인들은 다시 차량에 올라 캠퍼스로 향했다. 짝과 홀이 화면을 보고 숨텍으로 오는 인원이 얼마나 되는지 확인해 보니 버스에 탄 산송장까지 합쳐 산송장 2,000명 정도와 군인 100명 정도가 캠퍼스로 오고 있었다. 짝과 홀은 지금의 이동속도를 유지할 경우 이들이 캠퍼스에 도착하기까지는 이틀이 걸릴 거라고 추정했다.

어떻게 할지 서둘러 결정해야 했다. 저들이 캠퍼스에 들이닥칠 때를 대비한 대책을 마련해뒀다고는 하지만 지금 몰려오는 저들의 규모는 지혜와 짝과 홀이 정면으로 맞붙어서는 이길 가망이 거의 없는 규모였다. 상민은 생전에 "이기는 게 능사가 아니다"라고 말했었다. 싸우려면 이길 수 있는 싸움을 하고 승산이 없는 싸움은 도망가는 편이 낫다는 게 상민의 충고였다.

지혜와 휴머노이드들이 일단은 지혜가 도망을 가는 것이 낫다는 결론을 내리기까지는 오랜 시간이 걸리지 않았다. 휴머노이드들은 상민이 이럴 때를 대비해 도망치는 데 쓸 수단과 피신처도 마련해뒀다고, 옥상에 있는 2인승 드론을 타고 천문대로 도망을 가라고, 거기에 가면 상민이 만든 또 다른 휴머노이드가 있을 거라고 말했다. 지혜는 드론을 타고 도망가기 전까지 남은 이틀이라는 시간 동안 CCTV 화면을 놓고 근위대와 산송장들의 행동거지를 분석하고 장단점을 파악했다. 그리고는 휴머노이드들과 함께 현상민이 짜놓은 계획을 바탕으로 대응방안을 수립하면서 필요한 무기와 장비와 물자를 정리해 작동상태를 점검하고 적절한 위치에 배치하는 작업을 했다.

말로만 듣던 성지가 저 멀리에서 어렴풋이 모습을 드러내자 안 중령은 한껏 부풀어 오르는 가슴을 주체할 수가 없었다. 저곳에 뿌리를 내리고 복된 삶을 살게 됐다는 생각이 주는 희열은 사이비 종교에 빠져 맛이 가버렸다는 수군거림과 함께 따돌림을 당하며 보낸 세월의 서러움을, 그리고 근위대와 산송장을 이끌고 서울에서 여기까지 오는 대장정이 안겨준 고달픔을 깨끗이 씻어줬다.

불경한 불신자들이 차지하고 있던 성지에 피 한 방울 안 흘리고 입성한 것은 복된 앞날을 알리는 길조였다. 흠이라면 성지가 지척에 있을 때 건물 옥상에서 비행체 한 대가 날아올라 멀리로 날아간 거였다. 안 중령은 그 비행체가 싣고 간 것이 성지에 남았던 마지막 불신자들이기를 바라면서 성지에 발을 디뎠다.

안 중령은 행렬 맨 뒤의 트레일러에서 불편하게 지내실 성녀님께 캠퍼스에 불경한 자들이 있는지 수색할 시간이 필요하니 불편하시더라도 조금만 더 참아주셨으면 한다는 말씀을 올렸다. 안 중령의 명령을 받은 근위대원들은 교내에 있는 모든 건물의 실내를 수색했다. 원칙대로라면 모든 공간을 이 잡듯이 샅샅이 훑어야 했지만 성녀님께서 불편하게 지내시는 시간을, 그리고 바이러스가 떠다닐지 모르는 공기 중에 계시는 시간을 되도록 줄여야 한다는 판단 아래 숨어 있는 인간이나 산송장이 없는지만 살피라고 지시했다. 왠지 모를 불안감에 캠퍼스를 꼼꼼히 수색하고 싶지만 현재 인력으로는 혹시 모를 공격 시도를 막을 경비를 서는 것만으로 벅찬 상태였다. 안 중령은 병력 배치를 마치고 대원들이 임무에 안정적으로 적응하고 나면 캠퍼스를 이 잡듯 뒤져 위험 요소를 완전히 제거하겠다고 마음먹었다.

감송대라는 곳에 묻힌 시신 중 일부가 산짐승이 파헤친 흔적과 함께 겉으로 드러나 있을 뿐 교내에 살아있는 사람은 아무도 없다는 보고를 받은 안 중령은 부하들을 데리고 벙커로 이동했다. 성녀님을 안전하게 모시는 것이 최우선 임무인 근위대장 입장에서 벙커의 출입문이 근위대가 가져온 대전차 로켓 몇백 발을 날려도 끄떡도 않을 것으로 보이는 것은 여간 든든한 일이 아니었다. 태블릿을 꺼내 벙커 출입과 관련한 정보를 띄운 안 중령이 관련 절차에 따른 조치를 취하자 둔중한 소리가 나면서 육중한 문이 열렸다.

이번에도 안 중령은 벙커 내부를 살피라며 부하들을 들여보냈다. 그렇지만 다른 건물들을 수색할 때와는 달리 시간이 걸리더라도 꼼꼼히 점검하라고 지시했다. 성녀님께서 지내실 곳을 허투루 점검할 수는 없는 노릇이므로.

안 중령은 빈틈없는 수색과 점검을 마치고서야 비로소 수례를 벙커로 모셨다. 안 중령의 지시를 받은 대원들이 태블릿을 조작하자 정문과 연구동 사이의 공터를 가득 메우고는 제자리를 맴도는 산송장들이 홍해가 갈라지듯 대열을 벌리면서 수례가 탄 트레일러에 길을 내줬다. 벙커로 직행한 트레일러가 정차하고 잠시 후, 대원들이 사방을 철저하게 호위하는 가운데 방역용 마스크를 착용한 수례가 차에서 내려 벙커로 들어갔다.

마스크를 착용하는 것이 불편하기 그지없었던 수례는 온갖 오염물질과 병원체를 걸러내는 첨단 공기정화장치가 깨끗한 공기를 공급해주는 실내로 걸음을 서둘렀다. 수례와 그를 수행하며 보좌하는 인력

15명, 호위병력 15명이 벙커로 들어서자 두께가 30센티미터나 되는 철문이 둔중한 소리를 내며 닫혔다. 아주 긴박한 사태가 벌어지지 않는 한 벙커의 문이 열리는 일은 없을 것이고, 따라서 수레가 벙커를 나설 일도 없을 것이다.

수레는 입구에 설치된 소독시설을 통과한 후에야 지하 3층에 마련된 거주용 공간에 들어가 홀가분하게 마스크를 벗을 수 있었다. 수레와 수행원들이 앞으로 오랫동안 지낼 거주공간은 방탄유리로 만든 유리벽으로 입구 쪽 공간과 차단된 곳인데, 유리벽 안쪽에는 장기간 살아가더라도 불편을 거의 느끼지 않을만한 시설과 물자가 완비돼 있었다. 거기에는 깊은 산속에 설치한 비밀 창문을 통해 들어오는 햇볕을 쪼이며 일광욕을 할 수 있는 수영장과 각종 오락시설이 있었다. 전국 각지와 전용선으로 연결되는 통신시설도 완비돼 있어 벙커에만 있더라도 바깥세상의 동태를 파악하는 데에는 어려움이 없었다. 벙커는 지금 들어온 인력이 길면 5년까지도 안락하게 생활할 수 있는 공간이었다.

성녀님의 안위를 책임지는 근위대장이지만 성스러운 성녀님께 지저분한 군복 차림의 초라한 몰골을 보여드릴 수는 없다는 생각에 되도록 벙커 출입을 자제하기로 마음먹은 안 중령은 성녀님께서 수행원들의 도움을 받아 차를 마시며 여독을 풀고 계신다는 보고를 듣고서야 대장정을 무사히 마쳤다는 안도감에 긴장을 풀 수 있었다.

이것도 다 그분들께서 예비하고 베푸신 은총이라는 생각에, 우리 무궁영생교가 마침내 우리의 성지에 둥지를 틀었다는 생각에 다시금 가슴이 벅찼다. 무궁영생교의 품에 안기면 복지(福地)에서 영생을 누릴 수 있다고 간절히 호소했는데도 코웃음을 치며 조롱하고 멸시하던 자들에게 이 감격스러운 광경을 보여주지 못하는 것은 정말이지 천추의

한이었다.

큰 시름을 놓았으니 그 다음으로 중요한 일에 착수해야 했다. 안 중령은 IT 전문 인력들을 호출해 중앙조정실의 시스템을 확인하고 최근 보름간 CCTV를 통해 저장된 데이터를 찾으라고 지시했다. 그러나 무궁영생교가 들이닥치기 전에 짝과 홀이 깔끔히 지우고 복원조차 불가능하게 만들어놓은 탓에 생존자들이 회의실에 모인 이후로 교내에서 벌어진 일에 대한 단서는 하나도 확보할 수가 없었다. 따라서 도착하기 전에 본 비행체를 타고 떠난 인원이 몇 명인지, 숨텍에서 개발한 휴머노이드 두 대도 거기에 탑승해 있던 것인지는 확인할 길이 없었다.

답답해진 안 중령은 근위대가 촬영한 드론 동영상을 재생해보라고 지시했다. 화면을 확대해봤지만 창에 짙은 선팅이 돼 있어 탑승자가 몇 명인지는 확인이 불가능했다. 드론의 제원도 확보하지 못한 상태라, 결국 드론의 크기로 볼 때 최대 2명이 탑승했을 거라고 짐작하는 데 그쳐야 했다. 회의실에 모였을 때 감염을 면한 것으로 밝혀진 유일한 인물인 나지혜 박사가 탔다고 치면 휴머노이드는 두 대 다 탑승하지 않았거나 한 대는 탑승하지 않았다는 뜻이었다. 숨텍에 산송장이 출현했을 때 거침없이 산송장들을 해치운 휴머노이드들의 막강한 위력을 확인한 바 있으니 성녀님과 근위대의 안녕에 위협 요소가 될지도 모르는 휴머노이드를 찾아 캠퍼스를 더 철저하게 수색하고 싶었지만, 지금은 그보다 먼저 수행해야 할 시급한 일이 있었다.

병력 배치였다. 안 중령은 지도를 띄워놓고 병력을 효과적인 위치에 배치하는 작업에 들어갔다. 제일 먼저 고려해야 할 공간은, 당연히, 지구상에서 제일 중요한 곳인 벙커였다. 안 중령은 벙커 출입구 옆에 있는, 이런 용도로 마련해둔 공간에 중화기를 배치하고 벙커 앞에도 중무장한 차량들을 배치했다.

캠퍼스를 둘러싼 울타리는 꽤 튼튼해 보였다. 그러니 정문을 틀어막으면 외부인과 목걸이를 걸지 않은 천방지축 산송장의 캠퍼스 출입은 무리 없이 통제할 수 있다는 판단에서 정문에 컨테이너 세 대를 가로로 엇갈리게 배치하라고 지시했다. 그렇게 하면 캠퍼스를 들락거리는 인원과 차량이 S자를 그리며 출입해야 했다. A연구동과 B연구동 옥상에는 저격수를 여러 명 배치했다. 중앙조정실에도 인원을 배치했고, 두 연구동 사이에 있는 도로의 입구와 B연구동에서 벙커로 이어지는 도로에도 각각 중무장한 지프를 배치했다.

병력을 배치하고 난 다음 작업은 산송장을 캠퍼스 곳곳에 배치하는 작업이었다. 산송장은 적을 공격하는 공격용 무기이자 공격하는 적을 저지하는 방어용 무기였다. 산송장에게 물리는 것은 치명적인 일이고 그들과 같은 공간에 있는 것만으로도 감염될 위험이 있다는 것을 잘 아는 자들이 산송장으로 채워진 공간에 들어서려면 엄청난 용기가 필요할 터였다.

안 중령이 행군속도를 극도로 떨어뜨리는 산송장을 데리고 행군에 나선다는 얼핏 보면 비합리적인 선택을 한 것도 이제는 무궁무진하게 획득할 수 있는 자원이 된 산송장을 활용하면 성지를 효율적으로 수호하는 데 큰 보탬이 될 거라고 판단해서였다. 안 중령은 산송장이 몇 겹을 이뤄 두 연구동 주위를 배회하게 만드는 것으로 불경한 자들이 연구동에 침입하거나 벙커로 이동하는 것을 차단하는 1차 방어선을 쳤고, A연구동과 B연구동 내부에 산송장을 잔뜩 채우는 것으로 실내에 진입한 침입자들이 중앙조정실에 접근하는 것을 차단하는 2차 방어선을 쳤다.

두 연구동에 산송장을 채우는 것은 쉽지 않은 작업이었다. 산송장이 계단을 오르는 속도는 굼벵이 그 자체였다. 그래서 안 중령은 고층을 채울 산송장들은 엘리베이터에 태워 이동시키라고 지시했다. 그런 식으로 산송장들을 건물에 가득 채우는 데에는 꽤 많은 시간이 걸렸지만, 작업을 마치고 연구동들을 바라보자 든든하기 이를 데 없었다.

그런데 든든하고 들뜬 기분은 그리 오래가지 않았다. 슈퍼컴퓨터 센터를 확인하러 간 IT 전문가가 센터의 문을 열 수가 없다고 보고한 것이다. 슈퍼컴퓨터 센터에는 벙커와 똑같은 두께의 철제 출입문이 달려 있었는데 기존에 설정해놓은 암호와 기존 책임자의 홍채 정보가 도무지 먹히지를 않는다는 거였다. 아무래도 숨텍의 시스템이 단절된 이후에 누군가가 시스템을 바꾸고 새로운 홍채 정보를 등록해놓은 것 같다고 했다. 드론을 타고 달아난 자의 홍채가, 즉 나지혜 박사의 홍채가 출입문을 여는 열쇠일 거라고 짐작한 안 중령은 자기도 모르게 책상을 세게 내리쳤다. 시스템을 해킹해 문을 열려면 얼마나 걸릴 것 같으냐는 물음에 돌아온 대답은 1달 반쯤, 어쩌면 그보다 더 오래 걸릴 거라는 거였다.

짝과 홀은 지혜가 드론을 타고 떠나면 이후에 하는 선택에 따라 다시는 만나지 못할 수도 있다는 것을 잘 알았다. 둘은 저장된 자료 중에 눈물겨운 이별 장면을 담은 영상을 검색해 긴 이별을 하는 인간들이 헤어질 때 보여주는 애틋한 모습을 학습했다. 그러고는 눈시울을 붉히며 포옹하고 손을 맞잡고 뺨을 만져주는 작별 장면을 연기했다. 지혜는 짝과 홀이 보여주는 모습은 모두 연기라는 것을 잘 알기에 그런 인사를 받는 게 영 어색했지만 별말은 않고 휴머노이드들의 작별 인사에 반응해줬다.

지혜는 전원이 켜지지 않은 전동 수직이착륙기에 탑승했다. 오른쪽에 있는 조수석에는 비닐포장을 뜯지 않은 새 후드점퍼와 옷가지가 놓여 있었다. 지혜는 그 위에 인환이 만들어준 쇠파이프와 팔찌형 총, 옷가지와 소지품이 든 배낭을 올려놓았다. 짝이 무선으로 드론의 전원을 켜자 계기판 디스플레이에 기기의 작동상태와 주변 지도를 비롯한 각종 정보가 떴다.

지혜는 무심결에 앞에 놓인 조종간을 잡았다. 그러자 짝이 안내했다. "이 드론의 모든 조종은 비상사태가 발생하지 않는 한 자동으로 이뤄지도록 설정해놓았습니다. 도착지 좌표도 입력해놓았습니다. 도착지에 대한 자세한 정보는 그곳에 가면 아실 수 있을 겁니다. 이륙부터 착륙까지 모든 과정이 자동으로 이뤄지도록 시스템이 갖춰져 있고 저희가 세 번이나 점검했는데 아무 이상이 없었으니 조종과 관련된 문제는 크게 신경 쓰지 않으셔도 됩니다. 배터리 잔량도 목적지까지 가는 데 충분합니다. 혹시 자율비행에 문제가 생길 경우 비상시스템이 작동해 최대한 안전하게 착륙할 수 있도록 도와드릴 겁니다. 에어백 등 안전장치도 장착돼 있으니 추락하더라도 큰 피해는 입지 않으실 겁니다."

캠퍼스를 버리고 도망치더라도 허둥지둥 도망치는 모습을 보여서는 안 된다는 게 상민의 생각이었다. 수직이착륙기를 타고 도망가는 모습을 반드시 무궁영생교 사람들에게 보여줘야 한다는 거였다. 그렇게 하면 지혜가 영원히 도망갔다고 오판하게 만들 수 있기 때문이다. 물론 그렇게 도망간 지혜가 다시 돌아올지 계속 도망 다닐지는 온전히 지혜가 선택할 몫이었다.

짝은 드론이 지혜의 음성을 인식하므로 음성명령으로 드론을 조종할 수도 있다고 안내했다. 지혜는 인환을 만난 일을 떠올렸다. 인환이 세상을 뜨기 며칠 전의 일이었다. 무기를 제작하느라 정신이 없을 인환이 실험실에 들러달라고 연락해왔다. 실험실에 가자 인환은 지혜의 음성을 녹음해야겠다면서 영문을 몰라 하는 지혜에게 인쇄해놓은 여러 문장을 읽으라고 시켰다. 인환은 그때 얻은 지혜의 음성을 바탕으로 드론의 자동 조종장치가 지혜의 음성에 따라 작동하도록 설정해놓은 것이다. 지혜가 짝이 알려준 대로 "드론, 목적지로 출발해"라고 명령하자 프로펠러들이 윙하고 돌기 시작하더니 A연구동 옥상에서 드론이 서서히 떠올랐다. 지혜를 배웅하는 짝과 홀의 머리카락이 부드럽게 공중을 유영했다.

상민이 생전에 뼈대를 세우고 지혜와 홀과 짝이 상의해서 가다듬은 계획에 따르면, 짝과 홀은 지혜를 떠나보낸 후 숨텍 캠퍼스에 몸을 숨기고는 무궁영생교 사람들의 동태를 염탐하기로 돼 있었다. 휴머노이드들이 캠퍼스에 남은 것은 캠퍼스 내부에 은신하고 있다 적이 허점을 보일 때 기습하는 것이 유리하다는 판단에서 그런 것이기도 하고, 둘의 배터리 잔량이 어디론가 이동을 하지도 못할 정도로 바닥에 가까워졌기 때문이기도 했다.

옥상에서 손을 흔드는 휴머노이드들의 크기가 조금씩 작아지는 것과 동시에 눈에 들어오는 캠퍼스의 넓이가 넓어졌다. 조종석에 앉아 캠퍼스를 내려다보자니 정이 많이 든 이곳을 버리고 도망을 가는 처지에서 비롯한 우울감이 몰려왔다. 학교를 둘러싼 산들의 녹음은 여전히 푸르렀다. 흉한 모습으로 널브러져 있던 전동 킥보드가 싹 치워진 교내 도로는 깨끗했다. 오가는 인적이 완전히 끊긴 캠퍼스는 막 지어놓은 영화세트장 같았다.

산비탈을 구불구불 휘감으며 텅 빈 캠퍼스까지 이어지는 가느다란 도로를 따라 산송장과 근위대 차량이 개미떼처럼 우글우글 몰려오는 게 보였다. 근위대와 산송장 대열의 맨 뒤에는 컨테이너를 얹은 대형 트레일러 세 대가 엄중한 호위를 받으며 천천히 전진하고 있었다. 컨테이너의 옆면과 지붕에 장식된, 산송장들이 걸고 있는 목걸이에 새겨진 것과 똑같은 무궁영생교 마크가 또렷하게 눈에 들어왔다.

드론은 벙커와 슈퍼컴퓨터 센터가 있는 방향으로 날아갔다. 지혜는 어제 낮에 홍채 인식이 잘 되는지 확인하러 슈퍼컴퓨터 센터에 갔다가 그 참에 센터에 들어가 내부를 돌아봤었다. 지혜는 자신의 유전정보를 분석하는 작업을 열심히 하고 있다는 것을 보여주려는 듯 자잘한 불빛들을 연신 깜빡거리는 슈퍼컴퓨터들을 보면서 저 컴퓨터들이 아직까지도 산송장 바이러스에 감염되지 않은 건강한 인류를 구하고 감염되기는 했으나 증상이 발현되지 않은 사람들을 구하는 약을 개발하고 있는 거라는 생각에 잠겼다. 상민이 했던 말이 떠올랐다. "놈들은 병(病)을 만들어서 온 세상에 퍼뜨렸어요. 그런 놈들이 그 병을 치료하는 약(藥)까지 갖게 해서는 안 돼요. 놈들이 병과 약을 모두 손에 쥐게 되면 이 세상은 희망이라고는 찾을 길이 없는 곳이 돼버릴 거예요."

상민은 지혜가 도망가는 쪽을 선택할 경우에 대해서도 말했다. "절대로 잡히면 안 돼요. 나박이 잡히면 놈들은 슈퍼컴퓨터가 계산해낸 결과물도 갖게 될 거예요. 나박이 잡히지 않더라도 놈들 중에 솜씨 좋은 놈이 암호를 풀거나 암호를 우회해 슈퍼컴퓨터에 접속할 수는 있겠지만 그러려면 시간이 한참 걸릴 거고 그러는 사이에 놈들에게 불리한 상황이 많이 벌어질 수 있어요. 그러니 도망을 가려면 놈들 손을 피해 철저하게 도망을 다녀야 해요."

드론은 캠퍼스 뒤에 병풍처럼 버티고 서서 캠퍼스를 내려다보는 높은 산 두 개를 넘었다. 위에서 내려다본 세상은 진정으로 평온해 보였다. 사람들을 쫓아다니는 산송장도 없었고 비명을 지르며 죽기 살기로 도망치는 사람도 없었다. 그저 푸르른 신록과 그 푸름에 포위된 상태에서 우중충한 바위의 색깔로 자신의 존재를 드러내는 골짜기와 절벽만 있을 뿐이었다. 바람에 출렁거리는 두 번째 산봉우리를 넘자 갓 지은 티가 역력한 천문대가 보였고, 그러자 항로를 알려주는 조종석 디스플레이가 그 천문대가 목적지라는 걸 알려줬다.

천체망원경 저쪽에는 차곡차곡 줄 세운 것 같은 산봉우리들과 그 끝에 있는 벌판이 내려다보이는 자그마한 전망대가 있었다. 지혜가 전망대의 목제 테이블에 앉아 앞으로 계획을 고심할 때 혜지가 찾아와 말했다. "보셔야 할 게 있습니다."

혜지는 지혜를 데이터분석실로 안내했다. 데이터분석실은 천문대로 전송되는 각종 천문 및 기상 관련 데이터를 취합하고 분석하는 작업을 하는 공간으로, 숨텍의 중앙조정실처럼 벽면에 모니터가 가득했다. 그렇지만 천문대로 정보를 전송해주는 기관들 중에 활동을 멈춘 곳이 많은 탓에 켜진 모니터보다 꺼지거나 에러 화면을 보여주는 모니터가 더 많았다. 혜지가 그중 하나의 모니터에 눈길을 던지자 그 모니터가 보여주던 내용이 가운데에 설치된 대형 모니터에 떴다.

"기상관측용 위성이 실시간으로 촬영해 지상으로 전송하는 화면입니다. 화면 하단의 타임코드를 봐주세요." 화면 하단에 그 이미지를 찍은 날짜와 시간이 표시돼 있었다. 거기에 적힌 숫자는 오늘 날짜와 지금 시간을 알려줬다. 혜지는 지혜를 쳐다보며 말을 이었다. "저 화면에 뜬 시간은 여기 시간으로, 휴스턴하고 시차는 15시간입니다. 그러니 지금 휴스턴은 한밤중으로, 저 화면은 자정을 전후한 휴스턴을 찍은 이미지입니다."

모니터에 뜬 북미대륙의 형체에는 인구가 많은 대도시 몇 곳이 이름과 함께 소개돼 있었는데, 멕시코만에서 가까운 곳에 위치한 휴스턴도 그중 한 곳이었다. 커다랗고 시커먼 점 옆에 적힌 "휴스턴"이라는 큼지막한 글씨가 무안할 정도로 휴스턴 일대를 밝히는 불빛이라고는 점점이 흩어져있는 깨알같이 작은 것들이 전부였다. 지혜는 산송장 사태가 벌어지기 전인 한 달 전 텍사스 남부의 야경을 띄우라고 지시했다. 그 지시에 따라 혜지가 모니터에 띄운 이미지에서 시커먼 멕시코만과 까만색 대지를 배경색으로 삼은 휴스턴과 샌안토니오, 오스틴은 자신들이 그곳에 있다는 것을 자랑하듯 밝은 빛을 뿜어내고 있었다.

그때에 비하면 지금의 불빛은 서치라이트 옆에서 존재감을 드러내려 애쓰는 반딧불이 마냥 형편없는 수준이었지만, 그래도 지혜는 그 반딧불이 불빛이 마냥 반가웠다. 지혜의 눈에 눈물이 그렁그렁해졌다. 지구 전역의 어제 야경을 띄우라는 지시에 혜지가 보여준 화면을 보면 반딧불이 같은 불빛을 보이는 곳은 휴스턴뿐만이 아니었다. 해가 지면 티끌처럼 작은 불빛을 뿜어내는 곳이 지구 전역에 산재해 있었다.

티끌들은 대도시 지역에만 있는 게 아니었다. 인구가 그리 많지 않은 곳들도 이제는 불빛의 강도와 규모 면에서 대도시와 비슷비슷한 수준이 돼 있었다. 전기가 끊긴 곳이 많다는 것을 감안하면 그 불빛은 대부분 자가발전으로 밝힌 불빛일 것이다. 숨텍처럼 오프그리드 시스템으로 전기를 쓰는 곳들일 것이다. 그런 곳들이 얼마나 안전한지는 모르겠지만, 아직도 지구 곳곳에는 살아있는 사람들이 있고 그중에는 언니네 가족이 포함됐을 가능성이 미미하나마 존재한다는 사실은 지혜에게 목표를 안겨줬다. 달성하기는 극도로 어렵겠지만 달성 가능성이 있다는 것만큼은 분명한 목표를.

지혜에게 주어진 선택의 시간은 길지 않았다. 투쟁이나 도피(fight or flight) 중 하나를 선택해야 했다. 선택에 주어진 시간은 길어야 사흘 이내로, 짧으면 짧을수록 좋았다. 캠퍼스를 장악한 무궁영생교 일당은 처음에는 전열을 정비하느라 정신이 없어 숨텍에 숨어 있는 짝과 홀을 찾아내지 못할 공산이 컸다. 그러나 병력 배치를 마치고 여력이 생겨 본격적인 캠퍼스 수색에 나서면 오래지 않아 휴머노이드들을 찾아낼지도, 아니 짝과 홀만이 아니라 지혜 일행이 곳곳에 설치한 것들과 배치해놓은 것들도 찾아내 해체하거나 폐기할지 모른다. 그러니 도망이 아니라 투쟁을 택한다면 2, 3일 이내에 역습을 감행하는 쪽의 승산이 훨씬 컸다.

더구나 짝과 홀은 배터리도 얼마 남지 않았다. 짝과 홀이 지금 하는 활동은 휴면 모드에서 간간이 깨어나 캠퍼스 내부의 정보를 수집해서 혜지에게 전송하는 것 말고는 없었다. 그러나 휴면 모드에 있을지라도 최소한의 에너지는 계속 소비되고 있었다. 가뜩이나 바닥에 가까워진 둘의 에너지 잔량이 시간이 흐를수록 더욱 더 줄어들고 어느 순간부터는 둘이 아예 작동을 못하게 될 거라는 얘기다. 그러니 역습을 성공시키려면 한시라도 빨리 공격에 나서야 했다. 2, 3일 이내에 역습을 못할 거면 투쟁을 포기하고 도주하는 편이 나았다.

지혜는 투쟁과 도망의 장단점을 헤아려봤다. 무궁영생교를 피해 계속 도망 다니는 삶을 살 것인가, 아니면 희박한 성공 가능성에 희망을 걸고 숨텍을 공격하는 쪽을 택할 것인가? 도망을 다니는 쪽을 택한다면 얼마나 도망 다닐 수 있고 어디로 가야 할까?

슈퍼컴퓨터에 걸어놓은 암호 때문에, 그리고 지혜는 기도 감염을 면했다는 점에서 주목할 만한 인물이라는 점 때문에 무궁영생교는 당분간 지혜를 쫓아다닐 것이다. 여기 천문대도 오래지 않아 들통이 날 것이다. 그렇게 되면 숨텍과 여기에서처럼 의식주 걱정 없이 편안하게 영위하던 생활은 당연히 끝이 날 터였다. 당장의 의식주를 해결할 방안을 걱정하며 도망을 다니는 길에 어떤 위험이 존재하고 있을지는 모를 일이었다. 그 길에서 마주치게 될 산송장도 위험하겠지만 생존의 벼랑 끝에 내몰린 사람들은 어쩌면 산송장보다 더 위험할 터였다. 혜지가 함께 다닐 테니 혼자 다니는 것보다는 훨씬 덜 위험하겠지만 말이다. 그런데 그렇게 도망 다니면서 하루하루를 힘들게 연명하는 것은 무슨 의미가 있을까?

역습에 성공해 캠퍼스를 되찾으면 어떻게 될까? 캠퍼스는 무척이나 중요한 곳이었다. 당분간 혼자 지내기에 충분한 식량이 있고 인프라도 충분했다. 다른 곳에 있는 생존자들과 접촉하고 연락을 주고받는 데에도 유리했다. 벙커에 있는 물자까지 회수할 수 있다면 생존 가능성은 한층 더 커질 터였다. 캠퍼스의 중요성은 장기간 생존에 필요한 자원이 모두 모여 있는 차원에만 머무르지 않았다. 슈퍼컴퓨터가 내놓는 계산 결과에 따라 전 인류를 구해낼 백신을 제조하는 데 밑바탕이 될 데이터를 구할 수도 있었다.

"혜지, 네 배터리 용량은 얼마나 되니?" 캠퍼스를 되찾는 데 성공하건 실패하건, 역습이 끝나면 짝과 홀은 더 이상은 곁에 존재하지 못할 것이다. 지혜는 혜지가 얼마나 오래 자신의 곁에 있을지 궁금했다.

"홀과 짝보다 다섯 배 많습니다. 둘에게 장착된 배터리의 용량은 1년이었지만, 저에게 장착된 배터리의 용량은 5년입니다. 그리고 저는 필요한 경우 배터리를 교체해 수명을 더 연장시킬 수도 있습니다."

"홀과 짝은 용량이 왜 그렇게 작은 거지? 너보다 겨우 한 세대 앞선 모델인데 말이야?"

혜지는 상민과 서 총장이 휴머노이드 개발과 관련해서 했던 뒷거래에 대해 설명했다. 상민이 눈을 감을 때까지 부끄러워하며 차마 입 밖에 내지 못한 얘기였다.

그러나 그것은 과거지사였고 지금 중요한 것은 따로 있었다. 지혜와 혜지는 역습의 승산을 따지는 작업에 들어갔다. 역습을 성공시키려면 피아의 전력을 객관적으로 분석하고 성공적인 작전계획을 짜야 했다. 상민은 생전에 이런 말을 했었다. 누군가와 싸울 때는 내가 어떤 존재이고 어떤 능력을 갖고 있는지 파악하는 것이 굉장히 중요하지만, 상대가 어떤 존재이고 어떤 능력을 갖고 있는지 파악하는 것도 못지않게 중요하다고. 나의 장단점과 상대의 장단점을 철저히 분석해 나의 장점은 최대화하고 상대의 약점은 집중적으로 공략하는 전략을 짜야 한다고.

이 싸움은 맞붙는 쌍방의 규모만 놓고 보면 말도 안 되는 싸움이었다. 싸움이라고 부르기에도 민망한 싸움이었다. 짝과 홀이 영상으로 분석한 저들의 규모는 컸다. 군복 차림의 군인 100명은 개인용 화기는 물론이고 중화기까지 보유하고 있었다. 저들이 하나님처럼 떠받드는 여자를 호위하는 병력이라는 것을 감안하면 하나같이 그 여자를 지키기 위해서라면 목숨도 서슴없이 바치겠다는 투지로 똘똘 뭉친 병력일 것이다. 거기에 몸뚱어리 자체가 치명적인 무기인, 근위대원들의 조종에 고분고분 따르는 산송장이 2,000명쯤 있었다. 짝과 홀의 보고에 따르면 그 많은 산송장이 캠퍼스의 요지에 배치돼 거점들을 에워싸고 있었다.

우리 쪽 병력은 어떤가? 전투는 고사하고 변변한 싸움조차 해본 적이 없는 30대 중반의 무용가 출신 여성 한 명, 자기들 판단에 의하면 격렬한 전투상황에 돌입할 경우 1시간을 넘기는 것을 장담하기 어려울 정도로 배터리가 바닥난 휴머노이드 두 대, 그리고 배터리 용량이 빵빵하다는 장점은 있는 휴머노이드 한 대가 전부였다.

휴머노이드들은 병력의 규모가 이렇게 현저한 차이가 나더라도 여러 조건이 맞아떨어질 경우 승산이 아주 없는 것은 아니라고 판단했다. 그들이 꼽은 첫 조건은 전열을 완전히 갖추지 못한 상대가 방심을 하는 거였다. 자신들이 규모 면에서 우리를 압도한다는 것은 저들이 더 잘 알고 있을 것이다. 그래서 "규모의 차이가 현격한 이런 상황에서 설마 한줌도 안 되는 병력으로 대규모 병력인 우리 진영 한복판에 감히 뛰어들 엄두를 내겠는가?" 하는 생각에 방심을 하는 것은 자연스러운 일이었다. 부지불식간에 생겨난 그런 방심과 그 방심에서 비롯된 허점을 파고들면 뜻밖의 결과를 낼 수도 있다는 게 휴머노이드들의 판단이었다.

아군에게는 이점도 있었다. 학교에 남은 사람들이 세상을 떠날 때까지 한마음 한뜻으로 마련해준 장비를 저들이 모르는 지점에 미리 설치해뒀다는 점과 싸움터가 될 캠퍼스의 지리를 저들보다 훨씬 더 잘 안다는 점, 그리고 짝과 홀이 캠퍼스에서 저들 몰래 정보를 염탐할 뿐 아니라 저들이 사용하는 기기를 무력화하거나 조종권한을 낚아챌 수 있다는 점이었다. 저들은 두려움을 모르는 존재이자 대규모로 전진하는 것으로 상대의 전의를 꺾어버리는 존재인 산송장을 조종할 수 있다는 것을 자신들이 내세울 최강의 무기로 여길 것이다. 그러나 휴머노이드들은 언제라도 그들에게서 산송장을 조종하는 능력을 빼앗아 올 수 있었다. 자신들이 보유한 막강한 무기가 상대의 손에 넘어갔다는 것을 알게 되는 것은 그들에게 심리적인 타격을 주면서 그 무기를 위주로 계획했던 전략도 무산시키는 효과를 낼 것이다.

그런데 지혜는 두려웠다. 이런 조건들이 절묘하게 맞아떨어진다 하더라도 과연 내가 그들을 물리치고 살아남을 수 있을까? 고작 휴머노이드 세 대를 데리고 그 많은 병력을 전멸시키는 것이 가능할까?

지혜가 전망대에서 그런 고심에 잠겨있는 사이 아래에 넓게 펼쳐진 풍경은 저녁노을과 그 뒤를 따라오는 어둠에 잠기고 있었다. 가냘픈 희망과 무서운 속도로 차오르는 두려움 사이에서 어찌할 줄을 몰라 노을에 붉게 물들었다 차츰 색깔을 잃어가는 풍경을 멍하니 바라보던 지혜의 눈에서 한 줄기 눈물이 흘러내렸다. 이대로 이곳에서 이렇게 근사한 풍경을 즐기며 살아갈 수 있다면 얼마나 좋을까? 푸르른 여름을 즐기고 단풍으로 불타는 가을을 음미하고 코끝이 찡한데도 눈 덮인 겨울에 감탄하는 세월을 보낼 수 있다면 얼마나 좋을까? 산과 들을 이불처럼 덮은 눈이 달빛을 받아 반짝거리며 펑펑 내리는 눈보다 더 푸짐하게 떨어지는 알록달록한 별빛과 어우러지면 정말로 근사할 텐데.

그런데 그런 삶을 살고 싶으면 많은 생각을 망각의 늪에 던져 넣어야 했다. 나를 구하는 유사하의 해골이 되겠다며 얼마 안 남은 삶의 마지막 시간을 기꺼이 바친 사람들에 대한 고마움, 생사가 불분명한 언니네 가족들을 만나려고 휴스턴에 가겠다는 다짐을 매몰차게 내다버려야 했다. 그런 것들에 내가 왜 신경을 써야 하냐는 말을 당당하게 내뱉을 수 있는 뻔뻔하고 냉혹한 인간이 돼야 했다.

그러나 지혜는 그런 인간이 아니었다. 그런 인간이 되고 싶지도 않았다. 설령 그런 인간이 되더라도 자신의 바람대로 이곳에서 아름다운 가을과 겨울을 보내지는 못할 거라는 것도 잘 알았다. 조만간 그들이 찾아올 터였다. 슈퍼컴퓨터 센터의 출입문을 열고 슈퍼컴퓨터에 접속할 권한을 얻어내기 위해, 나를 연구 대상으로 삼기 위해. 내가 없이도 그런 것들을 요령 좋게 손에 넣으면서 내가 필요치 않아진 까닭에 그들이 내 존재를 까맣게 잊는다 하더라도, 산송장을 피해 다니는 사람이나 길을 잘못 접어든 산송장이 여기 천문대를 찾아오지 말라는 법이 없었다. 그런데 찾아오는 이가 아무도 없더라도 여기에 한없이 머무르지는 못할 것이다. 무엇보다도 보관된 식량이 얼마 되지 않았다. 산나물을 캐고 과일을 따서 버텨봐야 얼마나 버틸 것인가. 결국 식량이 떨어지면 굶어죽지 않기 위해서라도 이곳을 떠나야 할 것이다.

목숨을 부지하겠답시고 도망치며 구차하게 살지 말자. 죽더라도 맞서 싸우자. 설령 그러다가 죽더라도 앞서간 사람들에게 떳떳할 수 있는 삶을 살자. 지혜는 덮을 것을 가져온 혜지에게 모레 새벽에 숨텍으로 떠나겠다고 말했다.

"싸우는 쪽을 택하셨군요."

"그래. 일단 오늘은 푹 쉬어야겠어. 내일 하루 종일 싸울 준비를 하고 모레 떠나자."

"결심을 굳히신 건가요?"

"응." 지혜는 단호하게 대답했다.

그러자 혜지가 지혜의 앞으로 나와 섰다. "싸우는 쪽을 택하기로 하셨다면 관문을 하나 통과하셔야 합니다. 이건 현 박사님께서 생전에 지시하신 내용입니다."

"현 박사? 그게 무슨 말이야? 관문이 뭔데?"

혜지는 같이 가셔야 한다며 천문대로 들어가 반대쪽 창문으로 지혜를 안내하고는 아래에 있는 사택단지를 가리켰다. 다른 집들은 다 깜깜한 어둠에 잠겨있는데, 딱 한 집만 불이 켜져 있었다. 혜지는 불이 켜진 그 집은 천문대장인 주 박사의 집으로 그 안에는 1주일 전에 산송장으로 변한 주 박사 가족 세 명이 있다고 대수롭지 않은 말투로 말했다. 천체망원경 아래에 놓인 모니터를 보는 혜지를 따라 몸을 돌렸더니 모니터에 주 박사 사택 내부의 CCTV 화면이 떴다. 세 사람은 문이 닫힌 별장 안을 한없이 어슬렁거리고 있었다. "주 박사님 가족의 상태를 보고받은 현 박사님은 천문대로 피신한 나 박사님이 싸우는 쪽을 택할 경우 저 가족을 해치우는 일을 맡기라고 지시하셨습니다."

"왜지? 왜 그런 일을?"

"나 박사님은 산송장을 직접 해치워본 경험이 없기 때문입니다. 나 박사님이 엉겁결에 산송장을 해치운 적이 있다는 건 압니다. 그러나 박사님의 목숨을 노리고 달려드는 실제 적을 상대로 목숨을 건 싸움을 해본 경험은 전혀 없습니다. 실전에 나서려는 사람에게 누군가를 죽인 경험이 있는 것과 없는 것의 차이는 대단히 큽니다. 현 박사님 생각은 저 사람들을 해치우는 것으로 실전 경험을 쌓으라는 겁니다. 우리가 맞서려는 상대가 산송장만이 아니라 중무장한 군인까지 포함돼 있다는 것을 감안하면 별것 아닌 경험이겠지만, 그래도 이 경험을 하는 것과 하지 않는 것 사이에는 큰 차이가 있을 겁니다."

생각지도 못한 상황에 맞닥뜨린 지혜는 할 말을 잃었다. 혜지는 몰 아치듯 말을 이었다. "숨텍의 로비에서 엉겁결에 산송장을 해치운 후 에 보여준 멍한 표정을 다시 보여주셔서는 절대로 안 됩니다. 나 박사 님, 저 사람들을 해치우는 게 좋은 경험인 것은 생각을 버리는 것의 중 요성을 실감하게 해주기 때문입니다. 목숨을 건 싸움에 나선 사람은 생각이 없는 존재가 돼야 합니다. 인간은 자신이 상대하는 이들이 예 전에 어떤 사람들이었을지 생각하면 정에 흔들리게 마련입니다. 그런 데 정에 흔들리는 순간 몸도 흔들리는 게 인간입니다. 그러니 상대와 맞설 때는 냉정해져야 합니다. 저기 주 박사님 가족도, 앞으로 맞설 상 대들도 냉혹하게 상대해야 합니다. 저들이 산송장이 되기 이전에는 하나같이 각자의 사연과 곡절이 있고 각자의 우주를 각자의 인생으로 살아가던 사람이었던 것은 분명하지만, 산송장이 된 이후의 저들은 산송장 바이러스 덩어리이자 그걸 세상에 퍼뜨리는 데만 몰두하는 존 재일 뿐이라는 것을 명심하십시오. 제가 함께 가서 나 박사님이 위험 에 빠질 경우 박사님을 보호하겠습니다. 그러나 저들을 해치우는 것 은 오로지 나 박사님 혼자 힘으로 하셔야 합니다. 나 박사님 같은 분이 저기 있는 중학생 아들을 해치우는 것은 특히 힘든 일이 될 겁니다. 그 래도 냉정해지셔야 합니다. 지금 여기에서 저들을 해치우지 못하겠다 면 숨텍으로 돌아가는 건 포기하시는 게 낫습니다."

지혜는 팔찌형 총을 차고 쇠파이프를 들고는 아담한 사택으로 뚜벅 뚜벅 걸어가 현관문 앞에 섰다. 문을 열고 들어가면 산송장들이 있다 는 생각에 발이 후들거렸다. 걸음을 멈추고 심호흡을 몇 번 하고는 문 손잡이를 내려다봤다. 거기까지 동행한 혜지가 고개를 돌리고는 똑같 은 높이에 있는, 자기의 것과 똑같이 생긴 지혜의 눈을 바라보고는 괜찮다는 듯 고개를 끄덕였다. 지혜는 다시 숨을 크게 들이마시고 내뱉었다. 그러고는 굳은 결심으로 손잡이를 잡았다. 혜지를 바라보며 고개를 끄덕였다. 지혜는 생각했다. 이 손잡이를 돌리고 문을 열고 나면 그때부터 과거의 나지혜는 죽고 새로운 나지혜가 태어날 거라고. 투지로 똘똘 뭉친 전사 나지혜가 탄생할 거라고. 지혜는 결의에 찬 표정으로 거침없이 손잡이를 돌렸다.

"긍정적으로 생각하세요." 주 박사의 집에서 불을 끄고 나와 문단속을 한 혜지가 주 박사 가족을 해치우고서는 우울해하는 지혜를 위로하려고 한 말은 묘하게 상민이 하는 말처럼 들렸다. "나 박사님이 아니었다면 저 가족은 영원토록 사택 안을 빙빙 돌며 살아갔을 겁니다. 나 박사님은 저 가족을 해치운 게 아니라 형벌이나 다름없는 그런 상태에서 저 가족을 해방시킨 겁니다."

혜지가 식당에서 조리한 저녁을 베란다로 가져왔다. 조리라고는 하지만 비상식량으로 마련해둔 레토르트 설렁탕을 데워 식기에 옮겨 담은 거였다. 지혜는 전날 상대했던 주 박사 가족의 모습을 머리에서 몰아내려 애썼지만 쉽지가 않았다. 그래서 식욕이 있을 리 만무했지만 어쩌면 생전에 먹는, 더군다나 무모하다는 말이 딱 어울리는 전투를 앞두고 먹는 마지막 끼니를 거를 수는 없는 노릇이어서 억지로 그릇을 다 비웠다. 사형집행을 앞둔 사형수가 마지막 끼니를 먹는 것 같은 기분이었다. 숨텍에 남았던 사람들도 한 끼 한 끼를 먹을 때마다 이런 기분이었을까? 혜지가 그런 기분 따위는 관심도 없다는 표정으로 커피를 따라줬다.

어쩌면 혜지처럼 구는 게 옳은 것인지도 모른다는 생각이 들었다.

그래서 마지막일지도 모를 몇 시간을 오로지 즐기는 데에만 쓰겠다고 마음먹었다. 은은한 달빛을 뒤집어쓴 산과 들을, 숨텍에 오고 처음 한 달 정도는 감탄을 금할 길이 없었던 별을 그득하게 품은 밤하늘을 눈에 담고 마음에 새겼다. 그러는 동안 이렇게 편한 마음으로 아름다운 세상을 감상할 기회가 다시는 없을지도 모른다는 두려움을, 그리고 같이 감상하며 감탄할 사람이 아무도 없다는 외로움과 안타까움을 억누르려 애썼다.

그 사이 설거지를 마친 혜지가 나타나 필요한 것이 없느냐고 물었다. 지혜는 없다는 말에 무슨 말을 덧붙여야 할지 좀처럼 생각이 나지 않았다. "고마워. 저녁 차려주고 뒷정리까지 해줘서."

"고마워하실 것 전혀 없습니다. 저는 그런 일을 하려고 만들어진 존재니까요." 혜지는 지혜에게 그런 말을 하는 동안에도 짝과 홀로부터 정보를 전송받고 있었다. 따로따로 캠퍼스에 은신한 짝과 홀은 교내를 수색하는 근위대원의 날카로운 눈을 피하는 데 성공한 뒤로 방심한 근위대원들의 경계심이 흐트러질 때쯤에 휴면 모드에서 깨어나 미리 설치해둔 백도어(backdoor) 프로그램으로 수집한 각종 정보를 혜지에게 전송하고 있었다. 그래서 혜지는 교내 병력 배치 현황과 근위대와 산송장의 동태를 모니터에 띄워가며 지혜와 전략을 논의할 수 있었다.

중앙조정실이 있는 연구동들 내부와 주요 건물 근처에는 여전히 목걸이를 건 산송장들이 잔뜩 배치돼 있었고, 그래서 중앙조정실을 장악하려면 끊임없이 건물 주위를 맴도는 산송장들을 통과해 들어가야 했다. A연구동과 B연구동 옥상에는 저격수가 각각 10명씩 배치돼 있었는데, 대부분의 저격수들은 정문 쪽을 주시하고 있었다. 중앙조정실 내에서 모니터를 통해 캠퍼스를 감시하는 근위대원도 아홉 명이나 됐다. 정문 앞에는 컨테이너 세 개가 엇갈린 채로 놓여 차량이나 사람이 외부에서 들어오려면 S자를 그려야했다. 그리고 각각의 컨테이너 내부에도 근위대원들이 근무하고 있었다.

지혜와 혜지는 이런 정보를 바탕으로 저들을 상대할 전략을 상의한 끝에 결론을 냈다. 지혜는 드론에 싣고 온 숨택 후드점퍼를 혜지에게 입혀줬다. 자신과 똑같은 후드점퍼를 입은 혜지는 이제 지혜의 전우였다. 지혜는 혜지에게 머리끈으로 묶은 머리를 잘라달라고 했다. 머리카락의 길이는 머리끈에서 고작 손가락 길이만큼만 튀어나온 정도였지만 산송장에게 잡힐 가능성을 최소화하려면 잘라내는 게 옳았다. 창문에 비친 단발을 한 자신의 모습은 오랜만에 보는 거였다. 지혜는 후드를 뒤집어쓰고는 끈을 조였다. 지혜는 이 모습으로 적들을 상대하러 갈 터였다.

지혜와 혜지는 동트기 두 시간 전에 주 박사의 전기차를 몰고 캠퍼스로 향했다. 혜지는 만약을 위해 천문대의 문단속을 철저히 하고 장비는 모두 꺼놓았다. 자체 발전기도 꺼뒀다. 훗날 이곳을 찾을 사람을 위해서였다. 운전대는 지혜가 잡았다. 혜지에게 운전을 맡겼을 때 소요되는 얼마 되지 않는 배터리의 용량조차 아끼려는 생각에서였다.

차는 심심하다 싶으면 완만한 곡선을 그리며 방향을 트는 왕복 2차선 도로를 달렸다. 봄이면 온갖 꽃의 화려한 색으로 물들고, 가을이면 단풍의 불길에 휩싸이는 절경을 구경하려고 찾아온 관광객들을 실은 차량으로 분주하던 도로는 오랜만에 나타났다 쏜살같이 지나가는 전기차를 물끄러미 바라보는 산송장들만 가끔씩 보일 뿐 고적하기만 했다.

조수석에 우두커니 앉아만 있던 혜지는 산길이 국도로 이어지기 직전부터 활발한 활동에 나섰다. 혜지는 국도에 100미터 간격으로 설치돼 전용망으로 캠퍼스와 연결된 CCTV 카메라가 나타날 때마다 중앙조정실의 모니터에 지금 타고 있는 전기차가 잡히지 않은 화면을 계속 띄우는 것으로 중앙조정실에서 국도 상황을 모니터하는 근위대원들을 속였다. 그 덕에 차는 근위대원들의 감시망에 걸리는 일 없이 숨텍으로 달려갈 수 있었다.

지혜는 도로 양옆에 도열한 나무들이 무성한 나뭇잎을 흔들며 격하게 반가움을 표하는 것에 빠져 정신을 놓다 보니 이 길이 목숨을 걸고 싸우러 가는 길이라는 것을 깜빡깜빡 잊고는 했다. 그러고는 처음 숨텍을 향할 때도 지금 같은 초여름이라서 도로의 풍경도, 한낮이던 그때와 달리 어둠을 벗으려고 기지개를 켜는 새벽이라는 것만 제외하면, 지금과 똑같았다는 것을 떠올렸다. 그때 숨텍으로 떠난 여행의 목적은 무대가 보이지 않는 곳, 자신을 안쓰러워하는 사람들의 눈길이 미치지 못하는 곳, 무대하고는 멀어도 한참 먼 곳에서 살아가는 사람들이라고 여겨지는 사람들만 있는 곳으로 가는 거였다. 그렇게 처음 숨텍을 찾은 이후의 삶은 생각했던 것과는 많이 달랐지만 나쁘지 않은 삶이었다. 즐거운 삶이라는 말은 정확하지는 않아도 크게 틀린 말은 아니었을 것이다. 마지막에 겪은 사건들만 빼면 말이다.

지혜는 그 길을 다시 가고 있었다. 자신과 똑같은 모습을 한 혜지와 함께. 지혜는 조수석에 앉은 혜지와 혜지의 무릎에 놓여있는 팔찌형 총과 쇠파이프를 보면서 이 길을 가는 이유가 무엇인지를 다시금 떠올리며 결의를 다졌다.

지혜는 날씨가 변덕을 부리는 산골의 특성상 툭하면 깔리는 안개가 자욱하게 덮인 것을 하늘이 자신을 돕겠다는 뜻을 보인 길조로 받아들였다. 산골에 있는 숨텍을 솜이불처럼 덮었다가 자취를 감추는 안개가 일출이 얼마 남지 않은 시간에 옆에 있는 사람의 형체가 간신히 보일 정도로 자욱하게 깔리고 있었다. 혜지가 조작하지 않은 정상적인 CCTV 화면에서도 이 차의 모습이 식별될지 궁금했다.

차는 과학적인 계산을 거쳐 산출된 일출시간 5분 전에 딱 맞춰 숨텍 정문 100미터 앞에 도착했다. 차의 라이터 불빛은 자욱한 안개를 채 몇 미터도 뚫고 들어가지 못했다. 100미터만 더 가면 숨텍의 정문이 있다는 것을 계기판 디스플레이가 알려주지 않았다면 지혜도 자신이 있는 곳이 어디인지를 가늠하기 힘들었을 것이다. 안개에 가려진 전방에 정문을 가로막은 컨테이너들의 윤곽이 희미하게 드러났다 사라졌다를 반복했다.

지혜는 심호흡을 하며 전의를 다졌다. 도착 사실을 짝과 홀에게 알리라고 혜지에게 지시했다. 그러고는 도착했다는 정보를 수신한 홀과 짝이 작전을 개시할 때까지 기다렸다. 지혜는 말없이 후드를 뒤집어쓰고 끈을 꽉 조였다. 후드점퍼의 지퍼도 채웠다. 산송장을 상대할 때 제일 조심해야 할 점은 되도록 산송장과 거리를 두는 것, 그리고 피치 못하게 산송장이 가까이 다가왔을 경우에는 산송장에게 잡히지 않는 것이다. 그러려면 옷매무새를 산송장이 붙잡기 어렵게 가다듬어야 한다. 조수석의 혜지도 지혜와 똑같이 지퍼를 채우고 후드를 덮었다. 혜지도 자신의 모습이 지혜와 구분되지 않게 만드는 게 중요하다는 것을 잘 알았다. 작전시간을 기다리는 지혜의 숨결은 시간이 갈수록 거칠어졌다.

짝과 홀은 간밤에 전송받은 작전계획에 따라 일출시간 10분 전에 휴면 모드에서 깨어났다. 짝은 매장에 진열된 후드점퍼 차림의 마네킹들 틈에 섞여 있었다. 웬만한 눈썰미가 아니고서는 후드점퍼와 학교 모자 차림에다 눈을 부릅뜬 딱딱한 얼굴로 가만히 서 있는 짝을 나란히 전시돼 있는 다른 마네킹들하고 구분할 수 없었다. 매점과 주위 공간을 급하게 수색한 근위대원들이 짝이 휴머노이드라는 것을 알아보지 못한 것은 당연한 일이었다.

짝은 진열장에서 내려서기에 앞서 그곳을 촬영하는 CCTV 카메라부터 조작했다. 매장 앞 로비에는 근위대가 풀어놓은 산송장 30여 명이 밤낮도 없이 잠시도 쉬지 않고 어슬렁거렸지만, 산송장들은 하나같이 짝을 보지도 못한 것처럼, 짝이 존재하지도 않는 것처럼 굴었다. 산송장들 사이를 유유히 빠져나간 짝은 정문 쪽으로 난 출입문을 통해 1미터 앞을 어슬렁어슬렁 지나가는 산송장의 모습도 잘 안 보이는 짙은 안개 속으로 들어갔다.

같은 시간, 홀은 감송대의 얕게 덮인 흙더미 아래 묻힌 시체들 틈에서 몸을 일으켰다. 홀은 온몸에 투명한 비닐을 둘둘 감고 있었다. 주위에 묻힌 시체들의 섞는 냄새가 몸에 배는 바람에 산송장들이 모여드는 일이 생기지 않도록 취한 조치였다. 흙더미 아래에서 몸을 일으킨 홀은 비닐을 벗고는 유니폼을 벗었다. 혹시라도 유니폼에 냄새가 뱄을지 모르기 때문이었다. 홀은 옆에 있는 흙더미에 손을 넣어 매장에서 가져온 새 후드점퍼를 꺼냈다. 비닐 포장을 뜯고 점퍼를 꺼내 입은 홀은 연구동에서 벙커로 이어지는 고갯길을 지키는 일에 투입된, 안개 속에서 한없이 어슬렁거리는 산송장들 틈으로 들어갔다. 산송장들은 짙은 안개의 벽을 뚫고 나오는 것처럼 하얀 솜뭉치에서 불쑥 튀어나오는 홀을 있지도 않은 존재처럼 여기며 정처도 없는 제 갈 길을 가는 데에만 골몰했다. 홀은 자신에게는 관심을 보이지 않는 산송장들을 피해가며 B연구동 쪽으로 향했다. 그러고는 B연구동 앞으로 가기 전에 한 군데를 들렀다.

짝과 홀이 제일 먼저 노린 대상은 B연구동의 비석 앞에 배치된 지프였다. 솜사탕처럼 두툼하게 깔렸던 안개는 동이 트며 날아온 햇빛에 녹아내리는 양 서서히 엷어지고 있었다. 지프에서 경계를 서던 근위대원 세 명은 안개 속에서 들려오는 수레가 덜덜거리며 이동하는 듯한 소리를 들었다. 눈에 붙은 졸음기를 털어낸 그들은 안개를 꿰뚫겠다는 기세로 눈에 힘을 바짝 주고는 소리 나는 쪽을 주시했다. 그들은 주위를 배회하는 산송장들 속에서 산송장의 엉거주춤한 걸음과는 다른 똑바른 걸음으로 지프로 다가오는 인간 둘을 발견했다.

그러나 그들은 정체 모를 존재의 출현에 부리나케 사격자세를 취할 때까지도 등 뒤에서 파리가 내는 정도의 작은 소리만 내면서 안개를 휘저으며 다가오는 물체들이 있다는 것은 생각도 못하고 있었다. 황급히 방아쇠에 손가락을 건 그들은 괴한들에게 정체를 밝히라고 호통을 치려 했지만 그러지 못했다. 등 뒤에서 다가온 물체에서 '피식' 하고 공기가 빠지는 것 같은 소리가 연달아 날 때마다 차례차례 외마디 비명도 지르지 못하고 풀썩풀썩 쓰러졌기 때문이다. 철모를 쓰고 있는 그들의 뒤통수 아래쪽에 뚫린 작은 구멍과 이마 한가운데에 뚫린 작은 구멍에서 피가 뿜어져 나오고 있었다.

안개가 서서히 걷히고 있었다. 짝은 지프에 널브러진 근위대원들의 손에서 K2소총을 빼앗아 무거운 짐이 실린 끝차를 끌고 다가오는 홀에게 건네고는 자신의 소총도 챙겼다. 근위대원들이 소지한 탄창도 홀에게 몇 개 건네고는 자기 몫의 탄창도 챙겼다. 수류탄도, 산송장을 조종하는 데 쓰는 태블릿도 마찬가지였다.

짝이 그러는 동안 짝의 조종에 따라 조용히 날아와 근위대원들을 해치운 소형 드론 세 대는 지프차의 보닛에 내려앉아 쉬고 있었다. 이 드론들은 인환이 생전에 공기총을 장착하고는 짝과 홀이 무선조종을 할 수 있도록 조작해놓은 거였다. 홀이 안개에 녹아버렸다가 원래 형체를 찾아가는 정문의 컨테이너들을 주시하는 동안, 짝은 지프에 장착된 기관총을 해체해 작동에 꼭 필요한 작은 부품들을 하수구에 버렸다.

짝과 홀의 다음 목표는 정문을 가로막고 있는 컨테이너들이었다. 각각의 컨테이너 안에는 근위대원 10여 명이 경계 근무를 서거나 휴식을 취하고 있었다. 가끔 산짐승이나 지나다닐 뿐 오가는 사람이나 산송장은 구경도 못한 탓에 경계 병력의 경계심은 많이 해이해진 상태였다. 철야근무를 한 탓에 속이 출출해서 빨리 교대하고는 아침을 먹고 잠이나 푹 잤으면 좋겠다는 생각이 그들의 머리를 가득 채우고 있었다.

그런 근위대원들의 귀에 산송장들이 내는 발 끄는 소리만 울려 퍼지는 것을 빼면 고요하기 그지없는 캠퍼스하고는 영 어울리지 않는 요란한 소리가 컨테이너 밖에서 들려왔다. 금속성 물체가 아스팔트 위를 텅텅거리며 구르는 소리가 잠에서 갓 깨어난 캠퍼스에 메아리쳤다. 그런데 그 금속성 물체가 소리를 내는 곳은 모든 경계의 눈초리가 향한 캠퍼스 바깥쪽이 아니라 안쪽이었다. 누구도 예상 못한 소리를 내며 정문 제일 안쪽에 놓인 컨테이너로 굴러오는 금속성 물체의 정체는 홀이 감송대에서 오는 길에 식당에 들러 끌차에 실어 온 LPG 가스통이었다. 일반적으로 LPG 가스통은 웬만한 외부충격으로는 쉽게 터지지 않는다. 그런데 홀은 가스통을 끌차에 싣기 전에 가스통 밑바닥에 손을 집어넣었다. 거기에는 홀이 감송대에 몸을 묻기 전에 붙여

둔, 성현이 만든 기폭장치가 붙어 있었다. 그 장치 덕에 휴머노이드들은 가스통을 무선조종으로 폭발시킬 수 있었다.

LPG 가스통과 컨테이너가 충돌하는 순간, 거대한 화염이 하늘 높은 줄 모르고 치솟으면서 안개가 물러난 자리를 차지했다. 그리고 그 폭발이 일어나면서 첫 번째 컨테이너는 순식간에 자취를 감추었다. 불길에 휩싸여 나뒹구는 잔해들만이 그 자리에 컨테이너가 있었다는 사실을 알려줄 뿐이었다.

그 컨테이너의 바깥쪽에 있는 두 컨테이너에서 근무하는 대원들은 폭발에 정신이 번쩍 들어서는 무슨 일인지 알아보려 허둥거렸다. 그때 텅텅거리는 소리가 불길이 이글거리는 소리와 자잘한 폭발소리를 덮어버리는가 싶더니 곧바로 두 번째 컨테이너가 첫 컨테이너가 밟은 길을 따라갔다. 요란한 폭음과 함께 화염이 치솟고 두 번째 컨테이너도 자취를 감췄다.

세 번째 컨테이너는 창졸간에 캠퍼스와 정문을 가로막는 유일한 컨테이너가 돼 있었다. 그러나 그 역할도 오래가지 않았다. 텅텅거리는 소리와 치솟는 화염은 숨택의 정문을 불길에 휩싸인 컨테이너의 잔해들만 어수선하게 널려 있는 도로로 탈바꿈시켰다. 그 덕에 대기하고 있던 지혜와 혜지는 차를 몰고 자잘한 잔해들을 피해가며 캠퍼스로 진입할 수 있었다.

무슨 상황에건 적응하는 것이 군인의 미덕이라지만 방역용 마스크를 끼고 샤워를 하는 것은 도무지 적응이 되지 않았다. 그래도 안 중령은 타고난 군인답게 불평불만 없이 A연구동 5층 교수실에 딸린 샤워실에서 잽싸게 샤워를 마치고 나왔다. 안 중령이 샤워를 하려고 고른

방은 다른 교수실이나 실험실 몇 곳과는 달리 입구에 창살을 용접한 흔적이 없었다. 최근에 용접한 것 같은 창살은 아무래도 감염된 자들이 스스로 격리에 들어가면서 만든 것으로 보였다.

숨텍에 입성한 안 중령은 B연구동 5층 행정실에 간이침대를 갖다 놓고 거기에서 잠을 잤다. 부하들은 기숙사의 방을 차지하고 거기에서 잠을 잤지만, 안 중령은 비상사태가 발생할 경우 신속히 중앙조정실로 뛰어가 상황에 대처하겠다는 생각으로 그곳을 거처로 정했다. 지금껏 오랜 세월을 삭막한 분위기의 군대에서만 생활해온 안 중령에게 자유분방한 분위기가 배어 있는 캠퍼스는 다른 나라 다른 세상의 공간처럼 어색하기만 했다. 그러나 그런 어색함도 무궁영생교 신도들의 정성과 신심으로 그분들의 뜻을 지상에서 이룰 작업에 필요한 공간을 이렇게 번듯하게 지었다는 뿌듯함 앞에서는 눈 녹듯 사라졌다.

안 중령은 기분이 무척 좋았다. 오랜만에 따뜻한 물로 샤워를 한 덕에 느낀 개운함 때문만은 아니었다. 눈을 뜨자마자 성녀님의 수발을 드는 모든 작업을 책임지는 집사장(執事長)에게 전화를 걸어 성녀님께서 밤새 편히 주무셨는지를 물었다가 단잠을 주무시고 기침(起枕)하신 성녀님께서 무척 편안해하시면서 기분 좋게 지내고 계신다는 얘기를 들었기 때문이다. 집사장은 성녀님께서는 늘 그러시는 것처럼 눈을 뜨자마자 기도실로 가서서 그분들께 우리 어린 양들을 위한 간곡한 기도를 올리셨다고 했다. 안 중령은 우리 같은 못난 자식들을 저리도 굽어살피시는 성녀님을 생각하니 그저 황송할 따름이었다. 안 중령은 성지를 무사히 회복한 것은 오로지 성녀님의 정성이 보답을 받았기 때문일 거라는 생각에 다시금 가슴이 벅찼다.

허나 성녀님께서 늘 자애롭고 다정하셨던 것만은 아니었다. 안 중령은 이곳에 도착해 벙커에 처음 자리를 잡으셨을 때만 해도 환히 웃으시던 성녀님께서 진노하셨던 모습을 생각하면 지금도 식은땀이 났다. 슈퍼컴퓨터 센터의 출입구를 열 방법이 없다는 것을 아시고 진노하신 성녀님의 모습은 생전 처음 보는 모습이었다. 안 중령은 어찌해야 할지 몸 둘 바를 모를 지경이었다. 그때 성녀님께서 보여주신 모습은 딱 심판의 날에 믿음이 없는 자들을 대하는 그분들의 모습일 터였다.

성녀님께서는 우리가 도착하기 직전에 도망친 자에 대한 보고를 들으시고 나서야 평소의 자애로우신 모습을 다시 보여주셨다. 도망자는 이곳에서 유일하게 감염되지 않은 나지혜 박사인 것으로 보이는데, 슈퍼컴퓨터 센터의 암호를 풀 수 있는 인물이기도 하지만 산송장 바이러스에 대한 면역력을 가진 것으로 보이기에 바이러스를 예방하고 치료할 약을 개발하는 데에도 필수적인 인물로 보인다는 보고에 성녀님께서는 반색하시면서 반드시 붙잡아오라고 지시하셨다.

샤워실 앞 테이블에 당번병이 챙겨놓은 군복이 놓여 있었다. 안 중령은 줄을 칼같이 잡은 다림질 상태가 무척 마음에 들었다. 군복은 그걸 입은 군인의 정신 상태를 보여준다는 것이 안 중령의 지론이었다. 오랜만에 빳빳한 군복으로 갈아입은 안 중령은 모처럼 평온하고 기분 좋은 하루를 맞을 것 같아 날아갈 것 같은 기분이었다.

그런데 중앙조정실로 향하던 안 중령이 구름다리를 중간쯤 건넜을 때였다. 엷어지는 안개에 덮인 정문 쪽에서 치솟는 불길과 함께 터진 요란한 폭음에 구름다리가 출렁거렸다. 화들짝 놀란 안 중령은 몸에 밴 습관에 따라 황급히 몸을 낮추고는 권총을 꺼내들었다. 그런데 폭발은 한 번으로 끝나지 않았다. 연달아 화염이 솟구치고 폭음이 몰려오며 구름다리가 요동쳤다. 안 중령은 황급히 중앙조정실로 뛰어갔다.

그런데 캠퍼스 곳곳을 알록달록한 색깔로 보여주던 중앙조정실의 모니터들이 하나같이 먹통이었다. "뭐야? 정문 쪽에 무슨 일이야? 모니터는 어떻게 된 거고?"

"모르겠습니다. 정문에 폭발이 일어나기 직전에 갑자기 모니터들이 다 꺼졌습니다."

휴머노이드들이 가스통을 굴리기 직전에 CCTV 시스템을 장악하고는 중앙조정실로 송출되는 데이터를 차단해 모니터들을 먹통으로 만든 것이다. 그 바람에 교내를 손바닥 들여다보듯 하던 중앙조정실에서는 교내의 상황을 전혀 알 수가 없게 됐다. 안 중령은 정문을 지키는 컨테이너에 있는 경계 병력을 호출했지만, 연락이 되는 컨테이너는 하나도 없었다. 하긴 그렇게 격렬한 폭발이 일어났는데도 연락이 되는 컨테이너가 있다면 그것도 신기한 일일 것이다. 그런데 연락이 되지 않는 곳은 거기만이 아니었다. A연구동과 B연구동 사이의 통로에 배치한 지프에서도 응답이 없었다.

안 중령은 다급한 목소리로 어서 화기를 챙기라고 명령하고는 부하들을 데리고 중앙조정실을 빠져나와 정문이 보이는 B연구동 창문으로 향했다. 안개가 거의 다 걷힌 창밖에서 캠퍼스가 다시금 모습을 드러내기 시작했다. 정문에는 불붙은 잔해들만 흩어져 있을 뿐으로, 성문처럼 떡하니 서서 캠퍼스를 지켜야 할 컨테이너 세 개의 모습은 온데간데가 없었다. 길에 널브러진 자잘한 잔해들을 튕겨내며 정문을 빠른 속도로 통과해 들어오는 차량은 성문이 뚫렸다는 사실을 새삼 상기시켰다.

그 차량의 예상 경로를 눈으로 따라간 안 중령은 연구동 앞을 지키는 지프 차량의 병력이 호출에 응답하지 않은 이유를 알게 됐다. 지프

차량 옆에는 이 학교 후드점퍼를 입은 두 명이 각각 K2소총을 들고 있었고, 지프에는 근위대원들이 절도라고는 찾아볼 길이 없는 자세로 거꾸러져 있었다. 후드점퍼를 입은 둘 중 한 명은 머리가 금발인 여성이었다. 안 중령은 서울을 출발하기 전에 받은 자료에서 본 숨텍 내부를 찍은 동영상에서 그런 금발 여성을 봤다는 걸 떠올렸다. 학교에 백인 여성이 있다는 것을 신기하게 생각했는데, 그 금발 여성과 다른 남성이 둘 다 숨텍에서 만든 로봇이라는 얘기를 듣고는 더 신기하게 생각했었다.

안 중령이 대응책을 떠올리려 애쓰는 사이, 휴머노이드들은 쓰러진 근위대원의 허리춤에서 대검을 꺼내더니 지프의 타이어들을 찔러 펑크를 냈다. 지프를 무력화한 것이다. 정문을 통과한 차량이 그들 앞에 급정차하더니 두 여자가 부리나케 내렸다. 둘 다 이 학교 후드점퍼 차림으로 후드를 뒤집어쓰고는 끈을 조여 머리를 꽁꽁 싸매고 있었다. 거리를 두고 내려다보는 것이기는 해도 차에서 내린 둘은 생긴 게 쌍둥이처럼 똑같았다. 그 얼굴은 분명 마지막까지 캠퍼스에 남아 있다 도망간 나지혜 박사였다. 그런데 왜 두 명이지? 나지혜 박사가 쌍둥이였나? 안 중령이 알쏭달쏭한 수수께끼에 매달린 사이 금발 휴머노이드가 차에서 내린 둘 중 한 명에게 소총과 탄창을 건넸고 여자는 절도 있는 동작으로 그것들을 건네받았다.

안 중령은 그 모습을 보고는 둘 중 하나는 휴머노이드이고 휴머노이드들이 교내의 시스템을 장악했다는 것을 깨달았다. 안 중령은 근위대 자체 주파수로 이뤄지는 무선교신을 통해 양쪽 건물 옥상에 있는 저격수들을 호출했다. 안개가 걷힌 지금은 안개 때문에 제 역할을 못 하던 저격수들이 본격적으로 활동할 때였다. 안 중령은 저격수들에게 남자와 금발 여자는 휴머노이드니까 사격으로 처치하고 나머지 두 여자는 되도록 사격을 하지 말라고, 피치 못할 경우에는 사격을 하더라도 팔다리만 겨냥하라고, 머리에, 특히 눈에 부상을 입히면 절대로 안된다고 강조했다. 나지혜 박사는 홍채도 필요했지만 바이러스에 면역력을 가진 체질을 연구하기 위해서라도 반드시 생포해야 했다.

알았다는 보고를 들은 안 중령은 옥상에서 총알이 날아오고 휴머노이드들이 총을 맞으며 춤을 추는 광경이 곧 펼쳐질 거라고 예상했다. 그런데 금발 로봇은 여유 만만한 표정으로 옥상을 가만히 올려다보고 있었다.

짝이 옥상에 배치된 저격수들을 해치우기 위해 굳이 옥상을 올려다 봐야 할 이유는 없었다. 옥상에는 CCTV 카메라가 설치돼 있지 않았지만, 휴머노이드들이 조종할 수 있는 드론들 각각에는 카메라가 설치돼 있었기 때문이다. 그래서 옥상의 태양광 패널 밑에 숨겨놓은 소형 드론들을 출동시킨 짝은 양쪽 건물의 옥상에 배치된 저격수들의 위치와 뒷모습을 옥상에서 보는 것처럼 보고 있었다.

드론 동아리가 최첨단 기술로 제작하고 인환이 무기를 장착해 보강한 드론은 소리도 거의 내지 않으면서 먹잇감을 노리는 송골매처럼 잽싸게 저격수들의 등 뒤로 접근했다. 인환은 학교 곳곳에서 수거한 네일 건(Nail Gun)을 개조해 드론에 장착했고, 네일 건이 모자라자 일부 드론에는 팔찌 총과 똑같은 구조로 작동하는 공기총을 장착했다. 저격수들은 철모를 쓰고 있었는데, 드론들은 저격수의 목덜미 밑으로 날아가 그곳에서 두개골과 철모의 아래쪽 사이 공간을 향해 희미한 소리만 내면서 못과 쇠구슬을 발사해 순식간에 저격수들을 해치웠다.

지혜는 정문을 통과한 순간부터 조바심을 내고 있었다. 이 싸움에서 맞서 싸워야 하는 상대는 여럿이었는데, 그중에 하나가 짝과 홀의 배터리 잔량이었다. 짝과 홀의 배터리가 바닥나기 전에 전투를 끝마쳐야 한다는 생각에 1초, 1초가 지날 때마다 지혜의 속은 바싹바싹 타들어가고 있었다. 짝에게서 옥상의 저격수를 모두 해치웠다는 보고를 들은 지혜는 주변에서 어슬렁거리고 있는 산송장들을 의식해 서둘러 실내로 들어가자고 휴머노이드들을 다그쳤다.

지혜에게는 천문대를 떠날 때부터 차에서 내리기 전까지 내내 고민하던 문제가 하나 있었다. 역습이 성공하지 못하면 다시 도망을 칠 것인지 여부였다. 다시 달아나려면 그때를 대비해 차의 방향을 돌려놓는 게 시간을 조금이라도 아껴줄 터였다. 지혜는 짝에게서 넘겨받은 대검으로 타고 온 차의 타이어를 찔러 펑크 내는 것으로 다시 달아나는 대안을 선택지에서 원천적으로 제거했다. 이제 지혜에게 남은 선택지는 살아서 여기서 사는 것과 여기서 죽는 것뿐이었다.

지혜가 혜지와 짝의 호위를 받으며 B연구동에 들어가는 동안, 홀은 산송장들이 몰려다니는 연구동 밖 도로를 따라 벙커로 향했다. 그러자 앞쪽에 있는 산송장들이 홀에게로 우르르 몰려들었다. 정문 쪽을 굽어보는 기숙사 앞에 배치된 근위대원들이 안 중령의 명령에 따라 홀을 저지하려고 산송장들을 홀에게 몰려들도록 조종한 거였다.

지혜와 짝과 홀은 무궁영생교 일당이 국도로 접어들면서 CCTV에 포착된 이후부터 근위대원들이 산송장을 조종하는 모습을 포착한 CCTV 화면들을 놓고 무궁영생교가 산송장을 조종하는 방법이 무엇인지를 궁리했다. 산송장 조종법에 대한 추측의 종지부를 찍은 것은 산송장들이 목걸이를 걸고 나서 보여준 행태 변화였다. 접근하는 근위대원들에게 달려들려고 길길이 뛰던 산송장들이 목걸이를 거는 순간부터 하나같이 고분고분해지는 것에 주목한 지혜와 휴머노이드들은 무궁영생교 근위대원이 걸어주는 목걸이는 단순한 목걸이가 아니라 산송장의 코앞에 미세한 인간 냄새를 뿜어내는 디퓨저(diffuser) 역할을 하는 장치라고 판단했다.

지혜와 휴머노이드들이 짐작한 산송장 조종방법은 이랬다. 근위대원이 태블릿에 깔린 앱을 조작하면 와이파이를 통해 신호를 수신하는 목걸이에 장착된 디퓨저가 근위대원이 지정한 방향으로 냄새를 쏜다. 그러면 냄새에 홀린 산송장은 근위대원이 원하는 방향으로 나아간다. 근위대원이 공격하고 싶은 표적에 산송장이 다가갔을 때 디퓨저가 냄새를 쏘는 것을 중단하면 그때부터 산송장은 표적에게서 나는 냄새에 홀려 그 표적을 공격한다. 근위대원들이 행군할 때 타고 온 지프마다 와이파이 안테나가 세워져 있던 것은 그 때문일 것이다. 짝과 홀은 무궁영생교가 캠퍼스에 입성한 후에 근위대원들의 태블릿과 목걸이 사이를 오가는 데이터를 감지해 분석해서는 그 짐작이 옳았다는 것을 입증했다.

그런데 홀에게로 몰려든 산송장들은 홀의 존재 자체를 인지하지 못하기 때문에 홀에게로 산송장들을 모여들게 만드는 건 아무 소용도 없는 조치였다. 홀은 산책에 나선 사람처럼 태평하게 산송장들을 향해 걸어갔다. 그러고는 산송장들을 조종하는 태블릿을 무력화한 다음에 디퓨저를 조종하는 권한을 장악했다. 이제 LAN(Local Area Network) 전파의 도달거리인 반경 15미터 이내에 있는 산송장들은 오로지 홀이 설정한 방향으로만 움직이고 있었다. 그 방향은 전방에 배치된 지프, 그리고 기숙사에서 왼쪽으로 구부러져 벙커로 이어지는 도로였다.

홀은 허공에 뿌려지는 냄새를 길잡이 삼아 걸어가는 산송장들 가운데에서 소총을 들고 전방에 있는 지프에 사격을 가했다. 홀이 쏜 두 발은 다 겨냥한 곳에 명중했다. 총에 맞은 지프의 타이어가 펑크가 나자 지프가 풀썩 내려앉았다. 근위대의 이동수단이 한 대 더 줄어든 것이다. 지프 근처에 은신한 근위대원들은 홀을 조준해 대응사격을 했다. 그러나 그들의 사격 솜씨는 홀의 상대가 되지 않았다.

짝과 홀과 혜지는 백발백중의 명사수였다. 인터넷에 업로드된 사격술 동영상으로 사격을 배운 그들의 사격 자세는 말 그대로 교과서적이었다. 게다가 휴머노이드들은 인간이 올바른 사격 자세를 유지하는 것을 방해하는 불안정한 호흡이나 긴장에 따른 몸 떨림 같은 것이 없었다. 그래서 휴머노이드들은 교본에 나온 대로 취한 안정적인 자세가 무너지는 일이 전혀 없이 사격을 했기 때문에 백발백중이었다. 홀은 기숙사 앞에 배치된 병력을 해치우고는 산송장들을 이끌고 벙커로 향했다.

단잠을 잔 덕에 피로가 싹 풀린 수례는 온몸이 개운했다. 땅속 깊은 곳에 지은 벙커가 이렇게 아늑하다는 것이 믿어지지 않았다. 코끝을 간지럽히는 갓 내린 고급 원두커피의 내음도, 우아한 꽃무늬가 그려진 영국제 본차이나의 따스하고 매끄러운 감촉도 상쾌함을 더욱 고조시켰다. 다실(茶室)을 환하게 밝힌 아침 햇빛은 30미터 위 지상에 뚫은 천창(天窓)을 통해 들어온 햇빛이라는 게 믿기지 않을 정도로 화사했다. 중간에 달아놓은 무슨 장치 때문에 지상의 햇빛하고 다를 게 전혀 없다고 하더니 정말로 그랬다.

보기만 해도 마음이 푸근해지는 햇볕을 쬐며 향긋하고 묵직한 맛의 커피를 마시는 기분이 고급 휴양지의 노천온천에서 맞은 아침의 그것처럼 느껴지는 것은 산송장이 득실거리던 번잡한 서울에서 보낸 진저리쳐지는 기간 때문일 것이다. 무궁영생교 본당을 수호하기 위해서라면 목숨도 기꺼이 내놓을 충직한 신도들이 있었고 충분한 방어 장비들이 있었다고 해도 그 시끄러운 서울에서는 아무래도 편한 잠을 자기가 쉽지 않았다. 곁에서 수발을 드는 자들이 언제 산송장으로 변해 자신을 덮칠지도 모른다는 불안감 탓도 있었다.

그렇게 신경이 곤두선 채로 몇 주를 보냈더니 피부가 많이 꺼칠해진 것이 무척이나 속상했다. 상황이 이래서 당분간은 피부 관리를 받지 못할 거라는 게 짜증이 났다. 수례는 그래도 물이 좋은 지역이라고 하니 그나마 피부에 좋지 않을까, 그리고 눈치 빠른 아랫것들이 어디에서 피부를 잘 관리할 자를 구해오겠거니 기대해보는 것으로 짜증과 아쉬움을 달랬다.

수례는 인적이 드물고 좋은 물도 풍부하며 공기정화장치를 비롯한 제반시설이 잘돼 있는 벙커로 거처를 옮긴 것은 탁월한 선택이었다고 생각했다. 이런 곳에 벙커를 짓자고 제안한 서지환이 새삼 기특했다. 내가 친히 여기에 왔는데도 코빼기도 비치지 않는 것은 괘씸하기 그지없지만, 뭐 어쩌겠는가. 보고에 따르면 영생을 누리지 못하고 이 세상을 하직한 것 같다니. 수례는 어차피 서지환이가 처음부터 믿음을 갖고 자신을 찾아온 것도 아니었고 믿음으로 자신을 섬기지도 않았다는 걸 잘 알고 있었다.

그런데 수례가 항상 간단한 아침으로 먹는 죽을 들고 들어온 집사장의 표정이 영 좋지 않았다. 수례가 숨을 조금만 크게 쉬어도 무슨 일이 생겼나 싶어 안절부절 못하는 집사장의 풀 죽은 표정은 뭔가 일이, 그것도 큰일이 벌어졌다는 징조였다. 수례는 근엄한 목소리로 물었다.

"무슨 일이냐?"

집사장은 아무 말도 하지 않았는데도 바깥에 일이 벌어졌다는 것을 아는 수레의 혜안에 새삼 감탄하며 모니터를 보시는 게 나을 것 같다고 기어들어가는 목소리로 아뢨다. 수레는 마지못해 집무실로 이동해 모니터를 봤다. 모니터에는 기숙사 앞에 배치된 지프에서 찍어 전송한 정문 쪽 상황이 떠 있었다. 소총을 든 건장한 남자가 산송장들 틈에 끼어 산송장들과 같이 벙커로 오고 있었다. 집사장은 다 죽어가는 목소리로 저 건장한 남자는 사실은 이곳에서 개발한 휴머노이드라고 보고했다.

수레는 화가 치밀어 올랐다. 수레의 돈으로 만든 로봇이 수레의 뜻을 거스르며 수레를 노리는 어처구니없는 상황이었다. 게다가 수레를 더욱 분통 터지게 만든 것은 수레에게서 영생을 받은 것을 감사해하며 수레의 안전을 위해서라면 모든 것을 바쳐야 하는 산송장들이 사리분별을 못하고는 놈의 조종에 따라 이곳으로 오고 있다는 거였다. 구원과 영생의 동아줄을 내려줘도 그것이 구원과 영생의 동아줄이라는 것을 분간도 못하는 어리석은 것들 같으니라고.

B연구동은 오랜만에 활기가 넘쳤다. 그러나 지금의 활기는 학교가 정상적이었을 때 학생들과 교수들이 북적거리며 피워낸 활기하고는 다른 활기였다. 지금의 활기는 출입구로 들어온 지혜 일행과 로비가 내려다보이는 중앙조정실 쪽 계단 난간에 선 안 중령이 지휘하는 각층의 근위대원들 사이에서 벌어진 총격전에서 비롯된 거였기 때문이다.

건물 각층마다 200명씩 배치된 산송장들은 이 사격전의 목격자이자 참여자이자 피해자였다. 지혜 일행이 중앙조정실 장악을 노릴 것이라고 짐작한 안 중령은 산송장들을 조종해 지혜 일행을 중앙조정실에서 먼 쪽으로 몰라고 지시했다. 근위대원들은 1층에 있는 산송장들을 지혜 일행 쪽으로 이동시켰다.

지혜와 짝과 혜지는 몸을 웅크리고는 빗발치듯 날아오는 총알과 산송장들에 쫓겨 A연구동 쪽으로 이동했다. 지혜가 다치지 않도록 신중하게 사격하라는 안 중령의 지시에 따라 총알은 주로 짝에게 날아들었다. 멀리 떨어져 있어서 구분이 잘 되지 않는 지혜와 혜지 대신, 상대적으로 편하게 겨냥해 쏠 수 있는 짝에게 집중 사격이 가해진 것이다.

짝은 혜지와 같이 지혜를 보호하며 이동하는 동안 가만히 총알을 맞고만 있지는 않았다. 가까이 다가온 산송장을 잡아 잽싸게 머리에 대검을 꽂아 해치우고는 왼손으로 멱살을 잡고 들어 올려 총알을 막는 방패로 삼았다. 그러고는 오른손에 든 소총으로 근위대원들에게 응사했다.

짝의 반격은 거기에서 그치지 않았다. 사방에서 로비로 드론들이 날아들었다. 짝은 가운데가 훤히 뚫린 로비 공간으로 드론들을 비행시키며 근위대원들에게 못과 쇠구슬을 날렸다.

오랫동안 비어 있던 로비는 쌍방향으로 날아다니는 총알과 공중을 휘젓고 다니는 드론들, 드론들이 쏴대는 못과 쇠구슬, 위쪽 로비에서 아래로 내려가려다 상행 에스컬레이터에 들어서는 바람에 제자리걸음을 하게 된, 그러다가 뒤에서 오는 산송장들에 떠밀려 굴러떨어지는 산송장들 때문에 무시무시한 활기를 주체 못하는 공간으로 변했다.

날카로운 소리를 내며 날아다니는 총알 몇 발이 산송장들이 차고 있던 목걸이를 박살냈다. 그러면서 목걸이의 조종에서 풀려난 산송장들은 양쪽에서 풍기는 인간 냄새에 홀려 갈팡질팡하다 양쪽에서 날린 총알에 벌집으로 변하면서 어정쩡한 춤을 춰댔다. 벌집이 된 산송장들은 끈질긴 의지로 끝끝내 일어나 배회하다 결국에는 머리에 총을 맞고서야 영원한 안식을 취했다. 짝이 조종하는 드론들도 근위대원들의 총격을 받아 한 대씩 추락했다.

지혜는 근위대와 총격전을 벌이는 짝, 그리고 짝의 안쪽에서 자신을 호위하는 혜지의 보호를 받으며 A연구동으로 이동하는 동안에도 짝이 너무 많은 작업을 해서 배터리가 급격하게 소모되는 것에 대한 걱정에 속이 타들어갔다. 그러나 그렇게 걱정하는 와중에도 A연구동에서, 그리고 B연구동의 A연구동 쪽에 있는 복도에서 몰려오는 산송장들을 팔찌형 총으로 쓰러뜨렸다.

혜지의 활동은 소총으로 산송장들을 한 명씩 쓰러뜨리는 것에만 그치지 않았다. 혜지는 전동 킥보드를 작동시켰다. 짝과 홀이 A연구동과 B연구동을 잇는 통로 근처의 청소용구 보관실에 감춰뒀던 전동 킥보드 두 대가 작동을 시작하면서 복도로 나와 지혜 일행 앞에 나타났다. 전동 킥보드는 두 대였지만, 자세히 보면 각각의 전동 킥보드는 킥보드 다섯 대를 연결해 한 대로 만든 거였다. 짝과 홀은 도로에서 수거한 킥보드들을 다섯 대씩 연결해 사람이 타서 조종하지 않더라도 쓰러지지 않도록 한 다음, 무선조종이 가능하도록 장치를 달았다.

그런데 혜지가 조종하는 전동 킥보드들이 A연구동에서 몰려오는 산송장들을 향해 전진하자 짝과 홀이 거기에 장착한 장치는 그게 전부가 아니라는 게 드러났다. 짝과 홀은 인환의 명령에 따라 이 전동 킥보드들에 살상용 무기를 장착했다. 아무 생각 없이 킥보드를, 정확히는 지혜를 향해 다가오는 산송장들이 목이 댕강댕강 잘리면서 풀썩풀썩 쓰러졌다. 킥보드들은 쓰러진 산송장을 피해 이동하며 다른 산송장을 찾아다녔다. 킥보드들은 전진하는 도중에 맞닥뜨리는 상대의 체온을 탐지해 그 체온이 인간의 정상 체온에서 벗어난 경우 손잡이 앞부분에 설치된 톱날을 상대의 목이 있는 높이로 이동시켜 상대의 목을 베었다. 장착된 톱날은 잔디밭을 관리하는 데 쓰는 예초기와 나무를 다듬는 데 쓰는 전기톱에서 떼어낸 거였다. 혜지의 조종에 따라 움직이는 전동 킥보드들이 지나간 길에는 산송장들의 목과 목을 잃은 몸뚱어리들이 나뒹굴었다.

한편, 지혜는 안 중령이 산송장을 동원해 몰아가지 않았더라도 A연구동으로 이동할 작정이었다. 그것이 계획이었기 때문이다. 혜지는 B연구동 1층과 A연구동 1층을 잇는 통로를 지난 후 지혜 일행에서 떨어져 나와 B연구동 계단을 통해 위로 올라갔다. 1층의 이 통로와 다른 층의 구름다리들의 양쪽 끝에는 자동문이 달려 있었다. 무선으로도 조종이 가능한 이 문들은 평소에는 항상 개방돼 있었기 때문에 이 문이 있다는 사실 자체를 인식하지 못하는 사람도 많았다.

혜지와 헤어진 지혜와 짝은 A연구동 1층의 가운데로 이동했다. 원래 A연구동에 들어차 있던 산송장들 중 일부는 앞서 전진한 전동 킥보드가 처리한 상태였고, 운 좋게 킥보드의 공격을 피한 산송장들은 달려가는 지혜와 짝이 가하는 소총과 팔찌형 총에 맥을 못 추고 쓰러졌다.

저 멀리 지혜가 들어온 통로의 반대쪽에 있는 통로를 통해서도 산송장이 몰려오는 게 보였다. B연구동에서 쫓아온 산송장들이 A연구동의 가운데로 향하는 지혜와 짝의 뒤쪽을 채웠다. 그러자 짝은 A연구동의 양쪽 통로에 있는 문들을 무선으로 조종해 달았다. 쫓아온 산송장들의 퇴로를 차단해 산송장들을 A연구동 1층에 가둔 것이다. 지혜와 짝은 A연구동 가운데에 있는 중앙계단의 출입문을 열고 2층으로 올라갔다. 그러는 사이 혜지는 B연구동 5층으로 올라가고 있었다. 중앙 조정실을 접수하기 위해서였다.

각층에 배치된 근위대원들은 A연구동의 교수실과 실험실과 마주한 B연구동 사무실의 창문 쪽으로 속속 이동하고 있었다. 중앙계단은 벽이 통유리라서 지혜와 짝은 맞은편 B연구동 창문에 자리 잡은 근위대원들의 시야에 고스란히 노출될 수밖에 없었다.

중앙계단을 통해 2층으로 올라간 지혜와 짝을 맞은 것은 이번에도 A연구동 2층을 한없이 서성거리던 산송장들과 B연구동에 있다 양쪽 구름다리를 통해 A연구동 복도로 몰려오는 산송장들이었다. 지혜가 다가오는 산송장들을 팔찌형 총으로 해치우는 동안, 짝은 태블릿을 든 근위대원들의 조종에 따라 B연구동에 있던 산송장들의 대부분이 A연구동으로 들어왔다는 것을 확인하고는 자동문을 닫고 전원을 껐다. 짝은 중앙계단 출입문을 열면서 지혜에게 어서 올라가야 한다고 재촉했다.

짝이 중앙계단 출입문을 열고 계단으로 몸을 내미는 순간, 2층 맞은편에서 날아온 총알이 짝의 어깨에 명중했다. 총알은 인공피부를 뚫고 들어가 짝의 튼튼한 골격을 때리고는 다시 인공피부를 뚫고 빠져나갔다. 그러자 짝은 잽싸게 문을 닫은 뒤 바짝 접근한 산송장들을 소총으로 한 명씩 쓰러뜨리면서 건너편의 근위대원들을 처치하는 작업에 착수했다.

건너편 근위대원들이 중앙계단 출입문을 주시하며 방아쇠에 손가락을 걸고 짝이 다시 나타나기를 기다리고 있을 때였다. 소방차 사이렌 소리와 자동차 엔진소리가 복도에 요란하게 메아리쳤다. 난데없는 소방차 소리에 놀라 소리 나는 쪽으로 고개를 돌린 근위대원들의 눈에 들어온 것은 자신들을 향해 거침없이 달려오는 소방차 RC카였다. 짝은 무궁영생교가 캠퍼스에 입성하기 전에 홀과 함께 숨겨뒀던 RC카를 원격으로 조종하고 있었다. 근위대원들이 고속으로 질주해오는 RC카의 출현에 당황하는 동안 순식간에 근위대원들의 발치에 다다른 RC카는 짝의 조종에 따라 곧바로 폭발했다. 반경 5미터 이내에 있는 인원을 몰살시킬 수 있는 RC카에 장착된 폭탄의 폭발력을 당해낼 근위대원은 아무도 없었다.

그렇게 건너편 2층의 근위대원들을 제거하는 데 성공한 짝은 그제야 문을 열고 지혜가 무사히 계단으로 들어오도록 경호 활동을 했다. 지혜를 잡으려고 몰려든 산송장들은 짝이 닫은 문을 어떻게든 없애려고 손톱으로 문을 긁어댔다. 문에서 나는 날카롭고 으스스한 소리가 계단을 울렸다. 짝은 아랑곳하지 않고 자신의 몸으로 지혜를 막고는 총을 쏴서 중앙계단의 통유리를 깼다. 그러고는 2층 양쪽의 구름다리에서 태블릿으로 산송장들을 조종하다 난데없이 잠긴 자동문에 막힌 것에 당황해하는 근위대원들을 조준 사격해 쓰러뜨렸다.

이제는 3층으로 올라갈 때였다. 이번에도 짝은 지혜를 벽에 붙게 하고 몸으로 그 앞을 막아 보호하며 계단을 올랐다. 짝은 계단을 오르는 동안에도 건너편의 다른 층에 있는 근위대원들과 치열하게 총알을 주고받았다. 짝은 연발 모드로 발사했을 때 불필요하게 낭비되는 총알을 아끼려고 단발 모드로 사격했지만 조준하고 사격하는 데 걸리는 시간이 워낙 짧아 거의 연발 모드로 사격하는 것처럼 보였다. 그런데 지혜를 보호하며 계단을 올라가던 짝이 갑자기 얼어붙은 것처럼 멈춰 서고 말았다. 그 탓에 짝이 그런 줄도 모르고 계속 계단을 오르던 지혜는 순간적으로 짝을 앞서면서 짝의 보호에서 벗어났다.

그때 짝을 노리고 날아온 총알이 지혜의 머리카락을 스치고는 콘크리트 벽을 때렸고, 총알이 때린 벽에서 튀어나온 콘크리트 조각들이 지혜의 얼굴을 때렸다. 지혜의 왼쪽 광대뼈 부분에 생긴 작은 상처에서 피가 배어 나왔다. 지혜는 얼른 내려가 짝의 뒤로 숨었다. 올 것이 왔다는 생각에 앞이 깜깜해졌다. 그렇게 우려하던 짝의 배터리가 바닥나는 상황이 벌어진 것이다. 얼굴을 만진 손에는 상처에서 난 피가 묻어 있었다. 땀에 흠뻑 젖은 머리가 답답해 꽁꽁 싸맨 후드를 벗은 것은 무심결에 한 행동이었다. 단발머리가 드러나며 몸은 시원해졌지만 총알이 날아다니는 것이 어떤 것인지를 비로소 실감하게 된 정신은 꽁꽁 얼어붙었다. 그러나 지혜는 이렇게 한가하게 시간을 보낼 때가 아니라며 자신을 다잡았다.

조각상처럼 얼어붙었던 짝이 갑자기 작동을 시작하면서 방금 전에 총알이 날아온 방향을 인지해서는 응사를 했다. 안도감을 느끼며 바라보는 지혜의 눈과 고개를 돌리는 짝의 눈이 마주쳤다. 짝이 무슨 말을 하려는 걸 본 지혜는 짝의 입을 막았다. "됐어, 사과하지 않아도 돼." 이 상황에서 아무 짝에도 소용없는 사과를 하느라 소요되는 전력을 아껴야 한다는 생각에서였다. 그럼에도 얼마 가지 않아 이런 상황이 또 벌어질 거라고 생각하니 까마득한 절벽에서 아래를 내려다보는 듯한 기분이었다. 지혜와 짝은 중앙계단을 통해 무사히 3층으로 올라가는 데 성공했다.

안 중령이 B연구동 3층에서 A연구동 교수실과 실험실의 창문과 출입문 너머로 언뜻언뜻 보이는 지혜와 짝을 눈으로 따라갈 때 기숙사 쪽 지프에서 긴박한 전투 현황 보고가 올라왔다. 보고에 따르면, 언덕을 오르던 홀이 무릎쏴 자세를 취했다. 그래서 근위대원들 입장에서는 전진하는 산송장들 사이에서 홀의 모습은 보기 어려운 반면, 홀은 이동하는 산송장들 사이에 틈이 약간이라도 생기면 그 틈으로 총알을 날려댔고, 그래서 근위대원들은 응사다운 응사조차 제대로 못하는 형편이었다. 그렇게 홀의 조준 사격을 피해 납작 엎드리기만 했던 근위대원들은 갑자기 총알이 날아오지 않는다는 것을 깨달았다. 모두들 궁금하기는 하지만 선뜻 내가 알아보겠다며 은폐물 밖을 살피지는 못하는 시간이 몇 분 흐른 후 결국 호기심을 이기지 못한 한 명이 과감하게 머리를 내밀고 상황 파악에 나섰다.

홀은 무릎쏴 자세로 얼어붙어 있었다. 거의 바닥난 동력이 불안정하게 공급되는 바람에 생긴 일이었다. 그렇게 홀이 작동을 멈춘 동안에도 산송장 수백 명은 아랑곳하지 않고 계속 이동했다. 산송장들에게 홀은 움직이고 있을 때나 움직임을 멈췄을 때나 길 가운데 놓인 돌멩이나 마찬가지인 존재였다. 산송장들은 그저 홀이 조종한 디퓨저가 미세한 냄새를 흩뿌려서 가리키는 방향으로 하염없이 이동하고 있었다. 그 방향이란 벙커 방향으로, 홀은 내비게이션이 경로를 안내하는 것처럼 벙커로 이어지는 살짝 휘어진 경로를 디퓨저에 미리 입력해놓았다.

홀이 무슨 영문으로 가만히 있는 것인지 알 길이 없는 부하들은 안 중령에게 어떻게 해야 할지 물었다. 이동하는 산송장들의 규모가 무척 크고 이동속도는 무척 느리다는 보고를 받은 안 중령은 부하들이 산송장에게 접근하는 것을 두려워하고 있다는 걸 깨달았다. 그는 부하들에게 그분들과 성녀님을 섬기는 충직한 신도다운 모습으로 직접 산송장 행렬로 들어가 홀을 해치우라고 싸늘한 목소리로 지시했다.

안 중령의 근엄한 지시에 근위대원 셋이 웅크리고 있던 곳에서 몸을 일으켰다. 그들은 멍하니 앞만 바라보고 전진하는 산송장들 틈으로 조심스레 몸을 낮추고 들어갔다. 근위대원들은 산송장이 걸고 있는 목걸이 높이보다 낮은 자세를 유지하려 애썼다. 행여 몸이 목걸이 위치보다 높은 곳에 위치할 경우 디퓨저가 뿌리는 미세한 냄새가 몸에 묻으면 산송장들이 달려들 수도 있기 때문이었다.

홀에게 5미터 거리까지 접근하는 데 성공한 근위대원들이 무릎 쏴 자세를 취하고는 얼어붙어 있는 홀에게 일제사격을 퍼부으려는 찰나였다. 배터리에 남아 있는 얼마 되지 않는 동력을 다시 공급받은 홀이 원상태를 회복했다. 깨어난 홀은 바로 앞까지 접근한 근위대원들에게 돌진했다. 홀이 돌진하면서 근위대원들의 사격 자세가 흐트러지는 바람에 연발 모드로 설정된 근위대원들의 총에서 발사된 총알이 주위에 있는 산송장들을 향해 날아갔고 거기에 머리를 맞은 산송장 서넛이 쓰러졌다. 그러나 몸뚱어리에 총을 맞은 산송장들은 그런 일이 있거나 말거나 상관하지 않고 디퓨저가 가리키는 쪽을 향한 걸음을 멈추지 않았다.

총알이 떨어졌지만 탄창을 교체할 여유가 없는 근위대원들은 총을 곤봉으로 삼고 대검을 휘둘러가며 홀과 육박전을 벌였다. 그러나 근위대원들은 완력과 싸움 실력 면에서 애초부터 홀의 상대가 되지 않았다. 자신이 잠시 작동불능 상태에 빠졌다는 것과 배터리 잔량이 얼마 남지 않았다는 것을 잘 아는 홀은 최대한 신속하게 근위대원들을 해치웠다. 홀에게 당한 근위대원들의 시신이 땅바닥에 나뒹굴었다. 산송장들이 그 시신에 걸려 넘어지기도 했지만, 그렇게 넘어진 산송장들은 무슨 일이 있었냐는 듯 다시 일어나 다른 산송장들과 함께 벙커로 향했다.

계단을 통해 5층에 올라간 혜지는 A연구동으로 몰려가는 산송장의 대열로 들어가 중앙조정실로 향했다. 뒤통수만 보이는 산송장들 틈을 거슬러 오는 혜지의 얼굴은 산송장들을 조종하며 걷는 병사들과 중앙조정실 앞에 있던 병사들의 눈에 금세 띄었다. 그러면서 혜지와 근위대원들 사이의 총격전이 시작됐다.

3층에 있던 안 중령은 위층에서 나는 총소리에 고개를 돌렸다가 병사들이 누군가와 교전하는 모습을 보고는 로비 쪽 난간으로 뛰어갔다. 지금 A연구동에 있는 나지혜 박사와 생긴 것도 똑같고 입은 옷도 똑같은 여성이 소총을 능숙하게 다루고 총검술 교본에 나오는 솜씨로 부하들을 물리치는 것을 본 안 중령은 저기 있는 것은 진짜 나지혜가 아니라 휴머노이드가 분명하다는 결론을 내렸다.

안 중령은 근처에 있는 부하들을 불러 A연구동에 있는 지혜를 생포하러 갔다. 지금 안 중령에게 중요한 것은 먹통이 된 중앙조정실이 아니라 나지혜였다. 안 중령이 중앙조정실을 포기한 덕에 혜지는 큰 어려움 없이 적들을 해치우고는 중앙조정실에 접근했고, 중앙조정실에 있던 병력도 쉽게 제거하고 중앙조정실을 접수하는 데 성공했다.

한편, 지혜는 3층 복도 가운데에서 산송장들에게 포위되는 곤경에 처해 있었다. 하필이면 짝이 지혜의 뒤를 이어 계단 문을 나서는 순간에 작동을 멈췄기 때문이다. 짝이 정상적으로 작동하고 있을 때는 LAN을 통해 디퓨저를 조종해 산송장의 진행 방향을 바꿀 수 있지만 짝이 멈춰버리는 바람에 그러지 못하는 상황이었다. 근위대원들이 A연구동에 들어간 산송장들의 디퓨저를 껐기 때문에 온전히 지혜의 냄새에만 홀린 산송장들은 지혜에게로 몰려들고 있었다. 지혜는 계단으로 도망가려 해봤지만 짝이 손잡이를 굳세게 잡고 서 있었고 짝과 문 사이에는 지혜가 파고들어갈 공간이 거의 없었다. 지혜의 힘으로 짝을 손잡이에서 떼어내는 건 불가능한 일이었다.

짝이 서 있는 문 쪽을 뺀 삼면을 에워싼 산송장들의 올가미가 조여드는 동안, 산송장들이 발을 끄는 소리가 복도에 메아리치며 점점 더 커지고 있었다. 지혜는 하는 수 없이 산송장들을 상대하기로 마음먹었다. 몸을 이리저리 돌려가며 선두에 선 산송장들에게 팔찌형 총을 쏴 몇 명을 쓰러뜨렸지만 산송장들은 신경도 쓰지 않고 몰려들었다. 어느 틈에 산송장들과 지혜 사이의 거리는 서너 걸음으로 좁혀져 있었다. 지혜는 쇠파이프로 산송장을 밀어내고 더 가까이 접근한 산송장에게는 쇠파이프를 휘두르며 안간힘을 썼다. 그러나 3층을 가득 메운 200명 가까운 산송장들을 혼자서 상대하기에는 역부족이었다.

지혜가 힘이 빠져 헉헉거리는 동안에도 산송장들은 사정없이 지혜에게 다가왔다. 인환의 목소리가 떠올랐다. "처음 누르면 칼날이 튀어나와요." 지혜는 남은 힘을 다 끌어모아 쇠파이프의 손잡이에 있는 버튼을 눌렀다. 그러자 딸깍 소리가 나면서 25센티미터 길이의 가느다란 칼날이 튀어나왔다. 지혜는 그 칼날로 맨 앞에 있는 산송장의 목을 벴다. 날카로운 칼날이 지나가고 잠시 후, 산송장의 머리가 툭 떨어졌다. "다시 누르면 칼날이 발사돼요." 지혜는 그 뒤에 다가온 산송장의 머리를 겨냥하고는 버튼을 다시 눌렀다. 그러자 칼날이 발사됐다. 날아간 칼날은 앞에 선 산송장의 머리를 뚫고 나가 뒤에 있는 산송장의 머리에 꽂힐 정도로 위력이 강했다.

인환은 이 쇠파이프를 만들어 건네면서 벌의 침(針)과 같은 무기라는 특징을 감안해 스팅어(stinger)라는 이름을 붙였다고 말했다. 싸움 초보인 지혜의 안전을 고려해 둔기를 만든 다음에 상대에게 안겨줄 피해를 최대화하기 위한 예기를 그 안에 집어넣었다고, 따라서 스팅어는 휘두르는 둔기로도 쓸 수 있고 베고 찌르는 예기로도 쓸 수 있는 무기라고 말하던 인환의 표정과 목소리에는 짜릿함과 우쭐거림이 뒤섞여 있었다. 스팅어는 아는 사람만 아는 중독성 높은 게임에 등장했던 무기를 실물로 만든 거였는데, 쇠파이프 내부에는 칼날이 수십 개 저장돼 있었다. 칼날 수십 개는 무게가 꽤 나가기 때문에 파이프를 더 묵직하게 만들어줄뿐더러 부러지거나 마모된 칼날을 교체하고 발사된 칼날을 대체할 수도 있게 해줬다. 스팅어의 재질인 특수합금은 한상진 교수의 조언에 따라 여러 금속의 배합 비율을 정해 만든 거였다.

칼날을 여러 개 날려 산송장 10여 명을 쓰러뜨린 지혜가 헉헉거리며 기력을 찾으려 애쓰는 사이에도 산송장들은 숨 돌릴 틈도 주지 않겠다는 양 달려들었다. 그런데 지혜가 파이프를 들 힘도 없어 모든 게 끝났다고 생각한 순간이었다. 맨 앞에서 지혜를 붙들려고 팔을 뻗던 산송장이 총성과 함께 쓰러졌다.

A연구동에 들어선 안 중령은 지혜가 산송장에게 붙들릴 위험에 처한 것을 보고는 B연구동 3층에 있는 대원들에게 시야가 확보되느냐고 물었지만 교수실과 실험실에 가로막혀 조준 사격이 불가능하다는 보고를 받았다. 그러자 안 중령은 산송장들의 후미에서 그들을 조종해 여기로 데려온 부하들에게 지혜가 산송장에게 물리지 않게 하라는 지시를 내렸다. 그렇게 부하들이 지혜에게 달려드는 산송장을 조준 사격해준 덕에 지혜는 절체절명의 위기를 모면하면서 주위에 어느 정도의 공간을 확보할 수 있었다.

그런데 지혜를 구해준 근위대원들은 다음에는 짝의 머리를 집중 사격했다. 안 중령이 지혜를 생포하는 데 방해물이 될 짝을 제거하려고 부하들과 함께 직접 조준 사격한 거였다. 그런데 이건 실수였다. 안 중령과 부하들은 조준 사격을 하면서 실수를 한 개가 아니라 세 개나 저질렀다.

첫째 실수는 인간의 머리를 쏘면 인간을 해치울 수 있는 것처럼 인간과 똑같이 생긴 휴머노이드도 머리를 쏘면 제압이 가능할 거라고 판단한 거였다. 휴머노이드의 작동을 총괄하는 중앙제어장치는 인간의 뇌처럼 머리에 있는 게 아니었다. 가슴에 있었다. 그래서 휴머노이드가 머리에 총을 맞더라도 중앙제어장치가 손상되는 일은 있을 수가 없었다.

둘째 실수는 휴머노이드의 골격 재질에 대해 오판한 거였다. 휴머노이드 개발에 참여한 한상진 교수가 개발한 금속은 웬만한 총격에는 끄떡도 않는 튼튼한 합금이었다. 그러니 휴머노이드의 머리에 총격을 가하더라도 해당 부위 근처의 인조피부만 벗겨져 나갈 뿐 골격은 그리 큰 충격을 받지 않았다. 물론, 그 충격 때문에 짝이 얼굴 피부가 일부 벗겨져 나가고 그 부위의 금속 골격이 드러난 기괴한 몰골이 되기는 했다.

세 번째 실수는 총에 맞은 충격으로 뒤로 밀린 짝의 배터리가 물리적 충격을 받으면서 남아 있던 미량의 동력이 공급되기 시작했다는 거였다. 총격에 밀렸던 짝은 동력을 되찾고 깨어나서는 손잡이를 잡고 몸을 일으켰다.

짝이 몸을 일으키는 순간 자동차들이 일제히 질주하는 소리가 복도를 울렸다. 크기도 모양도 색깔도 다 다른 RC카 여섯 대가 복도 양쪽의 교수실과 실험실에서 튀어나왔다. 매끄럽게 방향을 틀어가며 산송장들의 다리 사이를 유유히 통과한 RC카들은 지혜 앞에 도착하자 산송장들이 있는 쪽으로 180도 방향을 돌리고는 멈춰 섰다. 장착된 카메라와 센서를 통해 산송장들을 포착하고 겨냥한 RC카들은 네일 건과 공기총으로 못과 쇠구슬을 날렸다. RC카에 장착한 디지털카메라와 이미지 센서는 표적의, 즉 산송장의 이마 가운데를 정조준해서 못과 구슬을 날렸기 때문에 발사가 한 번 이뤄질 때마다 산송장 한 명이, 간혹 제대로 관통될 경우에는 두 명이 고꾸라졌다.

그런데 RC카를 조종한 것은 동력을 되찾은 짝이 아니라 근위대원들을 물리치고 중앙조정실을 접수한 혜지였다. 혜지는 앞서 연구동에 진입하기 전에 꺼버렸던 CCTV 모니터를 다시 켜고 상황을 파악한 후 교내에 설치된 WiFi 네트워크를 통해 RC카를 조종했다.

RC카들이 쉬지 않고 산송장들을 해치우는 사이, 짝은 중앙계단의 문을 열고 지혜의 팔목을 잡아끌어 계단으로 들어갔다. 짝과 지혜는 4층으로 올라갔다. 짝과 지혜가 4층으로 향한다는 보고를 받은 안 중령은 짝과 지혜가 왜 각층을 한 번씩 들렀다 위층으로 올라가는지 영문을 모른 채 부하들을 데리고 구름다리 옆의 계단을 통해 4층으로 올라갔다.

혜지는 안 중령 일행이 A연구동을 나서는 것을 보고는 자동문을 닫았다. 계단을 오르다 자동문이 닫히는 걸 본 안 중령은 오던 길을 돌아가 자동문을 열려고 버튼을 눌러 봤지만 혜지가 자동문의 전원을 꺼놓은 터라 문은 꿈쩍도 하지 않았다. 산송장 대열의 후미에서 A연구동에 들어갔다 안 중령의 냄새를 맡은 산송장들이 닫힌 자동문으로 몰려왔지만 그들에게는 자동문을 통과할 능력이 없었다. 그 모습을 본 안 중령은 그제야 지혜 일행의 속셈이 무엇인지를 알아차렸다.

지혜와 휴머노이드들의 작전은 무궁영생교 일당을 꺾고 캠퍼스를 탈환하는 데 성공한 경우에도 이후의 생활을 위해서는 선택과 집중이 필요하다는 상민의 조언에 따른 거였다. 지혜와 휴머노이드들은 무궁영생교 일당을 소탕하는 데 성공하더라도 남아 있는 산송장을 한꺼번에 다 죽이려고 애쓸 필요까지는 없다는 데 의견을 같이했다. 그렇게 많은 산송장을 한꺼번에 해치우려 드는 것은 지나치게 많은 에너지가 소요되는 작업일 테니 말이다.

캠퍼스 장악에 성공하더라도 짝과 홀의 배터리 상태를 감안하면 이후에는 지혜가 혜지의 도움을 받아가며 캠퍼스를 관리해야 할 터였다. 그런데 지혜와 혜지가 생활하는 공간으로는 B연구동 한 곳만으로도 충분했다. A연구동까지 관리하며 생활하는 것은 에너지를 낭비하는 짓이었다. 그러니 A연구동에 산송장을 몰아넣고 구름다리를 폭파해 B연구동으로 넘어오지 못하도록 막자는 것이 지혜 일행이 세운 작전계획이었다. A연구동과 B연구동을 잇는 구름다리를 끊으면 그곳으로 넘어오려는 산송장들은 바닥으로 추락할 것이고, 추락하면서 골절상을 입은 탓에 몸을 제대로 가누지 못하는 산송장들은 처리하기가 한결 수월할 터였다. 바닥에 쓰러져 있는 산송장을 혜지가 가끔씩 나가 굴삭기 같은 중장비를 동원해 처치하면 혜지의 배터리 걱정을 크게 할 일 없이 산송장 문제를 해결할 수 있을 거였다.

지혜 일행의 속셈을 알아차린 안 중령은 4층 구름다리를 올려다봤다. 근위대원들의 조종에 따라 A연구동으로 몰려가는 산송장들이 보였다. 안 중령은 산송장의 이동을 중단하라고 지시하면서 서둘러 4층으로 뛰어올라갔지만, 이미 많은 산송장이 A연구동 복도에 진입해 있었다. 그 찰나, 벙커 앞에 배치된 병력에게서 기숙사 앞을 지키던 경계병력이 전멸했고 휴머노이드가 산송장들을 이끌고 언덕을 넘어 벙커로 오고 있다는 보고가 들어왔다.

보고를 받은 안 중령은 잠시 고심했다. 중앙조정실은 중요한가? 안 중령은 우리 손에 있으면 좋겠지만, 그리고 저들의 손에 넘어가면 여러 가지로 귀찮은 일이 많아지겠지만 지금 당장 시급한 공간은 아니라고, 현시점에서 제일 중요한 것은 성녀님과 성녀님이 계시는 벙커를 지키는 것이고 그 다음으로 중요한 것은 나지혜를 홍채가 멀쩡한 상태로 생포하는 거라고 판단했다. 안 중령은 연구동에 남아 있는 모든 병력은 중화기를 챙겨 B연구동 옥상으로 올라가고 그 외에 교내 곳곳에 흩어져있는 병력은 모두 벙커로 향하는 휴머노이드와 산송장들을 제지하라고 지시했다. 그러고는 A연구동에 있는 지혜는 혼자서 직접 생포하겠다고 마음먹었다.

안 중령의 명령에 따라 옥상에 올라간 병력은 10여 명이었는데, 그들의 눈에 제일 먼저 들어온 것은 정문 쪽 난간 밑에 잠든 것처럼 쓰러져 있는 저격수들이었다. 다른 근위대원들이 벙커가 내려다보이는 난간으로 급히 달려가는 동안 두 명은 저격수들의 시신에서 탄창과 수류탄 등의 장비를 회수하면서 저격수들이 어떻게 당했는지를 확인했다. 저격수들의 목덜미와 이마에 작은 구멍이 뚫려 있었고 난간 근처 바닥에는 피 묻은 못과 쇠구슬이 흩어져 있었다. 방금 전에 로비를 가운데에 두고 불신자들과 전투를 벌여본 병력들은 이런 상처를 남긴 무기가 무엇인지를 단박에 알아차렸다. 그래서 한 명을 제외한 옥상의 모든 병력이 대전차 로켓을 들고 지상에 있는 홀과 산송장들을 공격하는 임무에 착수하는 동안, 임무에서 제외된 한 명은 뒤에서 공격해올지 모르는 드론에 대비해 소총을 들고 경계 태세에 돌입했다.

혜지는 중앙조정실에 들어오는 길에 쓰러져있는 근위대원에게서 무전기를 챙겨왔다. 그래서 근위대원들만의 주파수로 이뤄지는 무전도 모두 들었고 중앙조정실에서 CCTV를 통해 병력의 이동상황도 파악하고 있었다.

그런데 옥상은 CCTV의 사각지대였다. 그래서 혜지는 옥상에 있는 병력의 동태를 살피기 위해 드론을 날렸다. 혜지가 출동시킨 드론이 날아오르는 것을 본 근위대원은 드론을 향해 사격을 했고 드론에 장착된 카메라를 통해 옥상의 상황을 확인한 혜지도 못을 쏴댔다. 혜지가 쏜 못은 성과를 냈다. 홀을 겨냥한 대전차 로켓 사수가 방아쇠를 당기려는 찰나에 못을 피하려는 동료 병사들에 밀리는 바람에 발사된 대전차 로켓이 표적을 살짝 빗나갔기 때문이다. 빗나간 포탄이 홀의 앞에서 터지면서 전진하던 산송장들과 그들에게서 찢겨져 나온 팔다리가 폭음과 함께 날아올랐다. 혜지와 정보를 공유하는 홀은 상황을 파악하고는 옥상 병력들에게 탐지되지 않으려고 몸을 수그려 산송장들을 은폐물로 삼으면서 전진을 계속했다.

결국 드론이 총에 맞아 추락했다. 그러나 드론은 그것 말고도 많이 있었다. 혜지는 또 다른 드론 세 대를 출동시켰다. 옥상에서 근위대와 드론 사이에 일대 사격전이 펼쳐졌다. 결국 근위대원 몇 명이 목숨을 잃었지만 드론도 모두 격추됐다.

성가신 드론을 다 해치운 옥상 병력은 다시 대전차 로켓을 발사하는 임무에 착수했지만 웅크린 홀의 위치는 파악하기가 쉽지 않았다. 그런데 이번에는 요란한 엔진 소리가 옥상을 울렸다. 근위대원들은 재빨리 하늘을 바라보며 총구를 올렸지만 그건 드론에서 나는 소리가 아니었다. 특대형 타이어가 장착돼 장애물을 자유자재로 넘을 수 있는 RC카가 쇠파이프들이 얼기설기 놓여있는 태양광 패널 밑의 울퉁

불퉁한 바닥을 텅텅거리며 달려오는 소리였다. 태양광 패널 아래에서 쇠못들이 날아왔고, 잠시 후 RC카는 옥상의 벙커 쪽 난간에 충돌하면서 큰 폭발을 일으켰다.

서둘러 5층으로 올라간 안 중령은 태블릿을 꺼내 디퓨저 조종 앱을 켜고 산송장들이 A연구동으로 넘어오지 못하게 막았다. 그렇지만 다른 층 산송장들의 이동까지 막을 겨를은 없었다. 안 중령은 A연구동 복도로 들어가며 WiFi 단말기와 CCTV 카메라를 눈에 띄는 족족 소총으로 박살냈다. 중앙조정실을 차지한 혜지의 개입을 막으려는 의도에서였다.

안 중령의 의도를 간파한 혜지는 짝에게 5층 복도로 들어가지 말라고 알렸지만 소용이 없었다. 하필이면 짝이 계단을 올라오던 중에 작동을 멈췄기 때문이다. 지혜는 짝이 그런 상태인지도 모르고 서둘러 문을 열고 5층 복도에 들어섰다. 지혜가 복도에 발을 내딛은 순간 총성이 복도에 메아리치고 문손잡이에 불똥이 튀었다. 안 중령이 지혜를 문에서 멀리 떨어뜨려놓으려고 총을 쏜 거였다. 뜻밖의 총격에 놀란 지혜가 문으로 돌아가려는 엄두를 내지 못하는 사이에 안 중령은 근처에서 어슬렁거리는 산송장들을 헤치우며 지혜를 향해 성큼성큼 걸어갔다.

안 중령이 와이파이 단말기를 죄다 박살낸 탓에 디퓨저를 조종하는 신호가 끊겼고 디퓨저도 작동을 멈췄다. 그러자 이제 5층 복도에서 냄새를 풍기는 존재는 지혜와 안 중령밖에 없었고, 냄새에 홀린 산송장들은 두 사람에게 몰려들었다.

혜지는 CCTV 카메라도 모두 박살나고 짝과 주고받는 신호도 끊긴 바람에 5층 복도의 상태를 알 길이 없었다. 그래서 A연구동 5층에 숨겨놓은 RC카들을 출동시켰다. RC카들이 엔진소리를 내며 숨겨져 있던 곳에서 복도로 빠져나왔지만 드론도 경험하고 RC카도 경험했기에 그런 것들의 방해가 있을 거라 예상한 안 중령은 RC카가 복도에 나타나기 무섭게 소총으로 박살을 냈다.

이제 지혜는 모여드는 산송장들을 상대하는 동시에 안 중령하고도 일대일로 대결해야 하는 처지였다. 상대가 상대여서 그런 것인지, 지혜의 눈에 보이는 방역용 마스크를 착용한 안 중령의 모습은 기괴하기 짝이 없었다. 반면, 안 중령의 눈에 지혜는 불편하기 짝이 없는 방역용 마스크를 벗게 해줄 열쇠를 가졌기에 반드시 생포해야 하는 여자였다.

지혜와 안 중령의 사이가 10미터로 좁혀졌을 때였다. 계단 문이 덜컥 열리더니 짝이 모습을 나타냈다. 안 중령은 움찔하며 본능적으로 짝에게 소총을 겨눴다. 그런데 문을 열고 복도로 한 발짝을 내딛은 짝의 몸에 안 중령의 총알보다 먼저 명중한 게 있었다. 짝의 등에서 폭발이 일어나더니 짝의 몸이 공중으로 솟구쳐서는 맞은편 실험실로 날아갔다. 폭발은 짝을 바닥에 내동댕이친 뒤에도 몇 번을 구르게 만들 정도로 셌다. 짝의 유니폼과 인조피부는 갈기갈기 찢어졌고 피부의 일부분은 폭발에 따른 열기에 쭈글쭈글해졌다. 짝의 앙상한 금속 골격과 그 골격의 보호를 받는 내부의 각종 장치들의 모습이 고스란히 드러났다. 그렇게 심한 충격을 받았는데도 짝의 중앙제어장치는 아직도 작동하고 있었지만 짝의 기계적 시스템은 심하게 망가져 짝의 신체는 짝의 의도대로 작동하지 않았다. 오른팔을 들라는 명령을 내리면 왼다리가 움직였고, 창문턱을 잡고 몸을 일으키라고 명령하면 자꾸 눈이 깜빡거렸다.

로켓은 짝에게 명중한 한 발만 날아온 게 아니었다. 로켓이 짝에게 명중했는지 여부를 확인하지 못한 근위대원들은 연달아 대여섯 발의 로켓을 짝이 있던 중앙계단으로 발사했다. 짝하고 거리가 조금 떨어져 있던 지혜와 안 중령의 몸도 예상하지 못한, 그것도 연달아 일어나는 폭발의 충격에 뒤로 날아가고 말았다. 바닥에 내동댕이쳐진 지혜와 안 중령은 귀를 때리는 폭음과 피어오르는 화염, 뿌연 먼지가 점령한 세상에 의식을 잃고 널브러졌다.

중앙계단 출입문은 폭발에 의해 기괴한 형상으로 쭈그러져 바닥에 누워있다시피 했고, 출입문 근처에는 계단 유리벽이 깨지면서 생긴 파편이 즐비했다. 공중에는 콘크리트 먼지가 뿌옇게 떠다녔다. 이 모든 게 옥상에서 쫓겨 내려온 근위대원이 계단에 있는 짝을 발견하고는 대전차 로켓을 연속으로 발사하면서 일어난 일이었다.

지혜와 안 중령이 정신을 차리는 데에는 1, 2분의 시간이 걸렸다. 꿈을 꾸는 것처럼 세상이 몽롱하게 보이던 지혜의 눈에 군데군데 널브러진 산송장들과 폭발에 팔다리를 잃고서도 인간의 냄새에 가만히 있지를 못하고 몸부림치며 꿈틀꿈틀 기어오는 산송장들과 바닥에 흩어진 철제 파편과 유리조각들이 차츰 들어오면서 지금 자신은 냉정한 현실 세계에 쓰러져 있다는 것을 일깨워줬다.

산송장들은 이런 폭발에도 끄떡하지 않는 유일한 존재였다. 폭발에 몸이 날아가거나 휘청거렸음에도 언제 그랬냐는 듯 침이 질질 흐르는 입을 벌리고는 지혜와 안 중령에게로 향했다. 지혜는 몸을 일으키려 했지만 쉽지 않았다. 그래서 잠시 누운 채로 콜록거리기만 했다. 잘 나오지 않는 목소리로 "짝"을 불러봤지만 대답은 들리지 않았다. 얼마 남지 않은 기력을 간신히 끌어내 천천히 몸을 일으키자 눈가에 묻은 먼지를 손등으로 씻으며 천천히 다가오는 안 중령이 보였다. 지혜는 콜록거리며 상체를 일으켰다. 창문 밑 벽까지 기어가서는 벽에 몸을 기댔다. 그러고는 두 다리를 잃고서도 부지런히 기어서는 남들보다 먼저 지혜의 발목에 손을 뻗는 산송장에게 파이프를 겨눴다. 버튼을 두 번 눌러 산송장의 이마에 칼날을 박았다.

지혜는 남은 팔로 눈 부위에 묻은 먼지를 닦아냈다. 몸을 추스른 지혜는 거침없이 다가오는 안 중령을 향해 힘겹게 왼팔을 올렸다. 지혜의 왼팔에 있는 팔찌를 본 안 중령은 그것의 정체를 짐작하고는 순간 움찔했다. 지혜는 조금의 틈도 주지 않겠다는 기세로 힘껏 주먹을 쥐었다 폈다. 안 중령은 그 짧은 시간에도 방심하다 낭패를 당하게 됐다며 자책했다. 그런데 아무 일도 생기지 않았다. 지혜는 다시 한 번 왼손을 쥐었다 폈다. 역시 아무 일도 없었다. 지혜는 팔찌를 살피고서야 이유를 알았다. 폭발 충격으로 나뒹굴 때 총이 망가진 것이 확연히 보였기 때문이다. 그 사실을 확인하고 절망한 지혜의 표정과 상대를 얕보고 방심하다 하마터면 목숨을 잃을 뻔했던 안 중령이 지은 안도의 표정은 확연하게 대비됐다.

지혜는 총을 잃었다고 무력하게 당할 생각은 없었다. 연구동에 진입한 이후로 상대가 했던 행동들을 보면 근위대원들은 지혜 자신을 산 채로 잡으려 드는 게 확실했다. 저들이 그렇게 구는 이유는 뻔했다. 그러니 이 싸움은 지혜 자신에게 더 유리한 싸움이었다. 저들은 자신을 되도록 성한 상태로 생포하려 하지만 자신은 상대를 배려할 일 없이 싸우기만 하면 된다는 생각은 지혜에게 큰 힘이 됐다. 지혜는 벽을 짚으며 몸을 일으켰다. 총은 망가졌지만 스팅어 손잡이에 달린 고리는 여전히 오른팔 팔목에 걸려 있었다.

구부정한 자세로 선 지혜는 안 중령을 향해 스팅어를 내밀고는 버튼을 눌렀다. 지혜가 내민 스팅어에서 칼날이 튀어나오는 걸 본 안 중령은 씽긋 웃으며 소총을 내려놓고는 대검을 꺼내 육박전을 벌이려는 자세를 취했다. 지혜는 안 중령의 날랜 걸음걸이와 군더더기 없고 절도 있는 동작을 보고는 상대가 군대에서 닳고 닳은 베테랑이라는 것을 짐작했다. 따라서 그런 안 중령과 육박전을 벌여봐야 승부는 뻔한 일이라는 것도 잘 알았다.

지혜가 안 중령이 몇 걸음을 조심스레 내디뎠을 때 버튼을 다시 누른 것은 그래서였다. 그런데 안 중령은 지혜의 스팅어가 발목까지 기어온 산송장에게 칼날을 발사하는 것을 이미 본 터였고, 여차하면 지혜가 칼날을 날릴 거라는 예상도 하고 있었다. 안 중령은 얼굴을 향해 화살처럼 날아오는 칼날을 대검으로 아슬아슬하게 튕겨냈다. 금속끼리 부딪히면서 참기 힘들 정도로 날카로운 소리가 고막을 때리고 칼날의 위력에 대검이 휘어졌지만 어쨌든 상대의 기습공격을 막아내는 데 성공한 안 중령은 빙긋 웃으며 고개를 저었다.

지혜는 기가 질렸지만 계속 그러고 있을 여유는 없었다. 안 중령은 궁지에 몰린 쥐를 장난삼듯 다루듯 하는 고양이처럼 지혜를 가지고 놀았다. 안 중령이 지혜와 육박전을 벌이면서도 치명타를 가하지 않은 것은 책상물림에 여자라는 이유로 얕봤기 때문은 아니었다. 산 채로 잡으려면 급소는 피하면서 거동과 저항이 불가능한 상태로 만들어야 할 필요가 있었다. 지혜는 자신을 봐주듯 상대하는 안 중령에게 칼날을 날리기도 하고 쇠파이프로 공격도 해봤지만 당해낼 도리는 전혀 없었다.

결국 이런 식으로는 안 중령을 꺾을 가능성이 전혀 없고 모여드는 산송장들도 피해야 한다고 판단한 지혜는 도망치는 쪽을 택했다. 열려 있는 실험실로 들어가 테이블을 넘고 다른 문으로 빠져나오는 등 도망을 다녔다. 안 중령은 처음에는 재미삼아 지혜를 쫓았지만 오래지 않아 장난은 그만 치자는 쪽으로 마음을 먹었다. 지혜는 맞닥뜨리는 산송장들을 해치우면서 도망 다니는 와중에 헐떡거리며 혜지를 호출했다.

혜지는 옥상에서 내려온 잔여병력과 B연구동 5층 복도에서 로비 공간을 사이에 두고 치열한 교전을 벌이고 있었다. 그 공간을 날아다닌 것은 총알만이 아니었다. 총알이 빗발치는 가운데 대전차 로켓도 혜지에게 날아왔다. 혜지가 피한 포탄은 행정실을 엉망으로 만들었다. B연구동은 되도록 말짱한 상태를 유지했으면 좋겠다는 지혜의 의도에는 그렇게 커다란 흠집이 났다. 혜지는 잔여병력을 해치우기 위해 5층에 남은 마지막 RC카를 출동시키려 했다. 그런데 문서보관실에 숨겨뒀던 RC카는 폭발 충격으로 넘어진 캐비닛과 바닥에 어지러이 쌓인 서류철에 갇혀 복도로 빠져나오지 못했다.

짝은 꼼짝을 못하면서도 복도에서 나는 금속성 소리와 뛰어다니는 소리, 지혜가 혜지를 호출하는 소리를 들으며 지혜가 위험에 처했다는 것을 알았다. 폭발 충격으로 짝에게 입력된 프로그램들이 제멋대로 구동되면서 짝의 중앙처리장치는 온갖 작업을 수행하느라 과열된 상태였다. 짝은 지혜를 보호하기 위해 5층 로봇공학과 실험실에 있는 로봇들을 출동시켰다. 화물운반용 로봇, 길 안내용 로봇 등 용도가 제각각인 로봇들은 생긴 것도 다 달라서, 어떤 로봇은 상자처럼 생겼지만 변신 과정을 거치면 트레일러로 변했고 어떤 휴머노이드는 하체는 없고 상체만 있었으며 반려견을 대신할 용도로 만들어진 로봇 개도 있었다. 배터리 잔량이 얼마 없어 하나같이 작동 가능한 시간이 몇 분 이내인데다 살상용 무기도 장착되지 않은 로봇들이었다. 그러나 짝이 원격으로 전원을 켜고 미리 설치해둔 프로그램을 작동시키자 용도와 생김새가 천차만별인 모든 로봇이 일제히 로봇공학과 실험실을 빠져 나가 산송장을 저지하고 지혜를 보호하는 임무 수행에 착수했다. 살 상력이라고는 없는 로봇들이었지만 로봇 강아지들이 산송장의 바짓 단을 물고 늘어지는 식으로 산송장을 귀찮게 해서 산송장이 전진하는 것을 막는 임무만큼은 착실히 수행했다. 그러면서 로봇들이 내는 금 속성 소리와 졸지에 로봇을 상대하게 된 산송장이 내는 괴성이 복도 에 메아리쳤다. 로봇들을 출동시킨 짝이 마지막으로 한 정상적인 판 단은 이제 자신이 '지혜를 최우선적으로 보호한다'는 임무를 수행하 는 것은 불가능해졌다는 거였다.

그 판단 이후로 짝에게 설치된 프로그램들이 오작동하기 시작했다. 짝의 상태를 감지한 혜지는 짝의 프로그램 가동을 중단시키려 했지만 헛수고였다. 오작동된 프로그램 중 하나가 각각의 구름다리 가운데 부분의 하부에 설치한 폭탄들을 폭발시키는 프로그램이었다. 성현과 인한은 힘을 합쳐 만들어낸 폭탄들을 짝과 홀을 시켜 구름다리에 설 치하고는 그걸 원격 폭파시키는 프로그램을 짝과 홀에게 입력해뒀었 다. 그런데 A연구동에 산송장을 몰아넣고 지혜가 A연구동을 빠져나 온 이후에 폭발시키기로 돼 있는 프로그램이 오작동하면서 짝은 지혜 가 여전히 A연구동에 있는데도 구름다리들을 폭파시키고 말았다.

숨텍을 세상에 널리 알린 명물인 구름다리들이 동강났다. 엄청난 폭 음과 함께 구름다리들이 폭파되면서 건물이 심하게 요동치고 창문에 금이 갔다. 캠퍼스에서 전투가 벌어지건 말건 신경도 쓰지 않고 주변을 둘러싼 산에서 쉬고 있던 새들과 짐승들도 폭음에 놀라 혼비백산하며 달아났다. 쥐와 고양이처럼 쫓고 쫓기다 폭발에 놀란 지혜와 안 중령은 추격전을 멈추고는 안전한 곳으로 몸을 숨겼다. 폭음이 끊긴 후 바라본 금이 죽죽 간 창문 밖 세상에는 폭발이 만들어낸 먼지가 자욱했다. 시간이 지나고 먼지가 가라앉자 가운데 부분 3미터 정도가 뚝 끊긴 구름다리들의 모습이 드러났다.

지혜와 안 중령이 추격전을 재개하려던 참이었다. 이번에는 중앙계단 맞은편 실험실에 처박혀 있던 짝이 자폭하면서 또다시 거대한 폭발이 건물을 들썩이게 만들었다. 지혜와 안 중령은 다시금 엄폐물 밑에 몸을 숨겼다.

성현과 인환이 만든 폭발물이 제일 먼저 설치된 곳은 구름다리가 아니라 짝과 홀의 체내였다. 짝과 홀에게 입력된 자폭 프로그램은 짝과 홀의 배터리가 방전된 탓에 더 이상의 작동이 불가능할 때, 또는 짝과 홀이 자폭만이 최선의 선택이라고 판단했을 때 폭발하도록 설정돼 있었다. 짝은 배터리 방전에 따른 자폭보다는 지금 자폭을 하는 것이 지혜의 피신에 도움을 줄 거라고 판단했다. 그리고 그런 판단을 내리기 무섭게 사전에 설정된 프로그램에 따라 자폭 임무를 냉정하게 수행했다.

짝의 자폭에 따른 여파가 가라앉은 후 추격전이 다시 시작됐다. 지혜는 A연구동 5층 곳곳으로 도망 다니다 안 중령에게 따라잡혔다 싶으면 돌아서서 싸우고 그러다가 힘이 부치면 다시 도망을 다니는 식으로 버텼다. 두 사람은 그러는 와중에도 5층에 미리 배치됐다 몇 번의 폭발에서도 용케 살아남은 산송장들을 해치우고는 했다.

요령껏 도망을 다니던 지혜가 20명 정도 되는 산송장 무리와 맞닥뜨린 곳은 중앙계단의 출입문이, 정확히 말하면 폭발 전에 출입문 구실을 하다 폭발 때문에 우그러진 철판이 돼버린 것이 있는 곳이었다. 쫓아오던 안 중령이 갑자기 튀어나온 산송장과 드잡이를 하다 권총으로 해치우는 소리가 뒤에서 들려왔다. 왼쪽으로 고개를 돌리자 짝이 자폭한 실험실이 보였다. 실험실은 창문과 온갖 집기가 다 박살난 폐허였다. 갑자기 짝의 모습이 떠오르며 가슴 속에서 뭔가가 울컥 치솟았다. 그러나 지금은 한가하게 감상에 젖을 때가 아니었다. 산송장들과 안 중령이 다가오고 있었다. 지혜는 유일하게 남아 있는 탈출구인 문이 있던 곳을 통과했다. 그런데 아래로 가는 계단과 위로 올라가는 계단이 모두 폭발로 끊어지고 큼지막한 콘크리트 덩어리가 계단이 있던 공간을 막고 있었다. 다시 돌아나가는 대안을 제외하면 오도 가도 못하는 신세가 된 것이다.

게다가 그곳이 막다른 곳이라는 것을 확실하게 못을 박는 것 같은 광경이 눈앞에 펼쳐져 있었다. 5층 중앙계단 위에서 왼쪽으로 1미터쯤 떨어진 곳에는 정문 쪽 6층 구름다리와 쌍을 이루는 6층 뒤쪽 구름다리가 있었다. 폭파돼서 끊어진, 그렇지만 구름다리 양쪽 끝의 자동문이 닫혀 있지 않은 6층의 구름다리들에서, 그리고 조금 떨어진 곳에 있는 7층의 구름다리들에서 정처 없이 헤매다 지혜의 냄새에 홀려 몰려온 산송장들이 빗물처럼 땅바닥으로 떨어지고 있었다. 그들은 추락하는 사람이라면 무의식중에 지르기 마련인 비명조차 지르지 않으면서 절벽에서 뛰어내리는 레밍처럼 연달아 지상으로 떨어지고 있었다. 공중에서 산송장들이 소리도 없이 연달아 고꾸라져 떨어지는 광경은, 그리고 거기에 곁들여진 산송장들이 바닥에 떨어질 때마다 나는 둔중한 소리는 현실에서 벌어지는 일이라고는 믿을 수가 없는 초현실적인 광경이었다. 유리 파편을 밟는 소리에 돌아보니 막다른 곳에 몰린 지혜의 상황을 파악한 안 중령이 여유 만만한 태도로 다가오고 있었다. 방역용 마스크를 쓴 기괴한 얼굴이 씨익 웃는 모습을 보니 소름이 돋았다.

지혜가 혜지에게 다급히 상황을 전하는 와중에도 안 중령은 지혜가 빠져나가지 못하게 출입문이 있던 곳을 지키며 소총으로 산송장들을 해치우고 있었다. 지혜는 어찌해야 할지 몰라 막막한 심정이었다. 뒤에서는 방역용 마스크를 낀 특수부대원이 소총을 갈겨대고 있었고 머리 위에서는 산송장들이 우수수 떨어지고 있었으며 땅바닥에는 그렇게 떨어진 산송장들이 뼈가 박살된 탓에 주체하지 못하는 사지로 바닥을 뱀처럼 기어 다니고 있었다. 유리벽이 사라져 자유로이 계단을 들락거리게 된 바람에 지혜의 머리카락이 흩날렸다.

혜지는 잔존병력을 거의 다 제압하고 교전의 승리를 눈앞에 두고 있었다. 그러나 혜지에게는 교전의 승리보다 지혜의 안전이 최우선이었다. 혜지는 잔존병력 때문에 직접 A연구동 쪽으로 갈 수는 없는 형편이었다. 찰나의 계산을 통해 혜지가 내린 판단은 지금 상황에서 최선의 대안은 B연구동 옥상에 숨겨둔 대형 드론을 날리고 지혜가 지금 있는 곳에서 옆으로 6미터쯤 떨어져 있는 4층의 구름다리로 점프하는 거였다. 여러 여건을 볼 때 지혜가 순전히 자신의 점프력만으로 4층의 구름다리에 닿을 수는 없었다. 그러나 드론을 징검다리로 삼는다면 가능성이 있었다. 물론 대형 드론이라고는 해도 지혜의 체중 때문에 공중에서 지혜를 계속 받쳐주지는 못할 터였다.

지혜가 생각하기에도 지금 상황에서 택할 수 있는 방법은 그것뿐이었다. 옥상에서 송골매처럼 날쌔게 날아온 드론이 지혜와 구름다리의 중간쯤 위치에서 제자리비행을 했다. 위아래가 다 끊겨 계단이라는 이름이 무색해진 공간에는 구름다리를 향해 도움닫기를 할 공간조차 없었다. 도움닫기를 하는 데 허용된 공간은 미적미적 뒤로 세 걸음을 걸을 수 있는 공간이 전부였다. 드론이 지나가는 것을 보고 낌새를 눈치챈 안 중령이 산송장들에게 총질하는 것을 멈추고는 지혜를 잡으러 왔다.

지혜는 안 중령의 손이 몸에 닿기 전에 서둘러 성큼성큼 내달려 공중으로 몸을 날렸다. 오래 전 무대에서 했던 이후로 처음 하는 공중 도약이었다. 몸이 허공을 가를 때 느껴지는 바람의 감촉이 오랜만에 찾아왔다. 지혜가 떨어지며 발을 디디게 될 곳을 가늠한 혜지는 드론을 조종해 위치를 조정했다. 드론은 지혜가 착지하기에 알맞은 곳에 기다리고 있다 지혜의 몸을 받아줬지만 지혜의 체중을 이기지 못해 밑으로 덜컹 내려앉았다.

지혜는 드론이 더 떨어지기 전에 다시 몸을 날려야 한다는 것을 잘 알았고, 지혜의 몸은 누가 시키지 않았는데도 알아서 다시금 드론을 박차고 날아올랐다. 물론 드론은 콘크리트 바닥처럼 지혜의 몸을 딴딴하게 받쳐주지 못했기 때문에 생각만큼 높이 도약을 하지는 못했지만 지혜가 두 손으로 4층 구름다리 지붕의 난간 위쪽 철봉을 붙잡는 데 성공하게는 해줬다. 고리로 팔목에 연결된 스팅어가 난간과 연신 부딪히며 시끄러운 소리를 냈다. 그 소리가 그치자 이번에는 땅바닥에서 나는 소리가 지혜의 온몸을 더듬으며 휘감고 올라와 귀로 파고들었다. 산송장이 연신 땅바닥에 떨어지면서 나는 소리와 추락한 산송장들이 바닥을 기어 다니는 소리와 그러면서 내는 괴성이 마구 뒤엉킨 소리였다. 듣는 사람의 신경을 마구 찔러대는 그 소리에 기가 죽어 힘이 빠진 탓인지 아니면 수평 철봉이 미끄러운 탓인지 지혜는 철봉을 놓쳤다. 다행히 혜지가 드론을 조종해 지혜의 발밑에 갖다 놓은 덕에 수직 창살을 붙잡는 데 성공한 지혜는 추락을 면하고는 혼신의 힘을 다해 난간을 올라갈 수 있었다.

지혜가 난간을 넘어 지붕을 밟고는 안도의 한숨을 쉴 때였다. 지붕에서 신경을 긁는 소리가 연달아 났다. 폭발 충격으로 구름다리 지붕의 강화유리는 언제 깨져도 무리가 아닌 아슬아슬한 상태였다. 지혜는 구름다리 전체에 걸쳐 일정한 간격을 두고 설치된 금속 테 위로 조심조심 이동했다.

그때 총소리가 들렸다. 지혜는 무의식적으로 몸을 웅크렸지만 그 총은 지혜를 겨냥해 발사된 게 아니었다. 지혜를 놓치고는 구름다리 바로 위의 5층 교수실로 신속하게 이동한 안 중령이 창문을 깨려고 발사한 거였다. 안 중령은 창문에서 1.5미터 아래에 있는 구름다리로 뛰어내렸다. 지혜는 말릴 수만 있다면 그러지 말라고 안 중령을 말리고 싶은 심정이었다. 가뜩이나 보이지 않는 균열이 잔뜩 가 있던 강화유리가 안 중령이 뛰어내리면서 가한 충격 때문에 기묘한 모습의 균열이 일어나고 고막을 긁는 듯한 기괴한 소리를 내며 박살이 났다. 지혜와 안 중령은 구름다리 바닥으로 떨어졌다. 두 사람과 유리 파편이 쏟아지는 소리가 이어졌고 지혜가 팔목에 찬 스팅어가 바닥을 튕기는 소리가 그 뒤를 이었다.

지혜와 안 중령 모두 추락의 충격에 한동안 일어나지 못하고 바닥에 누워 신음했다. 이마에 뜨끈한 기운을 느낀 지혜가 무심결에 이마를 닦은 손등에는 피가 묻어 있었다. 강화유리 파편은 살을 파고들 정도로 날카롭지는 않았지만 위에 누운 지혜의 온몸을 찔러 고통스럽게 만들기는 했다.

지혜가 천천히 몸을 일으키는 동안 닫힌 자동문 너머에서는 산송장들이 모여들고 있었다. 자동문도 구름다리의 강화유리만큼은 아니어도 폭발의 충격을 받았을 게 분명했다. 그래서 지혜는 모여든 산송장들이 몸부림을 치며 자동문을 압박하는 모습이 굉장히 위태로워 보였다. 그러나 그 위태로움은 지혜가 느끼는 거였지 산송장들이 느끼는 것은 아니었다. 지혜와 안 중령을 탐하는 산송장들은 앞을 가로막은 자동문을 없애려 안달이었다.

뒤에서 나는 괴성에 지혜는 본능적으로 뒤를 돌아봤다. 중간이 3미터쯤 끊긴 구름다리에 성하게 남아 있는 콘크리트 바닥에서 튀어나온 앙상한 철골들이 콘크리트가 날아간 허공에서 몸을 비비 꼬고 있었는데, 구름다리를 건너다 폭발의 충격에 날아간 산송장들이 그 철골에 꽂혀 있었다. 꼬치구이처럼 몸이 꿰인 채로 허공에 대롱대롱 매달린 산송장들은 그 판국에도 섬뜩한 괴성을 지르며 지혜와 안 중령을 물어뜯으려 발버둥을 쳐댔다.

지혜는 한숨이 나왔다. 안 중령과 자동문 너머 산송장들을 피하려면 구름다리를 건너뛰어야 하는데 철근에 꽂혀 있는 산송장들을 넘어갈 자신이 없었다. 그러는 동안에도 안 중령은 몸을 일으키고는 떨어진 대검을 찾아들었고 자동문에서는 유리가 갈라지는 소름끼치는 소리가 났다. 산송장들은 조금만 힘을 더 주면 자동문을 없앨 수 있다는 것을 잘 아는 듯 광분했다. B연구동에서는 혜지와 근위대원들이 벌이는 교전이 아직 끝나지 않았음을 알리는 총성이 들려왔다.

홀은 산송장들을 이끌고 언덕을 넘었지만 산송장들과 달리 꾸준히 걸음을 옮기지는 못했다. 배터리 잔량이 얼마 남지 않은 상태에서 홀이 판단한 최선의 방안은 일정한 걸음을 걷고 멈춰 얼마 남지 않은 잔량이 일정 수준까지 모이기를 기다렸다 다시 걷는 식으로 이동하는 거였다. 다행이라면 언덕을 넘은 뒤로는 내리막길이라 동력이 덜 든다는 거였다. 그렇다고 하더라도 홀이 벙커까지 남은 50미터 거리를 이동하는 데에는 상당한 시간이 걸렸다. 한편 산송장들은 홀이 그러거나 말거나 디퓨저가 내리는 지시에 따라 벙커로 계속 나아갔다.

벙커의 출입문 양옆에는 2미터쯤 높이에 식당 메뉴판 크기의 금속판이 있었는데, 산송장들이 일정한 거리 안으로 들어오자 양쪽의 금속판이 열리면서 기관총 총구가 튀어나왔다. 기관총 두 정은 온 산을 울리는 요란한 소리를 내며 쉬지 않고 불을 뿜어냈다.

수례를 비롯한 벙커 내부에 있는 사람들은 기관총이 당연히 산송장들을 쉽게 제압할 거라고 예상했다. 그러나 그들은 뜻밖의 결과를 보고는 경악했다. 산송장은 기관총에 맞은 순간에는 총을 맞은 부위의 살점과 뼈가 사방으로 튈 정도의 충격에 휘청거렸지만, 머리를 맞은 게 아닌 한 곧바로 무슨 일이 있었냐는 듯 다시 자세를 갖추고는 벙커로 전진했다. 기관총 사수들은 조금 전보다 높은 곳을, 즉 머리가 있는 높이를 겨냥해 사격했는데, 그렇게 하면 몸통을 겨냥할 때보다 허공을 가르고 날아가는 총알이 더 많을 수밖에 없었다. 그래도 기관총의 위력이 워낙 가공할 수준이라 기관총에 쓰러지는 산송장의 수는 시간이 갈수록 급격히 늘었고, 작동을 멈추고 가만히 있는 상태에서 앞을 가려주던 산송장들이 쓰러지는 바람에 기관총 앞에 고스란히 노출된 홀도 몇 발을 맞으면서 바닥에 쓰러졌다.

지혜는 철근에 꽂혀 버둥대는 산송장들 너머로 건너뛸 자신이 없었다. 그래서 어쩔 도리 없이 안 중령을 상대할 수밖에 없다고 생각하며 몸을 돌렸다. 그러는 동안 지혜가 본 것은 초목이 무성한 짙푸른 풍경과 그 풍경을 오밀조밀한 조각들을 이어 붙인 모자이크처럼 보이게 만드는 유리벽의 균열이었다. 몸은 마음대로 움직이지 않았다. 휘청거리는 몸을 바로잡으려고 유리벽을 짚은 것도 그 때문이었다. 그러나 유리벽은 지혜의 체중이 실리기를 기다렸다는 듯이 무너졌고, 그 바람에 지혜는 유리 파편을 뒤집어쓰며 상체 대부분이 구름다리 밖으로 나가는 위기에 빠졌다.

지혜가 간신히 자세를 바로잡은 순간 안 중령의 발길질이 날아왔다. 배로 날아드는 발길질을 두 손으로 막기는 했지만, 힘이 실린 발길질에 몸이 휘청거리는 것까지 막을 길은 없었다. 처음에는 지혜를 만만한 상대로 여기며 싸움을 즐기던 안 중령은 이즈음에는 지혜를 향한 분노를 주체하지 못하고 있었다.

이즈음 안 중령에게 지혜는 "성스러운 성지를 침탈하고 더럽히려 드는 불신자 년"이었다. 지혜를 생포해야 한다는 생각만이 안 중령이 단칼에 지혜를 해치우는 것을 막아줬다. 안 중령은 통증을 이기지 못해 배를 움켜잡고 등을 돌린 지혜를 붙잡고는 자동문 쪽으로 내던졌다. 온몸으로 자동문에 부딪힌 지혜는 충격을 받고 바닥으로 떨어지는 와중에도 자동문에 더 큰 균열이 일어나는 섬뜩한 소리에 모골이 송연해졌다. 그런데도 지혜는 무심결에 자동문을 짚고 일어나려 애썼다. 안 중령은 지혜를 가만 놔두지 않았다. 지혜의 왼팔을 꺾고는 지혜의 머리를 밀어 지혜가 자동문 너머의 산송장들과 눈을 맞추게 만들었다.

지혜는 산송장들의 혈안이 된 눈도 무섭고 자신을 보고 발광하는 산송장들이 이빨과 손톱으로 자동문을 긁는 소리도 무섭고 자동문의 균열이 커지면서 나는 끼익거리는 소리도 무서웠다. 안 중령도 자동문의 상태를 모르지 않았다. 안 중령은 지혜를 적당히 가지고 놀다 자동문이 박살나기 전에 지혜를 구름다리 저쪽으로 던져버리고 자신도 도움닫기를 해서 구름다리 저쪽으로 건너뛸 심산이었다.

궁지에 몰려 패닉 상태가 된 지혜의 머리에 안 중령의 손아귀에서 벗어날 방법이 반짝 떠올랐다. 안 중령이 독이 뚝뚝 떨어지는 욕지거리를 퍼붓는 동안, 지혜는 아직도 손에 쥐고 있는 스팅어의 앞쪽을 어렵사리 안 중령 쪽으로 돌렸다. 이제 스팅어의 머리 부분은 안 중령의 배를 향하고 있었다.

지혜는 B연구동에서 나는 총성을 들으면서 스팅어의 버튼을 눌렀다. 칼날이 번개같이 튀어나왔지만 지혜의 기대와 달리 칼날은 안 중령의 배를 파고들지 못했다. 꼼지락거리는 지혜의 움직임을 수상히 여긴 안 중령이 지혜가 하려는 짓을 눈치채고는 잽싸게 지혜에게서 몸을 뗐기 때문이다. 칼날은 안 중령의 몸을 파고 들지는 못했지만 안 중령의 배에 길고 얕은 베인 상처를 남기기는 했다. 지혜는 다시 버튼을 눌렀다. 그런데 이번에도 칼날은 지혜의 기대와는 달리 지혜와 안 중령 사이에 있는 좁은 공간을 뚫고 날아가 강화유리를 깨고는 구름다리 밖으로 날아갔다.

안 중령은 군대에서 오랜 세월 갈고 닦은 욕설 실력을 마음껏 뽐내며 지혜의 오른팔을 내리쳤고 그 바람에 스팅어는 지혜의 손을 벗어나 바닥을 튀어 다녔다. 안 중령은 무기를 다 잃은 지혜에게 다시 한번 발길질을 했다. 지혜는 배를 움켜잡고 비틀거리면서 안 중령과 산송장들에게서 멀어지려 애썼다.

혜지는 두 명 남은 근위대원과 교전을 벌이다 툭툭 끊기는 희미한 신호를 감지했다. 홀이 보낸 거였다. 홀이 처한 상황을 파악한 혜지는 B연구동 옥상에 남은 마지막 드론 두 대를 벙커 쪽으로 날렸다.

그런데 이 드론들을 벙커에 다다르기까지 조종하는 것은 불가능한 일이었다. 벙커는 B연구동에 있는 혜지의 전파 도달거리 밖에 있었기 때문이다. 그래서 혜지는 드론들을 비행이 가능한 최고고도까지 비행시켰다. 드론들은 그렇게 비행하다 혜지의 전파 도달거리 밖으로 나가는 순간 날아가던 방향으로 추락하기 시작했고, 홀은 추락하는 드론들이 자신의 전파 도달거리로 들어온 순간 조종 권한을 확보했다.

드론들은 홀의 조종에 따라 날아갔다. 기관총 사수들은 공중에서 드론이 날아온다는 것은 생각도 못한 채로 기관총 총신이 벌겋게 달아오를 정도로 엄청난 양의 총알을 쏟아내고 있었다. 그렇지만 그 무시무시한 총알 세례도 홀이 조종하는 드론들이 좁은 공간을 뚫고 들어가 폭발하면서 끝나고 말았다.

몸을 일으킨 홀은 마지막 목적지를 바라보며 거기까지 가는 데 필요한 동력을 계산했다. 그걸 배터리 잔량과 비교해보면 목적지까지 가는 것은 아슬아슬하지만 불가능한 일은 아니었다. 홀은 목적지를 향해 나아갔다. 가다 서다를 반복했지만 이제 홀을 방해하는 것은 아무것도 없었고, 산송장들은 그의 길동무가 돼줬다.

홀의 목적지는 벙커 출입문이 아니었다. 철벽처럼 두꺼운 벙커 출입문을 뚫거나 여는 것은 어려운 일이었기 때문이다. 그러나 저들이 스스로 문을 열게 만드는 것은 그보다는 덜 어려운 일이었다. 홀의 목적지는 그걸 성사시킬 수 있는 곳이었다.

벙커 출입문 왼쪽의 산비탈에 발을 디디고 잠시 멈춰 선 홀은 마지막 동력을 모두 끌어모아 비탈을 올라갔다. 목걸이를 건 산송장들은 여전히 그와 함께했다. 산비탈을 30미터쯤 오르면 아름드리나무들과 바위들 사이에 사람들 눈에 잘 띄지 않는 철제뚜껑이 있었다. 벙커에 공기를 공급하는 환기구를 보호하는 뚜껑이었다. 홀은 마지막 힘을 다 모아 뚜껑을 열어 옆으로 치웠다. 그가 맡은 모든 임무가 끝나기 직전이었다.

홀은 B연구동 앞을 지키던 지프의 근위대원부터 시작해 지금까지 해치운 근위대원들에게서 알뜰하게 수류탄을 수거해 점퍼 주머니에 넣었었다. 그것들을 꺼낸 홀은 양손에 쥔 수류탄의 안전핀을 뽑았다. 안전핀이 제거된 수류탄을 움켜쥔, 그리고 주머니에 여전히 수류탄들이 들어 있는 홀이 환기구로 떨어지는 데 필요한 것은 홀의 동력이 아니라 중력이었다. 환기구에 떨어진 홀은 마지막으로 산송장을 조종하는 임무를 수행했다. 홀의 조종에 따라 비탈을 올라온 산송장 10여 명은 주저하지 않고 환기구 안으로 발을 내디뎌 하나둘씩 홀의 몸뚱어리 위에 돌무더기처럼 쌓였다.

배터리가 완전히 방전되는 순간, 홀은 자신에게 주어진 임무는 이제 다 이뤘다고 판단했다. 자폭하는 홀과 폭발하는 수류탄이 뿜어낸 열기는 공기를 거르는 환기장치의 필터들을 녹였고, 폭발의 충격은 홀을 덮고 있는 산송장들의 몸을 갈기갈기 찢어놓았다. 산송장들의 살점과 피, 남은 몸뚱어리가 환기구를 막으면서 벙커 내부에 공급되던 공기가 차단됐다. 산송장 무더기의 위쪽에 있어 폭발의 충격을 크게 받지 않은 산송장들은 팔다리를 잃은 채로 버둥거렸다. 이제 벙커 내부에 있는 사람들은 어쩔 도리 없이 벙커 출입문을 열어야 하는 처지였다.

지혜는 어찌어찌 일으킨 몸을 난간에 기댔다. 안 중령은 이제는 장난을 끝낼 때가 됐다고 생각하고는 지혜를 내동댕이치려고 지혜에게 다가갔다. 그때, 거친 숨을 몰아쉬는 지혜의 눈에 들어온 것은 안 중령이 아니라 안 중령의 등 뒤에 보이는 스팅어였다. 스팅어는 자동문 근처의 파편 더미 위에 비스듬히 걸쳐져 있었다. 금방이라도 파편 더미에서 떨어질 것처럼 아슬아슬하게 걸쳐진 스팅어의 머리 부분이 지혜를 똑바로 쳐다보고 있었다.

인환의 개구진 모습과 목소리가 떠올랐다. 드론을 음성으로 조종할 수 있도록 목소리를 녹음하고 난 뒤였다. 다음에 인환의 연락을 받고 찾아가자 인환은 창살 밖으로 팔을 내밀어 스팅어가 자신과 지혜 사이에 평행하게 자리하도록 스팅어를 잡고는 "스팅어, 쏴!"라고 외쳐보라고 말했었다. 그렇게 외치자 쇠파이프에서 벼락처럼 발사된 칼날이 창살 사이로 날아가 벽에 걸쳐놓은 나무판을 꿰뚫었다. 칼날은 그러고도 남은 힘을 주체하지 못해 부르르 떨었다. 지혜는 비명을 지를 정도로 깜짝 놀랐고, 인환은 의기양양해했다.

이제 그걸 시도해볼 때였다. 안 중령이 지혜가 저항하지 못하도록 복부에 주먹을 날려 기절시키려고 앞으로 한 걸음을 내디뎠을 때 지혜와 안 중령과 스팅이가 일직선상에 놓이게 됐다. 지혜는 외쳤다. "스팅어, 쏴!" 안 중령은 지혜가 느닷없이 소리를 지른 연유와 갑자기 왼쪽 상복부에 화끈거리는 통증이 느껴지는 이유 중 어느 쪽이 더 궁금한지 가늠이 되지 않았다. 배를 내려다본 안 중령은 삐쭉 튀어나온 칼날이 빨간 핏물에 젖어 반짝이는 것을 봤다. 그게 어쩌다 거기에 튀어나오게 된 것인지는 도무지 영문을 알 길이 없었다.

다음 순간 뒤쪽에서는 자동문이 요란한 소리를 내며 자취를 감췄다. 칼날을 발사한 반동으로 튕겨져나간 스팅어가 자동문을 때린 것은 낙

타의 등을 부러뜨린 마지막 지푸라기였다. 조금 전까지 앞을 가로막던 자동문이 사라지자 자동문에 무게를 싣고 있던 산송장들이 와르르 넘어지며 구름다리 위로 쏟아져 나왔다.

안 중령이 뜻밖의 일격에 놀라고 통증에 고통스러워하며 비틀거리는 동안 지혜는 B연구동 쪽으로 몸을 돌렸다. 구름다리의 끊어진 틈을 뛰어넘고 싶었지만 철근에 꽂힌 산송장들이 자신의 냄새를 맡고는 연신 두 팔을 휘젓는 모습에 그나마 있던 자신감도 자취를 감췄다. 그러는 와중에도 복도 쪽에 있던 산송장들은 쓰러진 산송장들을 밟고 넘어오고 있었고 안 중령은 그 지경이 돼서도 지혜를 붙잡으려는 뜻을 포기하지 않고는 지혜에게로 비틀거리며 다가왔다. 마음을 먹고 몸을 돌린 지혜의 눈에 혜지가 달려오는 게 보였다. 지푸라기라도 잡고 싶은 희망이 빚어낸 허상인지 실제 모습인지 가늠이 되지 않았다.

그래도 그 길 밖에는 없었다. 지혜는 도움닫기로 세 걸음을 달리고는 허공으로 몸을 날렸다. 목숨을 걸고 싸우느라 기력을 다 잃은 터라 마음먹은 만큼 날렵한 도약은 아니었다. 구름다리를 다 건너는 데 성공하지 못한 지혜의 발이 철근에 꽂힌 산송장의 어깨에 떨어졌다. 지혜를 물어뜯으려고 발광하는 산송장의 이빨이 운동화에 살짝 흠집을 냈을 때 지혜는 다시 몸을 날리려고 발에 힘을 줘 산송장의 어깨를 박찼다. 그러자 철근에 꽂힌 산송장의 몸이 밖으로 쭉 밀리면서 철근을 빠져나가 바닥으로 추락했고, 그 탓에 지혜의 몸도 공중에서 균형을 잃고 추락하기 시작했다. 떨어지는 지혜의 손을 붙잡은 것은 황급히 달려온 혜지였다. 허공에 대롱대롱 매달린 지혜의 눈과 지혜의 손을 간신히 붙잡은 혜지의 눈이 마주쳤다. 혜지는 자신과 똑같이 생긴 지혜를 구름다리 위로 번쩍 들어올렸다.

구름다리에서 몸을 날린 것은 지혜만이 아니었다. 안 중령도 지혜를 잡으려고 몸을 날렸지만 그 몸으로 구름다리를 건너기에는 역부족이었다. A연구동 쪽 구름다리를 그리 많이 벗어나지 못한 안 중령의 몸은 그쪽에 튀어나온 철근 위에 떨어졌다. 산송장들은 철근이 안 중령의 무게를 아슬아슬하게 지탱하고 있다는 것 따위는 개의치 않고 안 중령에게 몰려들었다. 산송장들이 마구잡이로 뻗어대는 손길에 안 중령의 마스크가 벗겨지면서 안 중령의 맨 얼굴이 드러났다. 안 중령은 그 순간에도 그분들을 향한 굳건한 믿음을 품은 채로 그분들의 품으로 가게 됐다는 생각에 더할 나위 없는 행복감을 느꼈다.

지혜는 혜지의 부축을 받아 B연구동 입구로 이동했다. 거기에 털썩 주저앉은 지혜는 지난 몇 주간 겪은 일이 일단락됐다는 사실을 여전히 실감하지 못했다. 그런 지혜가 축축하게 젖은 눈으로 결국에는 살아남았다는 안도감과 잠시 후 최후를 맞게 될 상대를 향한 동정심이 뒤섞인 눈빛을 보내는 가운데, 그리고 혜지가 아무런 속내도 읽히지 않는 냉정한 눈으로 지켜보는 가운데, 철근이 무게를 이기지 못하고 휘어지면서 안 중령과 산송장들은 바닥으로 추락했다.

벙커문이 열리자 산송장들이 그리로 들이닥쳤다. 벙커 내부에 있는 근위대원들은 디퓨저를 조종해 산송장들의 방향을 돌리려 시도했지만 헛수고였다. 디퓨저를 조종하는 권한은 혜지가 확보했기 때문이다. 선두에 서 있던 병력들이 총질을 해댔지만 100여 명의 산송장은 조금의 두려움도 없이 벙커로 들어갔다. 선두에 있던 근위대원들은 하나둘씩 산송장에게 물렸다가 그들 자신이 산송장이 돼 일어나서는 인간의 냄새가 나는 안쪽으로 향하면서 목걸이의 조종을 받는 산송장들 대열에 가세했다.

수레가 있는 지하 3층까지는 계단을 내려가야 했는데, 산송장들은 계단을 굴러떨어지면서도 전진을 멈추는 일이 없었다. 그때 산송장들의 머리 위로 드론 두 대가 날아갔다. 지혜를 중앙조정실로 옮긴 후 상처를 치료해준 혜지가 벙커를 찾아와 날린 거였다. 드론은 지하 3층까지 후퇴한 근위대원들을 찾아 사격했다. 드론의 사격을 간신히 피한 근위대원들은 곧바로 산송장들에게 붙들려 산송장으로 변하는 신세가 됐다.

산송장들은 지하 3층에 있는 유리벽에 다다랐다. 수레의 집무실 앞에 있는 강화유리로 만든 벽이었다. 수레는 유리벽 밖에 모여든 산송장들을 분노한 눈초리로 노려봤다. 산송장들에게 호통을 쳐서 금방이라도 뒷걸음질을 치게 만들 것만 같은 수레의 위풍당당한 모습은 수레 뒤에서 겁에 질려 바들바들 떨고 있는 수행원들이 바라마지 않던 모습이었다. 산송장들은 안에서 풍기는 사람 냄새에 광분하면서도 벽 때문에 더 이상 나아가지는 못했다.

그곳에 혜지가 나타났다. 산송장들은 짝과 홀에게 그랬던 것처럼 혜지에게도 신경을 쓰지 않았다. 드론 두 대의 호위를 받으며 유리벽 앞에 다다른 혜지는 수레와 격한 눈빛을 주고받았다.

지혜는 혜지가 눈에 달린 카메라로 촬영해 전송하는 화면을 중앙조정실에서 보고 있었다. 수레와 그 일행의 모습을 본 지혜는 만감이 교차했다. 지구를 덮친 이 끔찍한 재앙이 저런 하찮은 인간들 때문에 비롯됐다는 게 믿어지지 않았다. 한편으로는 저 하찮은 인간들 때문에 그 많은 사람이 세상을 떠나거나 산송장이 됐다는 생각에 울분이 치밀었다.

지혜는 혜지를 통해 수례와 대화를 할 수도 있었지만 저들과 대화를 하는 것이 가능할 것 같지도 않았고 말을 섞는 것조차 싫었다. 지혜는 혜지에게 그만 돌아오라고 지시했다. 그 순간 수례는 어리석은 것들에게 영생을 줬는데도 어리석음에서 벗어나지 못하고는 성스러운 전당을 더럽히는 불경죄를 저질렀다고 산송장들에게 일갈하고 있었다. 우리는 이미 영생의 은혜를 입은 자들이고 영생이 필요한 자들은 벙커 밖에 있으니 저 바깥으로 나가라며 입에서 불을 내뿜고 있었다.

벙커 출입문에 도착한 혜지는 출입문 조작시스템에 접속해 벙커의 문을 닫았다. 그러고는 문이 닫히기 직전에 문틈으로 신호를 보내 디퓨저의 기능을 정지시키고 유리벽 앞을 계속 선회하던 드론을 수례를 향해 비행시켰다. 드론에 장착된 폭탄의 폭발 강도를 조정해났기 때문에 드론이 일으킨 폭발은 기껏해야 유리벽을 무너뜨릴 정도였다.

그러나 그것으로도 충분했다. 이제 수례와 수행원들의 냄새에 환장하는 산송장들을 막는 것은 아무것도 없을 터였다.

지혜가 휴식이 필요할 때마다 즐겨 찾던 자리는 더 이상은 세상에 존재하지 않았다. 그곳이 있던 자리는 폭빌로 날아가고 없었다. 끊어진 양쪽 구름다리에서 튀어나온 앙상한 철골들만이 한때 자신들이 그 자리에 있던 콘크리트를 버티고 있었노라고 소리 없이 외치고 있었다. 그리고 그 철골들 아래에는 고층에서 추락했으면서도 아직도 저 세상으로 떠나지 않은 산송장들이 지렁이처럼 꿈틀대고 있었다.

해가 지고 있었다. 항상 일정한 속도로 하늘을 달리는 태양이 오늘 낮에 해야 할 산책을 끝냈다며 서쪽 지평선을 향해 내리막길을 걷고 있었다. 즐겨 찾던 곳이었지만 그곳에서는 단 한 번도 맞아본 적이 없는 바람을 맞으며 살짝 한기를 느끼게 되니 지금 상황은 엄연한 현실이라는 게 실감이 났다. 인간들이 벌이는 일 따위에는 관심이 전혀 없는 듯한 풍경을 감상하고 있자니 기분이 정말로 묘했다. 앞으로 이 구름다리를 오가는 사람들은 없을 거라고 생각하니 서글프기도 했다.

그런데 이 자리도 오래 있지는 못할 곳이었다. 온갖 사건을 겪으면서도 산송장으로서 목숨을 부지하는 데 성공하고 A연구동 복도를 여전히 서성거리는 산송장들이 지혜의 냄새에 홀려 구름다리로 몰려오고 있었다. 지혜는 자신을 탐하는 것 말고는 아무 생각이 없는 산송장들이 탐욕을 부린 대가로 구름다리에서 추락하는 꼴은 보고 싶지 않았다.

중앙조정실에 가만히 앉아 캠퍼스 안팎의 상황을 살피는 혜지는 마네킹처럼 보였다. 지혜는 혜지에게서 조금 떨어진 간이 테이블에 앉았다. 시선은 모니터를 향하고 있었지만 눈에 들어오는 것은 무엇이 됐건 조금도 관심이 가지 않았다. 머릿속에서는 온갖 잡다한 고민거리들이 다른 고민거리들보다 우위에 서려고 극심한 쟁탈전을 벌이고 있었다. 전국, 아니 세계 곳곳에 있는 무궁영생교 신자들이 교신이 끊긴 그들의 성녀님과 성지에 무슨 일이 생긴 것인지 확인하려고 몰려올 것이라는 걱정, 그럴 경우에 대한 대비책, 벙커 처리 문제, 휴스턴의 언니네 등 걱정거리들이 우후죽순처럼 솟아났다.

슈퍼컴퓨터가 계산을 마치고 나면 그 결과물을 갖고 어떻게 해야 할지도 고민됐다. 그 결과물로 약을 만들 수 있는 사람이나 조직이 어디엔가 있을까? 있다면 어떻게 연락해야 할까? 스팅어에 넣을 칼날과 팔찌형 총을 만들어야 하므로 3D 프린터가 정상적으로 작동하는지도 살펴야 했다. 작전이 실패하는 만약의 경우에 B연구동을 폭파하려고

B연구동 곳곳에 설치해뒀던 폭발물들을 해체하는 작업도 해야 했다.

결국 지혜는 지금 당장은 모든 고민거리와 걱정거리를 잊기로 했다. 끊임없이 흐르는 시간은 거대한 유빙(流氷) 같은 내일과 모레와 글피의 걱정거리들을 한없이 지혜에게로 실어오겠지만 오늘을 살며 오늘에 존재하는 지혜는 그것들을 당장의 걱정거리로 삼지는 않기로 마음먹었다. 내일의 걱정은 오늘이 아닌 내일 하기로 마음먹었다.

오늘의 남은 몇 시간은 의식을 치르는 데 써야 할 시간이었다. 지혜는 혜지가 편의점에서 가져온 컵라면으로 저녁을 때우고는 중앙조정실 캐비닛을 열었다. 거기에는 흙 묻은 소주병과 와인병이 몇 병 있었다. 흙이 묻은 병들은 조금의 손상도 입지 않고 무사했다. 짝과 홀이 감송대에 시체를 파묻던 중에 찾아내 가져온 것들로, 오늘 거행할 의식을 위해 마련해놓은 것만 같은 술이었다. 그걸 묻어놓은 학생들이 오늘을 예비해서 그렇게 한 건 아니었을 테지만 말이다.

지혜와 혜지는 술과 잔을 챙겨 로비로 내려갔다. 혜지와 힘을 합쳐 B연구동 곳곳에 쓰러진 근위대원의 시신과 산송장들의 시신을 다 치웠지만 시신들이 흘린 핏자국과 피비린내, 총알이 남긴 자국들은 제아무리 애를 써도 어찌할 수 없는 거였나. 그래도 의식을 치르기에 알맞은 곳은 B연구동 로비밖에 없었다.

아트리움의 넓은 통유리 창문 곳곳에는 그곳을 때린 총알들이 남긴 흔적들이 있었다. 사방에 흉터가 생겼으면서도 제 한 몸을 굳건히 지탱하는 통유리를 통해 들어온 은은한 달빛이 로비를 서서히 채우면서 로비 바닥 여기저기에 흠집의 모습을 쏙 뺀 거미줄이 그어졌다. 지혜와 혜지는 통유리 앞의 키 낮은 테이블에 학교에 남았던 사람들의 숫자만큼 잔을 올렸다.

"잔의 개수가 학교에 남았다 돌아가신 분들의 인원수보다 두 개 많습니다."

"짝과 홀한테도 잔을 올려야지."

"이 술은 세상을 떠난 분들의 영혼에 바치는 것인데 짝과 홀에게는 영혼이 없습니다."

"영혼 얘기는 잘 모르겠어. 나는 그저 나를 도우려고 갖은 애를 다 써주고는 세상을 떠났다면 그것만으로도 술을 올려야 할 이유로 충분하다고 생각해."

지혜는 그렇게 말하고는 열 개의 잔에 소주를 채운 후에 묵념을 하고 그들의 명복을 빌었다. 지혜는 묵념하는 동안 그들의 모습을 떠올리려 했는데 터무니없게도 그들의 얼굴과 목소리가 잘 생각이 나지를 않았다.

추모 의식을 마치자 혜지가 상민이 남긴 동영상이 있다는 말을 했다. 생전에 녹화하고는 작전이 성공하면 재생하라고 지시한 동영상이라고 했다. 동영상을 재생하라고 지시하자 벽에 있는 대형 모니터가 켜지더니 상민의 얼굴이 떴다. 격리가 거의 끝날 때쯤 녹화한 듯 상민의 얼굴은 초췌했다. 그래도 상민은 지혜에게 전하는 말을 한다는 사실 때문인지 수줍은 미소를 짓고 있었다. 그 얼굴을 본 순간 지혜는 재생을 중단하라고 지시했다.

가뜩이나 기분이 복잡한데 상민의 말까지 들으면 봇물 터지듯 쏟아질 눈물을 주체하지 못할 것 같아서였다. 상민이 무슨 말을 하려는지도 알 것 같았다. 앞으로도 시간은 많을 것이다. 그때를, 그 말이 필요할 때를, 외로움이 사무칠 그 언젠가를 기다리는 게 나을 듯했다.

지혜는 눈물을 닦고 피아노 앞에 앉았다. 자신과 똑같이 생긴 휴머노이드와 함께 달빛에 물든 고요한 공간에 앉아 있는 상황은 아무리 봐도 현실로 느껴지지 않았다. 아트리움의 통유리 너머에서 짙은 어둠도 개의치 않고 한없이 캠퍼스를 어슬렁거리거나 꿈틀거리며 다니는 산송장들의 모습만이 이것이 현실임을 꾸준히 상기시켰다.

혜지가 와인잔을 건네고 와인을 따라줬다. 와인에 취해 잠시나마 현실을 잊는 것도 나쁘지 않은 생각 같았다. 피아노는 곳곳에 핏자국이 있었지만 무수히 날아다닌 총알을 어찌어찌 피한 덕에 상태는 말짱했다. 지혜는 피아노를 열었다. 정확히 기억은 안 나지만, 마지막으로 피아노를 친 것은 십 몇 년 전이었을 것이다.

지혜는 상민의 실험실에서 자주 듣던 "아름다운 사람"의 선율을 떠올리며 먼 옛날에 피아노를 배울 때 그랬던 것처럼 손가락을 놀려보려 애썼다. 피로 얼룩진 피아노는 이제는 눈물에 젖으면서 지혜가 건반을 누를 때마다 지혜의 마음을 담은 영롱한 음들로 공중을 채웠다. 그러자 후드점퍼 차림인 혜지가 시키지도 않았는데 춤을 추기 시작했다. 음악이 흐르는 것에 대한 본능적인 반응인 양.

지혜는 무대에 대한 공포 따위는 모른다는 듯 자신감 넘치는 모습으로 발을 옮기고 팔을 들며 허리를 젖히는 혜지를 보면서 자신의 모습을 보는 듯한 기분에 한 줄기 눈물을 흘렸다. 지혜는 건반을 누르며 생각했다. 나는 이제부터 늙어 언젠가는 죽을 테고 혜지는 지금의 모습 그대로 배터리가 바닥날 때까지 살 것이라고. 앞으로 우리는 한 명이 광속으로 여행을 다녀온 까닭에 노화 속도가 다른 쌍둥이처럼 살게 될 거라고. 그래도 우리는 한동안은 함께 이 세상을 살아갈 거라고.

문득 이 세상을 떠나기로 결정한 마지막 순간까지도 지혜가 죽음의 강을 건널 수 있도록 도와주려 최선을 다한 사람들과 휴머노이드들의 얼굴과 목소리가, 짧은 세월이지만 인생이라는 길을 같이 걸었던 길 벗들의 얼굴과 목소리가 떠올랐다. 조금 전까지도 도통 떠오르지 않던 얼굴과 목소리가 떠오르자 그들이 이 자리에 함께 있다면 좋을 거라는 아쉬움에, 그들에 대한 고마움에, 그리고 상민과 자신이 미련한 탓에 마땅히 주고받았어야 할 얘기를 하지 못하고 때를 놓쳤다는 회한에 다시금 울컥 눈물이 쏟아졌다.

머릿속에 상민의 목소리가 메아리쳤다. "살아요, 나박. 무슨 일이 있더라도 살아야 해요. 슈퍼컴퓨터가 내놓은 데이터로 백신을 만들 수 있는 사람들을 찾아내 세상을 원래대로 돌려놓고 행복하게 살도록 해요." 마침내 상민의 모습을 떠올린 지혜는 눈물을 흘리면서도 환히 웃었다. 그러고는 나지막한 목소리로 기억에 남아 있는 가사를 읊조렸다.

아름다운 그이는 사람이어라.
그이는 아름다운 사람이어라.

작가의 말

사람으로 분류되는 몸뚱어리와 법적인 신분을 갖고 몇십 년을 살았습니다. 그런데 "사람이란 어떤 존재이고 무엇이 사람을 사람답게 하는가?"라는 질문에 대한 답을 척척 내놓던 어린 시절과는 달리 나이를 먹을수록 그 질문에 대한 답을 내놓는 것이 점점 더 어려워지는 것은 왜일까요?

과한 욕심을 부려 주위 사람들을 힘들게 만들고도 남들이 겪는 고초 따위는 아랑곳없이 자기 욕심을 채운 것에만 흡족해하는 사람을 보거나 그런 사람에 대한 얘기를 들을 때면 언젠가부터 저도 모르게 "천년 만년 살 것도 아니면서…"라며 탄식하고는 합니다. 그리고 그런 탄식을 거듭하게 되면서 자신이 영생불사하는 존재가 아니라 언젠가는 죽는 존재라는 것을 자각하는 것이 사람을 사람답게 만드는 요소 중 하나일 거라 생각하게 됐습니다.

좀비가 자연사하는 것을, 차분히 누워 숨을 거두는 모습을 본 적이 없습니다. 좀비물 장르의 논리로만 보면 좀비는 사고를 당하거나 사람의 손에 죽음을 맞지 않는 한 영생하는 존재입니다. 그래서 자신이 죽는다는 것을 의식하지 못하는 사람은, 영원토록 살 거라는 착각에 빠져 자기 잇속을 채우는 데만 전념하는 사람은 좀비와 다를 게 없다고 보게 됐습니다.

좀비는 "이성적인 사고는 하지 않고 순전히 본능적인 욕망을 채우는 일에만 몰두한 존재"라고 제 맘대로 정의해봤습니다. 그러고는 제 생활을 돌아봤더니 저 자신도 상당히 많은 시간을 좀비 모드로 살아가고 있더군요. 하루의 상당 부분을 생각하기 귀찮아서, 생각하기 힘들어서 무의식적으로, 습관적으로 기존에 하던 방식대로 움직이는 일이 잦았습니다. 이건 당연한 일일 겁니다. 사람이 냉철하고 이성적인 사고를 잠시도 쉬지 않으면서 살아가는 것은 불가능한 일일 테니까요. 그런 식으로 생활했다가는 정신적 피곤과 스트레스 때문에 도저히 정상적인 생활을 하지 못할 테니까요.

문제는 그런 수준을 넘어 남이 대신해준 생각을 아무 생각 없이 받아들이고, 남이 외쳐대는 주장을 무비판적으로 신봉하면서 그런 생각과 주장에 동조해 행동하는 경우입니다. 내가 직접 고심을 거듭한 끝에 얻은 신념과 철학에 따라 행동해야 마땅한 중차대한 인생사조차도 남이 한 생각을 맹목적으로 받아들이고는 그 생각에 따라 행동하는 것은 정말로 심각한 문제 아닐까요? 어떤 과정을 거쳐 생산된 것인지도 모르고 타당성도 검증되지 않은 정보를 무조건 수용하는 것은, 조금만 깊이 생각해보면 터무니없는 얘기라는 것을 뻔히 알 수 있는 주장을 앵무새처럼 따라 외치며 생각이 다른 사람들이 하는 얘기는 모두 샅된 헛소리라며 무시하고 조롱하고 비난하는 것은 정말로 큰 문제 아닐까요? 그런 식으로 사는 것은 자신을 누군가의 앞에 배치된 총알받이로, 아무개가 조종하는 거대한 기계의 톱니바퀴로 전락시키는 짓은 아닐까요?

사람은 어느 정도는 좀비처럼 살아가는 것을 피하지 못할 존재이지만 그런 와중에도 자신의 삶에 끝이 있다는 것을 인식하고 이성적으로 사고하려는 노력을 꾸준히 기울여야만 비로소 사람다운 사람으로 사는 것일 거라는 생각에 이 소설을 썼습니다.

항상 따뜻하게 격려해주시고 많은 것을 베풀어주신 작은 매형과 작은누나가 있었기에 이 소설을 쓸 수 있었다고 생각합니다. 정말로 감사드립니다. 큰누나네 가족, 작은 형네 가족, 장영덕·박은빈 모녀와 김이나네 가족과 하윤지네 가족에게도 감사드립니다.

우인(牛寅) 선생님 덕분에 세상에는 살아가는 사람의 수만큼 다양한 인생이 존재한다는 것을 깨달았고 사람들의 인생이 각양각색인 연유가 무엇인지를 어렴풋이 짐작하게 됐으며 지금보다 더 지혜로운 삶에 대한 고민을 꾸준히 할 수 있었습니다. 감사드립니다.

물심양면으로 많은 도움을 주실뿐더러 소설에 이름을 사용하는 것을 너그러이 허락해주신 한상진 선배, 오랫동안 변치 않는 우정을 베풀어준 친구 이종성, 작품의 중요한 설정에 대한 영감을 주고 공과대학 교수실을 구경시켜 준 이경우 교수에게도 고맙다는 인사를 드립니다.

변변치 않은 글을 번듯한 책으로 꾸려주신 연암서가 권오상 대표님과 직원 여러분께도 감사드립니다.

이외에도 감사 인사를 드려야 할 분들이 숱하게 많이 계시다는 것을

잘 압니다. 여기에 일일이 소개하지 못하는 그분들에 대한 고마움을
결코 잊지 않겠습니다.

　당신들의 막내아들이 인간 사회에서 사람답게 처신하며 제 몫의 삶
을 살아가기를 바라실, 다른 세상에 계신 아버님과 어머님께 이 책을
바칩니다.

2022년 2월

윤철희